Petra Hammesfahr, geboren 1951, lebt als Schriftstellerin in der Nähe von Köln. Ihre Romane erreichten bisher eine verkaufte Auflage von über drei Millionen Exemplaren. Im Rowohlt Taschenbuch Verlag liegen vor:

«Der Puppengräber» (rororo 22528),
«Die Sünderin» (rororo 22755),
«Die Mutter» (rororo 22992),
«Der gläserne Himmel» (rororo 22878),
«Lukkas Erbe» (rororo 22742),
«Das Geheimnis der Puppe» (rororo 22884),
«Meineid» (rororo 22941),
«Der stille Herr Genardy» (rororo 23030),
«Merkels Tochter» (rororo 23225),
«Bélas Sünden» (rororo 23168),
«Das letzte Opfer» (rororo 23454),
«Mit den Augen eines Kindes» (rororo 23612),
«Die Lüge» (rororo 23169),
«Ein süßer Sommer» (rororo 23625)

sowie Erzählungen
«Der Ausbruch» (Großdruck, rororo 33176).

Petra Hammesfahr

Seine große Liebe

Roman

Rowohlt Taschenbuch Verlag

Veröffentlicht im Rowohlt Taschenbuch Verlag, Reinbek
bei Hamburg, August 2005
Copyright © 2005 by Rowohlt Verlag GmbH,
Reinbek bei Hamburg
Der vorliegende Roman ist eine Neufassung von
«Brunos große Liebe» (Erstveröffentlichung 1993)
Umschlaggestaltung: any.way, Cathrin Günther
(Foto: Mauritius Images/Nordic Photos)
Satz Aldus, ITC Officina PostScript, InDesign, bei
Pinkuin Satz und Datentechnik, Berlin
Druck und Bindung Clausen & Bosse, Leck
Printed in Germany
ISBN 3 499 24034 3

Ich versichere an Eides statt, dass es sich bei den nachfolgenden, als O-Ton bezeichneten Texten um die vollständigen und authentischen Abschriften sämtlicher neun Tonbandkassetten handelt, die Angelika Lehmann, geborene Reuter, am 8. August 2003 im Ferienhaus ihres Mannes in Spanien besprochen hat.

Veränderungen, Korrekturen oder Streichungen wurden an ihren Äußerungen nicht vorgenommen, weder bei verwirrenden Passagen noch bei Abschnitten, die mich persönlich betreffen. Es wurde dem Originalwortlaut auch nichts hinzugefügt.

Ich habe allerdings ergänzende Beiträge eingebracht, um meine Beziehung zu Angelika Lehmann aus meiner Sicht darzustellen, um die Aktivitäten anderer Personen zu erläutern oder zu erklären, warum diese Aktivitäten ausblieben, und um Angelika Lehmanns Irrtümer als solche kenntlich zu machen, wenn eine ihrer Behauptungen oder Vermutungen sich bei den polizeilichen Ermittlungen als falsch erwiesen hatte.

Darüber hinaus habe ich Anmerkungen eingefügt, wo es notwendig oder sinnvoll erschien, die prekäre Lage, in der Angelika Lehmann sich am 8. August 2003 befand, deutlicher herauszuheben, als sie selbst es tat. Diese Passagen sind ebenso gekennzeichnet wie meine Beiträge.

Köln, im Frühjahr 2005
Herbert Roßmüller

O-Ton – Angelika

Es wird vermutlich niemand, der mich kennt, verstehen, wie ich in diese Situation geraten konnte. Ich verstehe es selbst nicht mehr und erwarte kein Verständnis. Ich hatte auch nie welches, wenn ich solche Beichten, Geständnisse oder Erfahrungsberichte von Leuten las, die sich einbildeten, sie hätten etwas Außergewöhnliches erlebt, erlitten, angestellt oder es wäre ihnen etwas in dieser Art widerfahren. Ich habe viele gelesen.

Sie setzten sich in der Regel zusammen aus den Irrtümern der Betroffenen, aus Dummheit oder Gutgläubigkeit, aus Feigheit, Unentschlossenheit, unerfüllbaren Hoffnungen und negativen Erlebnissen, von denen viele mit ein bisschen Vernunft hätten vermieden werden können. Außenstehende, mit Ausnahme von Polizisten und Staatsanwälten in so speziellen Fällen wie dem meinem, sind daran nur selten interessiert, weil sie nie finden, was sie erwarten; das wirklich Ungewöhnliche.

Zum Großteil sind diese Geschichten banal, manche sind tragisch. Meine eigene ist kaum die große Ausnahme, nur ein weiterer Beweis dafür, dass es Menschen, sogar brünette Frauen gibt, die sich für intelligent und gebildet halten und in Wahrheit dümmer sind als Stroh, vor allem, wenn sie mit dem Unterleib denken.

Normalerweise sagt man Männern nach, dass ihr Verstand aussetzt, wenn Hormone die Regie übernehmen. Bei mir hat das in den letzten zwei Jahren und vier Monaten auch hervorragend funktioniert.

Es gab Tage, da wollte ich glücklich und dankbar sein, dass niemals irgendjemand irgendwo nachlesen könnte, wie ich auf Knien gelegen hatte. Jetzt bin ich froh, dass ich noch darüber reden kann. So ändern sich die Zeiten. Es sind alle Zutaten da, die man für einen Spannungsroman braucht. Sex and crime and money. Ich kann das beurteilen, ich hatte mal einen Verlag, in dem auch Thriller erschienen.

Aufschreiben kann ich den meinen nicht mehr. Ich verfüge zwar noch über einen funktionierenden Kugelschreiber und habe mir nicht beide Hände gebrochen, nur die Fingernägel ruiniert. Aber mir ist das Papier ausgegangen. Es spricht sich auch schneller, als es sich schreibt, und man vertreibt sich die Zeit damit.

Zum Glück hat Bruno schon nach unserem zweiten Aufenthalt in unserer spanischen Traumvilla seinen alten Kassettenrecorder hier zurückgelassen. Mit einem CD-Player wäre ich jetzt aufgeschmissen, könnte nur Musik hören bis zum Abwinken.

Das Ding muss zwanzig Jahre alt sein, mindestens. Es ist ein richtiges Museumsstück. Aber es funktioniert ausgezeichnet, zeigt mit einem roten Lämpchen den Aufnahmemodus an, hat ein eingebautes Mikrophon, ist handlich und braucht keinen Strom. Ich könnte sogar längere Spaziergänge damit unternehmen. Batterien sind ausreichend vorhanden.

Kassetten habe ich auch mehr als genug. Sie sind alle bespielt, vielmehr von CDs oder alten Schallplatten überspielt. Schumann und die Beatles mit «Yellow Submarine», Vivaldi und Prince mit «Purple Rain», Händel und Rod Stewart, No Mercy: «When I Die», die Erste Allgemeine Verunsicherung mit ihren Blödelsongs «Fata Morgana» und «Geld oder Leben» und nicht zu vergessen Tina Turner und Andrea Berg mit den wie für uns maßgeschneiderten Zeilen «This is my life» und «Du hast mich tausendmal belogen».

Eine bunte Musikmischung und bezeichnend für Bruno. Sie macht mehr als alles andere deutlich, was für ein Mann er ist.

Nein. Das war nicht korrekt ausgedrückt. Jetzt muss es heißen: was für ein Mann Bruno war. Er liegt hinter mir auf dem Bett und ist jetzt eine Leiche.

Anmerkung   Bis dahin hatte sie hektisch und etwas kurzatmig gesprochen, in emotional stark schwankendem Tonfall, den sie mit dem für sie typischen Sarkasmus auszugleichen suchte. Nun stockte sie, es war ein kurzes Schniefen zu hören. Sie hatte wohl längere Zeit geweint, ehe sie sich entschloss zu reden. Als sie weitersprach, klang ihre Stimme bei den ersten Sätzen, als kämpfe sie erneut gegen die Tränen an. Unmittelbar darauf fand sie wie auf ein Stichwort ihren Rhythmus, den sie etwas länger als zwei Stunden durchhielt.

O-Ton – Angelika

Ich kann nicht hinschauen, habe mich ans Fenster gestellt und betrachte den Himmel; den unbewölkten, glasblauen Himmel Spaniens, der alles so klein und nichtig macht. Und die Landschaft; genau genommen trist, nur grün und braun und einsam. Trotzdem hatte ich immer das Gefühl, hier im Paradies zu leben. Nur wird im Paradies nicht gestorben.

Es ist noch so unwirklich. Ich habe sein Betteln noch im Ohr. «Tu es nicht. Ich bitte dich, tu das nicht, Angelique.»

Angelique. Auf so eine Idee konnte nur Bruno kommen. Angelika war ihm zu nüchtern, viel zu kühl. Der Name passe nicht zu mir, behauptete er und wollte mir einreden, ich hätte Ähnlichkeit mit der Romanfigur, die vor Jahren unzähligen Frauen einen Fluchtweg aus dem Alltag bot.

Die romantische Heldin, die jede Situation ihres Lebens spielend bewältigt. Vielleicht nicht immer spielend; um der Spannung willen mussten unzählige Hürden überwunden und zahlreiche Kämpfe ausgefochten werden. Aber sie schaffte es immer, das zählte. Ich hoffe inständig, dass ich zumindest ein bisschen Ähnlichkeit mit ihr habe und die nächsten Stunden mit Anstand und Würde hinter mich bringe.

Vom Wesen her war sie geduldig, leidenschaftlich und kämpferisch natürlich. Äußerlich wallendes Blondhaar, ein

Gesicht wie aus Porzellan, perfekt geschnitten oder was man sich so unter perfekt vorstellt, wenn es um weibliche Schönheit geht. Stupsnäschen, Schmollmund und dunkle Kulleraugen, von langen, geschwungenen Wimpern dezent überschattet. Dazu eine Traumfigur. Lange, schlanke Beine, üppiger Busen, flacher Bauch und eine Taille, die ein Mann mit den Händen umfassen kann. Eine Frau eben, nach der sich alle Männer umdrehen.

Als ich Bruno kennen lernte, war ich alles andere als das. Dünnes braunes Haar, aus dem sich einfach nichts machen ließ. Mein Friseur verzweifelte jedes Mal daran und begnügte sich schließlich damit, es zu schneiden. Ein Gesicht wie ein Weihnachtsapfel mit roten Backen, die immer von den leuchtenden Augen ablenkten. Lange Wimpern hatte ich nie. Und meine Figur: eins fünfundsechzig groß und vierundachtzig Kilo schwer.

Ich war schon als Kind viel zu dick. Papa nannte mich Geli. Als ich ins Teenageralter hineinwuchs, sagte er auch manchmal «Pummelchen». Aus Papas Mund klang das noch irgendwie niedlich. In der Schule klang es anders.

In den Sportstunden schämte ich mich zu Tode. Eingezwängt in schwarze Gymnastikhosen, deren Gummibündchen Taille und Schenkel einschnürten, als hätte jemand ein paar Stücke Kordel um einen prallen Sack gebunden. Und dann im Verein mit den grazilen Elfen hüpfen und springen. Wie ein Wildschwein kam ich mir vor. Es fiel auch hin und wieder der Ausdruck «Fette Sau».

Was habe ich als Teenager nicht alles unternommen, um ein paar Kilo loszuwerden. Die Rhabarberdiät, die Kartoffeldiät, die Eierdiät. Einmal habe ich mich tatsächlich geschlagene drei Wochen lang nur von hart gekochten Eiern ernährt, weil ich gelesen hatte, davon würden die Pfunde nur so wegschmelzen. Mir wurde nur übel dabei, sonst tat sich nichts.

Papa sagte häufig: «Das ist Babyspeck, es wächst sich noch aus, Geli.»

Tat es nicht. Ich musste einen Teller bloß ansehen, um den Inhalt am nächsten Tag auf Hüften, Hintern, Oberschenkeln, am Bauch und rund um die Taille zu haben. Später habe ich einmal gelesen, dass man sich die Fettzellen als Kind anfrisst und nie wirklich loswird. Sie schrumpfen nur, wenn man fastet. Sobald man damit aufhört, entfalten sie sich wieder zur vollen Größe, leider auch noch darüber hinaus.

Meine Fettsucht hing wahrscheinlich mit dem Tod meiner Mutter zusammen. Kurz nach meinem dritten Geburtstag musste sie für einen Routineeingriff ins Krankenhaus und bekam nach der OP hohes Fieber. Man stellte zwar noch eine bakterielle Infektion fest, konnte jedoch nichts mehr für sie tun. Sie starb binnen weniger Tage.

Auf Fotos von mir, die vor ihrem Tod entstanden sind, ist es noch nicht gar so schlimm. Darauf bin ich ein pausbäckiger Engel im Kinderwagen, auf dem Arm oder an der Hand einer Frau, die man durchaus als hübsch und schlank bezeichnen darf. Und als sehr vermögend, so dass Papa es sich leisten konnte, seinen Traum, Bücher zu verlegen, zum Beruf zu machen.

Ich kann mich kaum an meine Mutter erinnern, will auch nicht behaupten, ich hätte sie furchtbar vermisst. Ich war kein einsames Kind, musste nicht in ein Internat, war nie allein, obwohl Papa nie so viel Zeit hatte, wie er gerne für mich gehabt hätte.

Der Verlag nahm ihn stark in Anspruch. Bis zu Mamas Tod war es ein winziger Verlag, eher eine Liebhaberei. Es wurden pro Jahr nur zwei exklusive Bildbände herausgebracht. Danach machte Papa daraus sein Lebenswerk, steckte seinen gesamten Anteil vom Erbe hinein, verlegte die ersten Romane, später auch Sachbücher. In den ersten Jahren war das ein ständiger Existenzkampf für ihn. Bei einem Konkurs hätte er mit leeren Händen dagestanden, nur noch ein Wohnrecht auf Lebenszeit in unserem Haus und eine reiche Tochter gehabt, an deren Erbe er sich nicht vergreifen durfte.

Später hatte der Reuter-Verlag sich etabliert, musste sich jedoch ständig gegen die Konkurrenz der Großen behaupten. Da blieb erst recht kaum noch eine Minute Freizeit. Papa war oft unterwegs, verhandelte wegen Auslandslizenzen, bemühte sich, neue Autoren zu gewinnen und zu behalten, was gar nicht so einfach war. Dankbarkeit wird in dem Geschäft klein geschrieben. Wer sich mit Hilfe des Reuter-Verlags einen Namen gemacht hatte, ließ sich nur zu gerne von größeren Verlagen abwerben, die mehr bieten und den Namen noch bekannter machen konnten.

Deshalb setzte Papa auf eine familiäre Atmosphäre, um Leute zu binden, an denen ihm besonders viel lag. An den Wochenenden hatten wir meist Autoren zu Gast, auch mal die eine oder andere Autorin, die sich womöglich Hoffnungen auf den Verleger machte. Aber Papa dachte nicht daran, noch einmal eine neue Beziehung einzugehen.

Unsere Gäste wurden nur nach allen Regeln der Kunst verwöhnt, umsorgt, umschmeichelt und opulent beköstigt. Dafür sorgten unsere Haushälterinnen, es waren drei im Laufe der Zeit, in der Regel ältere Frauen. Und sie sorgten eben auch dafür, dass ich nicht zu kurz kam.

Sie haben den Grundstein für meine Probleme gelegt, glaubten wohl, mich für entgangene Mutterliebe entschädigen oder fürs Bravsein belohnen zu müssen. Hier ein Schokoladenriegel, dort eine Praline, zum Nachtisch täglich Pudding oder Eis.

Und in der Schule sangen die Jungs hinter mir her: «Angelika ist fett, und liegt sie nachts im Bett, dann träumt sie nur von Marzipan, sie kriegt nie einen Mann.»

Herbert Roßmüller hat dieses Liedchen gereimt und mit seiner Clique einstudiert. Er tat sich durch besonders lautes

Absingen hervor. Ein nicht besonders geistreicher Text, aber als besonders geistreich konnte man Herbert in jungen Jahren auch nicht bezeichnen. Er war knappe zwei Jahre älter als ich, wir besuchten trotzdem dieselbe Klasse. Einmal hatte er Glück beim Stichtag gehabt und konnte seine Einschulung um ein Jahr hinausschieben, danach hatte er einmal Pech mit der Versetzung.

Wenn ich je einen Menschen gehasst habe, dann Herbert Roßmüller, zumindest in unserer Kindheit und Jugend. Obwohl, wenn ich ehrlich bin – das sollte ich sein, es hilft keinem mehr, wenn ich mich oder sonst wen belüge; es war schon mit dreizehn eher so eine Art Hassliebe. Zu der Zeit war ich bis über beide Ohren in ihn verknallt. Und etwas, von dem man genau weiß, dass man es nicht haben kann, muss man sich selbst madig machen, dann wird der erzwungene Verzicht erträglich.

Ich wünschte Herbert inbrünstig ein Drüsenleiden oder eine Stoffwechselstörung, die ihn aufschwemmte wie einen Wasserball, dazu eine stark entzündete Akne, die sein Gesicht fürs ganze Leben verunstaltete.

Er war als Kind und Jugendlicher exakt das, was man als schön bezeichnet. Ein schlanker, wohlproportionierter Körper, ein schmales, klassisch geschnittenes Gesicht. Da störte kein überflüssiges Härchen in den Augenbrauen. Graue Augen, ein sehr dunkles Grau, fast schon anthrazit, mit feinen, helleren Streifen in der Iris, die ihm einen feurigen Blick verliehen. Die langen Wimpern darüber hatten von Natur aus die Form, die sich Mädchen anklebten oder mit Zangen einzudrücken versuchten. Ich auch, und mehr als einmal habe ich mich entsetzlich dabei ins Lid gekniffen.

Herbert hätte Modell stehen können für eine dieser griechischen Statuen, an denen Frauen immer ratlos stehen bleiben, weil sie sich fragen, warum so ein traumhafter Körper mit einer eher mickrigen Männlichkeit ausgestattet ist und ob man, beziehungsweise Frau, für den blanken Neid sämtlicher Freundinnen auf ein paar Zentimeter mehr verzichten könnte. Man müsste ja nicht erzählen, dass er an der gewissen Stelle ein bisschen unterentwickelt ist. War, nein, ist. Bei Herbert muss es heißen: Er ist. Er lebt ja und ist nicht unterentwickelt.

Wie viele schöne Menschen hatte er absolut kein Gespür für die Nöte der Hässlichen. Manchmal war er richtig grausam. Leider waren schon unsere Mütter gute Freundinnen gewesen. Daraus hatte sich eine Freundschaft zwischen unseren Vätern entwickelt.

Roßmüller senior war Rechtsanwalt und der Rechtsberater meines Vaters. Wenn wir mal keine Autoren zu Gast hatten, saß stattdessen der alte Roßmüller bei Papa, brachte in der Regel seinen Nachwuchs mit, weil der schöne Herbert mal wieder irgendwelche Lektionen für die Schule verschludert hatte oder Nachhilfe brauchte.

So konnte Herbert mir auch sonntags ungestraft Gemeinheiten zuflüstern. Wahrscheinlich kam er nur deshalb mit. Ich meine, für einen Jungen von sechzehn oder siebzehn Jahren gibt es am Sonntagnachmittag sinnvollere Freizeitgestaltungen, als mit Papa einen befreundeten Verleger zu besuchen. Seine Hausaufgaben hätte er auch bei Freunden abschreiben können.

Mit Vorliebe nannte er mich Röllchen oder Tönnchen. Und wenn ich bei den vermaledeiten Bundesjugendspielen wieder einmal nicht von der Stelle kam, brüllte er über den Sportplatz: «Leg dich hin und lass dir einen Tritt geben. Wenn du rollst, klappt das vermutlich besser.»

Ich weiß noch genau, dass er mich einmal fragte, ob er unter meinen Pullover fassen dürfe. «Lass mich doch mal fühlen, Geli, sei nicht zickig. Früher haben wir sogar zusammen gebadet.»

Ja, mit drei oder vier. Nun war ich vierzehn und brauchte schon Körbchengröße C. Unsere Väter saßen im Wohnzimmer über irgendeinem Rechtsproblem. Herbert sollte sich von mir nur etwas Nachhilfe in Biologie geben lassen. Stattdessen wurde er unverschämt. Als ich ablehnte, meinte er mit einem blöden Grinsen: «Das war nur ein Witz, Speckschwarte. Oder hast du wirklich geglaubt, ich will mir fettige Finger holen?»

Herbert Roßmüller   Ich will mich hier nicht entschuldigen für das, was ich in unserer Jugend zu ihr gesagt habe. Man muss nicht unbedingt Gewalt anwenden, um ein Leben zu zerstören, oft richten Worte den größeren Schaden an. Zu der Erkenntnis sind vor mir gewiss schon viele andere gelangt. Ich habe es erst richtig begriffen, als ich die Kassetten abhörte, Stunde um Stunde ihrer Stimme lauschte und allem anderen, was ebenfalls aufgezeichnet wurde.

Ich sehe sie zwangsläufig vor mir mit diesem alten Recorder, dessen Spulen sich unerbittlich weiterdrehten, auch wenn Verzweiflung oder Furcht ihren eisernen Willen bezwang und sie völlig die Fassung verlor. Sie war so sehr um Haltung bemüht, in den ersten und den letzten Stunden ausschließlich die Angelika oder Geli, die ich seit frühester Kindheit kannte.

Ich sehe sie auch noch einmal, wie sie als Teenager gewesen ist, als ich dem Betonfundament, das ihrer Meinung nach fürsorgliche Haushälterinnen gelegt hatten, den Grundstein hinzufügte. *Angelika ist fett. Speckschwarte!* So hätte ich sie wirklich nicht nennen dürfen, das war hundsgemein. Aber es war auch eine Art Selbstschutz. So habe ich es ihr erklärt, als ich mich bei ihr entschuldigte.

Es war nie so dramatisch mit ihrer Figur, wie sie glaubte. Ich kann mir ein Urteil erlauben, weil ich sie bis zum Abitur fast täglich sah und es in Fotoalben meiner Eltern noch unzählige Aufnahmen gibt, die uns gemeinsam im Planschbecken oder in der Sandkiste zeigen.

Ich erinnere mich sogar noch daran, dass ihre Mutter sie auf meiner Spieldecke wickelte. Bei der Gelegenheit habe ich sie heftig in ein Beinchen gebissen und wurde zur Strafe für eine halbe Stunde in mein Zimmer verbannt. So etwas prägt sich ein. Dreißig Minuten können das Leben eines Dreijährigen und seine Einstellung zu anderer Leute Kinder entscheidend verändern.

Ich war maßlos eifersüchtig auf Geli, weil sie damals alle Welt, meine Mutter eingeschlossen, in helles Entzücken versetzte. So ein süßes Kind, hieß es immerzu. Das war sie ohne Zweifel. Und sie war auch ein Kind, das man nicht nötigen musste, den Teller leer zu essen. Geli wusste schon in sehr jungen Jahren, dass es unhöflich war, lustlos in der Nahrung herumzustochern.

Nach dem Tod ihrer Mutter lebte sie fast ein Jahr bei uns, weil ihr Vater erst einmal seinen Schmerz bewältigen musste und sich Hals über Kopf in Arbeit, den Aufbau seines Verlags, stürzte, ehe er sich darauf besann, dass er eine Tochter hatte, die ihn brauchte. In dem Jahr war Geli mein erklärtes Feindbild.

Nicht genug damit, dass ich die Aufmerksamkeit meiner Eltern mit ihr teilen musste, ich hörte auch bei jeder Mahlzeit, ich solle mir ein Beispiel an ihr nehmen. Ich war als Kind ein schlechter Esser. Und mit fünf war ich der Meinung, wir müssten sie für immer behalten. Ich war grenzenlos erleichtert, als ihr Vater sie endlich wieder abholte und sich in der Folgezeit weigerte, sie meiner Mutter noch mal für ein Wochenende oder gar einen Urlaub zu überlassen.

Diese Zeit hat sie auf den Bändern beinahe gänzlich unterschlagen. Sie wurde nicht gerne daran erinnert, das weiß ich. Bezeichnend dafür ist auch, dass sie meinen Vater nur einmal als Roßmüller senior und danach nur noch als den alten Roßmüller anführte. Dass sie ihn früher Onkel genannt und bei seinem Anblick leuchtende Augen bekommen hatte, schien sie vergessen zu haben. Von meiner Mutter sprach sie gar nicht.

Später waren es Gelis Leistungen in der Schule, die mir als Vorbild vorgehalten wurden. Sie war eine herausragende

Schülerin, nicht unbedingt in Sport, aber in allen anderen Fächern schrieb sie nur Bestnoten.

Es klingt auch gemein, das so zu formulieren, aber in jungen Jahren sah ich es so: Geli hatte die Woche über nichts Besseres zu tun, als sich auf den Lernstoff zu konzentrieren, Bücher zu lesen und eine Schallplatte von Pierre Brice, den sie als Dreizehn-, Vierzehnjährige glühend verehrte, rauf und runter zu hören und mitzusingen.

«Ich steh allein in einsamer Nacht und der Wind trägt mein Lied in die Ferne. Tausend silberne Sterne halten am Himmel die Wacht. Der Weg zu dir ist noch so weit, doch es wartet auf uns eine schöne Zeit. Als ich dich sah, da wusst' ich sofort, du allein bist der Traum meines Lebens. Dass dieser Traum nicht vergebens, weiß ich, ich hab ja dein Wort.»

Wie oft habe ich das damals gehört, wenn mein Vater und ich bei ihnen ankamen. Auf den Bändern sang sie es auch gelegentlich, überbrückte wohl mehrfach die Stille beim Kassettenwechsel mit etwas Gesang oder Momente, in denen ihre Gedanken abschweiften. Nicht jedes Mal sang sie von der einsamen Nacht, den Schlagertext von Andrea Berg flocht sie ebenso ein wie Zeilen aus den Liedern der Ersten Allgemeinen Verunsicherung. Ich will mit diesem Hinweis nicht vorgreifen, erwähne es hier nur, damit die betreffenden Passagen nicht jedes Mal von einer Anmerkung unterbrochen werden. Gesangszeilen sind kursiv gesetzt.

Auch wenn sie das Gegenteil behauptete: Sie war ein sehr einsames Kind. Freundinnen hatte sie nicht. Es war allerdings nicht so, dass sie abgelehnt wurde. Ihr waren alle zu dumm oder zu albern. Für Albernheiten hatte sie damals keine Zeit.

Einen Vater hatte sie im Grunde auch nicht. Nach außen wurde stets ein inniges Vater-Tochter-Verhältnis demonstriert. Zu innig, um Geli mal ein Wochenende freizugeben.

Ihr Vater schlug jede Einladung im Freundeskreis aus. An den Wochenenden betrieb er Autorenpflege. Da ließ er Geli nicht von seiner Seite. Meine Tochter! Die Ersatzpartnerin oder das Vorführobjekt, das sich schon mit zehn oder zwölf am Niveau der Gäste orientierte und in der Schule mit Tolstoi brillierte.

Einmal zitierte sie sogar Homer, im Original, das weiß ich noch. Da konnten gleichaltrige Mädchen oder Jungs wie ich, die alles andere als die Klassiker der Weltliteratur im Sinn hatten, natürlich nicht mithalten. Und das gab sie einem auch sehr deutlich zu verstehen.

Meine Mutter ist heute noch der Meinung, dass Gelis Vater der wahre Grund allen Übels war. Dass sie zeit seines Lebens aus Rücksicht auf ihn ihre eigenen Interessen und Bedürfnisse in den Hintergrund schob und ihren vermeintlich widerlichen Körper nur als Vorwand nahm. Dass sie sich möglicherweise verpflichtet fühlte, allein zu bleiben, damit er nicht auch noch sie hergeben oder zumindest mit einem anderen Mann teilen musste.

Ich kann zwar nicht beurteilen, wie sie mit zwanzig oder dreißig aussah. Aber ich bin sicher, sie hätte Männer haben können. Sie hätte als Teenager auch Freunde haben können. Doch sie hatte eine unnachahmliche Art, alle vor den Kopf zu stoßen und jeden zu vergraulen, der ihr Avancen machte.

Zu der Zeit war sie weiß Gott nicht fett, nur pummelig oder, wie mein Vater das ausdrückte, «Gut dabei», was sich vor allem auf ihre Oberweite bezog, die mich ungeheuer reizte.

Ich fuhr an den Sonntagnachmittagen nicht mit, um Geli zu beleidigen. Ich war auch nicht jedes Mal dabei, wenn unsere Väter etwas zu besprechen hatten. Manchmal wurde ich abkommandiert, um mir von ihr Nachhilfe geben zu lassen. Erfreut darüber war ich verständlicherweise nicht. Und mit sechzehn erschien es mir sinnvoller, speziell Biologie am lebenden Objekt zu erkunden, statt mir wieder einmal von Geli erklären zu lassen, ich sei viel zu dämlich fürs Gymnasium. Als ich abgewiesen wurde, vergriff ich mich im Ton. So ist das in dem Alter, man muss einstecken und teilt aus. Mir ist mit sechzehn nicht der Gedanke gekommen, Geli sei in mich verliebt. So benahm sie sich wahrhaftig nicht.

Als ihren Folterknecht hat sie mich mehrfach bezeichnet. Das war ich ohne Zweifel in unserer Jugend und zuletzt. Aber ich will nicht vorgreifen.

O-Ton – Angelika

Angelika ist fett! Irgendwann wird das zum Trauma. Man kann sich selbst nicht mehr akzeptieren. Aber man muss leben mit den Speckrollen, den viel zu schweren Brüsten und den Rückenschmerzen, die sie verursachen, mit den wunden Stellen dazwischen und darunter, mit den von Büstenhalterträgern wund gescheuerten Schultern. Mit den Polstern auf den Hüften, dem Wulst um die Taille, den Oberschenkeln, die eher zu einer Elefantenkuh passen als zu einem jungen Mädchen. Mit dem Bauch, der aussieht, als wäre man im siebten Monat schwanger. Und mit dem Vollmondgesicht, das zu allem Überfluss eine viel zu lange Nase mit einem Höcker hatte.

Um es einigermaßen ertragen zu können, lebt man allein, geht freiwillig allem aus dem Weg, was ausschließlich Hosen trägt und darauf wartet, sich endlich regelmäßig rasieren zu müssen. Man hat durchaus seine Sehnsüchte, erwacht morgens auf feuchtem Kopfkissen, und nicht nur das Kissen ist feucht. Die Augenlider sind vom Weinen gerötet und aufgequollen, weil wieder mal so ein Prachtexemplar aufgetaucht ist, von dem man nur träumen darf, will man sich nicht noch ein paar Beleidigungen anhören.

«Sie kriegt nie einen Mann!» Bestimmt nicht so einen wie Herbert Roßmüller, dachte ich damals. Und einen weniger schönen wollte ich nicht.

Dabei wollten mich nicht mal die Hässlichen. In der Tanz-schule saß ich in einer Ecke, bis der Tanzlehrer einen der jungen Männer abkommandierte. Der verdrehte dann regelmäßig die Augen, trat mir auf die Füße, stöhnte und klagte noch Tage später über Muskelkater.

Einen kleinen Trost fand ich zu der Zeit lediglich in meiner Schwärmerei für den Schlagersänger Andy Goltsch, der einer besonderen Erwähnung bedarf, weil ich später noch einmal Trost, vielmehr Ablenkung bei ihm suchte, daraus wurde dann allerdings ein Sargnagel.

Mit fünfzehn, sechzehn, auch noch mit siebzehn hatte ich mein Zimmer mit seinen Postern tapeziert, besaß sogar ein richtiges Foto von Andy Goltsch, mit Autogramm selbstverständlich. Es stand gerahmt auf meinem Nachttisch. Beim Foto hatte ich gemogelt, eins der Poster abgelichtet, sah man aber nicht. Das Autogramm hatte ich anschließend bei einem Konzert ergattert.

Und nachts stieg Andy aus einem Poster, setzte sich auf meine Bettkante, so sanft und zärtlich, wie er sich in seinen Schnulzen gab, sang er nur für mich: «Wenn Herzen brechen.» Das war sein größter Hit damals.

In dem Konzert, das ich besucht hatte, war Andy von seinen weiblichen Fans mit Rosen beworfen worden. Eine Rose hatte er zurückgeworfen, in meine Richtung, davon war ich überzeugt. Leider war es mir nicht gelungen, sie zu schnappen, sonst hätte ich sie vermutlich getrocknet und neben dem Poster über meinem Bett aufgehängt.

Auf dem Höhepunkt seiner Karriere verschwand Andy Goltsch dann ganz plötzlich von der Bildfläche. Zwei Konzerte wurden von den Veranstaltern abgesagt. Wochenlang waren die Zeitungen voll mit bitterbösen Berichten und Anschuldigungen, aus denen klar hervorging: Andy Goltsch sang nicht für kleine Mädchen.

Ein blond gelockter Knabe, der etwa in meinem Alter sein musste und fast so schön war wie Herbert Roßmüller, ließ sich in einer Illustrierten lang und breit und in sämtlichen intimen Details über ein paar gemeinsame Wochen mit meinem Schwarm aus. Da erfuhr ich sogar, dass Andy Goltsch üblen Mundgeruch und eine Warze an einer äußerst delikaten Stelle haben sollte. So genau wollte ich es nun wirklich nicht wissen. Es war ein böses Erwachen, als wolle mir jemand klar machen, dass sogar romantische Träume Zeitver...

> **Anmerkung** Der Recorder wechselte automatisch die Bandseite; nachdem beide Seiten durchgelaufen waren, schaltete er sich ab. Das hatte den Nachteil, dass bei jedem Umschalten von Seite A auf Seite B etwas Vorlaufband am Tonkopf vorbeilief, das nicht besprochen werden konnte. Diese technisch bedingten Unterbrechungen registrierte sie bei den ersten beiden Kassetten nicht.

O-Ton – Angelika

... Abitur verlor ich auch den schönen Herbert aus den Augen. Er nahm ein Jurastudium auf und war damit entweder so beschäftigt, dass er keine Zeit mehr hatte, seinen Vater sonntags zu begleiten. Oder er fand an der Universität andere Zielscheiben für seine Überheblichkeit. Doch es sah jahrelang so aus, als sollte er Recht behalten. Sie kriegt nie einen Mann!

Nachdem ich mein Studium abgeschlossen hatte, ging ich für einige Jahre ins Ausland, zuerst nach Großbritannien, dann in die USA. Papa wollte es so. Ich sollte in internationalen Verlagen das Geschäft von der Pike auf lernen und ein paar nützliche Beziehungen knüpfen.

Fern der Heimat und von Papa, der seit dem Tod meiner Mutter einen Horror vor Krankenhäusern und Routineeingriffen mit einem Skalpell hatte, nutzte ich die Gelegenheit, zumindest mein Gesicht aufzuwerten. Ich ließ meine Nase kürzen und begradigen. Anschließend wollte ich mir auch die Brüste verkleinern, Bauch, Hüften, Hintern und Oberschenkel absaugen lassen. Dazu kam ich nicht mehr, weil Papa erkrankte.

An einem Lungenemphysem, behauptete er.

Dass die Diagnose nach einer gründlichen Untersuchung in einer Klinik gestellt wurde, wage ich zu bezweifeln. Papa hätte sich niemals freiwillig an solch eine Brutstätte tödlicher Bakterien begeben. Man wurde mit einer harmlosen Blinddarmentzündung eingeliefert und kam im Sarg wieder heraus.

Ich hatte lange Zeit keine Zweifel an der Diagnose. Papa war ein starker Raucher, plagte sich seit Jahren mit einer chronischen Bronchitis. Die Schluckbeschwerden, die er zusätzlich zur Kurzatmigkeit und den Hustenanfällen bekam, verursachte angeblich ein Medikament. Das mochte sogar zutreffen, zu den Nebenwirkungen, die auf dem Beipackzettel angeführt wurden, gehörte eine Lähmung des Magenpförtners.

Papas Schluckbeschwerden besserten sich allerdings nicht, als das Medikament durch ein anderes ersetzt wurde, das er inhalieren konnte. Nun behauptete er, die Lähmung sei irreparabel. Um Ausreden war er nie verlegen. Ich war am Telefon ja auch leicht zu belügen.

In den ersten beiden Jahren seiner Erkrankung kam ich jedes zweite Wochenende in die Heimat. Da reichte die Zeit in den USA nicht, um sich unters Messer zu legen. Und zu Hause reichte es nicht, zu begreifen, wie ernst es tatsächlich um Papa stand.

Er bemühte sich, mir vorzugaukeln, es ginge ihm prächtig, er habe nur gerade keinen Appetit. Er mochte nicht mehr essen, wenn ihm jemand zuschaute. Von unserer Haushälterin Frau Ströbel hörte ich, dass er sich beim Schlucken immerzu an den Kehlkopf fasste, als könne er den Bissen von außen weiterbefördern. Frau Ströbel vermutete, er habe Kehlkopfkrebs. Das bestritt er energisch. Er hatte überhaupt keinen Krebs, weder am Kehlkopf noch sonst wo, er doch nicht! Krebs war genetisch oder psychisch bedingt, er hatte völlig intakte Gene und eine ausgeglichene Psyche.

Papa war immer ein großer und stattlicher Mann gewesen, nun wurde er zusehends weniger. Als er auf fünfundsechzig Kilo abgemagert war, bei einer Körpergröße von gut eins neunzig, als ein Schwächeanfall den nächsten jagte, kam ich zurück. Dreißig Jahre alt, immer noch viel zu fett, immer noch allein, und was ich als schlimmer empfand: immer noch unberührt.

Es hätte sich wahrscheinlich ein barmherziger Engländer oder Amerikaner gefunden für eine unverbindliche Nacht. Doch daran wäre ich erstickt. Allein die Vorstellung, dass der Samariter anschließend jemandem erzählen könnte, wie das gewesen sei mit einer Speckschwarte: vielen herzlichen Dank.

Papa gab sich redlich Mühe, mir einzureden, es sei längst nicht so tragisch mit meiner Figur, wie ich meinte. «Ich habe dir doch immer gesagt, das ist Babyspeck, Geli, es wächst sich aus.»

Schon die kleine Korrektur meiner Nase war für ihn bodenloser Leichtsinn gewesen. Allein die Andeutung, dass es auch in Deutschland Ärzte gab, die gut mit einem Skalpell und einer Saugkanüle umgehen konnten, versetzte ihn in Panik.

«Bist du noch bei Trost, Geli? Man lässt sich doch nicht ohne jede Notwendigkeit im Leib herumstochern. Hast du eine Vorstellung, was dabei alles passieren kann?», musste ich mir anhören.

Natürlich hatte ich eine Vorstellung: von einem schlanken, wohlgeformten Körper und Büstenhaltern mit Körbchengröße C. Für ein junges Mädchen war das üppig gewesen, für eine Frau fand ich es ideal. Ich war längst bei Größe E.

Papa erzählte mir oft etwas von inneren Werten. Gleichzeitig versuchte er, mich auf seinen Sessel im Verlag vorzubereiten. Er hoffte wohl, dass mich berufliches Engagement von persönlichen Defiziten beziehungsweise Überschüssen und der Lebensgefahr, in die ich mich deswegen begeben wollte, ablenkte. Als er begriff, dass es das nicht tat, schaute er sich selbst nach Abhilfe um, wollte mich unbedingt mit Erich Nettekoven verkuppeln, weil er meinte, wir würden uns vortrefflich ergänzen.

Nettekoven war seit den Anfängen dabei und inzwischen unser Verlagsleiter. Papa bezeichnete ihn gerne als «meine Rechenmaschine». Vom Geschäft verstand Nettekoven wirklich etwas, vor allem im kaufmännischen Bereich. Mein Metier war das Lektorat. Insofern wären wir mit Blick auf den Verlag vermutlich das ideale Paar gewesen. Aber im Privatleben war Erich Nettekoven gewiss nicht das, was ich mir unter einem leidenschaftlichen und romantischen Liebhaber vorstellte. Mein Mann fürs Leben. Wenn ich das im Zusammenhang mit ihm dachte, schauderte es mich.

Er war fünfzehn Jahre älter als ich, seit drei Jahren verwitwet und Vater eines Sohnes, der bereits Mitte zwanzig war. Die grauen Anzüge mit Weste besaß er im Dutzend. Unter der Weste stand der Bauch ziemlich vor, ein Spitzbauch. Da musste ich mir zwangsläufig vorstellen, wie unsere Bäuche aufeinander klatschten und verhinderten, dass die Fortpflanzungsorgane zueinander fanden. Dazu trug Nettekoven einen Schnurrbart, der seinem leicht abwesend wirkenden Gesicht ein wenig Strenge verleihen sollte. Sehr gepflegte Hände hatte er. Ich glaube, er ließ sich regelmäßig die Fingernägel maniküren. An der linken Hand trug er einen mächtigen Siegelring und rechts die beiden Eheringe, den Ring seiner verstorbenen Frau am kleinen Finger.

Einmal ließ ich mich von ihm zum Essen ausführen, nur Papa zuliebe, den ich kurz zuvor nach einem erneuten Schwächeanfall notgedrungen in ein Krankenhaus hatte bringen müssen, gegen seinen Willen. Papa war furchtbar wütend auf mich.

Die Ärzte hatten zuerst ihm, dann mir, weil er nichts davon hören wollte, eröffnet, er hätte im Höchstfall noch ein halbes Jahr zu leben. Ein Bronchialkarzinom, weit fortgeschritten, die Lymphknoten waren bereits befallen, in anderen Organen hatten sich Metastasen gebildet. Eine Behandlung war nicht mehr möglich. Papa wollte in einem Krankenhaus ja auch nicht behandelt werden.

Ich wusste, dass ich bald ganz auf mich allein gestellt und niemandes Kind mehr wäre, als ich mich von Erich Nettekoven in ein französisches Restaurant einladen ließ. Da saßen wir dann, brauchten vier Stunden für fünf Gänge, unterhielten uns über Papas Zustand und sein bevorstehendes Ende, über die Zukunft des Reuter-Verlags und die unerbittliche Konkurrenz, die uns wieder einmal einer soliden Einnahmequelle berauben wollte. Papa wusste noch nichts davon und sollte es nach Möglichkeit auch nicht mehr erfahren.

Ausgerechnet einer unserer Stammautoren, Gottfried Möbius, von dem es niemand erwartet hatte, wollte die Situation für einen Wechsel nutzen. Seine Werke erschienen seit zwei Jahrzehnten im Reuter-Verlag. Papa hatte Möbius damals entdeckt, ihn aufgebaut und bekannt gemacht. Möbius war mindestens einmal im Monat unser Gast gewesen. So konnte ihm gar nicht verborgen bleiben, wie es um Papas Gesundheit stand.

Papa hielt ihn immer noch für absolut loyal. Aber Möbius bezweifelte nun, dass seine Werke bei uns noch in guten Händen wären, wenn der Verleger das Zeitliche gesegnet hatte. In Wahrheit versuchte die Konkurrenz schon seit geraumer Zeit, ihn mit allerlei Versprechen und hohen Vorschüssen zu ködern.

Gottfried Möbius gehörte zu den Autoren, bei denen es kein Lotteriespiel war, ein neues Buch auf den Markt zu bringen. Man konnte den Gewinn im Voraus kalkulieren. Verschätzt hatte Nettekoven sich dabei im letzten Jahrzehnt nicht einmal.

Er regte sich ziemlich darüber auf, dass Möbius nicht mit offenen Karten spielte, es stattdessen gewagt hatte, ihm in die Augen zu schauen, während er Zweifel an seinen Fähigkeiten als Verlagsleiter laut werden ließ. Ziemlich aufregen hieß bei Nettekoven allerdings nur, dass er nach jedem Bissen sein Besteck ablegte, zur Serviette griff und sich den Mund abtupfte, um anschließend in dezenter Lautstärke das nächste Sätzchen Empörung von sich zu geben. Er hatte kein Blut in den Adern, nur lauwarmes Wasser.

Nach dem Dessert kam der Wassermann endlich zum Kern der Sache, sprich dem tatsächlichen Grund unseres Beisammenseins. Dass er seine Frau über alles geliebt habe, erklärte er mir, und dass sein Leben seit ihrem Tod sehr einsam sei. Einerseits sehne er sich nach einer neuen Partnerin, andererseits könne er sich nicht vorstellen, dass irgendeine Frau die seine ersetze.

Er meinte, das müsse ich nachvollziehen können, weil Papa es ebenso gehalten hatte. Aber wir seien schließlich beide erwachsene Menschen, die ein großes gemeinsames Interesse hätten, den Reuter-Verlag. Seinem Sohn müsse ich die Mutter nicht ersetzen. Ich würde mit dem Gang zum Standesamt den letzten Wunsch meines sterbenden Vaters erfüllen. Und auch eine vertrauensvolle, rein verstandesmäßige Bindung könne auf Dauer zu einem stillen Glück führen.

Stilles Glück, das höre ich heute noch. Ich wollte kein stilles Glück. Ich wollte Raserei, bersten vor Leidenschaft. Ich wollte, dass ein Mann mir die Kleider vom Leib riss, ohne vorher zu fragen, ob ich sie mir bei H & M oder aus einer exklusiven Boutique beschafft hatte. Ich wollte geliebt werden, bis ich den Verstand verlor. Wenn ich das nicht haben konnte, wollte ich gar nichts. Keine Kompromisse, lieber noch ein Eis zum Nachtisch. Und anschließend das heulende Elend vor dem Spiegel.

«Eine Frau ist nur schön, wenn sie sich selbst lieben kann», sagte Bruno einmal. «Du kannst das nicht, Angelique, lass es mich für dich tun.» Bruno und seine Sprüche.

Anfangs kam er mir zu pathetisch vor. Dabei war seine geschwollene Art zu reden nur ein Zeichen von Unsicherheit. In Wortgefechten war er mir unterlegen, wahrscheinlich nicht nur mir. Ich nehme an, die Erfahrung hatte er vorher schon bei drei Dutzend anderen Frauen gemacht. Deshalb sprach er langsam, hatte jeden Satz dreimal durchdacht, ehe er ihn herausließ. Er legte großen Wert auf seine Aussprache und seine Formulierungen. Das fiel mir schon am ersten Abend auf.

Das war Anfang April zweitausendeins, unmittelbar nach Papas Tod, was wohl einige schockieren wird. Ich weiß nicht, wie ich es erklären soll, ohne den Eindruck zu vermitteln, ich hätte kein Herz im Leib gehabt und nur an mich gedacht. Den Vater unter die Erde gebracht und anschließend die Sau rausgelassen.

Nicht ordinär werden, Angelika. Sag: «Ich war nicht ganz bei Sinnen, als ich Bruno kennen lernte.»

Das war ich wirklich nicht. Ich war innerlich zerfressen von Schuldgefühlen und Entsetzen vor mir selbst und äußerlich immer noch die Frau, die sich nicht ausstehen konnte. Von morgens bis abends eingezwängt in ein Korsett, in dem ich keine zwei Treppen ohne Pause hinaufkam, weil es kurzatmig machte, die überflüssigen Pfunde nach innen zu pressen. Aber wenn ich sie rausließ, schnürten sie mir erst recht die Luft ab.

Ich weiß nicht mehr, wie oft ich in meinem Bett gelegen und mir vorzustellen versucht hatte, ich sei nicht allein. Ich hatte mich nie überwinden können, selbst für ein bisschen Entspannung zu sorgen, weil es mich ekelte, mich anzufassen. Unter der Dusche musste ich, da funktionierte es dann auch manchmal. Das war aber immer nur ein kurzes Vergnügen.

Vielleicht hatte Bruno Recht mit seiner Feststellung, dass ich mich nicht lieben konnte. Vielleicht hatte sogar Papa Recht, wenn er mir erklärte, es sei nur halb so wild, wie ich meinte. Doch das änderte nichts an der Tatsache, dass es für mich schlimm war.

Es war ein feuriger Klotz im Innern, als ob ich verbrenne. Ich hätte vor Schmerzen schreien mögen dabei. Sehnsucht mag schön sein, für mich war sie grausam. Wenigstens einmal wollte ich es erleben: einen Mann an meiner Seite, der all das mit mir tat, was sich unter dem Gesamtausdruck Liebe machen zusammenfassen lässt. Und der es mich tun ließ. Ich wollte ebenso anfassen, streicheln und küssen, wie ich angefasst, gestreichelt und geküsst werden wollte. Und ich wusste genau, dass ich es nicht haben konnte, solange ich mir nicht mit einer Saugkanüle im Leib hatte herumstochern lassen, jedenfalls nicht mit einem Mann, der mich gereizt hätte, ihn anzufassen.

Ich konnte schon lange keine Filme mehr anschauen oder Romane lesen, in denen ein Mann und eine Frau sich küssten, von mehr ganz zu schweigen. Jedes Mal hatte ich dabei das Gefühl, innerlich zu zerreißen. Papas Krankheit und sein Sterben lenkten mich nur vorübergehend davon ab.

Es war eine scheußliche Zeit, die mich um eine Erfahrung reicher machte, auf die ich liebend gerne verzichtet hätte. Kann man den einzigen Menschen, von dem man ehrlich und aufrichtig geliebt wird, den man selbst über alles liebt, töten?

Natürlich kann man. Vielleicht kann es nicht jeder, aber ich konnte es, als es mir unerträglich wurde und ich die Situation nicht mehr verkraftete. Als der Punkt erreicht war, an dem ich nur noch meinen Frieden haben wollte, bei aller Liebe zu Papa. Von solchen Punkten gibt es viele im Leben. Die Reue kommt immer erst hinterher.

In den letzten Wochen seines Lebens war Papa an ein Krankenbett gefesselt und auf ein Sauerstoffgerät angewiesen. Natürlich stand das Krankenbett daheim, die Bibliothek war groß genug, und da hatte er stets vor Augen, was ihm zeit seines Lebens so wichtig gewesen war, all seine Bücher. Lesen konnte er zwar nicht mehr, aber anschauen konnte er sie.

Er bekam Morphium in hohen Dosen, hatte keine Schmerzen. Aber er hatte sich so verändert nach dem kurzen Aufenthalt im Krankenhaus. Unduldsam und tyrannisch war er geworden. Wahrscheinlich hatte er Angst vor dem nahen Ende. Das leugnete er vehement, die Furcht ebenso wie den Tod. «Mach dir keine Hoffnungen. Geli, ich sterbe nicht.»

Ich wollte doch gar nicht, dass er starb. Ich wollte nur in Liebe und Frieden Abschied von ihm nehmen, all die Dinge sagen, von denen ich meinte, dass sie unbedingt noch gesagt werden müssten. «Ich liebe dich, Papa, ich werde dich immer lieben. Ich habe doch sonst keinen Menschen, den ich lieben könnte. Ich werde den Verlag in deinem Sinne weiterführen. Ich werde ihn hüten wie einen Augapfel und der bösen Konkurrenz die Stirn bieten.»

Es war nicht möglich, ihm das zu sagen. Ich konnte es nur denken, wenn ich bei ihm saß und mir sein Gezeter anhörte.

Er gab mir die Schuld für seine elende Verfassung. Ich hätte ihn eben nicht ins Krankenhaus bringen dürfen, wo unzählige Bakterien nur darauf lauerten, kerngesunde Menschen zu befallen und umzubringen. Er hatte keinen Krebs! Mit der Behauptung wollten die Ärzte nur verschleiern, was tatsächlich geschehen war. Er hatte sich im Krankenhaus mit einer Lungenentzündung infiziert! Und wehe mir, wenn ich etwas anderes behauptete.

Er konnte nicht mehr essen und lehnte es ab, sich durch eine Magensonde ernähren zu lassen. Infusionen wollte er auch nicht. In seinen Körper wurde nichts mehr hineingestochen, damit öffnete man nur weiteren Bakterien Tür und Tor. Flüssigkeit mussten wir ihm löffelweise einflößen. Nach jedem Löffel hustete er, spuckte aus, betrachtete den Schleim, entdeckte darin mit bloßem Auge Dutzende von Bakterien und freute sich, dass er wieder so viele losgeworden war.

Mich würgte es jedes Mal, wenn ich gezwungen war, ihm dabei zuzuschauen. Und in den Nächten war ich immer allein mit ihm. Morgens kam ein Krankenpfleger, um ihn zu waschen und frisch anzukleiden. Bei ihm wagte Papa keinen

Widerspruch, nickte brav, wenn es hieß, er sei zu schwach, um im Sessel oder im Rollstuhl zu sitzen. Mehr als einmal täglich ließ er den Pfleger jedoch nicht an sich heran. Wozu hatte er eine Tochter?

Tagsüber war ich im Verlag, dann kümmerte unsere Haushälterin sich um ihn. Frau Ströbel war seit über zehn Jahren im Haus, ließ sich auch nur bedingt schikanieren, schaffte es sogar, ihm klar zu machen, dass er nicht rauchen durfte, weil die Raumluft durch das Sauerstoffgerät in ein hochexplosives Gemisch verwandelt worden sei.

Nur ging Frau Ströbel, wenn ich heimkam. Natürlich kam ich immer zu spät. Und kaum war ich allein mit ihm, hieß es: «Ich habe lange genug gelegen, Geli. Schalte den Apparat ab, mach das Fenster auf und hilf mir in den Rollstuhl. Ich brauche frische Luft und eine Zigarette.» Wie oft ich diese Sätze gehört habe, weiß ich nicht mehr.

Er war nur noch Haut und Knochen. Ich traute mich nicht, fest zuzupacken, aus Furcht, ihm einen Arm oder ein paar Rippen zu brechen. Aber wenn ich versuchte, ihm das begreiflich zu machen, war ich ein Biest, zu bequem oder zu dämlich.

Das Schlimmste für mich war, dass er nicht schlief. Unser Hausarzt meinte, das Morphium müsse ihn müde machen. Tat es nicht. Nacht für Nacht war ich gezwungen, bei ihm zu sitzen und aufzupassen. Er lauerte nur darauf, dass mir die Augen zufielen. Kaum nickte ich ein, versuchte er die Beine aus dem Bett zu bringen. Manchmal schaffte er es. Mehr als einmal verhinderte ich in letzter Sekunde, dass er stürzte. Das Bett mit hochgeschobenem Gitter zu sichern half auch nicht viel. Dann kam er zwar nicht heraus, aber er schob die Beine durch und zeterte unentwegt.

Mehrfach bettelte ich unseren Hausarzt um Schlaftabletten an. Die durfte er nicht verordnen, aus welchem Grund auch immer. Schließlich erbarmte er sich und schrieb Rezepte für Beruhigungsmittel aus. Haldon-Tropfen, damit wurden in der Psychiatrie renitente Patienten außer Gefecht gesetzt. Papa wurde ziemlich agil damit. Als Nächstes probierten wir es mit Tropfen auf Diazepam-Basis, die betäubten Papa auch nur kurzfristig, und danach war er völlig verwirrt. Zuletzt bekam ich Schaumtabletten, die sich im Mund auflösten, ich musste nur vorher etwas Wasser einträufeln. Eine halbe Tablette pro Abend sollte ich verabreichen, das brachte gar nichts. Also wurde mir mit Hinweis auf das Risiko, er könne im Schlaf ersticken, eine ganze erlaubt.

Und dann kam der Abend, an dem ich mich nur noch nach Schlaf sehnte. Ich war so müde. Papa wog nur noch knappe fünfzig Kilo, war zu schwach, um seinen Kopf zu heben. Aber die Beine konnte er immer noch durch das Bettgitter schieben und klemmte sich mit der Hüfte ein. «Raus», murmelte er immer wieder.

Ich schob seine Beine zurück und sagte: «Du kannst hier erst raus, wenn du loslässt. Du musst jetzt loslassen, Papa. Es ist Zeit zum Sterben.»

Ich hatte ihm bereits eine Schaumtablette in den Mund geschoben. Nun flößte ich ihm noch einen Löffel Wasser ein und schob die zweite in eine Backentasche. Er schaute mich an. Ich glaube, er wusste genau, dass ich etwas tat, was unser Hausarzt nicht erlaubt hatte, dass ich ihn umbrachte. Ich wollte es nicht lesen in seinem Blick, wollte sein Gemurmel nicht mehr hören, legte ihm ein Kissen aufs Gesicht und schaltete das Sauerstoffgerät ab.

Dann setzte ich mich in den Sessel und wartete. Volle drei Stunden dauerte sein Todeskampf. Und in keiner Minute hatte ich das Bedürfnis, das Gerät wieder einzuschalten und das Kissen wegzunehmen. Ich saß nur da, schaute zu und hörte mir sein Röcheln an, bis es endlich verstummte.

Bevor am Morgen der Krankenpfleger und Frau Ströbel eintrafen, schaltete ich das Sauerstoffgerät wieder ein, nahm das Kissen weg und rief unseren Hausarzt an. Er kam sofort, schrieb den Totenschein aus. Exitus infolge eines Bronchialkarzinoms mit Metastasenbildung. Dann legte er mir eine

Hand auf die Schulter und sagte: «Danken Sie dem Himmel, Angelika, er hat ausgelitten.»

Anschließend nahm er alle Medikamente an sich, die auf dem Tisch lagen. Er musste sehen, dass ich die Schaumtabletten zu hoch dosiert hatte. Aber er sagte nichts. Ich denke, auch Frau Ströbel schöpfte Verdacht, weil das Kissen neben Papas Kopf lag. Nachdem ein Bestattungsunternehmen die Leiche abgeholt hatte, sprach sie von Erlösung und einer heroischen Entscheidung, zu der sie den Mut nicht gefunden habe, weil sie ihrer Meinung nach auch kein Recht dazu gehabt hätte. Aber kein Mensch sollte auf eine so elende Weise zugrunde gehen müssen, das sei einfach unmenschlich, sagte sie.

Vielleicht durfte man es so sehen, mich brachte das schlechte Gewissen trotzdem fast um den Verstand. Noch Tage nach der Beerdigung wusste ich nicht, wo mir der Kopf stand.

Dann kam Bruno, zu einem unschicklichen, aber genau dem richtigen Zeitpunkt, um zu verhindern, dass ich einen Geisterbeschwörer oder ein Medium anheuerte, um Kontakt mit Papa aufzunehmen und mich zu entschuldigen.

Ich könnte jetzt behaupten, wie Herbert Roßmüller es vor ein paar Monaten getan hat, ich sei eine leichte Beute gewesen. Wie habe ich ihn gehasst, als er das sagte. Aber er hatte Recht, ich war eine leichte Beute mit dem Schuldbewusstsein und dem Fett.

Papa hatte vor ewigen Zeiten, als er noch dabei war, den Reuter-Verlag aufzubauen, eine Lebensversicherung zu meinen Gunsten abgeschlossen. Von ihm sollte ich doch auch etwas mehr erben als nur die Verantwortung für sein Lebenswerk. Im Laufe der Zeit war die Summe mehrfach aufgestockt oder dem Umsatz angepasst worden. Ich wusste davon, dachte allerdings nicht daran, meine Ansprüche geltend zu machen, weil ich alles andere im Kopf hatte als Geld.

Und in der Woche nach der Beerdigung klingelte abends das

Telefon, es meldete sich ein Versicherungsvertreter. Er hatte die Todesanzeige gelesen. Ein aufmerksamer Mensch, nicht wahr? Und ein wahrer Menschenfreund. Wer hat denn schon erlebt, dass eine Versicherung sich freiwillig meldet, um eine Forderung zu erfüllen? Ich wollte ihn an den alten Roßmüller verweisen. Mir stand nicht der Sinn danach, einen Versicherungsvertreter zu empfangen. Doch so leicht ließ Bruno sich nicht abwimmeln.

Bruno Lehmann, ein Allerweltsname, der nichts über den Mann aussagt. Drei Jahre älter als ich, eins sechsundachtzig groß und schlank, breite Schultern, schmale Hüften, ein braun gebranntes Gesicht unter dichtem, dunkelbraunem Haar, faszinierende graue Augen, nicht so dunkel wie die von Herbert Roßmüller, aber genauso feurig, und ein schöner Mund.

Ich weiß nicht, warum, ich habe bei Männern immer zuerst auf die Augen und den Mund geschaut. Meiner Ansicht nach sagt die Form der Lippen eine Menge über den Charakter aus. Wenn sie zu schmal sind, ist das ein Zeichen von Härte. Sind sie zu voll, zeugt das von Genusssucht. Es ist nur meine persönliche Philosophie, ob sie zutrifft, ist mir egal. Bei Bruno gibt es ohnehin keine Deutung.

Seine Lippen waren nicht zu schmal und nicht zu voll, sie waren ideal wie alles an ihm. Er konnte mich damit in einen Zustand versetzen, als hätte ich ein Rauschmittel geschluckt, LSD oder sonst etwas in der Art. Ich habe keine Vergleichsmöglichkeiten, nie gekokst, nicht mal Hasch oder Marihuana geraucht. Aber das ist vermutlich so ähnlich. Im Kopf völlige Leere, ein Brausen und Singen in den Ohren und hinter den geschlossenen Augen herrliche Farbspiele. Die Beine so schwer und lahm, dass ich nie lange aufrecht stehen bleiben konnte, wenn er mich küsste.

Er war der glühende Kern, um den sich mein Leben nach Papas Tod drehte. Ein Magnet, dessen Anziehungskraft mich in einer Bahn hielt, in der ich alles andere als optimale Bedingungen vorfand. Meine Sonne vielleicht. Ja, das ist ein treffender Vergleich. Wer einer Sonne zu nahe kommt, wird zuerst geblendet und verglüht dann.

Jetzt ist meine Sonne erloschen. Und niemand wird sagen: «Danken Sie dem Himmel, Angelika, er hat ausgelitten.»

Sieht aus, als wäre schon fast eine Stunde vergangen. Ich hatte ein Band mit sechzig Minuten Spieldauer eingelegt. Tina Turner, «This is my life, what can I do», passte am besten für den Einstieg, fand ich. Ich hatte ja auch ein Leben vor Bruno. Ich hatte sogar noch eins mit ihm. Damit geht es gleich weiter, ich wechsle mal schnell, kann nicht erkennen, wie viel Band noch auf der linken Spule ist. Das Kassettenfach hat zwar ein Sichtfenster, doch das ist bräunlich. Die rechte Spule sehe ich besser, sie sieht ziemlich voll aus.

Anmerkung   Die Worte waren von knirschenden Schritten unterlegt.

Wen lösche ich denn als Nächsten aus? Vivaldi. Nein, das ist eine Kassette mit hundertzwanzig Minuten Laufzeit. Die sind bestimmt empfindlich. Bei der Ersten Allgemeinen Verunsicherung fehlen etliche Meter von nur neunzig Minuten. Bruno musste sie herausschneiden, das Band hatte sich um den Tonkopf gewickelt.

Was haben wir denn noch Feines bei den Sechziger-Bändern? Damit kann ich auch die Zeit besser abschätzen. Ich weiß nämlich nicht, wo meine Armbanduhr hingeraten ist.

Schade, dass keine Schnulzen von Andy Goltsch dabei sind. Bruno mochte ihn nicht. «Wenn Herzen brechen» wäre für die nächste Stunde genau das Richtige.

Ach, wie lieb. Er hat mir Pierre Brice zu Händel geklemmt. Wo hat er denn die alte Schallplatte aufgetrieben? Ich wusste gar nicht, dass ich die noch hatte. Papa hatte sie mir zum dreizehnten Geburtstag geschenkt, als ich schon bis über beide

Ohren verliebt in Herbert Roßmüller war. Dann nehme ich doch Händel. Abgesehen von der Tageszeit passt es, vielleicht hilft's auch.

Ich steh allein in einsamer Nacht. Und der Wind trägt mein Lied in die Ferne. Tausend silberne Sterne halten …

O-Ton – Angelika

Der Weg zu dir ist noch so weit, doch es wartet auf uns ...

So, liebe Freunde. Ich hoffe doch sehr, dass es Freunde sind, die sich meine Beichte zu Gemüte führen. Solange ich meine Ergüsse nicht als Beweismaterial kenntlich mache, hat die spanische Polizei eigentlich keinen Grund, mal hineinzuhören. Aber man sollte die Neugier nicht unterschätzen, was? Sie würden zwar kaum ein Wort verstehen und einen Dolmetscher zuziehen müssen. Doch der Ärmste bekäme bestimmt schon in den nächsten Minuten rote Ohren.

Was Bruno damals am Telefon sagte, weiß ich noch in fast allen Einzelheiten. Ich hatte immer ein ausgezeichnetes Gedächtnis für Dialoge. Einleitend drückte er mir sein Mitgefühl aus und vermutete, meine Trauer verhindere, dass ich verlange, was mir zustehe. Er wolle mir gerne dabei behilflich sein, das betrachte er als seine Aufgabe, sagte er. Das fand ich irgendwie zweideutig. Was mir zustehe. Aber die Art, wie er sprach, machte mich ganz weich und nachgiebig.

Später habe ich mich ein paarmal gefragt, wie oft er den Spruch wohl schon aufgesagt hatte, dass er ihm so flüssig und nach Aufrichtigkeit klingend über die Lippen kam. Nachdem ich ihm minutenlang zugehört hatte, hätte ich ihm auch stundenlang zuhören können und war selbstverständlich sofort bereit, ihn am nächsten Abend zu empfangen.

Er kam auf die Minute pünktlich, war vermutlich etwas früher da gewesen und hatte im Auto gewartet, bis es Zeit wurde, auf den Klingelknopf zu drücken. Er trug einen dezenten grauen Anzug von der Art, die auch mein Verlagsleiter bevorzugte, aber ohne Weste. Das Jackett war aufgeknöpft, darunter trug er ein hellgraues Hemd mit einer gestreiften Krawatte.

Der Knoten saß wahrscheinlich perfekt. Darauf habe ich

zwar nicht geachtet. Aber später habe ich ihn oft gesehen, diesen prüfenden Griff an den Krawattenknoten. Immer wenn Bruno abends noch diese speziellen Termine hatte und vor seinem Aufbruch für ein paar Minuten im Bad oder zumindest in der Toilette verschwand. Man kann mit fließend Wasser mehr waschen als nur die Hände. Ist schon komisch, wie schnell man einen Menschen durchschaut, seine Eigenheiten und die verräterischen Gesten zu deuten weiß.

Zuerst ging alles noch förmlich zu. Bruno füllte den Antrag auf Auszahlung der Versicherungssumme aus und bat um eine Kopie der Sterbeurkunde. Ich fand sie nicht sofort. Die Behördengänge und den Papierkrieg nach Papas Tod hatte mir der alte Roßmüller abgenommen. Er hatte Tage zuvor eine Mappe mit Unterlagen hereingereicht. Ich hatte sie irgendwohin gelegt.

Bruno half mir, sie zu suchen. Wir fanden sie in Papas Arbeitszimmer auf dem Schreibtisch. Ich wollte danach greifen. Er griff ebenfalls. Und statt der Mappe bekam er meine Hand zu fassen. Es war im Höchstfall eine Sekunde. Er ließ mich sofort wieder los und entschuldigte sich für seinen Übereifer.

Wir gingen zurück ins Wohnzimmer. Bruno nahm wieder in dem Sessel beim Tisch Platz, in dem er auch zuvor gesessen hatte. Ich setzte mich zurück auf die Couch. Er machte die letzten Einträge in seinen Formularen. Und ich musste ihn unentwegt anschauen. In dieser einen Sekunde, in der er meine Hand gehalten hatte, war etwas geschehen. Eine Art Stromstoß oder der viel zitierte Funke, der überspringt und alles in Brand setzt.

Mir ist erst Tage später ein weiteres Spottlied in den Sinn gekommen, das nicht Herbert Roßmüller gedichtet hat. «Wenn eine alte Scheune brennt, da hilft kein Löschen mehr.»

Gut, so alt war ich noch nicht mit meinen zweiunddreißig Jahren. Andererseits, damals in der Tanzstunde war ich siebzehn gewesen. Die anderen Mädchen waren alle in meinem Alter, manche sogar jünger. Und selbst die hatten bereits mit ihren Freunden geschlafen, jedenfalls protzten sie damit. Ich musste mir die nackten Männer immer noch in den Illustrierten anschauen, wo sie meist nur halb nackt waren.

Dann sollte ich den Auszahlungsantrag unterschreiben. Und Bruno schob mir nicht einfach nur das Blatt über den Tisch. Er erhob sich, kam zur Couch, blieb neben mir stehen, schaute auf mich hinunter. Natürlich waren ihm meine Blicke nicht entgangen.

Bruno gehörte zu den Männern, denen nie etwas entging, was eine Frau betraf. Er gehörte auch zu den Männern, die nur mit den Fingern schnipsen mussten, um jede Frau haben zu können. Vielleicht kam es mir deshalb so wunderbar und ungeheuerlich vor, dass er ausgerechnet an mir interessiert schien.

Das schien er ganz offensichtlich. Ich hatte zwar keine eigenen Erfahrungen auf diesem Gebiet, doch die bewussten Blicke kannte ich zur Genüge aus diversen Liebesfilmen. Das Abtasten mit den Augen. Zuerst das Gesicht, die Stirn, die Augen, die Nase. Beim Mund verhielt der Blick etwas länger, wanderte über den Hals zu den Schultern, verweilte einen Moment lang auf den Brüsten, glitt weiter zur Taille, sofern man bei mir von einer solchen sprechen konnte. Zuletzt betrachtete er meine Schenkel. Ich stellte automatisch die Füße eng zusammen, damit es nicht nach so viel aussah.

An dem Abend trug ich ein dunkelblaues Kleid. Keine Trauerkleidung, ein schlichtes, weit geschnittenes Kleid, das im Rücken mit einem Reißverschluss geschlossen war. Vielleicht versuchte Bruno bloß abzuschätzen, wie viele Pfund Fleisch da zu bewegen wären. Aber ich fühlte förmlich, wie er mir das Kleid auszog, ohne dafür eine Hand ausstrecken zu müssen. Und er begnügte sich nicht mit dem Kleid. Als Nächstes löste er den Panzer, den ich darunter trug.

Ich spürte, wie mir die Schamröte ins Gesicht stieg. Mein Kopf glühte plötzlich bei dem Gedanken an das, was Papa immer so nett als Pölsterchen bezeichnet hatte.

Aber Bruno gehörte auch zu den Männern, die Gedanken lesen konnten. Er schüttelte den Kopf, ging zurück zum Sessel, setzte sich und sagte: «Nicht denken.»

Jetzt wird es peinlich. Aber was soll's? Es gab später Situationen, in denen es erheblich peinlicher wurde, in denen ich mich selbst so gedemütigt habe, dass ich es mir nie verzeihen werde. Ihm auch nicht, weil er mich dazu gebracht hat, noch den letzten Funken Stolz zu zertreten. Ich konnte ihn nie hassen dafür, obwohl ich es mir oft wünschte. Ich konnte ihn nicht einmal gestern Abend hassen. Aber ich habe auch Papa nicht gehasst, als ich ihm die zweite Tablette einschob und ihm die Luft abschnitt.

Bruno blieb im Sessel, er fasste mich nicht an, sprach auch nicht mehr. Ich stand auf, ging um den Tisch herum und blieb vor ihm stehen. Ich griff nach hinten und bekam den winzigen Zipfel vom Reißverschluss zu fassen. Es muss ein lächerlicher Anblick gewesen sein: Die fette Angelika bemüht sich verzweifelt, ihr Kleid auszuziehen und dabei einigermaßen reizvoll zu wirken.

Aber vielleicht bemühte sie sich auch um das Gegenteil, wollte diesem Traummann zeigen, was alles unter dem dunkelblauen Stoff verborgen war. Vielleicht wollte sie ihn erschrecken, damit er endlich ging und sie alleine ließ mit ihrem Elend, ihren Schuldgefühlen, ihrer Sehnsucht, ihrem Frust. Doch wenn sie das wollte, hat sie es nicht geschafft.

Bruno saß zurückgelehnt, wirkte gelöst und entspannt. Nur auf seinem Gesicht lag so ein aufgewühlter Ausdruck. Mehrfach sah ich, dass er heftig schluckte. Nicht vor Ekel. Ihn ekelte es vor keiner Frau, egal, wie sie aussah.

Endlich lag das Kleid wie ein Ring aus Stoff um meine Füße. Ich kam mir so hilflos vor. Wenn er nur einmal die Lippen verzogen, einen Anflug von Spott oder Abscheu gezeigt hätte.

Es war eine widersinnige Situation, irreal wie ein Albtraum. Da stand ich, nur noch mit einem weißen Schlüpfer und einem lachsfarbenen Korsett bekleidet, verschnürt und verdrahtet, neben dem schweren Marmortisch im Wohnzimmer. Vor mir ein Mann, den ich an diesem Abend zum ersten Mal sah. Ein Versicherungsvertreter, der wie unter Schmerzen die Augen schloss und sich erkundigte: «Warum tust du dir das an?»

Damit meinte er nicht etwa meinen Striptease oder die Offerte an ihn, nur das Korsett. Mit den Augen forderte er mich auf, auch das noch auszuziehen. Ich konnte nicht. Plötzlich wurde mir bewusst, was ich tat. Ich! Er rührte ja keinen Finger. Ich zog mich aus, bot mich an wie überreifes Obst. Einem Fremden. Ich glaube, ich weinte. Bruno stand auf, legte mir den Arm um die Schultern, fasste mit einer Hand unter mein Kinn.

«Nicht denken», sagte er wieder.

Dann küsste er mich, begann bei der Stirn, tastete sich mit fast geschlossenen Lippen über die Augen, die Tränen, die Wangen, an den Nasenflügeln entlang zu den Mundwinkeln. Es dauerte länger als eine Minute, ehe ich endlich seine Zunge spürte.

Es gibt diesen Ausdruck von zerfließen, sich auflösen, so ähnlich war es. Ich hätte nicht stehen können, wenn er mich nicht gehalten hätte. Irgendwann lagen wir auf dem Boden. Und dieser elende Panzer, der mir ständig die Luft und den Magen abschnürte, der mich daran hindern sollte, mehr als eine Portion in mich hineinzuschlingen, lag unter dem Tisch.

Bruno ließ sich Zeit. Auf einem Ellbogen abgestützt, den Oberkörper halb aufgerichtet, lag er neben mir. Sein Jackett und die Krawatte lagen im Sessel. Das Hemd stand offen bis zum Nabel, darunter eine glatte, kaum behaarte Männerbrust. Kein Vergleich mit dem Inhalt der offenen Lederjacke, mit dem mich fünfzehn Jahre zuvor der Schnulzensänger Andy Goltsch in Ekstase versetzt hatte. Aber zu der Zeit hatten die

Männer allgemein noch geglaubt, Frauen hätten lieber einen Gorilla.

Nicht einmal die Muskeln traten überdeutlich hervor. Es war ein ästhetischer Anblick. Und er roch so gut. Ich hätte ihn gerne angefasst, aber ich konnte die Arme nicht heben. Wie Mehlsäcke lagen sie neben mir. Auch mein Kopf war so taub und schwer, dass ich ihn nicht heben konnte. Dabei hätte ich so gerne mit den Lippen seine glatte Haut berührt. Nur um einmal zu fühlen, wie das ist.

Bruno tastete mit den Augen jeden Zentimeter Haut ab, erforschte das Stückchen anschließend mit den Fingerspitzen. Dabei war sein Gesicht so ernst und konzentriert, auch sein Atem klang nach Konzentration. Er hat wohl sehr schnell bemerkt, dass er der Erste war. Das verunsicherte ihn. Eine Frau in meinem Alter, ohne jede Erfahrung, was sollte Mann davon halten? Da musste Mann sich doch fragen, ob eine Lesbe ihn als Testobjekt probierte.

Nach den Augen und den Fingerspitzen kamen die Lippen, dann die Zunge. Dabei entledigte er sich so geschickt seiner restlichen Kleidung, dass ich es gar nicht mitbekam. Ganz zuletzt, als ich schon glaubte, den Verstand zu verlieren, wenn er noch länger zögerte, nahm er mich. Ich fühlte einen kurzen, scharfen Schmerz, nur einen winzigen Augenblick lang. Gleich danach war es bloß noch Lust, die den Zustand von Lähmung aufhob.

Es war ein unbeschreibliches Gefühl, die Arme um seinen Körper zu schlingen, mit den Händen über seine Schultern und den Rücken zu streichen, seinen Hals zu küssen und seine Brust. Und ihn dabei in mir zu spüren.

Er ließ mich nicht aus den Augen. Zuerst war ich noch bemüht, wenigstens mein Gesicht unter Kontrolle zu halten. Ich wollte nicht, dass es sich vor Lust verzerrte. Es sollte bleiben, wie es immer war. Gottfried Möbius, der Autor, der zu Papas Lebzeiten häufig unser Gast gewesen war, hatte einmal zu mir gesagt, ich hätte ein ausdrucksstarkes Gesicht und warme

Augen. Möbius war schon zu dem Zeitpunkt ein alter Mann, deshalb hatte ich ihm geglaubt. Ich hatte ja auch schon keinen Höcker mehr auf einer zu langen Nase.

Aber es kam ein Punkt, da war mir völlig egal, was in meinem Gesicht vorging. An dem Punkt schloss Bruno die Augen. Ich hörte ihn murmeln: «So ist es gut, nicht verkrampfen, lass dich fallen.» Danach hörte ich nur noch wirre Laute und war nicht sicher, ob er sie ausstieß oder ich.

Als er sich verabschiedete, war es weit nach Mitternacht. Gekommen war er kurz nach sieben. Für acht Uhr hatte ich einen Tisch in einem Restaurant reservieren lassen. Jetzt ging ich einfach zu Bett. Ich war nicht müde und gewiss nicht hungrig. Nur so weich und schwer im Innern. Geschlafen habe ich kaum in der Nacht, nur vor mich hin geträumt.

Ich hätte schon an dem Abend einiges gegeben, um Bruno für mich zu gewinnen und behalten zu können. Was heißt einiges? Alles hätte ich gegeben, mein Vermögen, die Lebensversicherung, deren Auszahlungsantrag ich noch nicht unterschrieben hatte, vielleicht sogar den Verlag, Papas Lebenswerk und meine Existenz, die ich zwar nicht unbedingt brauchte, um meinen Lebensunterhalt zu bestreiten. Aber zum Leben brauchte ich den Verlag, was hätte ich sonst mit meiner Zeit und mit meinem Kopf anfangen sollen?

Diese höchst interessante Frage werde ich später beantworten.

Am nächsten Abend rief Bruno mich noch einmal daheim an und fragte nach den Versicherungsunterlagen. Sie lagen unverändert auf dem Tisch im Wohnzimmer. Er entschuldigte sich für seine Vergesslichkeit, war sehr zurückhaltend und unerträglich höflich. Das erste unpersönliche Sie ging mir wie ein Stich zwischen den Rippen durch. Ich wusste nicht, wie ich reagieren sollte. Mit einem Rest an Selbstbeherrschung schaffte ich ebenfalls einen kühlen Ton. Bruno bat mich daraufhin nur noch, zu unterschreiben und die Papiere an seine Agentur zu schicken.

Bevor er auflegte, sagte er: «Auf Wiederhören, Frau Reuter.»

Wiederhören, nicht sehen. Es tat verdammt weh. Einen irrsinnigen Augenblick lang wünschte ich mir, ich sei schwanger. Ich hatte noch nie ein Verhütungsmittel gebraucht und am vergangenen Abend daran zuallerletzt gedacht, eher überhaupt nicht. Doch zu dem Zeitpunkt war ich noch einigermaßen bei Verstand. Der Gedanke an ein Kind hielt sich eine knappe Stunde lang. Dann wurde mir bewusst, wie unfair ich mich verhielt.

Nüchtern betrachtet hatte nicht Bruno mich verführt, er hatte mich zuerst nur angeschaut. Vielleicht hatte er Mitleid gehabt. Und jetzt wusste ich wenigstens, wie es war, von einem gut aussehenden Mann – nein, nicht geliebt zu werden. So hochtrabend wollte ich es gar nicht bezeichnen. Von einem sehr attraktiven Mann zu einem Höhepunkt gebracht zu werden, um den herum alles seine Bedeutung verliert. Was ich mit Bruno erlebt hatte, konnte mir niemand mehr wegnehmen. Ich versuchte mir einzureden, es sei besser, wenn wir uns nicht wiedersahen.

Eine gute Woche verging, in der ich allmählich wieder ich selbst und mir der Tatsache bewusst wurde, dass ich mein Ziel doch eigentlich erreicht hätte. Einmal. Weiter hatte ich ja nie gedacht. Ein paarmal spielte ich noch mit dem Gedanken an eine Schwangerschaft. Es wäre aller Welt gegenüber ein lebendiger Beweis dafür gewesen, dass die fette Angelika doch einen Mann bekommen hatte. Aber solange es keine Anzeichen gab, wollte ich mich nicht damit beschäftigen.

Ich hatte auch vollauf damit zu tun, die Gedanken an Bruno zu verdrängen, all die wahnsinnigen Vorstellungen von Rausch und Leidenschaft. Und Wiederholung. So ist das. Ich weiß nicht, wie oft mir in den Tagen der Witz in den Sinn kam von dem Schotten, der seinen Kindern je eine Kirsche gibt und sagt: «Die anderen schmecken genauso.» Gottfried Möbius hatte ihn erzählt. Ich war fünfzehn gewesen und hatte stark bezweifelt, dass die Kinder mit der Auskunft für den Rest ihres Lebens zufrieden wären.

Aber ein Gutes hatte es, sich mit diesem Schotten und dem Geschmack von Kirschen zu beschäftigen. Ich dachte kaum noch an die letzten drei Stunden in Papas Leben, konnte sogar zweimal sein Grab aufsuchen, in dem auch meine Mutter beerdigt war, und ihm all das sagen, was ich zu seinen Lebzeiten nicht mehr hatte sagen können.

Dann kam ich freitags heim, und unter dem Spiegel in der Halle lag ein kleines Päckchen mit dem dezent angebrachten Aufkleber einer Parfümerie und einer Karte in einem Umschlag, auf dem der Absender mit Privatadresse angegeben war. Bruno Lehmann.

Das Herzflattern setzte augenblicklich ein. Es kostete mich große Überwindung, den Umschlag erst einmal zur Seite zu legen und nicht sofort zu verschlingen, was er mir mitzuteilen hatte. Vielleicht nur ein paar Dankesworte für den netten Abend. Aber natürlich hoffte ich inbrünstig auf eine Bitte um ein Wiedersehen.

Mit zittrigen Fingern riss ich das Päckchen auf. Es enthielt eine winzige Flasche Parfüm. Mein Parfüm, allein das fand ich erstaunlich. Welcher Mann ist denn imstande, einen bestimmten Geruch so im Gedächtnis zu behalten, dass er Tage später das dazugehörige Parfüm kaufen kann? Bruno Lehmann, ich wüsste sonst keinen.

Auf der Karte gab es keine Anrede und keine Einleitung, Bruno kam gleich zur Sache. «Nun habe ich mir einige Tage Zeit gelassen, um über Ihre Reaktion am Telefon nachzudenken», schrieb er. «Sie war nicht geeignet, mir Hoffnungen zu machen. Aber vielleicht war das meine Schuld. Ich war mir an dem Abend mit Ihnen meiner eigenen Gefühle nicht sicher, noch weniger der Gefühle, die mir entgegengebracht wurden. Ich wollte mich Ihnen nicht aufdrängen. Wer wie Sie gerade einen lieben Menschen verloren hat, ist empfänglich für jede Art von Zuwendung. Sollte ich eine Situation ausgenutzt haben, bitte ich Sie, dies zu entschuldigen und mir zu verzeihen. Ich hätte nicht gehen können, ohne Sie geliebt zu haben. Wenn es jedoch von Ihrer Seite mehr war als nur die Reaktion eines Augenblicks, wenn Sie bei dem Gespräch am darauf folgenden Abend auf ein Wort von mir gewartet haben, lassen Sie es mich bald wissen. Ich habe jetzt den ersten Schritt getan und hoffe darauf, dass Sie den zweiten tun.» Keine Unterschrift, kein freundlicher, herzlicher oder lieber Gruß, nur dieses: hoffe darauf.

Ich weiß nicht mehr, wie lange ich in der Halle stand und seine akkurate Handschrift betrachtete. Manchmal verschwammen mir die Zeilen vor den Augen. Genau genommen war meine wahnsinnige Hoffnung in Erfüllung gegangen. Trotzdem hielt mich etwas davon ab, umgehend die Auskunft anzurufen, seine private Telefonnummer zu erfragen oder im Telefonbuch danach zu stöbern. Ich wollte mir Zeit lassen für die Entscheidung, zumindest so viel Zeit, bis der Verstand mitreden konnte.

Wie kam so ein Mann dazu, ausgerechnet mir solche Worte zu schreiben? Was wollte er von mir? Die Antwort hätte ich direkt vor Augen, meinte ich, den großen Spiegel über dem kleinen Tisch in der Halle, auf dem das Telefon stand und das Päckchen gelegen hatte. Ich sah nicht mein Gesicht im Spiegel, nur den Rahmen, achtzehn Karat Goldauflage.

Alles im Haus war kostbar und das Haus riesengroß. Wohnzimmer, Esszimmer, Arbeitszimmer, Bibliothek, in der ich mich seit Papas Tod nicht mehr aufhalten mochte, Halle, Küche und Toilette im Erdgeschoss. Mit Ausnahme der Toilette hatten die Räume jeweils zwischen vierzig und sechzig Quadratmeter. Die Zimmer im Obergeschoss waren etwas kleiner, dafür gab es mehr. Und jedes einzelne war exquisit eingerichtet und dezent mit Kunst ausgestattet. Nichts war protzig. Meine Mutter hatte einen sehr guten Geschmack gehabt und großen Wert auf eine gediegene Atmosphäre gelegt. Papa hatte nichts verändert.

Ein Versicherungsvertreter hatte bestimmt einen Blick für den Wert der Gegenstände, die er zu Gesicht bekam. Vermutlich musste er diesen Blick schon von Berufs wegen haben. Und ein Mann wie Bruno hatte einen Blick für Frauen. Das musste mir niemand erklären, das hatte ich gefühlt.

Was ich nun fühlte, war schwer zu sagen. Wahnsinniges Verlangen und gleichzeitig nüchternes Abwägen. Was würde passieren, wenn ich den zweiten Schritt tat? Gäbe Bruno sich damit zufrieden, mit mir zu schlafen? Bestimmt nicht, jedenfalls nicht auf Dauer. Spekulierte er auf teure Geschenke für den Anfang? Würde er später versuchen, ein Honorar für seine Verfügbarkeit zu kassieren, damit ich mir nicht unentwegt den Kopf zerbrechen müsste, was ich ihm noch schenken könnte?

Damit musste ich rechnen, tat das auch. Es war ein beschämender Gedanke, doch ich schämte mich in dem Augenblick nicht. Ich dachte nicht an eine feste Beziehung, sondern an eine feste Vereinbarung. Wenn es für mich die Möglichkeit, diesen Mann in den Armen zu halten, nur gab, wenn ich dafür bezahlte, wollte ich eben zahlen. Ich war keinem Menschen Rechenschaft schuldig. Und wenn ich etwas besaß, war es Geld.

Mit der Karte in der Hand ging ich in Papas Arbeitszimmer. Dort stand auch ein Telefon, im Schreibtisch lagen Telefonbücher. Ich fand Brunos Privatnummer, wählte die Ziffern, kam mir dabei noch sehr überlegen vor, rational und vernünftig. Das Freizeichen ertönte mehrfach. Zuerst achtete ich nicht darauf, legte mir bereits die Worte zurecht, die ich ihm sagen wollte. Mich für das Parfüm bedanken, eine Anerkennung für sein Vermögen, von der Haut einer Frau auf die Marke zu schließen. Der Rest war Hoffnung, dass er spätestens an dieser Stelle die Führung des Gesprächs übernahm.

Inzwischen hatte es rund ein Dutzend Mal geklingelt. Und endlich begriff ich, dass Bruno nicht daheim war. Die Enttäuschung war wie ein mit Eiswasser gefüllter Kübel, der sich über meinen Kopf ergoss. Doch es kämpfte sofort ein winziger Funken Hoffnung gegen die Kälte an. Morgen Abend.

Aber auch am nächsten Abend bemühte ich mich vergebens. Ich hatte damals nur eine vage Vorstellung, wie sich der berufliche Alltag eines Versicherungsvertreters gestaltete. Dabei war Bruno nicht irgendein Vertreter, der sich die Hacken krumm lief, um neue Verträge abzuschließen. Letzteres tat er zwar auch, doch er leitete eine Agentur, die ein bestimmtes Kontingent an Policen betreute. Das tat er sehr gewissenhaft, wie ich selbst erlebt hatte. Deshalb beschränkte sich seine Arbeitszeit nicht auf die üblichen Bürostunden. Er war oft am Abend unterwegs, weil er berufstätige Kunden oder Kundinnen nur dann zu Hause antraf.

Doch der zweite Abend, an dem ich ihn zu erreichen versuchte, war ein Samstag. Wochenende, und er war nicht daheim. Daraus zog ich meine Schlüsse. Eine ernüchternde Erkenntnis. Hatte ich tatsächlich auch nur eine Minute lang geglaubt, so ein Mann sei völlig frei und ungebunden? Während ich sein Telefon klingeln ließ, war er bei einer Frau, darauf hätte ich geschworen.

Auf die Idee, ihn im Laufe der folgende Woche tagsüber anzurufen, kam ich danach nicht mehr. Das heißt, ich kam wohl rund tausendmal auf die Idee. Aber ich hätte vom Verlag aus in seiner Agentur anrufen müssen und vielleicht einen Kollegen oder gar eine Kollegin an den Apparat bekommen. Wäre ich gefragt worden: «Kann ich Ihnen helfen?», was hätte ich darauf antworten sollen? «Nein, das kann nur Bruno Lehmann.»

So vergingen noch einmal vierzehn Tage ohne ihn. Eine grässliche Zeit, in der mich nur die Arbeit einigermaßen über

Wasser hielt, obwohl ich mich kaum darauf konzentrieren konnte und alles Wesentliche, sprich rein Geschäftliche, Erich Nettekoven überließ. Er war schließlich der Kaufmann von uns beiden und wusste besser als ich, was der Reuter-Verlag sich leisten konnte und was nicht. Die unwesentlichen Beiträge im Lektorat, die ich in den beiden Wochen leistete, korrigierten andere. Ich war so dicht dran gewesen. Und es gibt nichts Schlimmeres als ein Ziel, das man schon vor Augen hatte, dann doch wieder aus dem Blickfeld zu verlieren.

Ich war dankbar für jede Besprechung, auch wenn es sich bei meinem Gesprächspartner nur um den alten Roßmüller handelte. Den fragte ich dann regelmäßig, wie es seinem Sohn ging. Dass der schöne Herbert inzwischen mit einer wunderschönen, gertenschlanken Frau verheiratet war, hatte ich noch von Papa gehört. Er war zur Hochzeit eingeladen worden. Ich auch, aber ich war noch in den USA und sparte mir die Kosten für den Flug. Gut ging es Herbert, mehr war von seinem Vater nie zu erfahren. Aber etwas anderes als gut hätte ich gar nicht in Betracht gezogen.

Ich war glücklich über jedes Problem im Verlag. Es gab einige, nichts Gravierendes, nur das Übliche. Der Umsatz war rückläufig, nicht nur bei uns, die gesamte Branche stöhnte. Bisher hatte Papas Tod noch keine schwerwiegenden Folgen gezeigt. Erich Nettekoven tat auch sein Möglichstes, um das zu verhindern.

Gottfried Möbius, der bezweifelt hatte, bei uns noch gut aufgehoben zu sein, wenn Papa seinen Nöten nicht mehr persönlich Gehör schenken konnte und ihn nicht mehr mindestens einmal im Monat übers Wochenende einlud und beköstigte, wurde nun von Nettekoven betreut, gehätschelt und zum Essen eingeladen.

Nettekoven kümmerte sich auch rührend um Iris Lang, eine Autorin, die ebenfalls mit dem Gedanken spielte, den Verlag zu wechseln. Wir hatten drei Bücher von ihr im Programm, aber für das vierte keine Option. Nun hatte Iris Lang angeblich ein sehr gutes Angebot von der Konkurrenz bekommen. Nettekoven wollte ihr einen höheren Vorschuss bieten.

Ich vermutete, dass es nur darum ging und das vermeintlich tolle Angebot nur ein Vorwand war, um mehr Geld rauszukitzeln. Das war momentan nicht drin und bei Iris Lang überhaupt nicht. Sie schrieb immer übers gleiche Thema: Wie springt ein tatkräftiges, lustiges Weibchen mit dämlichen, lächerlichen Kerlen um? Irgendwann hätte sich das ausgereizt, fand ich, vielleicht schon beim vierten Buch. Nettekoven war überzeugt, es würde wieder ein Knüller, den brauchten wir seiner Meinung nach.

Aber ich mochte Iris Lang nicht. Sie war etwas älter als ich, verheiratet mit einem geduldigen Menschen, Mutter von drei Kindern. Und sie wechselte die Liebhaber wie andere Leute ihre Unterwäsche. Bei einer Vertreterkonferenz war mir zu Ohren gekommen, dass sie sich nach einer Lesung beim veranstaltenden Buchhändler beschwert hatte. Der hatte ihr zwar ein Zimmer in einem Nobelhotel spendiert, aber keinen Mann für die Nacht. Er war auch nicht bereit gewesen, kurzfristig einzuspringen.

Das mag nebensächlich erscheinen, ist es aber nicht, weil ich Iris Lang gerne losgeworden wäre und dem Reuter-Verlag ersatzweise einen anderen Knüller beschaffen wollte. Den suchte ich leider an der falschen Stelle, was vermutlich nicht passiert wäre, hätte ich den Kopf nicht so voll Bruno gehabt.

Ausgerechnet in den Tagen, in denen ich versuchte, mir ihn wieder aus dem Kopf zu schlagen, stachen mir nämlich morgens und abends auf dem Weg zwischen Verlag und Haus die Plakate in die Augen. Sie hingen an verschiedenen Stellen in der Stadt. Werbung für ein Konzert. Keine Ahnung, ob sie schon vorher dort gehangen hatten und mir nur nicht aufgefallen waren, weil ich vorher zu sehr mit Papas Tod beschäftigt gewesen war.

Mein Jugendschwarm Andy Goltsch war aus der Versenkung aufgetaucht und versuchte ein Comeback. Tagelang überlegte ich, ob ich mir eine Karte besorgen und hingehen sollte. Nicht, um Andy Goltsch noch einmal singen zu hören und diesmal vielleicht eine Rose zu schnappen. Bestimmt nicht, um festzustellen, ob er tatsächlich Mundgeruch oder eine Warze am Penis hatte. Ich war kein fettes junges Mädchen mehr, das Herzflattern bekam, wenn Andy mit den Hüften wackelte, seine Brustbehaarung lüftete und mit schmelzender Stimme sang: «Wenn Herzen brechen.»

Jetzt war ich eine dicke frustrierte Frau mit gebrochenem Herzen und einem Verlag im Rücken. Ich könnte einem Mann, der sich darum bemühte, noch einmal Anerkennung zu finden, durchaus etwas bieten, meinte ich und wollte Andy Goltsch überreden, seine Autobiographie zu schreiben und im Reuter-Verlag zu veröffentlichen. Davon versprach ich mir mehr als von der vierten Version der immer gleichen Anleitung zum Geschlechterkampf.

Wenn Nettekoven die männertolle Lang unbedingt halten wollte, sollte er sie von mir aus in französische Restaurants führen und ihr beim Dessert von seiner Einsamkeit und einem stillen Glück erzählen. Vielleicht ließ sie ihn mal ran. Ich könnte mich derweil fürsorglich um Andy Goltsch bemühen, stellte ich mir vor und sah im Geist bereits, wie Andy seinen Arm um meine Schultern legte, während vor uns eine Horde Fotografen wie wild auf ihre Auslöser drückten.

Schlagzeile: Verlegertochter tritt in Papas Fußstapfen.

Der Gedanke, mein Vorhaben zuerst mit Nettekoven zu besprechen, kam mir nicht. Rein theoretisch hatte ich das Recht, alles allein zu entscheiden, ich war doch jetzt Verlegerin. Mit reiner Theorie funktioniert ein Verlag …

Anmerkung   Automatischer Seitenwechsel.

… Programmgestaltung war zwar nicht Nettekovens Ressort, er hatte jedoch seit Papas Tod ein gewichtiges Wort mitzureden und unsere Vertreter auf seiner Seite. Sie wussten noch besser als er, was sich verkaufen ließ und was nicht. In dieser Hinsicht trauten sie mir nicht viel zu. Manchmal hieß es, ich stelle zu hohe Ansprüche. Natürlich ließ sich Literatur verkaufen, Unterhaltungsliteratur verkaufte sich jedoch besser. Und im kaufmännischen Bereich hatte ich wirklich nicht Nettekovens Erfahrung.

Dass wir uns Experimente nicht leisten konnten, war mir trotzdem bekannt. Die Enthüllungsgeschichte eines schwulen Schlagersängers, den sein Faible für minderjährige Knaben die erste Karriere gekostet hatte, an die sich wahrscheinlich kaum noch jemand erinnerte, der damals nicht zu seinen Fans gehört hatte, war ein Experiment und bestimmt nicht nach Nettekovens Geschmack, dafür sei er viel zu konservativ, dachte ich.

Aber noch stand ja nicht fest, dass Andy Goltsch bereit war, die Wahrheit und nichts als die Wahrheit über seinen ersten Aufstieg und den Untergang zu gestehen. Ich wollte nur einmal zart anklopfen und die Sache vergessen, wenn er ablehnte. Wenn er zustimmte, konnte ich immer noch mit Nettekoven reden und versuchen, ihm die Sache schmackhaft zu machen, oder mich auf mein Recht als Verlegerin berufen.

Vor keinem Menschen, nicht einmal vor mir selbst, hätte ich zugegeben, was mich tatsächlich bewog, diesen Fehler zu machen. Noch einmal fünfzehn, sechzehn, höchstens siebzehn sein, von Unschuld und wahrer Liebe träumen und sich dabei einreden dürfen, man sei erwachsen und denke nur an ein gutes Geschäft.

Es war wohl nur die Suche nach einem Ersatzobjekt, kombiniert mit der Erfahrung aus Jugendtagen, dass sich nicht einmal das Träumen lohnte, weil der strahlende Held eine riesengroße Macke hatte. Entweder ein hundsgemeines Ekelpaket war oder eben schwul. Und ich wollte ihn dazu bringen, das zu gestehen.

Am Freitagvormittag ließ ich mir von meiner Sekretärin eine Karte für das Konzert besorgen. Am Abend fuhr ich im Taxi hin. Ich mochte im Stadtverkehr nicht selbst fahren. Ich fuhr überhaupt nur sehr ungern selbst und seit Jahren eigentlich gar nicht mehr.

Sehr gut besucht war die Veranstaltung nicht. Überwiegend Frauen, die meisten in meinem Alter, einige mit Partner, viele allein. Ich saß irgendwo in den mittleren Rängen, hörte der Stimme zu, die das gesamte Spektrum der Gefühlswelt abhandelte. In meiner Jugend hatte sie schmalziger geklungen, jetzt war sie rockig unterlegt.

Den Star selbst sah ich nur wie eine Miniaturausgabe über die Bühne tänzeln. Doch trotz der Entfernung war es offensichtlich: Andy Goltsch hatte Fett angesetzt. Die Hüften waren längst nicht mehr so beweglich wie vor Jahren. Und die offene Lederjacke auf dem nackten Oberkörper hätte er sich besser verkniffen. Aber er gab sich große Mühe, der Applaus war dementsprechend. Ich fragte mich zwangsläufig, wie viele Frauen ihn vor Jahren angebetet hatten wie ich. Jetzt hatten sie womöglich Tränen der Rührung in den Augen, wenn er sich dem Rand der Bühne näherte und Anstalten machte, sich zu seinem Publikum hinabzubeugen.

Die erste halbe Stunde bestritt Andy Goltsch mit brandneuen Titeln. Das kam noch nicht so gut an. Danach ging er zu den alten Hits über. Und plötzlich schlug die Stimmung in der großen Halle um. Es hatte etwas von einer Droge. Die Melancholie verflossener Augenblicke, der bittersüße Schmerz schöner Erinnerungen. Ich dachte an Bruno, sah mich im Geist auf dem Fußboden liegen und sein Gesicht über mir. «Nicht denken.»

Nach der Vorstellung fand ich mich in dem Gang wieder, der zu den Garderoben führte. Ich war immer noch nicht wieder ganz bei mir und kam nicht so problemlos durch, wie ich es mir gewünscht hätte. Der Manager hielt mich mit einem widerlich gönnerhaften Lächeln auf. Aber schließlich war ich nicht irgendeine Verehrerin. Ich kam nicht mit Blumen und Tränen in den Augen, wollte kein Autogramm, hatte selbst etwas zu bieten.

Ich sah immer noch Bruno vor mir und fühlte etwas wie Hass. Es war das Bewusstsein, dass die Rose damals nicht mir gegolten hatte, dass ich vor fünfzehn Jahren direkt vor der Bühne hätte zusammenbrechen können, ohne dass Andy Goltsch mich auch nur eines Blickes gewürdigt hätte.

Jetzt hörte er mir aufmerksam zu. Eine halbe Stunde lang saß ich ihm und seinem Manager gegenüber, in keiner Weise ernüchtert oder bei klarem Verstand. Ich redete drauflos und registrierte nur, dass Andy sich durch mein Ansinnen geschmeichelt fühlte. Sein bewegtes Leben. Herausgegeben von einem renommierten Verlag. Nicht unbedingt einem der größten der Branche, aber finanzstark genug, um ihm einen Anreiz zu bieten und seiner zweiten Karriere einen satten Schub zu verleihen. Trotzdem zierte er sich ein wenig, wollte die Sache zuerst noch einmal mit seinem Manager unter vier Augen besprechen und sich dann mit mir in Verbindung setzen.

Die Ernüchterung kam erst, als ich wieder im Taxi saß. Ich hatte doch nur zart anklopfen wollen und stattdessen ein lukratives Angebot unterbreitet, einen Vertrag mit denkbar günstigen Bedingungen offeriert. Finanzstark. Gut, wir schrieben im Gegensatz zu einigen anderen keine roten Zahlen, aber ein Risiko durften wir nicht eingehen. Noch vor zwei Monaten hätte kein Hahn nach Andy Goltsch gekräht. Wenn er nun den zweiten Durchbruch nicht schaffte?

Nettekoven würde nach meinem Puls fühlen, dachte ich. Und ich könnte ihm nicht mal eine vernünftige Erklärung bieten. Ich konnte schließlich nicht sagen: «Neulich hatte ich meinen ersten Orgasmus. Nun geht mir der Mann, der mir dazu verholfen hat, nicht mehr aus dem Sinn. Ich wollte einfach zeigen, dass ich Männern etwas zu bieten habe.»

Nettekoven fühlte mir nicht den Puls, als ich montags mit ihm darüber sprach. Er erinnerte an eine Sache, bei der Papa vor Jahren ähnlich spontan vorgegangen war, die sich als ein voller Erfolg erwiesen hatte. Da klang Anerkennung durch, so in der Art, dass ich tatsächlich dabei sei, in Papas Fußstapfen zu treten.

Das war eine halbe Stunde, in der ich Papa vor Augen hatte, so wie er vor seiner Erkrankung gewesen war. Der stattliche Mann mit untrüglichem Gespür für Menschen und Bücher. Geschäftstüchtig und gleichzeitig großzügig, humorvoll, liebevoll und nachsichtig, wenn Nachsicht angebracht war. Ich redete mir ein, er sei stolz auf mich, wenn er mich noch sehen könnte. Weil ich zumindest stundenweise seinen Sessel ausfüllte, nicht nur von der Masse des Fleisches her.

Doch sobald ich wieder allein war, brach etwas in mir zusammen. Ich wollte Bruno und keinen billigen Ersatz, der nur aus ein paar Seiten Papier bestehen konnte. Ich wollte Bruno so sehr, dass die Verlegerin im Verlag zurückblieb und ich nicht mehr klar denken konnte, als ich an dem Montagabend das Haus betrat und von der Halle aus einen Blick ins Wohnzimmer warf. Dort vor dem Tisch hatten wir gelegen.

Wir haben später einmal über diese beiden Wochen gesprochen. Bruno hielt mich für zu stolz, um den zweiten Schritt zu tun, nachdem er den ersten gemacht hatte. Aber wer ein Ziel erreichen will, muss mehr Schritte tun als einen.

Er rief mich an, dienstags, am frühen Abend, eher später Nachmittag. Ich saß mit Nettekoven und dem alten Roßmüller in meinem Büro und blätterte lustlos in dem Vertragsentwurf, den unser Rechtsberater auf Nettekovens Anweisung vorsorglich und in aller Eile aufgesetzt hatte, damit wir gewappnet wären, wenn Andy Goltsch mein Angebot aufgriff.

Der alte Roßmüller hatte sich weitgehend an das gehalten, was ich Andy Goltsch in seiner Garderobe versprochen hatte. Im Beisein seines Managers. Ich hatte ihm eine Menge versprochen, einen saftigen Vorschuss, eine große Werbekampagne und selbstverständlich das Recht jedes Autors, die Wahl seiner Worte frei zu wählen. Gut die Hälfte davon musste ich später unter irgendeinen Teppich kehren.

Ich hatte erwartet, dass Nettekoven es tat und einen unserer Standardverträge anbot, hielt ihn für übergeschnappt, weil er keine Einschränkungen gemacht hatte. Außerdem fand ich, dass der alte Roßmüller allmählich senil wurde und seine Geschäfte besser in junge Hände abgeben sollte. Möglich, dass sein Sohn die Risiken im Verlagsgeschäft besser beurteilen konnte.

Aus heutiger Sicht erscheint es mir als böses Vorzeichen, dass ich ausgerechnet in dem Moment an Herbert und seinen beißenden Spott denken musste, dass ich mich fragte, welchen Vers er wohl dichten würde, sollte er jemals erfahren, was ich mit Bruno erlebt hatte, als meine Sekretärin mir den Anruf meldete. «Da ist ein Herr Lehmann für Sie am Telefon. Er will Sie unbedingt persönlich sprechen und behauptet, es sei dringend. Es geht um eine Versicherungsangelegenheit.»

«Stellen Sie durch», sagte ich, gab Nettekoven und dem alten Roßmüller mit einem Handzeichen zu verstehen, sie sollten sich verziehen und anderswo weiter über den Vertragsentwurf und die notwendigen Änderungen diskutieren. Nettekoven wusste schließlich besser als ich, was machbar war.

Es wundert mich immer noch, dass ich auf seinen Namen so ruhig reagieren konnte und man meinen Herzschlag nicht im ganzen Büro und über die Gegensprechanlage hörte. Dann klang mir seine Stimme im Ohr. Nur ein vorsichtiges: «Hallo.»

«Hallo», sagte ich.

«Wenn ich störe, sagen Sie es. Dann melde ich mich später noch einmal», sagte Bruno.

«Sie stören nicht», erklärte ich.

So banale Sätze, so überflüssig. Während ich sprach, sah ich sein Gesicht dicht über mir. Diesen Moment, als er die Augen schloss und sich ebenso treiben ließ, wie ich es getan hatte.

«Sie haben sich nicht bei mir gemeldet», sagte er in immer noch zurückhaltendem Ton. «Natürlich waren Sie dazu in keiner Weise verpflichtet. Aber ich …»

«Ich habe mehrfach versucht, Sie zu erreichen», unterbrach ich ihn. «Anscheinend waren Sie nie daheim.»

In der Art sprachen wir ein paar Minuten lang miteinander. Jeder tastete sich vor, langsam, behutsam, darauf bedacht, sich selbst keine Blöße zu geben und dem anderen die Blöße zu ersparen. Dann ging Bruno endlich zum Du über.

Seine Stimme wurde um eine Spur drängender. «Ich würde dich gerne wiedersehen, am liebsten schon heute Abend. Ich weiß nicht, ob es Sinn hat, an das anzuknüpfen, was geschehen ist. Es war eine spontane Situation, das lässt sich nicht wiederholen. Aber es würde mir sehr viel bedeuten, wenigstens einmal darüber zu reden und zu erfahren, was du empfunden hast.»

Und ich antwortete: «Darüber muss ich nicht unbedingt reden. Ich ziehe eine Wiederholung vor.»

Bruno räusperte sich, murmelte etwas, das nach Erstaunen klang. Dann sagte er: «Ich bin in einer Viertelstunde da und werde auf der Straße warten.»

«Gut», sagte ich, «du musst nicht warten. Ich bin in einer Viertelstunde draußen.»

Kaum hatte ich den Hörer aufgelegt, rannte ich in den Waschraum. Sich frisch machen ist ein dezenter Ausdruck für das, was ich dort trieb. Ich hätte liebend gerne geduscht, musste mich jedoch mit fließend warmem Wasser, Flüssigseife und ein paar Tropfen Parfüm begnügen. Noch einmal mit dem Kamm durch das dünne Haar gefahren und die Reste von Lippenstift abgewischt. Keinen frischen nachgezogen.

Nein, ich habe mich nicht geschämt, nicht eine Sekunde lang. Ich hatte mich ihm erneut angeboten wie überreifes

Obst. Das war mir durchaus bewusst. Ich war überreifes Obst. Wenn ich nicht still vor mich hin faulen wollte, musste ich handeln. Nur schämen musste ich mich dafür nicht. Immerhin hatte Bruno mich angerufen, also mochte er überreifes Obst. Es brachte auch manchmal einen finanziellen Vorteil, sich dafür zu entscheiden und die knackigen grünen Äpfel liegen zu lassen. Ich habe nur kontrolliert, ob ich mein Scheckheft bei mir hatte.

Unsere Empfangsdame schaute verwundert und ungläubig zu, als ich die Halle durchquerte und auf der Straße nicht wie sonst in ein Taxi stieg. Sie war eine geborene von, worauf sie großen Wert legte. Frau von Mühlenberg, unverheiratet wie ich. Doch sie lebte mit einem Mann zusammen, heiratete ihn nur nicht, um ihren wohlklingenden Namen nicht gegen einen bürgerlichen eintauschen zu müssen.

Sie war ein bisschen verschroben, aber genau das, was man eine attraktive Frau nennt. Anfang vierzig, ungefähr so groß wie ich, jedoch sehr viel leichter. Immer gekleidet wie zum Empfang eines Staatsoberhaupts, einen dezenten Duft um sich verbreitend, das Haar so akkurat in eine modische Form gelegt und das Gesicht so unmerklich geschminkt, dass ich oft das Gefühl hatte, an einer Statue vorbeizuschleichen.

Bisher war ich immer nur an ihr vorbeigeschlichen, auch wenn das für meine Angestellten vielleicht anders aussah. Manche hielten mich für arrogant, weil ich immer nur mit einem kurzen Nicken grüßte und anschließend sofort in eine andere Richtung schaute. Nur Frau von Mühlenberg wusste, da zog die gestopfte Gans vor den Schwänen den Kopf ein.

Diesmal nicht. Denn diesmal stand draußen ein unscheinbares blaues Auto, japanisches Fabrikat. Bruno stieg nicht aus, öffnete mir nur von innen die Tür. Da konnte Frau von Mühlenberg sich den Schwanenhals noch so sehr verrenken. Von ihm hat sie vermutlich nichts gesehen an dem Abend.

Nichts von dem, womit ich rechnete, dem ich entgegenfieberte, trat ein. Er gab mir nicht einmal die Hand, schaute mich nur an, allerdings nicht mit diesem Blick, der das Kleid von meinen Schultern streifte. Es war ein eher skeptischer Blick, voller Zweifel und gleichzeitiger Erleichterung. Ich hatte ihn mit meiner Direktheit ein klein wenig schockiert. Von mir hatte er eine unverhohlene Aufforderung nicht erwartet.

Er fuhr nicht sofort los. So war es doch ein Genuss: die Gewissheit, dass Frau von Mühlenberg hinaus auf die Straße spähte und zu erkennen versuchte, wer mich abholte.

«Du hast bestimmt noch nicht zu Abend gegessen», sagte er statt einer Begrüßung. «Darf ich dich einladen?»

Ich war nicht hungrig, nicht im Sinne einer Mahlzeit. Bruno lächelte und verhinderte damit, dass ich mich lächerlich machte.

«Wir haben doch Zeit, oder?», fragte er und fügte hinzu: «Wir wissen beide, was wir wollen, aber wir sollten nichts überstürzen. Die Erwartung ist etwas so Schönes, darum sollte man sich nicht selbst betrügen.»

Recht hatte er.

Wir fuhren zu einem kleinen Lokal. Ich kannte es nicht, aber es gefiel mir. Kleine, intime Nischen, schmeichelnde Beleuchtung. Eine tief über dem Tisch baumelnde Lampe und zwei Kerzen, deren Flammen seine Augen jedes Mal in Feuer tauchten, wenn er mich anschaute. Ich konnte die Speisekarte nicht halten, weil meine Hände plötzlich zu zittern begannen.

Bruno nahm mir die Karte aus den Fingern, lächelte über die Kerzenflammen hinweg. «Darf ich für dich wählen?»

Ich erinnere mich nicht mehr an das, was mir anschließend serviert wurde. Nur noch an sein Gesicht, an diesen Blick, der manchmal wie ein stummes Betteln und manchmal wie ein heißes Versprechen war. Eine volle Stunde saßen wir uns gegenüber. Ganz zu Anfang sagte er: «Ich musste dich anrufen. Ich musste immerzu an dich denken.»

Danach sprachen wir kaum noch, und wenn, dann nur mit

den Augen. Damit ließ sich alles sagen, erfragen, erforschen, eine stumme Übereinkunft erzielen. Endlich beglich Bruno die Rechnung, und gleich darauf standen wir neben dem blauen Japaner.

Diesmal öffnete er mir die Tür. Als ich einstieg, berührte er meinen Nacken. Es dauerte nicht einmal eine Sekunde, aber es reichte aus. Da kam dieses Zerfließen wieder. Es zuckte und zitterte tief in meinem Innern, jeder Muskel spannte sich an. Als er einstieg, konnte ich nur noch bitten: «Bring mich heim.»

Es war alles so selbstverständlich. Schon als er den Wagen in die Einfahrt lenkte, war es eine Art Gewohnheit. Er ging neben mir auf das Haus zu, nahm mir den Schlüssel aus der Hand und öffnete die Tür. In der Halle nahm er mir die Jacke ab. Wieder streifte seine Hand meinen Nacken. Ich konnte es kaum noch ertragen. Und er ließ sich so viel Zeit.

Wir waren allein im Haus. Nach Papas Tod hatte ich mit Frau Ströbel vereinbart, dass sie Feierabend machen konnte, wenn sie mit der üblichen Arbeit fertig war. Ich aß immer außer Haus, warum hätte sie da herumsitzen und auf mich warten sollen? Ich mochte es irgendwie, heimkommen, allein sein und doch nicht ganz allein, immer in der Furcht, Papa zu sehen oder zu hören.

Das klingt jetzt vielleicht überspannt, jedenfalls kaum nach einer realistischen Einstellung zum Tod. Aber ich glaube daran, dass es ein Leben danach gibt, vermutlich sogar mehrere Leben. Ich kann mir keinen Himmel vorstellen, in dem Gottvater die Seelen seiner folgsamen Schäfchen einsammelt. Ich glaube nur an die unsterblichen Seelen, an eine nicht körperliche Existenz, die nicht mit dem letzten Herzschlag oder Atemzug vergeht.

Vor Jahren habe ich einen Fernsehbericht gesehen über eine Rückführung, so nannte sich das. Eine Frau sprach unter Hypnose über ein früheres Leben. Sie machte detaillierte

Ortsangaben, die überprüft wurden und zutreffend waren. Es klang alles sehr glaubhaft und überzeugte mich.

Ihr früheres Leben war auf grausame Weise beendet worden. Sie erzählte, dass sie sich gar nicht tot gefühlt habe. Es sei ihr nur merkwürdig vorgekommen, neben dem eigenen Körper zu stehen und ihn zurücklassen zu müssen, weil sie nach Hause gehen wollte zu Mann und Kindern. Ihre Familie habe sie allerdings nicht wahrgenommen und sie irgendwann das Interesse verloren.

Wie lange ist irgendwann? Drei Stunden? Drei Wochen oder einige Jahre? Da die Frau von ihren spielenden Kindern gesprochen hatte, nahm ich an, sie könne nicht sehr lange in der Nähe ihrer Familie geblieben sein. Aber ihre Kinder hatten ihr auch nichts angetan.

Bei Papa war das doch etwas anderes. Und auch wenn ich nichts von ihm sah oder hörte, ich war sicher, dass er noch im Haus war und unentwegt auf mich einsprach. «Was hast du dir dabei gedacht, Geli? Du bist doch nicht der liebe Gott, dass du Leben nehmen kannst, wie es dir gerade passt. Das war mein Leben. Ich will es zurück.»

Also streifte ich abends durch die verlassenen Zimmer, mit Ausnahme der Bibliothek, weil ich dort immer noch das Krankenbett vor Augen hatte und sicher war, dass er sich bei seinen Büchern aufhielte, wenn er noch da wäre. Ich entschuldigte mich tausendmal bei ihm, bat um Verzeihung und fürchtete mich vor einer Antwort. Es war schrecklich, entsetzlich, es war eben meine Strafe.

Bruno hätte vermutlich gefragt: «Warum quälst du dich so?» Und ich hätte antworten müssen: «Weil ich meinen Vater umgebracht habe und mir nicht vorstellen kann, dass er damit einverstanden war.»

Jetzt war es nicht schrecklich, in einem Haus zu sein, in dem uns vielleicht ein Geist zuschaute, der störte nicht. Bruno schaute zur Treppe, als sei er nicht sicher, wie viel er wagen dürfe. Auch im Restaurant war er mir gelegentlich unsicher erschienen. Also ging ich zur Treppe. Er folgte mir. Endlich standen wir in meinem Schlafzimmer. Dabei konnte ich kaum noch stehen.

Ich bin förmlich über ihn hergefallen, habe mich mit einem Arm an ihn geklammert und mit der freien Hand sein Hemd aufgeknöpft. Den Gürtel der Hose geöffnet, noch ein Knopf, ein Haken und der Reißverschluss. Endlich am Ziel. Und auf die Knie. Ich konnte nicht mehr denken, nur noch weinen.

Er ließ mich gewähren. Als ich zu ihm aufschaute, sah ich, dass er die Augen geschlossen hatte. Irgendwann schob er meinen Kopf zurück und zog mich vom Boden hoch, drängte mich zum Bett. Schon dabei zerrte er an den Knöpfen meines Kleides. Zwei sprangen ab und kullerten über den Boden. Das Kleid fiel mir auf die Füße, im Zurückgehen wäre ich fast darüber gestolpert. Bruno drückte mich aufs Bett hinunter, unvermittelt wurde er wütend. «Warum zwängst du dich in diesen Panzer?»

Er riss an den Haken, bis er mein Korsett hinter sich zu Boden schleudern konnte. Gleich darauf wurde sein Blick weich, seine Hände zitterten. Ich spürte es deutlich, als er mit dem Handrücken über meine Wange strich, langsam hinunter zum Hals.

Es war so ähnlich wie beim ersten Mal, nur ganz anders. Er war anders, ich war anders. Ich empfand es nicht mehr als gar so peinlich, seinen Blick zu fühlen. Und er ging nicht mehr gar so behutsam vor. Alles war drängender, fordernder. Wir trieben nicht, wir schleuderten uns auf den Gipfel.

Danach lagen wir nebeneinander auf dem Bett. Mein Kopf füllte sich allmählich wieder mit Blut. Damit kehrten auch der Verstand zurück und die Erinnerung an mein Aussehen. Ich wollte nach der Decke greifen.

Bruno hielt meine Hand fest. «Lass das», sagte er. «Zudecken kannst du dich, wenn du allein bist oder frierst. Jetzt frierst du nicht, oder?»

«Nein», sagte ich. Und dann, nach einer endlosen Minute fragte ich: «Was willst du von mir?»

Anschauen mochte ich ihn nicht, weil ich dachte, es sei besser, sofort für klare Verhältnisse zu sorgen. Die Fronten abstecken und zusehen, wie viel von seiner Zeit ich für mich erobern konnte.

Er lachte verlegen. «Habe ich dir das noch nicht deutlich genug gezeigt?»

«Ich meine nicht, dass du mit mir schläfst», sagte ich.

Nun grinste er. «Das habe ich doch nicht getan. Ich habe seit Jahren nicht mehr mit einer Frau geschlafen.»

Er hatte mich aus dem Konzept gebracht. Ich brauchte zwei Sekunden, um den Faden wieder aufzunehmen. «Nenn es, wie du willst, aber behaupte jetzt nicht, du hättest dich in mich verliebt. Das würde ich dir nicht glauben. Es müssen andere Gründe sein. Aber was immer es ist, du kannst offen darüber reden. Ich werde es verstehen und akzeptieren. Es würde mich sogar freuen, wenn deine Gründe regelmäßig auftreten. Einmal in der Woche wäre phantastisch, einmal im Monat immer noch traumhaft und mehr, als ich zu hoffen wage. Ich wäre bereit, einiges dafür zu geben.»

Er richtete sich auf und schaute mit einem Ausdruck von Misstrauen auf mich herunter. «Habe ich dich richtig verstanden?», fragte er. «Du willst mich dafür bezahlen, dass ich dich liebe?»

Liebe, dachte ich. Nun gut, manche nennen es lieben. Es klingt nicht so obszön wie ficken.

«Wenn es sein muss», sagte ich. «Warum nicht? Alles im Leben hat seinen Preis. Wenn ich ein gutes Essen will, muss ich dafür bezahlen. Wenn ich ein gutes Buch will, muss ich dafür bezahlen. Warum dann nicht auch für einen Mann, wenn er gut ist? Ich habe keine Vergleichsmöglichkeiten, aber ich weiß, was ich gefühlt habe. Und ich denke, du bist nicht nur gut, du bist ein Liebhaber, wie jede Frau ihn sich wünscht.»

Ich glaube, er fühlte sich ebenso geschmeichelt von meinem Kompliment wie Andy Goltsch von meinem großzügigen Vertragsangebot. Zuerst lächelte er, dann schüttelte er den Kopf. «Ich will nicht dein Geld. Ich will deine Nähe. Ich bin nicht nur verliebt, ich will dich, auch wenn du das nicht glauben kannst.»

Wie hätte ich ihm das auf Anhieb glauben können?

Als ich schwieg, ließ er den Blick von meinem Gesicht hinunterwandern, streifte den Hals, die Brüste, glitt über den Bauch, an den Oberschenkeln entlang bis zu den Füßen. Ich fühlte ihn auf jedem Zentimeter Haut und spürte, wie mein Körper steif wurde vor Abwehr. Brunos Augen tasteten sich wieder hinauf. Als sie meine Augen erreichten, intensivierte sich sein Lächeln.

«Du kannst dir nicht vorstellen, dass ein Mann sich in dich verlieben könnte, weil du dich unattraktiv findest», stellte er fest, nickte sich selbst die Bestätigung zu und schürzte die Lippen, ehe er weitersprach. «Zu dick, nicht wahr? Aber da muss ich doch nicht mit dir übereinstimmen. Es gibt entschieden dickere Frauen, die werden auch geliebt. Glaubst du, für einen Mann ist es wichtig, wie viel eine Frau wiegt, wenn sie ihm etwas bedeutet?» Er schüttelte den Kopf und fügte hinzu: «Für einen Mann ist eine Frau immer so schön, wie er sie sieht.»

Dann nannte er mich zum ersten Mal mit diesem Namen. «Glaub mir, Angelique, ich wäre nicht hier, wenn ich nicht etwas Besonderes bei dir finden würde.»

«Und was findest du Besonderes bei mir?», fragte ich.

Er zuckte mit den Achseln. «Ich weiß nicht, wie ich es bezeichnen soll. Etwas Besonderes eben. Etwas sehr Intensives. Es ist nicht auf den Unterleib beschränkt, auch nicht auf den Kopf. Hier drin zieht sich etwas zusammen.»

Er tippte sich mit einem Finger gegen die Brust, lächelte

immer noch. «Das tat es schon, als ich nur daran dachte, noch einmal in deiner Nähe zu sein. Du bist stark, du bist stolz. Du kommst allein zurecht mit deinem Leben. Du brauchst keinen Mann, der Probleme für dich löst. Damit gibst du mir das Gefühl, dass ich mir keine Sorgen machen müsste. Es ist doch schön, einen Menschen zu haben, um den man sich nicht sorgen muss. Man fühlt sich wohl bei so einem Menschen, selbst ein bisschen stärker, weil man weiß, dass man auch einmal schwach sein darf. Vielleicht ist das nicht richtig ausgedrückt, aber ich weiß nicht, wie ich es anders formulieren soll. Ich habe etwas Vergleichbares bisher bei keiner Frau gespürt.»

«Hast du viele Vergleichsmöglichkeiten?», fragte ich.

Er lachte wieder verlegen und unsicher. «Würde es dich erheblich stören, wenn es sehr viele wären?»

«Ich weiß es nicht», sagte ich.

«Solange du es nicht weißt, Angelique», meinte er, «werde ich deine Frage nicht beantworten. Es wäre nicht gut für uns beide.»

Sein letzter Satz gab mir ein Gefühl, mit dem ich nicht umgehen konnte. Eine neue Dimension. Es hatte so ernst geklungen. Uns beide. Nach Dauer hatte es geklungen, fast ein wenig nach Ewigkeit. Das nahm mir den Atem. Uns beide. Es war gewaltig. Ich musste mich energisch zur Ordnung rufen und zur Nüchternheit, um nicht in einen wahnsinnigen Taumel zu geraten.

«Also sehr viele», stellte ich fest.

Bruno schwieg. Doch als ich mich aufrichten wollte, drückte er mich mit den Schultern zurück aufs Kissen. Dabei war meine Reaktion gar nicht auf die letzte Feststellung bezogen. Es war mehr das Bedürfnis, etwas von ihm abzurücken und diese Vorstellung zu verarbeiten, ohne dabei den Boden unter den Füßen zu verlieren. Uns beide!

Er deutete mein Verhalten falsch. «Warte», bat er. «Ich dachte mir schon, dass du so reagierst. Aber wenn du jetzt aus dem Bett steigst, ist es vorbei. Es hat doch gerade erst angefangen.»

Er ließ etliche Sekunden verstreichen, betrachtete mich zweifelnd, ehe er ein Geständnis ablegte. Genau so klang es in meinen Ohren. «Wenn du mir Geld bietest wie einem Callboy, dürfte es dich eigentlich nicht stören, zu erfahren, dass es viele waren.»

Er lächelte wieder. «Ich kann an keiner Frau vorbeigehen, ohne es wenigstens zu versuchen. Meist habe ich Erfolg. Ich schaue sie an, sie schaut mich an. Ich muss gar nicht reden. Manchmal sprechen die Frauen mich an und geben mir zu verstehen, dass sie mich wollen. Das kann auf der Straße passieren, in einem Lokal oder bei einem Hausbesuch.»

«Hausbesuch», murmelte ich.

Er nickte. «Ja, einige waren Kundinnen.» Es schien, dass er noch etwas anfügen wollte, doch plötzlich stockte er, schüttelte wieder den Kopf und beteuerte: «Nein, Angelique. Ich weiß, was du jetzt denkst, aber so war es mit dir nicht. Ich mag eine Frau nicht zurückstoßen. Aber normalerweise fahre ich anschließend heim, und die Sache ist vergessen. Es kommt zwar gelegentlich vor, dass ich mehrfach mit einer Frau zusammen bin. Doch das sind Ausnahmen. Die meisten suchen nur eine kurzfristige Ablenkung oder eine Selbstbestätigung. Wenn sie die bekommen haben, brauchen sie mich nicht mehr.»

Der Druck seiner Hände auf meinen Schultern verstärkte sich. «Bei dir war es anders. Ich wollte nicht, dass es passiert. Nur wollte ich dich auch nicht abweisen. Du warst so verstört.»

Endlich löste er die Hände von meinen Schultern und begann vor Verlegenheit, Kreise auf meinen Bauch zu zeichnen. Dabei sprach er weiter, langsam und bedächtig. «Manche Frauen sind so, wenn sie gerade ihren Mann verloren haben. Plötzlich ist niemand mehr da, der sie liebt und begehrenswert findet. Sie fühlen sich im Stich gelassen. Ich habe es noch nie gewagt, solch eine Situation auszunutzen, auch nicht bei einer Frau, die mich wirklich gereizt hat. Bei dir habe ich die Kontrolle verloren. Als ich heimfuhr, wollte ich es vergessen – das konnte ich nicht. Ich fragte mich immerzu, ob du wirklich mich gemeint hast oder ob ich nur ein Mittel zum Zweck war.»

Er zuckte erneut mit den Achseln. «Frauen wie du nehmen mich normalerweise nicht zur Kenntnis. Sie sind zu stolz und können nicht zugeben, dass sie Gefühle und Bedürfnisse haben. Wenn sie mich wirklich einmal an sich heranlassen, vielleicht sollte ich besser sagen, sich zu mir herablassen, tun sie beim nächsten Zusammentreffen, als ob ich Luft sei. Manchmal hat mich das gestört, aber meist habe ich gar nicht darüber nachgedacht. Bei dir wusste ich sofort, dass es mich verletzen würde. Du hattest schließlich nicht deinen Mann verloren, nur deinen Vater. Versteh mich nicht falsch, du hast ihn bestimmt sehr geliebt und vermisst ihn jetzt. Aber du kannst ihn nicht so geliebt haben wie einen Partner. Ich dachte, du hättest ihn vielleicht enttäuscht mit einer Veranlagung, die er nicht akzeptieren konnte. Und nun wolltest du ihm und dir selbst beweisen ...»

Er brach ab, wusste offenbar nicht, wie er mir verständlich machen sollte, dass er mich für eine Lesbe gehalten hatte. Für zwei, drei Sekunden war er still, dann fuhr er fort: «Ich habe dich am nächsten Tag angerufen, weil ich glaubte, ich würde an deiner Stimme erkennen, was du fühlst. Nach dem Gespräch war ich mir sicher, dass es keinen Sinn hat, dich noch einmal zu belästigen. Du hast den Abend mit keinem Wort erwähnt, nicht einmal eine Andeutung gemacht.»

Nein, ich hatte darauf gewartet, dass er den Abend erwähnte oder zumindest eine Andeutung machte.

«Danach wusste ich nicht, wie ich mich verhalten sollte», sagte er. «Es hat mich Überwindung gekostet, noch einen Versuch zu wagen. Wieder kam keine Reaktion. Ich dachte, deutlicher kann sie nicht werden. Sie ist vernünftig. Es mag mir so vorkommen, als sei vom ersten Moment an eine große Vertrautheit zwischen uns gewesen. Aber wir sind viel zu verschieden, als dass es mit uns funktionieren könnte. Sie lebt in einer großen Villa, ich in einer kleinen Wohnung. Ich kann sie nicht zum Essen in die Lokale einladen, in denen sie normalerweise verkehrt. Ich kann ihr keine teuren Geschenke machen, weil ich finanzielle Verpflichtungen habe. Ich kann mit ihr nicht einmal über den Beruf reden. Von Literatur verstehe ich nichts, ich habe nicht einmal Zeit zum Lesen. Und das Versicherungsgeschäft ist ein Teich, in dem viele Haie schwimmen, darüber lohnt es kein Wort zu verlieren. Es gibt keine gemeinsame Basis. Doch das musste ich unbedingt von dir hören. Blut und Wasser habe ich geschwitzt bei der Vorstellung, dass du mir in dem dabei üblichen Ton zu verstehen gibst, ich solle mich zum Teufel scheren. Und du bietest mir Geld an.» Er lachte einmal auf, es klang nicht fröhlich. «Warum, Angelique?»

«Weil ich dich will», sagte ich.

«Weil du mich willst», wiederholte er versonnen und erklärte: «Gut. Du hast mich. Völlig umsonst. Bist du zufrieden?»

Als ich nickte, küsste er mich, blieb mit dem Kopf an meiner Schulter liegen und brachte seinen Monolog zu Ende. «Ich kann nichts für dich tun, Angelique, ohne damit gleichzeitig etwas für mich zu tun. Ich kann dich nur lieben und darauf hoffen, dass du mich eines Tages ebenso liebst und über ein paar Schwächen hinwegsiehst.»

In dem Moment habe ich ihm geglaubt, jedes Wort. Er sagte doch genau das, was ich hören wollte. Dass er mich liebt, ehrlich und aufrichtig und hauptsächlich mit dem Herzen. Dass ich die Frau bin, mit der er alt werden möchte. Weil später, wenn wir alt sind, wenn die Leidenschaft füreinander nachlässt und nur Liebe übrig bleibt, mit dieser Liebe noch genug da ist für den Rest des Lebens.

Dass ich für ihn begehrenswert bin. Dass ihn ein paar Pfund mehr oder weniger noch nie an einer Frau gestört haben. An mir gewiss nicht, weil ich eine starke Frau sei. Starke Frauen durften nicht nur, sie mussten sogar etwas kräftiger gebaut sein. Bei einem zierlichen Püppchen konnte ein Mann sich keine Momente der Schwäche leisten.

«Zwing dich nie wieder in diesen Panzer, Angelique», verlangte er. «Du musst lernen, dich zu akzeptieren, wie du bist. Vielleicht kann ich dir dabei helfen. Und wenn du Zweifel hast, denk einfach daran: Wenn ich ein Mannequin will, suche ich mir eins. Aber das hat überhaupt nichts mit Liebe zu tun.»

Wäre er nur …

Anmerkung   Bis zum Abbruch im Satz hatte sie die zweite Kassette wie die erste, von deren emotional stark belastetem Anfang abgesehen, ohne erkennbare, vielmehr hörbare Schwierigkeiten besprochen. Manchmal hatte es sogar den Anschein, dass ihr Bericht sie amüsierte.

In der folgenden Stunde bekam sie ein Problem mit der primitiven Technik. Ihre Reaktion darauf machte deutlich, in welch labiler Verfassung sie war; dass wohl nur der ihr eigene Sarkasmus sie in einer ausweglosen Situation aufrechterhielt.

O-Ton – Angelika

Wäre er nur nicht so offen gewesen, wollte ich sagen, als die beiden Tasten plötzlich hochsprangen. Ich muss nämlich immer zwei Tasten drücken, Aufnahme und Wiedergabe, ist gar nicht so einfach mit ruinierten Fingernägeln. Aber ich muss nicht unentwegt das dunkle Sichtfenster im Auge behalten, um zu erkennen, wann sich das Band dem Ende zuneigt. Der Recorder hat auch ein Bandzählwerk, es ist winzig klein, aber besser zu sehen. Ich wusste es, habe nur leider nicht daran gedacht und nicht darauf geachtet. Tut mir Leid.

Bei sechshundertneunundsechzig ist endgültig Schluss. Bei drei fing immer die Musik an, das habe ich früher mehrfach gesehen. Mit anderen Worten, was ich von null bis drei und ab sechshundertsechsundsechzig erzähle, wird nicht aufgezeichnet. In der Mitte müsste es demnach eine Lücke von sechs Zähleinheiten geben, wenn ich eine Sechzig-Minuten-Kassette eingelegt habe. Den anderen traue ich nicht. Ich wüsste nicht, was ich tun sollte, wenn sich das Band um den Tonkopf wickelt. Jetzt muss Rod Stewart dran glauben und ich ein bisschen kopfrechnen.

Weiter im Text, Brunos Geständnis: «Ich kann an keiner Frau vorbeigehen ... Wenn ich ein Mannequin will ... Dass du mich eines Tages ebenso liebst und über ein paar Schwächen hinwegsiehst ...» Ein paar Schwächen! Ich hatte es gehört, legte es irgendwo ab und versuchte, es zu vergessen, weil ich meinte, wenn er nun mit mir die ideale Partnerin gefunden hätte, brauche er sich nicht mehr um andere zu bemühen. Doch so einfach war das nicht.

In den ersten Wochen befürchtete ich, dass jeder Tag mit ihm für mich der letzte sein könnte. Jede Frau war plötzlich eine Rivalin, ob sie auf der Straße an mir vorbeiging, in einem Restaurant saß oder im Verlag meinen Weg kreuzte. Unsere adelige

Empfangsdame Frau von Mühlenberg, meine Sekretärin, die junge Karina Olschewski aus der Presseabteilung, die männertolle Iris Lang mit ihrem netten Mann, den drei Kindern und vier Dutzend Liebhabern, die Erich Nettekoven dem Reuter-Verlag unbedingt erhalten wollte. Und all die anderen.

Ich schaute mir ihre Gesichter an und ihre Körper, die vor allem. Dann stellte ich mir vor, wie Bruno sie sah. Dass er sie sah, hatte er mir ja erklärt. Und er hatte nicht versprochen, ab sofort an jeder Frau vorbeizugehen. Vielleicht wäre es mir nur deshalb lieber gewesen, er hätte Geld von mir genommen.

Dass er sich nicht kaufen ließ, war einerseits ein Kompliment, an dem sich mein Selbstbewusstsein allmählich emporrankte, und andererseits eine unerschöpfliche Quelle der Furcht. Mit Geld hätte ich ihn binden können, da wären eben die Summen mit der Zeit größer geworden. Ohne Geld gab es nicht viel. Ab und zu den Gedanken an ein Kind, dessen Existenz ihn mir verpflichtet hätte. Deshalb nahm ich auch weiterhin keine Verhütungsmittel.

Und meinen Körper gab es, den ich verabscheute. Immer wieder erklärte Bruno, ich sei schön, zählte auf, was er alles an mir liebte. Lauter Dinge, die ich nicht besaß. Die vermeintliche Stärke und Souveränität, Geduld und Humor. Die Tüchtigkeit einer selbstständigen Geschäftsfrau und den Ehrgeiz, das Lebenswerk meines Vaters zu erhalten und wenn möglich zu vergrößern.

Als er einsah, dass mir das nicht half, dass ich trotz all seiner Beteuerungen unter meinem Gewicht und meinem Aussehen litt, führte er mich an einem Samstagvormittag zum ersten Mal in eine exklusive Boutique.

Bis dahin hatte ich meine Kleidung überwiegend in der Anonymität großer Kaufhäuser erstanden. Wallende Gewänder in gedeckten Farben, meist schwarz, dunkelblau oder dunkelgrau, mal mit Knöpfen vorne, mal mit Reißverschluss hinten, immer schlicht und sackartig, weil selbst das strammste Korsett mich nicht in die Form presste, die mir vorschwebte.

Bruno suchte ein paar Sachen für mich aus, darunter ein weinrotes Kostüm, das ich wirklich tragen konnte, ohne darin fett oder lächerlich zu wirken. Der Rock bedeckte gerade noch die Knie, war eng geschnitten und hatte Gummizüge im Bund. Die Jacke fiel salopp, war jedoch leicht tailliert. Ich hätte es aus eigenem Antrieb nie gewagt, so etwas anzuziehen und auch noch darin hinaus auf die Straße zu gehen. Aber er hatte Recht, ich sah nicht aus wie eine eingeschnürte Walze. Dazu wählte er eine weiße Bluse mit großzügigem Dekolleté, die lässig über dem Rockbund getragen wurde.

«Du hast so herrlich zarte Haut, Angelique», sagte er.

Und eine äußerst strapazierfähige, das wusste ich nur noch nicht. Mit meiner Haut habe ich Glück gehabt, unvorstellbares Glück. Sie muss eine Konsistenz haben wie Gummi. Nur ein paar kleine Dehnungsstreifen an den Oberschenkeln, ansonsten hatte sie sich der Masse ohne sichtbare Spuren angepasst, sogar meinen Riesenbrüsten.

«Um dein Dekolleté werden dich viele Frauen beneiden, auch wenn sie es niemals offen zugeben», sagte Bruno. «Was dich stört, wirst du kaschieren, was du hast, wirst du betonen.»

Er empfahl mir einen guten Friseur und ein Kosmetikstudio. Am zweiten Samstagvormittag, nachmittags hatte er leider keine Zeit, fuhr er mich zu einem Juwelier. Auch dort suchte er treffsicher ein paar Kleinigkeiten aus dem üppigen Sortiment, die nicht protzig wirkten, sondern schlicht und dekorativ. Eigentlich eine unnötige Ausgabe, ich besaß genug Schmuck, trug ihn nur nicht, weil er meiner Mutter gehört hatte.

Es lässt sich nicht bestreiten, dass ich unter seiner Anleitung schon in den ersten Wochen ein anderer Mensch wurde. Eine Frau, die auch einmal vor einem Spiegel stehen bleiben konnte, ohne in Ekel zu erstarren, jedenfalls wenn ich angezogen und ausgehfertig war.

Im Verlag gab es häufig erstaunte Blicke. Die Veränderungen fielen auch meinen Mitarbeitern auf. Doch nur Erich Nettekoven wagte es einmal, eine entsprechende Bemerkung zu machen. Ein wenig ungeschickt und mit einem Hauch von Enttäuschung in der Stimme versuchte er, ein Kompliment in Worte zu fassen, gleichzeitig etwas über den Ursprung meiner Verwandlung zu erfahren und in einem Zug eine erneute Einladung zum Abendessen vorzubringen. Ich gab mir Mühe, ihn mit meiner Ablehnung nicht zu kränken.

Sie wussten es alle, dafür hatte Frau von Mühlenberg gesorgt. Allein der Gedanke machte mich etwas selbstsicherer. Leider auch nachlässig, was die Belange des Verlags anging. Zwei Monate nach Papas Tod hätte ich dringend in die USA und nach London fliegen müssen, einigen Vertragspartnern und Autoren, deren Bücher wir in Lizenz herausbrachten, demonstrieren, dass der Reuter-Verlag bei mir in guten Händen war. Aber drei Wochen ohne Bruno, sechsmal auf ihn verzichten, das ging nicht.

Abgesehen von den beiden Einkaufstagen, vielmehr Stunden, sahen wir uns zu Anfang nur zweimal in der Woche. Jeden Tag wäre mir entschieden lieber gewesen. Ihm auch, das betonte er häufig. Doch das ließ sich nicht einrichten. Er hatte schließlich viele berufstätige Kunden, die nur abends Zeit für ein Beratungsgespräch oder sonst etwas erübrigen konnten.

Über die Wochenenden wollte ich nicht nachdenken. Ich habe, abgesehen vom allerersten Versuch, nicht mehr probiert, ihn an einem Samstagnachmittag oder gar an einem Sonntag anzurufen. Die Angst vor der Gewissheit ist ein guter Lehrmeister. Und wie hatte ich gesagt: «Einmal in der Woche wäre traumhaft.» Zweimal in der Woche war die Steigerung eines Traumes.

Ich habe mich leider zu früh gefreut. Das Zählwerk ruckelt. Schade, ich muss doch das dunkle Sichtfenster im Auge …

O nein. Das Aufnahmelämpchen flackert, das Laufwerk

dreht auch nicht mehr gleichmäßig. Was ist los mit dem Ding?

Lass mich bloß nicht im Stich! Mit wem soll ich reden, wenn du den Geist aufgibst? Mit Bruno? Wenn er mir antwortet, nehme ich eine Glasscherbe und schlitz mir den Hals auf. Lauf, um Gottes willen, lauf, sonst drehe ich …

Tief in der Sahara – auf einem Dromedara – ritt ein deutscher Forscher – durch den Dattelhain.

Anmerkung   Dieser erste, heftige Ausbruch von Verzweiflung und die Liedzeile aus dem Song «Fata Morgana» von der Ersten Allgemeinen Verunsicherung waren beim bloßen Abhören der Kassette kaum zu verstehen. Ihre Stimme klang, als käme sie aus der Tiefe einer Gruft, dumpf und ganz langsam. Die Verzögerung in der Bandlaufgeschwindigkeit begann schon bei ihrer Schilderung der gemeinsamen Einkäufe. Mit Hilfe moderner Technik in einem Tonstudio war es jedoch kein Problem, diesen Effekt aufzuheben.

Defekt war der alte Recorder nicht. Gute zwei Stunden Dauerbetrieb im Aufnahmemodus hatten die Batterien erschöpft. Es dauerte wohl etliche Minuten, ehe sie den Fehler erkannte und einen Satz frischer Batterien eingelegt hatte. Das muss eine ziemliche Quälerei für sie gewesen sein.

Das Kassettenfach am Recorder war leicht zu öffnen, man musste nur einen kleinen Knopf drücken, dann sprang der Deckel hoch. Die Kassetten wurden darin eingeschoben, wie es bei den meisten Recordern üblich ist. Das Fach für jeweils vier Batterien befand sich an der Unterseite des Geräts und war mit einem winzigen Schieber verriegelt. Es brauchte keine Kraft, um dieses Fach zu öffnen, nur feste Fingernägel, die sie nicht mehr hatte.

Ihre Nägel waren nicht, wie sie ironisch bagatellisierte, ruiniert. Sie waren sämtlich abgebrochen und eingerissen, die meisten bis ins Fleisch. In den Wunden und den Fingerkuppen steckten Holzsplitter, was äußerst schmerzhaft gewesen sein muss. Hinzu kam ein tiefer Schnitt im linken Handteller, den sie notdürftig mit zwei Papiertaschentüchern abgedeckt hatte.

Diese Verletzungen muss sie sich am frühen Morgen zugezogen haben. Sie erklärte es nicht genau. Es lässt sich jedoch aus ihren nachfolgenden Worten ableiten.

Als der Recorder den Betrieb wieder aufnahm, klang sie noch sekundenlang panisch, gehetzt und atemlos. Dann bemühte sie sich, ihre Furcht zu kaschieren, schlug einen saloppen Ton an, als sie zum ersten Mal über ihre aktuelle Situation sprach.

O-Ton – Angelika

… kroch der Effendi mehr tot schon als …
Okay, okay, okay, das war's. Es ist nicht kaputt.

Puh. Da habe ich mich aber als Angsthase geoutet. Tja, liebe Freunde, so cool wie Angelika tut, ist sie momentan gar nicht. Und warum soll ich nicht einmal zugeben, dass mir nicht sonderlich wohl in meiner Haut ist? Ich will doch ehrlich sein. Körperlich geht es mir so weit gut. Es ist nur nicht sehr erbaulich, mit einem Toten alleine zu sein. Ich habe Angst vor Leichen, nicht Scheu oder Ehrfurcht, das habe ich ja bereits anklingen lassen.

Damals bei Papa war es schon schrecklich. Da war dieser Augenblick, als er aufhörte zu röcheln. Dann die Stille. Es war schauerlich. Rein vom Verstand her wusste ich, jetzt ist Papa tot. Aber gerade eben hatte er noch geröchelt und gelebt. Mein Gefühl wollte nicht akzeptieren, was geschehen war. Da lag ein lebloser Körper im Bett, die Seele stand daneben, schaute fassungslos und ungläubig auf die Leiche. Und ich hatte Papa in diesen zweiteiligen Zustand versetzt.

Ich wollte mich auf ihn werfen, ihn schütteln, damit er die Augen wieder aufschlug. Ich wollte mich entschuldigen für meine Schwäche, dass ich es schon nach wenigen Wochen nicht mehr ausgehalten hatte, jede Nacht stundenlang in sein graues, eingefallenes Gesicht zu blicken, mir seine Nörgeleien und das Geschimpfe anzuhören. Aber ich konnte ihn nicht mehr anfassen, weil mir in dem Moment der Fernsehbericht von der Rückführung einer Frau in ein früheres Leben durch den Kopf schoss und ich panische Angst bekam, Papas Seele könne mich wegschubsen und versuchen, zurück in den Körper zu kriechen. Ich konnte nur fluchtartig die Bibliothek verlassen.

Genau das kann ich jetzt nicht, deshalb ist es mit Bruno viel schlimmer. Unsere spanische Traumvilla hat nämlich nur ein Zimmer. Und ich kann nicht raus, weil Bruno die Tür abgeschlossen hat. Keine Ahnung, wo der Schlüssel ist. Gestern Abend hat er ihn in die Hosentasche gesteckt. Da ist er nicht mehr. Alles habe ich abgesucht und ein fürchterliches Chaos veranstaltet.

Das Türschloss und die Bretter, mit denen Bruno das Dach von innen verkleidet hat, damit wir nicht gegen Wellblech schauen mussten, wenn wir in trauter Zweisamkeit beieinander lagen, haben meinen anschließenden Bemühungen mit einem Hammer und einem Küchenmesser ebenso standgehalten wie die verfluchten Gitter, die Bruno erst im Frühjahr vor die Fenster gemauert hat.

Als mir klar wurde, dass ich hier festsitze, bis unser mobiler Supermarkt aufkreuzt, mich rauslässt und die spanische Polizei auf den Plan ruft, dachte ich, ich verliere den Verstand. Auf die Idee, mir die Wartezeit mit dem Recorder zu vertreiben, bin ich nicht sofort gekommen.

Zuerst habe ich jeden verfügbaren Fetzen Papier gefüllt mit Anweisungen ans Personal daheim, ein paar netten Zeilen an einen Freund und einer Vollmacht für meinen Anwalt, was man halt so schreibt, wenn man meint, jetzt geht die Welt unter. Einen Schreibblock hätte ich gut gebrauchen können, hatten wir nicht. Ersatzweise habe ich mich über die Innenseiten einer Cornflakes-Packung hergemacht und danach vorsichtig die Aufkleber der beiden Petroleumflaschen abgelöst. Einer ist trotzdem etwas eingerissen, das stört aber nicht weiter. Ich hoffe nur, dass eine klebrige Vollmacht anerkannt wird.

Als der Schnipsel einriss, dachte ich im ersten Moment, es sei womöglich die bessere Lösung, das Petroleum zügig über Bett, Tisch, Schränke und Fußboden zu verteilen und Brunos Feuerzeug einmal kurz aufflammen zu lassen, als jetzt auch noch die Aufkleber zu bekritzeln. Aber verbrennen soll ein scheußlicher und äußerst schmerzhafter Tod sein. In die Hölle komme ich noch früh genug, fürchte ich. Da muss der rollende Supermarkt sich nur bis zum Nachmittag Zeit lassen.

Es ist jetzt schon warm hier drin, fünfundzwanzig bis achtundzwanzig Grad, schätze ich. Dabei kann es nicht viel später als neun Uhr sein. Ich bin sehr früh aufgewacht, zwischen vier und fünf. Es war noch dunkel, wurde dann aber bald hell. Wenn ich für meine anfänglichen Aktivitäten gute zwei Stunden ansetze – man hat kein richtiges Zeitgefühl, wenn man mit Hammer und Messer arbeitet und wie eine Wilde schreibt –, müsste ich etwa um sieben damit begonnen haben, mir mein Leben von der Seele zu reden.

Um das Gas aufzudrehen und mir einen schnellen Abgang zu verschaffen, war es schon zu spät, als mir der Gedanke an solch eine Lösung kam. Ich hatte bereits beide Fenster eingeschlagen.

Öffnen konnte man sie nicht mehr. Letzten Herbst habe ich die Rahmen gestrichen. Hat Spaß gemacht, mit den Händen zu arbeiten, statt nur mit dem Kopf. Von handwerklichen Tätigkeiten hatte ich allerdings keine Ahnung. Ich habe die Fenster zugedrückt, ehe die Farbe trocken war. Seitdem sind sie verklebt.

Bruno wollte sie im März lösen, ist aber nicht dazu gekommen. Wir waren nur fünf Tage hier. In den letzten beiden war er vollauf damit beschäftigt, den selbst gemauerten Kamin mit einem Sims zu verzieren, der nicht sofort halten wollte. Außerdem mussten die selbst verlegten Bodendielen noch von einigen Stolperfallen befreit und ein Regal gezimmert werden.

Jetzt wird sich jeder fragen: Was haben die denn in den restlichen drei Tagen gemacht?

Nun, wir haben uns nicht ausschließlich unserer Lieblingsbeschäftigung hingegeben. Den Tag nach der Ankunft haben wir wie üblich komplett verschlafen. Am zweiten Tag einen Einkaufsbummel in Valencia gemacht, bei dem Bruno diese dekorativen Gitter entdeckte, die er am dritten Tag vor die Fenster gemauert hat. Immerhin stand sein Ferienhaus die meiste Zeit im Jahr leer. Er hielt es für besser, es gegen Einbrecher zu sichern.

Einbruchsicher ist es bestimmt, es hat sich heute früh sogar als ausbruchsicher erwiesen. Ich kann momentan nichts weiter tun als warten und reden. Das hilft, ehrlich, ich bin schon viel ruhiger als am frühen Morgen. Also weiter, immer noch schöne Zeit. Die hässliche kommt noch früh genug.

Jeweils dienstags und freitags holte Bruno mich vom Verlag ab, wir aßen eine Kleinigkeit, immer im gleichen Lokal. Schon dabei konnte ich es nicht erwarten, mit ihm allein zu sein. Ich hätte ihn fressen mögen, wenn er mir gegenübersaß. Plötzlich störte jedes Salatblatt auf dem Teller, weil es einen Zeitaufschub bedeutete.

Ich konnte nicht essen in seiner Gegenwart, dafür saß der Hunger viel zu tief. Ich wollte ihn nur fühlen, diesen herrlich strammen Körper auf meinem schwabbeligen. Schweißgebadet neben ihm liegen, keinen Atem mehr, aber das Feuer glühte noch. Den Blick auf das Zentrum gerichtet, auf das ich nur die Hand legen musste, um mein Ziel noch einmal zu erreichen.

Zweimal in der Woche.

Und fünfmal in der Woche wartete ich darauf. Dann konnte ich erst recht nicht essen, hatte absolut keine Lust mehr, alleine in einem Restaurant zu sitzen, mochte Frau Ströbel nicht bitten, nur für mich zu kochen. Nach dem Heimkommen warf ich einen Blick in den Kühlschrank. Der enthielt selten mehr als die Zutaten fürs Frühstück. Zwei Brötchen brachte Frau Ströbel immer frisch vom Bäcker mit. Die Regale im Vorratskeller waren längst leer, die Gefriertruhe auch. Nur Obst war immer da. Manchmal aß ich eine Banane, manchmal eine Birne oder einen Apfel, putzte anschließend die Zähne und verkroch mich zwischen die Laken.

Ich untersagte Frau Ströbel, meine Bettwäsche am Mittwoch zu wechseln, wie sie es bis dahin getan hatte, weil den Kissen und Laken noch Brunos Geruch anhaftete. Dieser Duft nach Mann und Liebe. Meist nahm ich ein Manuskript mit ins Bett, um die Zeit bis zum Einschlafen einigermaßen zu überstehen und mich nicht unentwegt zu fragen: Wo ist er jetzt? Ist er allein oder nicht?

Ich hatte auch vorher im Bett oft gearbeitet oder gelesen, aber nicht diese Art von Geschichten. Beziehungskisten, Erfahrungsberichte über gescheiterte Ehen oder langjährige Verhältnisse, die aus den immer gleichen Gründen zerbrochen waren. Die ließ ich mir eigens heraussuchen.

Im Sekretariat lagen immer stapelweise unverlangt eingesandte Manuskripte, darunter etliche von Frauen, die meinten, ihre gescheiterte Beziehung sei einmalig gewesen. Sie wurden ohne Ausnahme nach einigen Tagen mit ein paar freundlichen Zeilen zurückgeschickt, ohne dass ein Lektor einen Blick hineingeworfen hätte. Dafür war nicht die Zeit. Es lohnte sich auch in den seltensten Fällen, mehr als zwei Seiten zu überfliegen. Nun kämpfte ich mich durch bis zum stets bitteren Ende.

Ständig suchte ich zwischen den Zeilen anderer Frauen nach Parallelen, die schien es nicht zu geben. Was ich mit Bruno erlebte, war einmalig. Das wurde mir jeden Morgen aufs Neue bewusst. Dann saß ich vor meinem Kaffee, betrachtete das Frühstücksbrötchen, das ich aus Gewohnheit dick mit Butter bestrichen und mit Schinken oder Käse belegt hatte, und fühlte mich so satt, als hätte ich am Abend zuvor doppelte Portionen verschlungen. Ich konnte mich nur selten überwinden, in das Brötchen hineinzubeißen. Meist packte ich es ein und nahm es mit in den Verlag wie auch das zweite. Irgendwann im Laufe des Tages machte sich dann ein hohles Gefühl im Magen bemerkbar, und dann ging es, mit einzelnen Bissen, zwei Brötchen über den Tag verteilt.

So gesehen ist es kaum verwunderlich, dass ich schon in den ersten Wochen mit Bruno drei Kilo verlor. Zu jeder anderen Zeit hätte ich das als ein Wunder betrachtet und wäre entsprechend glücklich gewesen. Das Merkwürdige ist, ich registrierte es kaum, weil ich nicht mehr täglich auf die Waage stieg. Und drei Kilo weniger fielen bei meiner Figur noch nicht sehr auf.

Ich hungerte auch nicht bewusst und mit dem Ziel, für Bruno schlank und attraktiv zu werden. Es war eher so, als ob mir etwas den unersättlichen Magen zugeschnürt hätte. Ich musste mir nichts mehr in den Mund stopfen, um ein bisschen Lust und Trost zu finden. Und wenn doch, dann ein Stück von Bruno. Mich interessierten nur noch die beiden Abende, an denen er bei mir war. Genießen wir jede Minute! Denn von jeder Minute musste ich anschließend sehr lange zehren.

Nach zwei Monaten hatte ich, wenn ich meiner Waage glauben durfte, schon achtzehn Pfund verloren. Inzwischen sah man es auch. Nicht an meiner Haut, sie warf keine Falten. Das Gewebe fühlte sich nur weicher an. Der Rock des weinroten Kostüms passte dank der Gummizüge im Bund noch ausgezeichnet, die weit geschnittenen Kleider ebenso. Aber die anderen Sachen, die Bruno in der Boutique ausgesucht hatte, waren zu weit geworden.

Für mich war das ein ungeheurer Anreiz, ganz bewusst weiterzuhungern. Frau Ströbel erhob keine Einwände, als ich sie beauftragte, mir ab sofort keine Brötchen mehr mitzubringen, stattdessen Knäckebrot und Magerquark zum Frühstück zu servieren, statt Bananen Tomaten zu kaufen und den Kühlschrank mit Diätjoghurt aufzufüllen, damit ich etwas für den Abend hatte.

Ich besorgte mir in einer Apotheke Pillen, die im Magen aufquellen und jedes Hungergefühl nehmen sollten. Die vertrug ich allerdings nicht, ließ sie bald wieder weg und nahm für mittags einen Apfel mit in den Verlag. Die Lücken füllte ich mit viel Mineralwasser und Diätsäften, nahm die Übelkeit in Kauf, auch Schwindelanfälle und Magenschmerzen schienen mir als Preis nicht zu hoch.

Bruno war mit meiner Methode ganz und gar nicht einverstanden. An einem Freitagabend Ende Juni saßen wir in dem kleinen Lokal, er stellte ein Menü aus drei Gängen zusammen und erklärte: «Du wirst sowohl die Suppe als auch das Dessert essen, Angelique. Sei vernünftig, oder willst du ein ernsthaftes Kreislaufproblem bekommen? Das wirst du, wenn du so weitermachst. Was du tust, ist nicht gesund.»

Er hatte mit ziemlichem Nachdruck gesprochen, lächelte kurz, wurde jedoch sofort wieder ernst. «Für mich musst du das nicht tun. Wenn du es für andere tun willst, sag es mir lieber sofort.»

«Ich tue es für mich», sagte ich.

Er nickte flüchtig und fuhr fort: «Aber du bist oft mit anderen Männern zusammen, keiner von ihnen ist blind. Da mag der eine oder andere dabei sein, der dir mehr bieten kann als ich. Bisher hast du sie dir alle vom Leib gehalten, weil dir der Leib nicht gefiel. Du hast dich in den letzten Wochen sehr verändert, Angelique, nicht nur äußerlich. Das könnte Folgen haben, über die ich nicht nachdenken will.»

Das wollte ich auch nicht, und ich ging weiß Gott nicht von mir aus. Mir schwirrten nur die Frauen durch den Kopf, an denen er nicht vorbeigehen konnte, ohne es wenigstens zu versuchen. Er hatte, seit wir uns kannten, nichts gesagt oder getan, was den Verdacht hätte auslösen können, dass es neben mir noch andere gäbe. Aber die beiden Abende mit mir waren quasi feste Termine, da lag es nahe zu denken, dass ich nur eine von mehreren war.

Ich war die Frau für den Dienstag- und den Freitagabend. Für montags und donnerstags mochte es eine andere geben. Eine dritte für den Mittwoch. Und eine vierte für Samstag und Sonntag. Was tat er denn sonst am Wochenende?

Ich wusste nicht, ob ich es ertragen könnte, wenn sich seine Untreue als Tatsache erweisen sollte. Sooft ich auch darüber nachgrübelte, ich kam immer nur zu der Erkenntnis, dass mich allein die Vorstellung lähmte.

Nach diesem Abend Ende Juni trafen wir uns auch ein paarmal tagsüber, um gemeinsam weitere Einkäufe zu machen. Bruno hatte einen besseren Geschmack als ich. Er redete mir die einfarbig dunklen Kleider endgültig aus. Als Trauerkleidung hatte ich sie ohnehin nicht gesehen. Er überzeugte mich, dass ein wenig Farbe nicht schaden konnte und sehr wohl zu mir passte. Immer kombiniert mit Weiß. Er liebte weiße Spitze und Seide, Blusen mit großzügigem Dekolleté, für das er dann meist noch ein passendes Schmuckstück aussuchte.

Dann war keine Zeit für Leidenschaft. Doch es war auch ein unvergleichlicher Genuss, mit ihm in diese Läden zu gehen. Ob Boutique oder Juwelier, spielte keine Rolle. Die Frauen dort waren in der Regel schlank, selbstbewusst und attraktiv. Manche versuchten ungeniert, mit ihm zu flirten, obwohl ich daneben stand. Er lächelte unverbindlich, war freundlich und höflich. Doch er ließ nie einen Zweifel daran, wem seine ausschließliche Aufmerksamkeit galt.

Nur zweimal in dieser Zeit sprachen wir über Geld. Beim ersten Mal ging es darum, dass ich all die Einkäufe selbst bezahlen musste. Bruno fürchtete, die Preise seien vielleicht zu hoch. Darum musste er sich nun wirklich keine Gedanken machen.

Was ich von meiner Mutter geerbt hatte, war gut angelegt und bisher nicht angetastet worden. Nicht einmal die Renditen wurden abgeschöpft. Die Summe aus Papas Lebensversicherung hatte ich als Reserve für Notzeiten in einem Fonds deponiert, der zwar nicht sehr hohe Erträge abwarf, dafür jedoch absolut sicher war. Damit wollte ich den Verlag stützen, falls das einmal notwendig werden sollte. Doch es sah nicht so aus, dass dieser Fall in Kürze eintreten könnte.

Erich Nettekoven und meine beiden Lektoren Andreas Koch und Hans Werres kämpften an allen Fronten. Nettekoven übernahm mehr und mehr die Aufgaben eines Verlegers. Er schickte an meiner Stelle Hans Werres in die USA und Andreas Koch nach London. Er selbst überzeugte in der Heimat schwankende Gemüter davon, dass klein, aber fein, allem anderen vorzuziehen sei.

Iris Langs viertes Buch über den immer gleichen Geschlechterkampf, bei dem Männer stets die Dummen waren, lief wider meine Erwartungen gut, inzwischen schrieb sie das fünfte und versuchte dabei erstmals, dem Thema einen neuen Touch zu geben. Zur Abwechslung sollte das tatkräftige Weibchen einen dämlichen Kerl umbringen und sich anschließend den ermittelnden Polizisten um den Finger wickeln.

Auch Gottfried Möbius hatte eingesehen, dass er im Reuter-Verlag gut aufgehoben war. Die Konkurrenz mochte mit dicken Vorschüssen winken, aber sie stellte auch Bedingungen, unter denen die Kreativität wahrscheinlich auf der Strecke blieb.

Inzwischen genehmige ich mir ein monatliches Gehalt in etwa derselben Höhe, wie auch Papa es für sich entnommen hatte. Davon bekam Frau Ströbel ihren Lohn, das Haus verursachte auch ein paar Kosten, aber es blieb ein stattlicher Rest übrig. Wie hätte ich den ausgeben sollen, wenn nicht mit Bruno?

Beim zweiten Gespräch übers Geld wäre es fast zu einem kleinen Streit gekommen, als ich im Lokal die Rechnung begleichen wollte, was normalerweise er tat. Das Essen war nicht teuer, für meine Verhältnisse sogar sehr preiswert. Doch auch kleine Preise summieren sich. Ich hatte keine Vorstellung von seinem Einkommen. Darüber sprach er nicht. Aber über finanzielle Verpflichtungen hatte er einmal gesprochen. Ich wusste nicht, welcher Art sie waren, vergessen hatte ich sie jedoch nicht.

«Ich habe dich eingeladen, Angelique», protestierte Bruno. «Es ist mir schon peinlich genug, dass ich dich in den Geschäften bezahlen lassen muss und dabeistehe wie ein Gigolo.»

«Das können wir ändern», meinte ich. «Bevor wir das nächste Mal bummeln, gebe ich dir Geld. Dann kannst du bezahlen.»

Im ersten Augenblick schien er misstrauisch, dann nickte er und sagte: «Einverstanden.»

Es muss ungefähr zwei Wochen später gewesen sein, an einem Mittwochvormittag im Juli, als Bruno mich im Verlag anrief und an meinen Vorschlag erinnerte. «Ich habe ein Armband gesehen, das dir gefallen wird», sagte er. «Ich habe es zurücklegen lassen. Wenn du es einrichten kannst, hole ich dich nach Mittag ab.»

Ausgerechnet an dem Mittwoch hatte ich eigentlich keine Zeit. Mir stand hoher Besuch ins Büro, Andy Goltsch höchstpersönlich. Seit ich dem Schlagersänger in seiner Garderobe gegenübergesessen hatte, waren drei Monate vergangen. Erich Nettekoven hatte sich in dieser Zeit mehrfach vergebens darum bemüht, den Star zu einem netten Plausch in ein exquisites Restaurant einzuladen. Doch Andy Goltsch hatte keine Zeit für einen Verlagsleiter. Er war entweder im Studio und arbeitete an einer neuen CD, oder er war auf Tournee und ließ sich mit Rosen bewerfen. Nettekoven hatte die Hoffnung bereits aufgegeben.

Doch nun schien Andy sich entschlossen zu haben, die Druckrechte an seiner bewegten Vergangenheit dem Reuter-

Verlag zu übertragen. Vielleicht hatte er sich nur so viel Zeit gelassen, weil er dachte, die Zeit, vielmehr die Regenbogenpresse arbeite für ihn und er könne den Preis in die Höhe treiben. Wie auch immer, er war mir für fünfzehn Uhr angekündigt worden, zusammen mit seinem Manager.

Und da kam Bruno mit seinem Angebot. Eine Stunde, dachte ich, nur eine Stunde. Ich hatte nicht viel Bargeld bei mir, mit meinem Scheckheft oder meinen Kreditkarten war ihm nicht geholfen. Ich besaß zwar auch eine Karte, mit der ich Geld an einem Automaten hätte ziehen können. Doch die hatte ich noch nie benutzt, nicht mal den Umschlag mit der PIN geöffnet.

«Wie viel muss ich mitbringen?», erkundigte ich mich.

«Viertausend», erwiderte Bruno.

«Dann muss ich vorher noch zur Bank», sagte ich.

Und er sagte fast fröhlich: «Würdest du dann bitte fünftausend abheben? Es sieht nicht so abgezählt aus. Ich hole dich nach vierzehn Uhr bei der Bank ab. Du gibst mir das Geld, wir kaufen ein. Das restliche Geld gebe ich dir natürlich zurück.»

Um ehrlich zu sein, daran glaubte ich keine Sekunde lang und war zufrieden mit dieser Entwicklung.

Dreihundertzwanzig auf dem Zählwerk, mal sehen oder hören, ob ich richtig gerechnet habe.

Kurz vor zwei ließ ich mir ein Taxi rufen, sagte meiner Sekretärin Bescheid, dass ich rasch wegmüsse, jedoch pünktlich zurück wäre, fuhr zur Bank, hob die verlangte Summe ab, stieg wenig später zu Bruno ins Auto und gab ihm das Geld.

Eine Viertelstunde später hielten wir vor einem Juweliergeschäft, in dem wir bis dahin noch nie gewesen waren. Er öffnete mir die Tür, fasste mit einer Hand unter meinen Arm. Diese kleine Geste hatte etwas Besitzergreifendes. Natürlich berührte er mich auch sonst häufig, wenn wir in der Öffentlichkeit zusammen waren, aber nicht auf diese Art.

Dann standen wir vor einer Vitrine, vor uns auf dem Glas ein blaues Samtkissen, darauf das Armband. Es war ein schönes Stück, aber außergewöhnlich war daran nichts. Es war schmal und schlicht gearbeitet, mir erschien der Preis ziemlich überteuert. Ich wollte Bruno schon darauf ansprechen, als ich den Blick bemerkte, mit dem er die Frau hinter der Vitrine fixierte.

Sie war etliche Jahre älter als ich. Ich schätzte sie auf Ende dreißig, Anfang vierzig. Eine Schönheit trotz der Fältchen um die Augen und der schon stark ausgeprägten Nasolabialfalten. Sehr nervös war sie. Während Brunos Blick ruhige Sicherheit ausstrahlte, bestand der ihre nur aus Abwehr. Sie schaute immer wieder flüchtig zu mir. Jedes Mal verzogen sich ihre Mundwinkel für den Bruchteil einer Sekunde leicht nach unten. Es hatte etwas Geringschätziges, einen Rest von Stolz vielleicht, den sie gleich wieder verlor, wenn ihr Blick zurück zu Bruno glitt.

Ich wusste es, ohne dass mir jemand etwas erklären musste. Sie gehörte zu den Frauen, an denen Bruno nicht hatte vorbeigehen können. Aber jetzt war es vorbei. Sie verstand es nicht, dabei hatte er es ihr erklärt. Auch das wusste ich. Ich fragte mich unwillkürlich, wann er zuletzt mit ihr geschlafen hatte. Bevor er mich traf, dessen war ich mir in dem Moment absolut sicher.

Sein Verhalten tat noch einiges dazu. Er benahm sich anders. Sonst fielen mir oft die kleinen Momente von Ratlosigkeit auf. Es gab vieles, was ihn unsicher machte. Manchmal genügte es schon, wenn ich im Lokal nicht gleich zu essen begann. «Bist du nicht hungrig, Angelique? Schmeckt dir das Essen nicht? Möchtest du etwas anderes bestellen?»

Dann war so viel Unbehagen in seiner Stimme, dass ich mich immer fragte, ob es einen Bruno gab, den ich nicht kannte. Und den vor der Glasvitrine und dieser Frau kannte ich bestimmt nicht.

Ich ließ mir das Armband umlegen, drehte den Arm hin

und her, als müsse ich mir die Entscheidung abringen. Als ich endlich zustimmte, zog er mit lässigem Griff mein Geld aus seiner Tasche, blätterte die Scheine hin, einen nach dem anderen, steckte den Rest achtlos zurück ins Jackett und genoss es offenbar, dabei in die weit offenen Augen der Frau zu sehen.

Er hatte ihr einfach zeigen müssen, dass ihre Zeit abgelaufen war. Warum? Da konnte ich nur raten. Vielleicht hatte sie ihn gedemütigt, ihm deutlich gezeigt, dass er ihr nichts weiter bieten konnte als ein wenig Abwechslung im Bett. Nun musste er ihr zeigen, was er mir darüber hinaus bot.

Als wir wieder hinaus auf die Straße traten, legte er mir einen Arm um die Schultern und zog mich fest an sich. Bevor er mir die Wagentür öffnete, küsste er mich auf den Hals. «Du bist wundervoll, Angelique», murmelte er. «Ich hoffe, ich kann dir eines Tages zeigen, wie viel du mir wirklich bedeutest.»

Er ließ mich einsteigen, setzte sich hinters Steuer, gab mir wider Erwarten das restliche Geld zurück und fragte: «Hast du Lust auf einen Spaziergang? Wir können irgendwo einen Kaffee trinken. Oder möchtest du sofort nach Hause?»

Er hatte sich den Nachmittag freigehalten und war enttäuscht, dass ich keine Zeit für ihn hatte. Während der Fahrt schaute er mich mehrfach nachdenklich von der Seite an, fragte schließlich: «Kann ich dich irgendwie überreden, bei mir zu bleiben?»

«Wenn ich es einrichten könnte», sagte ich, «müsstest du mich nicht überreden.»

«Mit wem triffst du dich?», wollte er wissen.

Ich erzählte es ihm. Er lächelte und meinte: «Mit einem Schlagerstar kann ich natürlich nicht konkurrieren.»

Als ich ausstieg, gab er mir noch einen Scherz mit auf den Weg. «Pass auf dich auf, Angelique. Der Knabe hat den Ruf, alles zu vernaschen, was seinen Weg kreuzt.»

«Dann erinnert er mich wohl nur deshalb so an dich», sagte ich und konnte dabei lächeln.

Kurz nach fünfzehn Uhr saß ich wieder an meinem Schreibtisch, hatte immer noch die angewelkte Schönheit aus dem Juwelierladen vor Augen und fühlte mich stark. Der Star war noch nicht eingetroffen. Sein Manager saß bereits mit Nettekoven zusammen. Sie kamen in mein Büro. Dann warteten wir, anfangs zu dritt.

Der Manager, ich erinnere mich nicht mehr an seinen Namen, aber ich sehe ihn noch deutlich vor mir. Er war klein, fast schmächtig, redete zu schnell und zu leise, hielt uns einen endlosen Vortrag über das Image seines Schützlings, das vor fünfzehn Jahren völlig zu Unrecht angekratzt worden sei.

Der Bericht in der Illustrierten damals sei frei erfunden gewesen, behauptete er. Es habe nie einen minderjährigen Jungen gegeben, der für einige Wochen bei Andy gewohnt habe. Nur eine perfide Kampagne, eingefädelt von der missgünstigen Konkurrenz. Andy sei am eigenen Geschlecht nur interessiert, wenn es gut Schlagzeug spiele.

In jüngster Zeit sah man Andy Goltsch auch oft in Begleitung hübscher und meist blutjunger Mädchen. Für meinen Geschmack entschieden zu oft. Erich Nettekoven studierte regelmäßig die Regenbogenpresse, legte mir die Blättchen vor und ärgerte sich, dass das Buch nicht längst auf dem Markt war.

«Warum hat Herr Goltsch sich das bieten lassen?», fragte ich. «Wenn es nicht den Tatsachen entsprach, hätte er doch eine Gegendarstellung verlangen können.»

Es hatte den Tatsachen entsprochen, darauf hätte ich geschworen. Ich wollte keine alten Geschichten aufwärmen, nur die Wahrheit, und den Reuter-Verlag nicht der Lächerlichkeit preisgeben. Alle Welt wusste, dass Andy Goltsch die jungen Mädchen nur als Staffage brauchte. Jeder Reporter, der darüber schrieb, machte sich lustig.

Beim Manager biss ich mit meinen Vorstellungen vom Inhalt des Buches auf Granit. Er wich um keinen Deut von seiner Behauptung, Andy sei durch und durch ein Hetero mit einem ungeheuren Verschleiß an weiblichen Fans. Ich hoffte, den Star selbst eher davon überzeugen zu können, dass eine Autobiographie nur Sinn hatte, wenn sie den Tatsachen entsprach.

Doch bevor ich Andy Goltsch überzeugen konnte, musste er erst mal erscheinen. Sein Manager versicherte mehrfach, er sei in der Stadt, er könne sich die Verspätung überhaupt nicht erklären. Nettekoven verließ mein Büro kurz nach sechzehn Uhr, es gab schließlich noch mehr zu tun. Erst als er mit mir allein war, erklärte der Manager, er sei berechtigt, im Namen seines Schützlings einen Vertrag auszuhandeln. Das mochte zutreffen, aber warum hatte er das nicht gesagt, solange Nettekoven noch dabei gewesen war? Glaubte er, mit mir ein leichteres Spiel zu haben?

Ich war wütend, ziemlich wütend sogar, als klar wurde, dass Andy Goltsch gar nicht daran dachte, persönlich zu erscheinen. Statt mich über die sinnlose Warterei zu ärgern, hätte ich bei Bruno sein können. Mag sein, dass ich mich deshalb im Ton vergriff. Aber um siebzehn Uhr wurde es mir einfach zu dumm. Ich drückte dem verdutzten Manager unseren Vertragsentwurf in die Finger. Darin war auch festgehalten, welchen Inhalt das Werk haben sollte und dass wir nicht verpflichtet waren, unwahre Behauptungen zu drucken. Mochten sie sich anderswo damit auseinander setzen, wenn sie die Zeit fanden. Und wenn nicht, noch besser.

Inzwischen war ich der Meinung, der Reuter-Verlag könne gut verzichten auf die Autobiographie eines Schlagersängers, der nur noch durch kleine Skandale statt mit neuen Songs von sich reden machte. Das sagte ich sehr deutlich.

Zwei Tage später musste ich in der Zeitung lesen, nun seien auch als seriös geltende Verlage dazu übergegangen, Schund zu produzieren, um sich daran eine goldene Nase zu verdienen. Andy Goltsch beklagte sich persönlich und bitterlich, ich hätte ihn mit einem unlauteren Angebot geködert und setze ihn nun unter Druck, unwahre Behauptungen aufzustellen, um die Sensationsgier des Pöbels zu befriedigen.

Nettekoven war fassungslos und voller Vorwürfe, weil ich uns eine Suppe eingebrockt hatte, die wir nun irgendwie mit Anstand wieder auslöffeln mussten. Schlechte Rezensionen für ein bestimmtes Buch hatten wir hin und wieder schon gehabt und waren nicht kreuzunglücklich darüber gewesen. Ein Verriss las sich zwar immer niederschmetternd für den Autor, kurbelte in der Regel jedoch den Umsatz an. Wenn namhafte Kritiker sich aufschwangen, ein Buch als grottenschlecht oder zumindest als Zeitverschwendung abzustempeln, wollten die Leute offenbar wissen, ob dem tatsächlich so war. Schlechte Presse gegen den Verlag hatte es zu Papas Lebzeiten allerdings nie gegeben.

Es war trotzdem kein Weltuntergang. Und vielleicht hätte mich Nettekovens Ton schon zu diesem Zeitpunkt stutzig machen müssen. Er tadelte mich ganz unverhohlen. Wenn ich nicht die Zeit fände oder vor lauter Privatleben vergessen hätte, dass man Künstler mit Samthandschuhen anfassen müsse, wenn man etwas Brauchbares von ihnen bekommen wolle, möge ich das doch, bitte schön, ihm überlassen. Es ginge hier schließlich nicht allein um meine Interessen, sondern um Lohn und Brot für sämtliche Mitarbeiter des Verlags.

Nettekoven wollte die Biographie immer noch machen, jetzt erst recht, sogar unbedingt, allein schon, um den guten Ruf des Reuter-Verlags wiederherzustellen. Dass er bei der Programmgestaltung ein gewichtiges Wort mitzureden hatte, sagte ich ja schon.

Dann kam der Spätsommer. Anfang September machte Bruno den Vorschlag, gemeinsam zu verreisen. «Gönn mir ein paar Tage, an denen ich morgens neben dir aufwachen darf, Angelique.»

Da er diesen feinen Unterschied zwischen lieben und schlafen machte und Letzteres laut eigenem Bekunden seit Jahren nicht mehr mit einer Frau getan hatte, durfte ich seine Bitte wohl als Privileg auffassen. Das tat ich auch.

Ich hatte nicht an Urlaub gedacht. Es ging mit Riesenschritten auf die Frankfurter Buchmesse zu. Das waren immer hektische Wochen, in denen kein Verleger Urlaub machte. Zudem gab es Ärger mit der Druckerei, die einen Roman, den wir im Buchhandel groß angekündigt hatten, vermutlich nicht fristgerecht liefern konnte. Doch darum musste ich mich nicht selbst kümmern, das tat Nettekoven. Auch mit den Vorbereitungen der Messe kamen er und meine anderen Mitarbeiter allein zurecht. Und allein der Gedanke, dass Bruno die nächtlichen Abschiede ebenso bitter empfand wie ich, machte mich nachgiebig.

Ich überließ ihm die Urlaubsplanung und nutzte die Zeit, um mit meinem Verlagsleiter zu klären, was während meiner Abwesenheit zu regeln war. Die zähen Verhandlungen mit Andy Goltsch liefen noch. Unseren ersten Vertragsentwurf hatte er natürlich nicht akzeptiert, auch jeden weiteren abgelehnt. Nun hatte sein Manager selbst einen Vertrag aufgesetzt, den wir ablehnen mussten. Zusätzlich zum Recht auf die eigene Wahrheit verlangte er für seinen Schützling nämlich einen horrenden Vorschuss, obwohl noch keine Zeile geschrieben war. In solchen Ringkämpfen bewährte Nettekoven sich besser als ich, wenn ich wütend war.

Wir hatten bereits endlos darüber diskutiert, wie weit wir Andy Goltsch entgegenkommen konnten oder mussten. In Bezug auf seinen angeblichen Verschleiß an weiblichen Fans bis zum bitteren Ende, meinte Nettekoven, weil wir das nicht so ohne weiteres widerlegen konnten.

An einem Freitag Mitte September überraschte Bruno mich mit dem fertigen Urlaubsplan. Wir fuhren wie üblich abends zuerst in das kleine Lokal. Dort erklärte er mir bei Kerzenschein und einer mageren Scholle, die fast nur aus Haut und Gräten bestand, wie die nächsten zehn Tage für uns aussehen sollten. Er hatte sich in Reisebüros erkundigt, aber nicht das entdeckt, was ihm vorschwebte. Also hatte er private Beziehungen spielen lassen und das seiner Meinung nach Optimale gefunden.

Unser paradiesisches Traumhaus. Nicht unmittelbar an der Küste gelegen, etwa sechzig Kilometer von Valencia entfernt. Der nächste Ort heißt Alcublas. Unser Häuschen liegt etwas außerhalb. Was heute früh den Nachteil hatte, dass mich niemand schreien und hämmern hörte. Weitab von der Zivilisation, rundum nur Landschaft, kaum geeignet für Tourismus. Bis nach Alcublas braucht man eine fast eine halbe Stunde. Mit dem Wagen. Man kann nur Schrittgeschwindigkeit fahren. Die Straße – es als Straße zu bezeichnen ist sehr hoch gegriffen – ist ein holpriger, verschlungener Weg, nicht asphaltiert. Mit einem Fahrrad ist es vermutlich etwas schneller zu schaffen.

«Dort sind wir ganz für uns allein, Angelique», sagte er damals so weise. «Wenn du ans Meer willst, ist das kein Problem. Wir fahren mit dem Wagen. Dann sind wir vor Ort unabhängig. Wir können auf der Strecke ja Zwischenstation machen.»

Ein Flug wäre mir lieber gewesen. Ich fuhr nicht gerne lange Strecken im Auto. Einen Wagen könnten wir in Spanien mieten, meinte ich. Aber als ich das aussprach, merkte ich sofort an seiner Reaktion, dass es ihm nicht recht war.

«Wenn du darauf bestehst, werde ich mich um zwei Flugtickets bemühen», sagte er reserviert. «Wir müssten allerdings einen regulären Linienflug nach Madrid nehmen, von dort aus einen Zug nach Valencia, dann vermutlich mit einem Bus weiter über Land. Mit Gepäck wird das beschwerlich.»

Ich glaubte zu begreifen, was ihn tatsächlich störte. Die Kosten. «Ich werde mich um die Tickets kümmern», sagte ich. «Ich zahle selbstverständlich auch einen Mietwagen. Wir können schon in Madrid einen nehmen. Dann wird es nicht beschwerlich.»

Er schüttelte den Kopf. «Das kommt gar nicht in Frage. Es

war meine Idee. Von dir erwarte ich nur, dass du mitkommst und zehn Tage lang bei mir bist. Von morgens bis abends und jede Nacht.»

Er griff nach meiner Hand. «Lass mich das regeln, Angelique, bitte. Wenn ich dein Geld nehme, um deine Garderobe oder ein Schmuckstück für dich zu bezahlen, ist das eine Sache. Es für mich auszugeben ist eine ganz andere. Ich weiß, dass es für dich eine Kleinigkeit wäre, einen Urlaub in einem teuren Hotel zu finanzieren. Dann könnte ich keinen Tag genießen, weil ich mich schäbig und armselig fühlen würde. Vielleicht würden mich in einem Hotel auch die Menschen stören. Ich will mit dir allein sein, von der ersten Minute an. Deshalb habe ich den Wagen vorgeschlagen, deshalb habe ich ein Haus gemietet, von dem ich nur weiß, dass es weit außerhalb der nächsten Ortschaft liegt. Aber wenn du lieber fliegen möchtest …»

«Ich möchte nicht», sagte ich. «Wir nehmen deinen Wagen.»

«Du wirst es nicht bereuen», versprach er.

Das habe ich auch nicht, keinen einzigen dieser zehn Tage bereut. Aber ich hätte nicht mit ihm fahren dürfen. Es ging schon bei unserer ersten Tour hierher schnurstracks in den Wahnsinn. Ich bestand plötzlich nur noch aus Unersättlichkeit und Gier, als wären Kultur, Bildung und Niveau nur eine Fassade, hinter der sich die wahre Angelika im gewohnten Alltag versteckte.

Nur wir beide. Zuerst im Auto. In einem Flieger hätten wir es nicht treiben können wie Karnickel. Zwei volle Tage und zwei Nächte brauchten wir bis zur Ankunft. Nach jeweils drei Stunden Fahrt legte Bruno eine Pause ein. Manchmal hielten wir an einem Rasthof, aßen etwas, tranken Kaffee, gingen zur Toilette und wuschen uns, sofern die Möglichkeit bestand, das ungestört zu tun. Aber meist suchte er einen einsamen Rastplatz am Rand einer Autobahn. Wenn er dort den Motor abstellte, sagte er bereits: «Es ist anstrengend, stundenlang neben dir zu sitzen.»

Noch während er sprach, zog er mich zu sich hinüber. Wir liebten uns gleich auf den Vordersitzen, schliefen danach ein paar Stunden, er, so gut es ging, vorne ausgestreckt, ich zusammengerollt im Fond. Wann er aufwachte und weiterfuhr, bekam ich meist gar nicht mit. Den größten Teil der langen Fahrt habe ich verschlafen. Er war verrückt nach mir, während dieser Fahrt wusste ich das, fühlte mich stark und sicher.

Es spielte plötzlich keine Rolle mehr, dass ich zu dick war und meist verschwitzt, ungewaschen, ungekämmt, ohne Make-up, so wie jetzt. Dass ich ganz bestimmt nicht nach Parfüm duftete. Wenn Bruno nach mir griff, war ich Angelique, die romantische Heldin, die jeden Mann betören konnte. Und er war mein Held, so bewundernswert stark und unerschöpflich. Das war er tatsächlich. Ich meine, welcher Mann hätte das durchgehalten, zwei Tage und Nächte, eine anstrengende Fahrt, kaum Schlaf und trotzdem jederzeit potent?

Unser Ziel sah auf den ersten Blick nicht übel aus. Bruno war nur ein bisschen enttäuscht, weil wir doch nicht so allein wären, wie er sich das gewünscht hatte. Er hatte unseren Urlaub nicht in einem Reisebüro gebucht, sondern bei einem Arbeiter der Ford-Werke, der bei ihm eine Hausratsversicherung abgeschlossen hatte und ein gebürtiger Spanier war.

Die Adresse, die der Mann ihm genannt hatte, gehörte jedoch nicht zu unserem Feriendomizil, sondern zu seinem Elternhaus. Die Hausherrin, Señora Rodrigues, bewohnte mit Mann, noch einem Sohn, spanischer Schwiegertochter und drei Enkelkindern ein hübsches Anwesen, nur zehn Minuten Fahrzeit von Alcublas entfernt. Großes, strahlend weiß getünchtes Haupthaus, einige Nebengebäude, von denen Bruno anzunehmen schien, es handle sich um Gästehäuser.

Señora Rodrigues sprach leidlich Deutsch, es reichte jedenfalls, um Bruno begreiflich zu machen, dass er unsere Koffer nicht in einen der Viehställe tragen sollte. Gemietet hatte er für die nächste Woche eine Bleibe, bei der es sich sowohl um das Elternhaus der Señora als auch um einen ehemaligen, Mitte des letzten Jahrhunderts umgebauten Stall handeln konnte. Ich habe es nicht so genau verstanden. Um das oder den zu erreichen, mussten wir noch ein Stückchen weiterfahren. Die Señora gab Bruno den Schlüssel und eine Wegbeschreibung.

Wir stiegen wieder ins Auto, fuhren weiter und freuten uns, dass wir in den nächsten Tagen nicht von drei lebhaften spanischen Kindern behelligt würden. Die Wegbeschreibung war etwas ungenau gewesen, leidlich Deutsch ist eben nicht allzu genau. Ich hätte besser selbst mit ihr gesprochen, mein Spanisch war immer ganz passabel. Bruno verfuhr sich zweimal, aber wir fanden es schließlich doch noch, nach etwa einer Stunde.

Bruno meinte, er hätte sich zum dritten Mal verfahren. Es war nämlich kein Haus, sondern eine Kate mit einem Bretterverschlag daneben, in dem wohl früher mal Ziegen oder Schafe und nun ein Plumpsklo untergebracht war. Ein Brunnen vor der Tür, in die der Schlüssel passte. Das Dach war stellenweise eingesunken und undicht, einige Fußbodendielen aufgequollen von Wasser, das längere Zeit eingewirkt haben musste.

Als ich Brunos entgeisterten Blick sah, sagte ich nur: «Es soll hier in der Gegend selten regnen.»

Er ging nicht darauf ein, schien maßlos enttäuscht. Ich war mir nur nicht sicher, ob seine Enttäuschung echt war und er vorher wirklich nicht gewusst hatte, wo wir landeten.

Im Innern des Hauses gab es damals zwei Räume. Ach, was sage ich: Kämmerchen. Die Wohnküche war spartanisch eingerichtet mit dem Allernotwendigsten, Herd, Schrank für etwas Geschirr, zwei Töpfe, eine Pfanne, es war noch Platz für Vorräte. Dazu ein Tisch und zwei Stühle.

Auf dem Tisch stand eine Petroleumlampe, im Schrank lagen zudem Kerzen. Im Paradies gab es ja auch keinen elektrischen Strom und keine Wasserleitung.

Señora Rodrigues hatte uns zum Empfang eine Schale mit Tomaten und Orangen hingestellt. Mit einer Ecke unter die Schale geklemmt war die schriftliche Anweisung, wir möchten den Brunnen nach jeder Wasserentnahme bitte sorgfältig abdecken, damit nichts hineingeriet, was nicht hineingehörte. Mit Kerzen und Petroleumlampe möchten wir bitte auch sorgsam umgehen.

Alles war sauber, das Bett mit frischer Wäsche bezogen. Es lagen sogar zwei Handtücher bereit für den Fall, dass wir keine mitgebracht hätten, woran ich auch nicht gedacht hatte.

Ich weiß nicht, warum, ich musste unentwegt lachen. Vielleicht weil Bruno seine Verbitterung so deutlich zeigte und ich ihm die nicht so ganz abnahm.

«Ich wollte dir ein paar unvergessliche Tage bieten, Angelique», sagte er. «Wenn ich geahnt hätte, dass wir in einem Stall …»

«Keine Sorge», unterbrach ich ihn. «Das wird bestimmt unvergesslich. Wir werden uns jetzt Kaffee kochen, etwas essen, und dann gehen wir ins Bett. Deshalb sind wir hier.»

Ich musste ihm nichts vorspielen, fand es aufregend, abenteuerlich, wie im Paradies eben oder in der Steinzeit. Ich hatte noch nie unter primitiven Bedingungen gelebt und glaube, ich habe dieses Häuschen auf Anhieb geliebt. Es war eine Herausforderung, wie Bruno eine war. Vielleicht dachte ich insgeheim, wenn ich mich in der Steinzeit bewähre, schaffe ich auch alles andere.

Ich hätte mich gerne gründlich von Kopf bis Fuß gewaschen, aber es gab natürlich kein Bad, nur noch das Schlafzimmerchen neben der Wohnküche. Darin war Platz für ein schmales Bett und zwei Nägel in der Wand, auf die wir den Inhalt unserer Koffer hätten verteilen sollen, was unmöglich war, so dass wir alles in den Koffern lassen und über die Koffer ins Bett steigen mussten.

Im Bett mussten wir ganz eng beieinander liegen, damit Bruno nicht hinausfiel. Ich durfte selbstverständlich an der

Wand schlafen, damit ich nicht Gefahr lief, unsanft auf den Koffern zu landen. Die Wand war aus groben Steinen gemauert. In der ersten Nacht schreckte ich ständig davor zurück, weil mir die rauen Kanten den Rücken zerkratzten.

Es war alles so urtümlich. Der Herd musste mit Holz befeuert werden, wenn wir etwas kochen wollten. Ich hatte noch nie etwas gekocht. Bruno gestand, dass er vor rund zwanzig Jahren als Junge in einem Zeltlager zuletzt versucht hatte, ein Holzfeuer in Gang zu bringen.

Aber wir waren nicht hergekommen, um zu heizen, zu kochen und zu essen. Wir waren auch nicht hier, um zu schlafen und uns den Rücken an scharfen Mauerkanten aufzuschürfen. Nur um uns zu lieben, waren wir hier. Um allein zu sein, ungestört, frei und hemmungslos.

Draußen war ein Holzstapel an der Mauer aufgetürmt. Während Bruno ein paar Scheite hereinholte und sich um den Herd bemühte, schaute ich mir unsere restlichen Vorräte an. Da wir unterwegs mehrfach gegessen hatten, war noch etwas Reiseproviant übrig. Ein paar Äpfel, ein Stück Dauerwurst und Knäckebrot. Zusammen mit den Tomaten ließ sich daraus ein bescheidenes Abendessen zaubern. Ich musste mir gar nicht die Blöße geben, meine hausfrauliche Unfähigkeit unter Beweis zu stellen.

Das Feuer im Herd brannte überraschend schnell. Bruno holte Wasser vom Brunnen, schob einen Kessel über die Flammen und nahm ein Päckchen Kaffee aus seinem Koffer. Er brachte auch später den Kaffee immer von daheim mit, weil er sich mit den einheimischen Marken nicht auskannte und ihm in früheren Jahren einmal irgendwo koffeinfreier Kaffee in die Hände gefallen war. Die Folge waren entsetzliche Kopfschmerzen gewesen.

«Kaffee ist mein größtes Laster», sagte er. «Ich bin süchtig nach Koffein.»

Als das Wasser im Kessel zu singen begann, machten wir uns auf die Suche nach einer geeigneten Kanne. Es gab nur einen Tonkrug, keinen Filter. Zucker war ebenfalls nicht zu finden. Und Bruno trank den Kaffee immer süß und schwarz.

Kleinigkeiten, Nichtigkeiten. Wie habe ich ihn geliebt in diesen Tagen. Seine Eigenheiten, die kleinen Marotten, seine Art von Humor. Wie er das Gesicht verzog beim ersten Schluck von diesem heißen, bitteren Kaffee. Wie er auf den Krümeln vom Kaffeesatz kaute und mir von seiner Großmutter erzählte, die ihm in seiner Kindheit stark gesüßten Kaffeesatz mit dem Löffel gefüttert hatte, weil man davon schön wird.

«Gib mir einen Löffel voll», verlangte ich.

Er schüttelte entschlossen den Kopf. «So hilft er nicht, Angelique, es ist kein Zucker drin. Ich glaube, es lag am Zucker, dass ich so schön geworden bin. Aber wenn er süß wäre, würde ich dir erst recht nichts davon geben. Für mich bist du schön genug, noch mehr Schönheit kann ich nicht verantworten. Am Ende würdest du mich verlassen, weil ein anderer Mann dich begehrt, der dir mehr bieten kann als ich.»

«Erzähl mir nicht, du bist eifersüchtig», sagte ich.

Nun wiegte er den Kopf bedächtig. «Im Augenblick nicht. Hier ist ja niemand außer uns. Aber daheim macht es mich oft nervös, wenn ich an deine Lektoren, deine Autoren, deinen Verlagsleiter, deinen Rechtsberater und so weiter denke. Ist dir noch nie aufgefallen, dass du sie alle als deinen Besitz bezeichnest? Was einem gehört, darf man sich nehmen. Vielleicht wartest du nur darauf, dass einer von ihnen den ersten Schritt tut, weil du feststellen möchtest, ob es Unterschiede gibt.»

Er sprach mit todernster Stimme, nickte, um seine Worte zu bekräftigen. «Es gibt große Unterschiede, das kannst du mir unbesehen glauben. Jeder Mensch ist anders, jeder Mensch liebt anders. Aber wenn ich jemals bemerken sollte, dass dich einer von diesen Kerlen mit diesem gewissen Blick ansieht, werde ich ihn vor deinen Augen verprügeln. Wenn das nicht helfen sollte, müsste ich mir andere Maßnahmen überlegen. Ich kann dich nicht wieder hergeben, Angelique.»

«Würdest du mich auch verprügeln?», fragte ich.

Er lachte. «Aber nein, was denkst du denn von mir? Dich würde ich lieben, bis dir der Atem ausgeht und du vergessen hast, dass es überhaupt andere Männer gibt.»

«Schade», seufzte ich, «dass wir hier so allein sind.»

Bruno sprang auf, riss mich vom Stuhl hoch und drückte mich auf den Fußboden. Es gab keinen Teppich wie daheim im Wohnzimmer, nur harte Bretter. Als ich zu jammern begann, verschloss er mir den Mund.

«Beschwer dich nicht», sagte er. «Du hast es doch so gewollt. Bis dir der Atem ausgeht. Wenn dein Rücken morgen grün und blau ist, wen kümmert das? Außer mir wird es niemand sehen.»

Señora Rodrigues war die Einzige, die uns in den Tagen sah. Sie kam täglich entweder zwischen neun und zehn am Vormittag oder am späten Nachmittag auf ihrem Fahrrad, um sich zu erkundigen, ob es uns gefiel, und um uns mit allem zu versorgen, was ihr Hof hergab. Eier, frisches Brot, Schafskäse, Schafskotelett, Auberginen, Tomaten, Oliven, Öl. Da mussten wir nicht zum Einkaufen in der Gegend herumfahren.

Einmal erzählte sie voller Stolz von dem Sohn, der in Deutschland lebte, mit einer deutschen Frau verheiratet war und zwei Kinder hatte, deren Fotos sie ständig bei sich trug, so dass sie an den Kanten ganz abgestoßen waren.

«Träumst du von Kindern, Angelique?», fragte Bruno anschließend. Noch bevor ich ihm antworten konnte, erklärte er: «Von mir wirst du keine bekommen. Ich habe vor Jahren einen kleinen Eingriff vornehmen lassen. Es schien mir ratsamer, mich in dieser Hinsicht nicht auf Kondome, nur auf mich selbst zu verlassen. Wie klug die Entscheidung war, weiß ich erst jetzt. Ich will dich nicht teilen, auch nicht mit einem Baby.»

Beim zweiten Besuch brachte Señora Rodrigues uns eine

Gießkanne mit. Bis dahin hatten wir uns in einem Bottich gewaschen. Nun gab es richtige Duschbäder draußen beim Brunnen. Wir waren albern, planschten und spritzten mit dem Wasser herum wie kleine Kinder.

Wozu ans Meer fahren? Sechzig Kilometer Zeitverschwendung und der Zwang, eine Badehose zu tragen. Bruno zog die Badehose nur an, wenn in der Ferne das Pünktchen auftauchte, unser radelnder Supermarkt mit erstklassiger und stets frischer Ware. Sobald Señora Rodrigues wieder abgefahren war, zog Bruno die Hose wieder aus. Er wurde tiefbraun in den wenigen Tagen, ein Farbton wie Bronze, nahtlos. Zu mir sagte er: «Sei vorsichtig mit deiner Haut, Angelique. Zu viel Sonne macht alt.»

Und ich glaubte an eine Ausrede, wenn er mir nahe legte, ich solle eines von den luftigen, weit schwingenden Kleidern anziehen, die wir eigens für den Urlaub gekauft hatten. Ich war überzeugt, ihm verginge der Appetit, wenn ich stundenlang nackt vor ihm herumlief. Von den zu Anfang verlorenen neun Kilo hatte ich fünf bereits wieder zurück, weil er gar nicht wollte, dass ich weiter abspeckte, und ich mich wieder wie gewohnt ernährte.

Zu viel Sonne macht alt. Doch darüber dachte ich erst bewusst nach, als wir wieder daheim waren und ich Gelegenheit hatte, mich vor dem großen Spiegel im Bad in aller Ruhe zu betrachten. Von Kopf bis Fuß, von den viel zu großen Brüsten, die den Naturgesetzen folgten und nicht prall nach vorne standen, zu den Wülsten um die Taille, am Bauch und auf den Hüften, bis hinunter zu den dicken Schenkeln. Plötzlich schoss wieder eine Welle von Ekel hoch. Ich versuchte, mich mit Brunos Augen zu sehen.

«Du hast wundervolle Brüste, Angelique.»

Wie oft hatte er das gesagt? Immer dann, wenn er sein Gesicht oder die Hände darauf presste, wenn er die Finger oder die Lippen darüber gleiten ließ. Und hatte er wirklich gesagt, ich hätte mich verändert? Ich sah keine Veränderung, sah wieder genauso aus wie vorher. Vielleicht war es nur die spanische Sonne gewesen, die alles ein wenig dezimierte. Unter diesem flirrenden Licht wurde alles klein, rückte alles in weite Ferne.

Jetzt erscheint gleich die dritte Sechs im Zählwerk, das ist ein passender Abschluss für den Urlaub und höchste Zeit für …

Anmerkung   Ihre Stimme klang länger als eine halbe Stunde matt und etwas verwaschen. Sie sprach mit vernehmlichen Atemzügen. Den Grund für ihre Verfassung erklärte sie sofort.

O-Ton – Angelika

Mir ist schwindlig, Kopfschmerzen habe ich auch, ziemlich heftige. Ich musste mich an den Tisch setzen, hätte ich ohnehin bald getan, am Fenster wurde es allmählich ungemütlich. Ich stand da wie ein Landeplatz für Fliegen. Meine Füße signalisierten auch, dass es ihnen nicht mehr so gut gefiel, auf einem Fleck zu stehen. Und die Sonne brannte schon unangenehm.

Aber ich habe keinen Sonnenstich. Ich habe mir am Kamin den Kopf gestoßen, dachte, ich schaffe es mit geschlossenen Augen, hatte ich ja schon mehrfach und dabei nur Cornflakes und Scherben zertreten. Diesmal bin ich über den Hammer gestolpert. Den hätte ich nicht so einfach ins Zimmer schleudern dürfen. Es rächt sich alles im Leben. Zum Glück hatte ich noch Aspirin in der Handtasche, die praktischen für die Reise, die man auch ohne Wasser nehmen kann. Ich habe nämlich keins mehr.

Die Kassetten lagen ursprünglich alle auf dem Regal neben dem Kamin. Bei meiner Suche nach dem Schlüssel habe ich sie runtergeworfen, seitdem verteilten sie sich auf dem Fußboden vor dem Kamin zwischen Cornflakes, Kaffeepulver, Zucker, Scherben und allem anderen, was ich aus den Schränken gerissen habe.

Jetzt habe ich alle Kassetten auf dem Tisch. Die Batterien habe ich auch aufgesammelt, damit ich nicht noch mal durchs Zimmer tappen muss.

Der Kamin ist etwa drei Meter vom Fenster weg, dazwischen steht das Bett. Und jedes Mal, wenn ich hinschaue, habe ich das Gefühl, Bruno belauert mich und ist zufrieden, weil ich mir noch mal vor Augen führe, was ich an ihm hatte.

Wart's ab, mit der schönen Zeit bin ich praktisch durch.

Das sah gerade wirklich aus, als hätten seine Lippen gezuckt. Das sind nur die Nerven, meine, nicht seine. Er ist tot, da bin ich sicher. Seine Augen sind zu, weil er im Schlaf gestorben ist. Und er hat bestimmt nicht drei Stunden lang nach Luft schnappen müssen wie Papa. Da ich das ohnehin demnächst aussprechen muss, kann ich das auch hier schon mal tun, auf die Gefahr hin, dass mich jetzt alle für ein feiges, gemeines Luder halten.

Sein Gesicht ist friedlich und entspannt, nicht verzerrt, kein Ausdruck von Schmerz. So ist der Tod immer, jeder, der etwas anderes behauptet, hat noch nie eine Leiche gesehen. Mordopfer, in deren Züge sich Entsetzen oder ein grausamer Todeskampf eingegraben hat; als Papa vor Jahren Spannungsromane ins Sortiment nahm, gab es die in vielen Krimis. Schwachsinn. Sämtliche Muskeln erschlaffen, wenn die Seele entfleucht. Manchen klappt der Unterkiefer herunter, das sieht dann irgendwie dämlich aus. Bei Papa war es so. Gesichter mögen blutüberströmt sein oder durch Verletzungen entstellt, aber egal, auf welche Weise das Ende kam, die Miene zeigt danach nur noch diese Leere.

Bei Bruno habe ich sie auch vorher oft gesehen. Immer nach diesen bestimmten Momenten. Dann waren seine Augen allerdings fast gewaltsam zusammengepresst und der Mund leicht geöffnet. Diese Laute, tief aus der Kehle kommend, nicht sehr laut, nur sehr intensiv. Dieser Augenblick, der Gipfel von Lust. Danach das allmähliche Ausklingen, Zufriedenheit und zuletzt die totale Entspannung.

Deshalb hat mir sein ausdrucksloses Gesicht auch heute früh das Gefühl vermittelt, es sei überhaupt nichts passiert, dass er nur schläft oder schlimmstenfalls das Bewusstsein verloren hat. Ich sah, dass er nicht atmete, und dachte, er will mir bloß einen Schreck einjagen, weil ich ihn verletzt habe. Er hält so lange die Luft an, bis ich zu schreien, zu betteln, zu weinen anfange, bis ich mich auf ihn werfe und mit den Fäusten auf ihn eindresche.

Ich wollte mein Ohr auf seine Brust legen oder mit den Fingern am Hals nach dem Puls tasten. Aber ich konnte ihn nicht mehr anfassen, habe nur geschrien und ihn mit dem Hammerstiel angestoßen. Und bei jedem Stoß erwartete ich, dass er beim nächsten lachte, mein Handgelenk abfing und mich an sich riss. Dass er mich küsste und mir noch einmal sagte, wie sehr er mich liebt. Nur mich, und nur um meiner selbst willen. Dass ihn mein Geld nie interessiert, dass ihm keine andere Frau je so viel bedeutet hat wie ich. Hundertmal mindestens hat er das gesagt, neunundneunzigmal habe ich ihm geglaubt.

Jetzt habe ich übrigens Andrea Berg eingelegt. Die Rolling Stones wären auch nicht schlecht gewesen. I can't get no satis-faction. Das ist leider nicht im Sortiment. Ich hab extra nach-geguckt. Bruno hat alle Titel und Interpreten fein säuberlich in seiner akkuraten Handschrift auf den Beipackzetteln …
Unsinn. Wie komme ich denn jetzt auf Beipackzettel?

Papa? Warst du das? Willst du mir auf die Weise zeigen, dass du bei mir bist? Kannst du mich hören, Papa? Kannst du et-was tun, damit ich dich höre oder sehe? Gib mir ein Zeichen, nur ein ganz kleines, bitte, damit ich weiß, dass ich nicht allein bin mit ihm. Lass mich noch etwas sagen, was ich eigentlich nicht sagen will. Oder bist du mir immer noch böse? War er deine Rache, Papa?

Es sind keine Zettel, es sind Kärtchen, ich weiß nicht, wie man sie nennt. Eine Seite ist bunt bedruckt mit Angaben zur Kas-sette, auf der anderen Seite sind Linien, zwischen die Bruno alles eingetragen hat, was er kannte. Bei Schumann steht nur

Schumann. Mit klassischer Musik kannte er sich nicht aus, die fand er nur schön. Bei den englischen Titeln hat er sich oft verschrieben. Aber die Erste Allgemeine Verunsicherung und Andrea Berg, da ist alles korrekt.

Du hast mich tausendmal belogen, hast mich tausendmal verletzt. Ich bin mit dir so hoch geflogen, doch der Himmel war besetzt. Du warst der Wind in meinen Flügeln, hab so oft mit dir gelacht. Ich würd es wieder tun mit dir – heute Nacht.

Das ist wirklich wie für uns geschrieben. Gelacht haben wir zwar nicht oft miteinander. In letzter Zeit gab es nichts mehr zu lachen. Wie oft Bruno mich belogen hat, weiß ich nicht. Verletzt hat er mich einmal zu oft. Ich habe mit ihm Gipfel erreicht, auf die mich kein anderer Mann hätte bringen können, dachte ich jedenfalls lange Zeit. Aber unser Himmel war besetzt, zeitweise vermutlich sogar übervölkert.

Wo war ich denn? Nach unserem ersten Urlaub. Die zehn Tage und Nächte hatten mich endgültig um den Verstand gebracht. Dann war wieder Alltag mit der Aussicht auf zwei gemeinsame Abende. Nur Dienstag und Freitag und dazwischen nichts.

Für die Heimfahrt hatten wir uns ebenfalls zwei Tage Zeit genommen. Als wir ankamen, war ich rundum satt und zufrieden, angefüllt bis unter die Haarwurzeln mit Liebe, nein, mit Sex. Davon zehrte ich ein paar Tage. Dann war schon wieder Dienstag, Bruno füllte das Fass ein wenig auf. Es reichte noch einmal bis zum Freitag. Noch ein Guss, er bedeckte nur den Boden und versickerte. Vor mir lag ein einsames Wochenende.

Was zum Teufel tat er denn samstags und sonntags? Die halbe Welt hatte frei, auch Versicherungsvertreter. Alle Paare, die es eben einrichten konnten, waren zusammen. Wo verbrachte er diese Zeit? Mit wem verbrachte er sie? Es machte mich verrückt, diese Fragen zu wälzen und dabei unzählige hübsche Gesichter und schlanke Körper vor mir zu sehen.

Samstags schlief ich etwas länger. Um neun klopfte Frau Ströbel an meine Tür und erkundigte sich, ob sie mir das Frühstück bringen solle. Samstags frühstückte ich gerne im Bett. Wochentags tat ich das in der Küche. Frau Ströbel trank dann auch noch einen Kaffee. Allein im Esszimmer zu sitzen war mir zu öde. Diesmal hielt ich es auch im Bett nicht aus.

Frau Ströbel brachte das Tablett herein und stellte es auf der Kommode ab. Ich goss mir den ersten Kaffee ein. Schwarz und bitter, so trank ich ihn seit Jahren. Ich sah Brunos Miene, wie er das Gesicht verzog. Ich hörte ihn von seiner Großmutter erzählen, von der Schönheit durch den süßen Kaffeesatz. Und dass er mir nichts davon geben wollte, damit ich nicht schön wurde.

Ich saß vor dem Frisierspiegel, das sehe ich noch vor mir. Innerlich ein Rest von Weichheit, die letzten Spuren der vergangenen Nacht. Hinter mir das leere Bett, die zerwühlten Laken, in denen sich der Geruch von satter Zufriedenheit verfangen hatte. Im Sitzen wölbte sich mein Bauch vor. Ich hob die Tasse an, und meine Hand kam mir vor wie eine Qualle.

Wie konnte Bruno es genießen, von einer Qualle berührt zu werden? Was tat er jetzt, in genau dieser Minute? Schlief er noch, oder saß er auch allein vor seinem Frühstück? Wo aß er zu Mittag? Zu wem ging er heute Nachmittag? Mit wem verbrachte er den Abend? In welchem Bett die Nacht?

Ich war in diesen Minuten sicher, dass ich ihn nicht für mich allein hatte. Alles in mir wehrte sich gegen die bittere Erkenntnis. Doch aus dem Spiegel lachte mir ein anderes Frauengesicht entgegen. Es war schmal, mit hohen Wangenknochen und leicht schräg gestellten Augen, die Lippen prall und rot, das alles umrahmt von einer wallenden Blondmähne. Angelique. Oder das Gesicht der Frau, mit der Bruno die kommende Nacht verbrachte.

Plötzlich überfiel mich ein Heißhunger nach süßem Kaffeesatz. Frau Ströbel dachte wohl, ich hätte den Verstand verloren, als ich unvermittelt hinter ihr in der Küche auftauchte und nach dem Kaffeefilter fragte. «Den habe ich bereits in den Abfall getan», erklärte sie. «Soll ich ihn heraussuchen?»

«Um Gottes willen, nein.» Ich konnte lachen und abwinken. Ich schaffte es auch noch, sie zu fragen, wie sie den Kaffee normalerweise aufbrühte. Ob sie eine Prise Salz hineintat, wie sie die Menge des Pulvers berechnete und ob es besondere Rezepte für Kaffee gäbe. Frau Ströbel wurde eifrig und zählte einiges auf, was ich gleich wieder vergaß.

Ich nickte zu allem und bat sie, noch ein paar Besorgungen zu machen. Rinderfilet, diverse Salate und dergleichen. Ich hatte keine Ahnung, was ich mit den Lebensmitteln anfangen sollte. Ich wusste nicht einmal, wie man ein Filet würzte. Aber ich wusste, dass Bruno Rinderfilet als Gaumengenuss betrachtete. Und Bruno war ein guter Koch.

In Spanien hatte er das bewiesen, zehn Tage und Nächte mir allein gehört. Ich hatte nachts seinen Atem im Nacken gefühlt und die erschlaffte Männlichkeit an den Schenkeln. Seinen Arm über den Rippen, seine Hand auf meiner Brust. Ich hatte ihn morgens nach dem Aufwachen gespürt, noch bevor ich die Augen aufschlug. Dann hatte ich ihn angeschaut, so lange, bis er ebenfalls erwachte. Ich hatte ihn mit Blicken wecken können, mich aufgerichtet, über ihn geschoben, ihn fast erdrückt mit meiner Gier.

Ich hatte mich mittags über den Tisch gebeugt, vor den Herd gekniet, auf den Boden gelegt. *Ich werde dich lieben, bis du den Verstand verlierst.* Ich hatte ihn verloren oder in Spanien zurückgelassen. Ich konnte nicht so weitermachen wie bisher. Zwei Abende in der Woche waren nicht mehr genug.

Ich wusste genau, was in mir vorging. Es ließ sich mit einem Wort beschreiben: Sehnsucht. Ich verging vor Sehnsucht. Und starb vor Angst, dass Bruno die Nacht tatsächlich bei der Spiegelschönheit verbringen könnte. Ich musste ihn bei mir haben, jetzt gleich, sofort, zumindest für das Wochenende. Danach würden wir weitersehen. Es muss etwas in der Art von Entzugserscheinungen gewesen sein.

Mein Ansinnen, ein Rinderfilet, Salatgurken, Tomaten und so weiter zu besorgen, stürzte die arme Frau Ströbel in noch größere Verwirrung als die Frage nach dem Kaffeefilter. Sie druckste ein wenig herum, dass sie für den Nachmittag mit ihrer Schwester verabredet sei und das Haus eigentlich so gegen zwei habe verlassen wollen. Um die Zeit ging sie meist seit Papas Tod.

Aber wenn ich Gäste erwartete, wollte sie gerne bleiben und für das Essen sorgen. Ja, sie würde es sogar mit großer Freude tun, erklärte sie. Es wurde doch Zeit, dass wieder etwas Leben ins Haus kam. Auch wenn das offizielle Trauerjahr noch nicht um war. Papa würde es verstehen und sich mit mir freuen. Es war doch immer so schön gewesen, als Papa noch lebte und Autoren einlud. So gebildete Leute, so kultiviert, nicht wahr?

Sie dachte offenbar, ich hätte die vergangenen zehn Tage mit einem unserer Autoren verbracht und wolle das auch übers Wochenende tun. Aber sie hätte Papa nicht erwähnen dürfen. Es brach einfach über mir zusammen.

Ich stürzte aus der Küche ans Telefon. Brunos Privatnummer, dreimal das Freizeichen, dann seine Stimme. «Lehmann.»

«Du hast mich noch nie belogen, oder?», fragte ich. «Ich bedeute dir etwas, nicht wahr? Du liebst mich wirklich.»

«Noch nie», sagte er. «Nicht etwas, Angelique, alles. Und ja.»

«Dann komm her», verlangte ich. «Ich brauche dich. Wir machen uns noch zwei schöne Tage.»

Ein paar Sekunden lang war es still. In meinen Ohren begann schon das Blut zu rauschen, als Bruno endlich antwortete. «Es tut mir Leid, Angelique. Ich habe einen jungen Kollegen zu Gast, wir müssen arbeiten. Morgen habe ich auch etwas vor.»

Ich weiß noch, dass ich gelacht habe, ziemlich laut und schäbig. Junger Kollege! Geantwortet habe ich ihm nicht mehr, den Hörer einfach aufgelegt.

Dann sagte ich zu Frau Ströbel: «Vergessen Sie die Besorgungen. Die Sache hat sich erledigt. Ich fahre in die Stadt, werde auch dort zu Mittag essen. Sie müssen nicht bleiben. Gehen Sie ruhig, wenn Sie mit allem fertig sind.»

Ich ging wieder hinauf und machte mich stadtfein. Das weinrote Kostüm und die weiße Bluse mit dem großzügigen Dekolleté, unsere ersten Einkäufe. Der Rock spannte etwas um die Taille, die Jacke durfte ich nicht mehr zuknöpfen, wenn sie noch salopp fallen sollte. Im Urlaub hatte ich zugenommen, kein Wunder, wenn man mit einem Koch auf Reisen geht, der gar nicht will, dass man sich zum Vorteil verändert.

Warum ich ausgerechnet diese Sachen anzog und nicht eins von meinem üblichen Kleidern, hätte ich keinem Menschen erklären können; vielleicht nur, um mir zu beweisen, dass ich mein Traumziel erreichen könnte, wenn ich erneut zu hungern anfing, ob es Bruno nun passte oder nicht. Dazu dunkle Strümpfe und hochhackige Pumps. Ein wenig Make-up aufgelegt, genau so, wie die Kosmetikerin es mir gezeigt hatte, um wenigstens rein optisch den Eindruck eines schmaleren Gesichts zu erwecken.

Ich wusste nicht, wohin ich wollte. Aber ich ging zur Garage. Papas Wagen stand noch so, wie er ihn nach der letzten Fahrt abgestellt hatte. Der alte Roßmüller hatte mir empfohlen, den Wagen abzumelden, da ich ohnehin nicht fahren mochte. Dazu hatte ich mich bisher nicht aufraffen können. Die Kennzeichen, TÜV-Plakette, Versicherung, es war alles in Ordnung.

Der Tank war noch fast voll. Das sah ich nach dem Starten. Viel mehr sah ich nicht. Der Motor sprang nicht sofort an, das lenkte mich kurz ab und machte mich ratlos. Ich probierte es noch zwei- oder dreimal. Als der Motor unvermittelt aufheulte, übernahm der Wahnsinn erneut die Regie.

Ich war verrückt, wenn ich mir einbildete, das über vier Meter lange Fahrzeug aus der Garage unbeschadet auf die Straße zu bringen. Ich hatte völlig den Verstand verloren, mich damit in den Stadtverkehr zu begeben. Samstagvormittag, verstopfte Straßen, Hupkonzerte, grüne Welle, rote Ampeln, keine Parkplätze, keine Fahrpraxis. Wann hatte ich zuletzt einen Wagen gefahren? In den USA, auf einer einsamen Landstraße, rechts und links freies Feld, keine Bäume, keine Menschen, die ich hätte gefährden können. Es war fast acht Jahre her, und es war ein kleines Auto gewesen. Ich würde zwei Dutzend Menschen umfahren, wenn ich den Motor nicht augenblicklich abstellte.

Ich stellte ihn nicht ab, ich war verzweifelt. So verzweifelt, dass ich nicht einmal weinen konnte.

Ich konnte nie aus Verzweiflung weinen. Vor Glück ja, vor Lust, aus Wut oder Frust wie heute früh. Oder wie ich es als Teenager oft getan habe, weil ich genau wusste, dass ich nicht haben konnte, was ich gerne gehabt hätte. Aber wenn ich richtig verzweifelt bin, habe ich keine Tränen. Dann raste ich entweder aus und tue Dinge, die absolut sinnlos sind, manchmal sogar gefährlich. Oder ich rede wie ein Wasserfall, auch wenn ich überhaupt nicht reden will, weil ich finde, es ginge keinen etwas an. Etwas in mir ist immer der Meinung, ich solle ruhig aussprechen, was mich bedrückt. Es fände sich vielleicht jemand, der mir helfen könnte.

Brunos damalige Adresse kannte ich nur von der Karte, mit der er mir das Parfümfläschchen geschickt hatte. Aus ein paar Andeutungen, die er im Laufe der Zeit gemacht hatte, wusste ich, dass er in einem Mietshaus in einem Randbezirk, eher einem Vorort der Stadt, lebte. Dort gewesen war ich noch nie, ich kannte nicht einmal die Fahrtroute, auf der ich hingelangen könnte. Aber ich fuhr los. Ich wollte den jungen Kollegen sehen, mich mit eigenen Augen überzeugen, dass die Frau, mit der Bruno mich betrog, jung war, schlank, hübsch, sexy, atemberaubend.

Ich hatte mehr Glück als Verstand. Irgendwann brachte ich den Wagen in einer verkehrsberuhigten Straße zum Stehen. Nicht exakt zwischen zwei Blumenkübeln, doch das störte nicht weiter. Rechts ein dreistöckiges Wohnhaus mit grauer Fassade. Armer Bruno, es war nicht der passende Rahmen für ihn. Er brauchte einen Rahmen wie der Spiegel in meiner Halle, schlicht, aber gediegen, mit 18-karätiger Goldauflage. Den konnte ich ihm bieten. Und die atemberaubende Frau konnte das vermutlich nicht.

Wirklich schöne Frauen – wenn sie nicht gerade viel beschäftigte Models waren, die ihre knappe Freizeit lieber mit Schlagersängern oder Filmstars verbrachten statt mit Versicherungsvertretern – durften nicht auch noch reich sein, das wäre der Gipfel der Gemeinheit.

Auf dem Gehweg vor dem Wohnblock spielten ein paar Kinder. Sie nahmen keine Notiz von mir. Ich konnte in aller Ruhe die Hausfassade betrachten. Hinter einem der Fenster war er jetzt. Nicht so nah bei mir wie in Spanien, aber nahe genug, um seinen Duft in der Nase zu spüren.

Als ich die Augen schloss, machte sich meine Phantasie selbstständig. Ich sah ein Zimmer. Die Einrichtung war einfach und zweckmäßig. Nur das Bett war luxuriös. Darauf lag eine Frau, jung, blond und bildschön. Schlank natürlich. Und Bruno glühte über ihr. Bruno raste vor Leidenschaft, konnte gar nicht tief genug in den zierlichen Körper eindringen.

Endlich lösten sich ein paar Tränen. Sehr viele waren es nicht, und keine einzige floss für ihn. Ich denke, sie bestanden nicht aus salzigem Wasser, nur aus Selbstmitleid.

Es war weit nach Mittag. Allein für die Fahrt hatte ich mehr als zwei Stunden gebraucht, weil ich mich immer wieder verfahren hatte. Brunos Auto war nirgendwo zu sehen. Es fiel mir nicht auf. Und den Mut, zur Haustür zu gehen, nach dem Klingelknopf mit seinem Namen zu suchen, diesen Knopf zu drücken mit allen Konsequenzen, die das haben musste, den hatte ich nicht.

Mein Magen knurrte mehrmals vernehmlich, aber ich war nicht hungrig. Süßer Kaffeesatz, dachte ich und leckte das Salzwasser aus den Mundwinkeln. Ich blieb noch eine halbe Stunde auf meinem Platz der Not. Dann drehte ich mit zittrigen Fingern den Zündschlüssel.

Die Heimfahrt war eine endlose Qual. Alles, was ich zuvor rein mechanisch erledigt hatte, wurde zur unlösbaren Aufgabe. Schalten, Gas geben, bremsen, rote Ampeln oder die Bremsleuchten der anderen rechtzeitig wahrnehmen. Und all die Fußgänger, die immer unvermittelt vor der Motorhaube auftauchten und Drohgebärden oder wütende Gesichter machten, weil ich wieder einen Zebrastreifen übersehen hatte.

Dann begann es auch noch zu regnen. Nur ein paar Tropfen, aber die Scheibe war vom langen Stehen in der Garage verstaubt. Nun überzog sie sich mit einem Schmierfilm, der mir fast jede Sicht nahm. Ich saß zu tief und zu weit hinten, Papa war ein gutes Stück größer gewesen als ich. Ich wusste nicht, wie die Scheibenwaschanlage funktionierte. Als ich die Scheibenwischer betätigte, war es völlig vorbei. Ich sah gar nichts mehr, aber ich fuhr weiter.

Irgendwann kam ich auch daheim an. Es war inzwischen nach vier Uhr. In die Garage konnte ich nicht fahren. Brunos Wagen blockierte die Zufahrt. Als ich ihn erkannte, löste sich ein Knoten im Innern. Ich wollte noch bremsen, doch mit dem ersten Aufschluchzen trat ich das Gaspedal durch. Und Papas Wagen bohrte sich in das Heck des blauen Japaners, auf dessen Vordersitzen man sich lieben konnte bis zur totalen Erschöpfung.

Bruno hatte vor der Haustür auf mich gewartet. Wer immer bei ihm gewesen war, junge Frau oder junger Kollege, er hatte die Person kurz nach meinem Anruf entweder allein gelassen oder hinausgeworfen. Dann hatte er sich in sein Auto gesetzt und war gekommen. Aber ich war nicht mehr da.

Von Frau Ströbel erfuhr er, ich sei in die Stadt gefahren. Er machte sich auf die Suche. Fuhr zum Verlag, traf dort natürlich auf verschlossene Türen. Danach klapperte er nacheinander meinen Friseur, die Kosmetikerin, ein paar Boutiquen und Restaurants ab. Armer Bruno, verzweifelte Frauen machten ihn ratlos, und mein hässliches Lachen am Telefon hatte er richtig gedeutet. Er fuhr schließlich zu meinem Haus zurück, weil er dachte, irgendwann müsse ich ja wieder heimkommen. Frau Ströbel war bereits gegangen. Bruno setzte sich auf die Stufen vor der Haustür. Das Scheppern brachte ihn rasch zur Einfahrt hinüber.

Zuerst war er erleichtert, dann entsetzt. «Angelique, um Gottes willen, bist du verletzt?»

Sein Auto kümmerte ihn nicht. Mit mir war alles in Ordnung, körperlich und, als ich ihn sah, auch seelisch. Aber mit meiner Auskunft gab er sich nicht zufrieden. Er half mir beim Aussteigen. Die Tür hatte sich verklemmt, ich bekam sie nicht auf, er auch nicht. Wir versuchten es auf der anderen Seite. Dort war das Blech noch schlimmer verbogen.

«Du musst durch das Fenster klettern, Angelique», sagte er, griff unter meine Achseln und zerrte so lange, bis ich draußen stand. Einer meiner Schuhe war im Wagen zurückgeblieben, und die Einfahrt war mit grobem Kies bestreut. Automatisch zog ich den einen Fuß hoch, und auf nur einem Pumps stand ich so wacklig. Vielleicht war es auch der Schreck. Ich lehnte mich an Bruno, wollte mich nur bei ihm einhaken, um dann zur Haustür zu hüpfen. Das ließ er nicht zu. Während ich noch dagegen protestierte, legte er einen Arm unter meine Kniekehlen, den zweiten unter die Achseln. Dann trug er mich zum Haus.

«Du wirst dir einen Bruch heben», sagte ich.

«Red keinen Unsinn», widersprach er mit vor Anstrengung gerötetem Gesicht. Noch bevor wir die Tür erreichten, verlangte er: «Küss mich.» Danach stellte er irgendwie erleichtert fest: «Du bist nicht wütend auf mich.»

Den halben Nachmittag saßen wir im Wohnzimmer. Bruno hatte Kaffee aufgebrüht. Wir versuchten, einander begreiflich zu machen, was in den letzten Stunden in uns vorgegangen war. Bei ihm ließ sich das in einem Satz umreißen. Er hatte befürchtet, mich zu verlieren, sagte er jedenfalls. Es entsprach wohl auch den Tatsachen. Bei mir war es ebenso leicht zu erklären. Ich hatte Angst gehabt. Nein, ich war in Panik geraten bei dem Gedanken, dass er mich betrog.

«Ich war wirklich mit einem Kollegen zusammen, Angelique», betonte er. «Er wohnt seit einigen Wochen bei mir. Ich muss ihn einarbeiten, da ist das eine praktische Lösung. Ich würde es dir sagen, wenn eine Frau bei mir gewesen wäre. Aber ich nehme nie eine Frau mit in meine Wohnung.»

Er lächelte, es fiel unsicher und ein wenig gequält aus. «Ich kann mir vorstellen, was in dir vorgeht. Ich hätte dir nicht erzählen dürfen, wie das bei mir ist. Du kommst damit nicht zurecht. Du brauchst das Gefühl, dass du die Einzige bist, die ich berühre. Allein der Gedanke, dass ich bei einer anderen sein könnte, macht dich rasend. Ist es so?»

Ich konnte nur nicken, hatte es ja mit meiner Fahrt bewiesen. Und Bruno murmelte mit gesenktem Kopf und einer Stimme, die direkt aus einem Grab zu kommen schien: «Ich verstehe das. Ich verstehe auch, wenn du dich lieber von mir trennen möchtest.»

«Aber das will ich doch gar nicht!», schrie ich auf. «Ich will, dass du bei mir bleibst. Ich will, dass du immer bei mir bist, jeden Tag und jede Nacht. Ich will, dass du mich heiratest, und …»

Er hob die Hand und unterbrach mich. «Bitte, Angelique,

das darfst du nicht von mir verlangen. Ich kann dich nicht heiraten.»

«Warum nicht?»

Er schüttelte den Kopf. «Ich bin sehr glücklich mit dir, das musst du mir glauben. Aber ich bin …»

Ich fühlte, wie mir das Blut aus dem Gesicht wich. «Du bist verheiratet», vermutete ich und kam mir so dämlich vor in dem Moment, dass ich daran nicht früher gedacht hatte, nur weil er keinen Ehering trug. Das bedeutete doch nichts. Zehn Tage Urlaub mit einer anderen bedeuteten auch nichts, wenn seine Frau genauso blöd war wie ich. Vielleicht hatte er ihr erzählt, er müsse auf Geschäftsreise, zu einem Seminar, einer Fortbildung oder so.

Er schüttelte erneut den Kopf.

«Also nicht verheiratet», sagte ich. «Warum kannst du mich dann nicht heiraten?»

Er antwortete nicht.

«Weil du an keiner Frau vorbeigehen kannst», stellte ich fest. «Wie oft hast du mich schon betrogen?»

«Gar nicht, Angelique», beteuerte er.

Ich wollte aufatmen, da erklärte er: «Seit wir uns kennen, war ich nur mit zwei anderen Frauen zusammen. Einer Kollegin, sie ist viel älter als ich und lebt nicht hier. Wir haben uns vor drei Jahren kennen gelernt und verstanden uns auf Anhieb sehr gut. Manchmal braucht sie einen Menschen zum Reden, manchmal brauche ich das. Dann ruft sie mich an oder ich sie, und sie kommt her. Wir treffen uns in einem Hotel. Früher bin ich immer über Nacht geblieben. Mit ihr konnte ich über alles reden. Diesmal nicht, ich hatte gar nicht das Bedürfnis zu sprechen, konnte ihr auch nicht zuhören. Schon nach einer Stunde bin ich wieder gegangen.»

«Und was hast du mit ihr gemacht in der Stunde?», fragte ich. «Wenn du nicht das Bedürfnis hattest, mit ihr zu sprechen, und ihr nicht zuhören konntest? Habt ihr aus dem Fenster geschaut oder Halma gespielt?»

Er seufzte, zuckte mit den Achseln. Das war mir Antwort genug. Nicht Halma, sondern Ringelpiez mit Anfassen.

«Wer war die andere?», wollte ich wissen.

«Eine Kundin», sagte er. «Sie ist verheiratet. Ihr Mann ist schwer krank. Er hat bei mir eine Zusatzkrankenversicherung abgeschlossen. Vor zwei Monaten musste er in die Klinik. Sie rief an und bat mich, ihr beim Ausfüllen der Anträge zu helfen. Sie hatte Angst, ihren Mann zu verlieren. Sie war verzweifelt, Angelique. Da hat es sich so ergeben. Aber betrogen habe ich dich nicht, weder mit ihr noch mit meiner Kollegin. Ich habe dir nichts weggenommen und nichts vorenthalten. Ich habe dir nicht geschadet, Angelique, und dich keiner Gefahr ausgesetzt. Beide Frauen sind gesund. Du hast nichts vermisst. Du hast es ja nicht einmal bemerkt. Und ich habe dich auch geliebt, während ich mit diesen Frauen zusammen war.»

Wenn das ein Trost sein sollte, verfehlte er seine Wirkung. Ich war den ganzen Tag über schon nicht bei Sinnen gewesen. Jetzt war ein Punkt erreicht, an dem ich auch die letzte Kontrolle über mich verlor. Er saß in dem Sessel, in dem er am ersten Abend gesessen hatte. Ich saß auf der Couch. Doch dann war ich bei ihm, noch bevor ich es selbst begriff.

Ich ging gleich mit den Fäusten auf ihn los. Ich weiß nicht mehr, mit welchen Ausdrücken ich ihn beschimpft habe. Aber da war ein Satz, den ich zwischen den Flüchen ständig wiederholte, von dem ich glaubte, dass er ihn nicht verstand. Und ich wollte, dass er sich ihm einprägte für immer und alle Zeiten. «Du wirst in Zukunft die Finger von anderen Weibern lassen, oder ich bringe dich um.»

Damit habe ich ihm tatsächlich gedroht damals. Aber ich habe das nicht ernst gemeint, wirklich nicht. Man sagt so etwas eben, wenn man sehr wütend und verletzt ist. Ich war furchtbar wütend und verletzt auf eine Art, die ich noch gar nicht kannte. Bis dahin hatte ich mir zwar schon oft vorgestellt, dass ich nicht die Einzige war. Es bestätigt zu bekommen war doch ganz etwas anderes.

Zuerst ließ er mich toben, nicht einmal meinen Faustschlägen wich er aus, obwohl ich ihn mehrfach am Kopf traf. Minutenlang drosch ich auf ihn ein, ehe er meine Handgelenke abfing. Er hielt sie nicht sehr fest, doch der Griff reichte aus, um mich auf die Knie zu zwingen. Es war das erste Mal, dass ich so etwas wie Aggressivität bei ihm spürte.

Er hielt meine Gelenke mit einer Hand fest, löste mit der anderen seinen Gürtel, den Knopf und den Haken, öffnete den Reißverschluss. Sein Gesicht war starr, der Ausdruck in seinen Augen war mir fremd. Vielleicht Wut, vielleicht Erschrecken, vielleicht auch Abscheu.

Es interessierte mich nicht. Ich schrie weiter auf ihn ein, trotzdem hörte ich ihn sagen: «Reg dich nicht so auf, Angelique. Du bekommst doch, was du willst. Du bekommst es von mir immer, das weißt du auch. Nimm es dir.»

Meine Gelenke hielt er immer noch mit einer Hand. Mit der anderen drückte er meinen Kopf in seinen Schoß hinunter, drängte sich mir entgegen. Er war nicht erregt. Und ich war nicht fähig zur Zärtlichkeit, eher wie ein wütender Hund, der sich mit Knurren und den Zähnen über einen Knochen hermacht, den man ihm streitig machen will.

Bruno sog mehrfach zischend die Luft ein, beschwerte sich auch einmal: «Du bist schlimmer als Feuer.» Ein paar Sekunden später sagte er: «Immer willst du nur das, und nie bist du zufrieden.»

Ein paarmal stöhnte er auf, zuckte vor meinen Zähnen zurück, drängte wieder vor. Ganz allmählich fühlte ich ihn wachsen. Es dauerte so quälend lange. Nach endlosen Minuten schob er mich zur Seite, rutschte vom Sessel auf die Knie, drehte mich zum Tisch um und schob dabei meinen Rock hoch, streifte mir die Unterwäsche ab. Da erst empfand ich es als erniedrigend.

Immer willst du nur das! Das stimmte nicht. Bevor es ihm

gelang, in mich einzudringen, kroch ich ein Stück vor und richtete mich auf. Jetzt lag er auf Knien vor mir.

«Warum willst du mich nicht heiraten?», fuhr ich ihn an. «Darauf habe ich immer noch keine akzeptable Antwort bekommen. Glaubst du, ich weiß nicht, worauf ich mich einlasse? Du wirst mich betrügen bei jeder sich bietenden Gelegenheit. Gut, das ist in Ordnung, damit kann ich leben, solange du mir die Weiber nicht in mein Bett legst. Soll ich es dir schriftlich geben?»

Statt einer Antwort erhob er sich, überragte mich wieder um gut zwanzig Zentimeter. Ich konnte seine Miene nicht einordnen, Abwehr, Verachtung, etwas davon musste es sein.

«Ich mag es nicht, wenn eine Frau sich klein macht», erklärte er ruhig. «Du tust es immer wieder, Angelique. Warum? Wenn ich immer bei dir wäre, würdest du verrückt. Jede Frauenstimme am Telefon würde dich krank machen. Bei jedem späten Termin würdest du hinter mir herspionieren. Warum kannst du es nicht so lassen, wie es ist? Es war doch gut. Wir sehen uns regelmäßig. Wenn wir uns sehen, liebe ich dich auf deine Art, wenn wir uns nicht sehen, auf meine. Wenn dir das nicht reicht, gehe ich besser sofort.»

«Es reicht mir nicht», fauchte ich. «Und du wirst nicht gehen. Warum hast du mich nach Spanien geschleppt, wenn hier alles so bleiben soll, wie es war? Warum musstest du mir zeigen, dass da noch mehr ist, wenn du das auf andere verteilen willst?»

Er schwieg und biss sich auf die Lippen. In dieser Sekunde wirkte er auf mich wie ein kleiner Junge, der die Frage des Lehrers nicht beantworten kann. Dann zuckte er mit den Achseln. «Es tut mir Leid», sagte er. Es schien, als wollte er noch etwas hinzufügen. Aber stattdessen drehte er sich um und ging auf die Tür zu. Ohne mich noch einmal anzusehen, sagte er: «Ruf mich an, wenn du in Ruhe über alles nachgedacht hast und für uns beide eine Möglichkeit siehst.»

Ich stand wie mit Bleigewichten in den Füßen an den Boden geschweißt. Erst als die Haustür ins Schloss fiel, konnte ich schreien: «Nein! Komm zurück, du Bastard, komm sofort zurück.»

Natürlich kam er nicht, konnte er doch gar nicht. Er hatte ja keinen Hausschlüssel. Ich stand noch minutenlang auf einem Fleck, ehe ich mich rühren konnte. Dann ging ich nicht nach vorne zur Haustür, sondern zu Boden, einfach in die Knie. Ich habe das Gesicht in den Teppich gedrückt, geheult, gewimmert, geschrien, mit den Fäusten um mich geschlagen und auf den Boden getrommelt. «Komm zurück, komm zurück, komm zurück!»

Irgendwann kam ich noch einmal hoch, schaffte es bis zur Haustür, sogar ein Stück weit in die Einfahrt hinein. Dort standen die beiden Wagen ineinander verkeilt. Von Bruno war weit und breit nichts mehr zu sehen. Ich schlich zurück. Bis zur Haustür hielt ich mich noch aufrecht. Doch gleich in der Halle war es damit vorbei.

Ich kroch regelrecht die Treppe hinauf. In meinem Schlafzimmer riss ich mir die Kleider vom Leib. Die Bluse ging in Fetzen, beim Rock sprang nur der Knopf ab. Dann saß ich wieder vor dem Spiegel, betrachtete mein verschmiertes Gesicht. Schwarze Bahnen von Wimperntusche waren durch das Rouge gezogen, die Augen davon umrahmt. Die Lippen zuckten, und bei jedem Aufschluchzen zuckten die schweren Brüste mit.

Ich schaute mir das alles genau an, sehr genau, schämte mich fast zu Tode und wurde ruhig dabei. Da vor mir saß eine dicke, nackte Frau mit fast weißer Haut. Rote Striemen auf den Schultern und unter den Brüsten, die Spuren vom Büstenhalter, um die Taille hatte sich das Gummiband des Schlüpfers eingegraben. Ein Körper wie eine Made, fand ich, eine widerliche Made, die sich durch ihr Leben in eine neue Existenz fressen musste.

Es gab keinen einzigen Punkt an meinem Körper, den ich

hätte auch nur mögen können. Brunos Hände waren das einzig Schöne daran gewesen. Nun war Bruno fort. Es war schlimmer als tot sein, aber ich dachte nicht ans Sterben. Ich dachte auch nicht darüber nach, wie ich ihn mir zurückholen könnte. Ich dachte gar nicht. Kurz darauf lag ich im Bett, wischte die schwarze Schmiere am Kopfkissen ab und fiel in einen ohnmächtigen Schlaf.

Die Kopfschmerzen lassen nach. Gott sei Dank. Man kann nicht gut reden, wenn es im Schädel hämmert und sticht. Aber wenn ich nicht rede, ist es so still. Das halte ich nicht aus. Sonst hatten wir um die Zeit längst die Tür offen und hörten die Vögel. Hier sind viele Vögel. Gestern tummelte sich eine ganze Horde draußen beim Brunnen. Spatzen. Ich habe ihnen die Krümel vom Frühstück serviert, das war eine Balgerei, niedlich.

Aber jetzt sind keine da. Vielleicht haben sie Bruno auf dem Bett liegen sehen und die Flucht ergriffen. Wenn man zum zweiten Fenster hereinschaut, muss man ihn liegen sehen. Ich hätte ihn besser zugedeckt. Das wäre für mich auch angenehmer. Daran habe ich nicht gedacht.

Vielleicht haben sie Angst bekommen, als ich so getobt habe. Oder sie haben mich für eine Vogelscheuche gehalten, als ich am Fenster stand. Ich muss furchtbar aussehen, ungekämmt, ungewaschen, verschwitzt, verheult und blutig. Schlimmer als an dem Samstag damals.

An den Sonntag kann ich mich nicht erinnern. Ich war allein. Seit Papas Tod kam Frau Ströbel sonntags nicht mehr. Wahrscheinlich habe ich den Tag verschlafen, vielleicht habe ich auch wach gelegen und darauf gehofft, dass das Telefon klingelte. Dass Bruno mich anrief und sich entschuldigte, um Verzeihung bat. Oder nein, dass er mich für meinen Irrsinn zur Rede stellte, seine Bedingungen nannte. Aber er rief nicht an.

Montags erwachte ich kurz nach sechs, noch bevor Frau Ströbel das Haus betrat. Ich nahm ein heißes Bad und fühlte mich danach wieder einigermaßen menschlich. Als ich in die Küche hinunterkam, war Frau Ströbel gerade dabei, Kaffee zu machen.

«Am Samstag hat sich ein junger Mann nach Ihnen erkundigt», begann sie. Warum musste sie nur jung so betonen? Bruno war drei Jahre älter als ich.

«Es schien sehr wichtig», fuhr sie fort. «Aber ich wusste ja nicht, wohin Sie gefahren waren. Er wollte Sie suchen. Er fuhr dieses blaue Auto, das in der Einfahrt steht.»

Sie war neugierig, natürlich war sie das, wollte wissen, was in den letzten beiden Tagen vorgegangen war. Doch da gab es nichts mehr zu sagen. Es war vorbei. Mit dem Gedanken war ich aufgewacht, er füllte mich immer noch aus. Und der Schmerz, den er verursachte, machte mich innerlich ganz kalt.

Schade, dass Erinnerungen nicht abkühlen. Am Kamin hängt ein Thermometer. Ich mag nicht hinsehen, will gar nicht wissen, wo die Quecksilbersäule schon steht. Sie wird in den nächsten Stunden tüchtig steigen. Gestern hatten wir über Mittag dreiundvierzig Grad. Da saßen wir allerdings im Auto, und die Klimaanlage lief auf Hochtouren.

Denk nicht dran, mach weiter, sonst kommst du nicht durch.

Es waren gute fünf Monate mit Bruno gewesen, fast ein halbes Jahr, bedeutend mehr, als ich zu Anfang erwartet hatte. Ich versuchte mir einzureden, ich hätte jetzt eine andere Einstellung zu schönen Männern, könnte sie nun wahrscheinlich eher akzeptieren als unerreichbare Wesen. Und dass ich mich, wo keiner mehr dagegen protestierte, endlich der Absaugkanüle überlassen und mir vielleicht ein paar widerliche Bakterien einfangen könnte oder wenigstens ein paar häss-

liche Dellen im Bauch und wulstige Narben an den Oberschenkeln.

Und wenn Erich Nettekoven mich mit Dellen und Narben
noch einmal zum Abendessen einladen wollte, gut, bestens.
Wenn er mir beim vierten Gang oder beim Dessert wieder
von der großen Liebe zu seiner toten Frau erzählte, noch einmal erklärte, dass zwei erwachsene Menschen auch auf einer
anderen Ebene miteinander glücklich werden könnten, prima,
phantastisch.

Dann würde ich mich halt auf diese andere Ebene begeben,
dort war es bestimmt weniger schmerzhaft. Ich würde meine
Erfüllung in der Autobiographie eines Schlagersängers suchen, den seine weiblichen Fans vor Jahren mit Ohnmachts-
anfällen begrüßt hatten, wenn er die Bühne betrat.

Darüber hatte Andy Goltsch bereits ausführlich mit Nettekoven gesprochen. Während meines Urlaubs war die leidige
Sache halbwegs zu einem Abschluss gekommen. Für Nettekoven ging es nur noch um die Fälligkeit des Vorschusses, für
mich immer noch um den Inhalt des Werkes. Mir passte es
ganz und gar nicht, dass auf den angestrebten zweihundert
bis zweihundertfünfzig Seiten ausschließlich von Verehrerinnen die Rede sein sollte. Dass sie Andy auf Schritt und
Tritt gefolgt waren, dass er sich ihrer kaum hatte erwehren
können und gelegentlich auch zwei oder gar drei mit in sein
Hotelzimmer hatte nehmen müssen, wo ihm dann die Hosen
vom Leib gerissen worden waren.

Damit wollte Andy Goltsch sein Lebenswerk beginnen. Er
fand, das müsse der Nachwelt erhalten bleiben, schriftlich.
Damit wären die unhaltbaren Verdächtigungen, mit denen
man ihn vor Jahren abserviert hatte, endgültig vom Tisch.
Mochte man ihm noch hundertmal erklären, es sei besser, mit
Kindheit und Elternhaus anzufangen und sich danach auf die
Höhen und Tiefen der Karriere zu konzentrieren, statt Kli-
schees zu zeichnen.

Andy Goltsch empfand sich nicht als Klischee. Ich hatte

ihm den Stift in die Hand gedrückt, jetzt wollte er aller Welt beweisen, dass er ein richtiger Kerl war. Recht hatte er! Es gab ja leider nur noch wenige von der Sorte, die eine Frau um den Verstand brachten. Aber wenn dieser Idiot sich einbildete, er könne bei seiner Version bleiben und sich in der Lächerlichkeit aalen, in die er seine weiblichen Fans stieß, dann irrte er sich.

Ich wollte bei der Bearbeitung dieses Werkes nach Kräften mitarbeiten, speziell an den Passagen, in denen es um die Kniefälle abgewiesener Verehrerinnen ging. Und ich wollte dankbar sein, dass meine Kniefälle nirgendwo nachzulesen wären. Zu der Zeit wäre mir nicht in den Sinn gekommen, sie auszuposaunen und womöglich noch unters Volk bringen zu lassen. Bruno hatte mir mit seinem «Ruf mich an» die Entscheidung überlassen und zu einem halbwegs erträglichen Abgang verholfen. Dabei wollte ich es belassen.

Und was immer unter Erich Nettekovens Spitzbauch baumeln mochte, es konnte von mir aus im stillen Gedenken an die werte Verstorbene weiterbaumeln. Ich wollte es nicht. Ich wollte nicht erinnert werden an den Totempfahl meines bronzefarbenen Indianers. Ich wollte nicht vergleichen müssen zwischen Bambusstab und deutscher Eiche.

Dabei war der Zauberstab gar nicht das Wesentliche. Irgendwie spürte ich das damals schon. Es war etwas ganz anderes, was Bruno aus der Masse hervorhob; seine Einstellung zu Frauen. Er hätte einem Feministinnenclub beitreten sollen, da hätte er wunderbar reingepasst.

Pfui, Angelika, das war gemein. Mach ihn nicht lächerlich, das war er nie.

Doch, in gewisser Weise schon. Nur auf seinem Spezialgebiet war er einmalig. Und ich wollte nach unserer ersten Trennung nicht mehr darüber nachdenken, dass es keinen zweiten Bruno gab. Ich wollte nie mehr rasen, toben, zittern, nie mehr winseln, betteln und um eine Stunde Lust hecheln.

Ich wollte meinen Frieden. So einfach war das an dem Montagmorgen. Kurz vor neun saß ich hinter meinem Schreibtisch. Und es war «mein» Schreibtisch, auch wenn ich daran meist Lektoratsarbeit verrichtete. Das Einzige, was darauf noch an Papa erinnerte, war das gerahmte Foto mit seinem lächelnden Gesicht. Es waren «mein» Verlag, «meine» Lektoren, «meine» Autoren und «meine» Verantwortung. Ich dachte, ich hätte mich sonntags gesund geschlafen. So etwas soll es ja geben.

Dabei dachte ich den ganzen Montag unentwegt an Bruno. Es schlichen sich einzelne Worte und Gesten in mein Hirn. Meine Art und deine Art zu lieben. Plötzlich hatte ich den Geruch seines Eau de Toilette in der Nase und seinen Geschmack auf der Zunge. Beides verging wieder. Komisch, es hieß doch immer, dass Männer mit dem Körper lieben und Frauen mit der Seele. So wie Bruno es ausgedrückt hatte, klang es umgekehrt.

Manchmal stieg mir unvermittelt ein Brennen in die Kehle, ein fürchterliches Ziehen, als ob meine Luftröhre vom Kehlkopf gerissen würde. Das Brennen stieg bis in die Nase hinauf. Ich lief in den Waschraum und heulte mir vor dem Spiegel stehend die Seele aus dem Leib. Danach war ich wieder kalt, innerlich zu Eis erstarrt. Zerrissenheit nennt sich das. Ich schwankte ständig zwischen Schmerz, Wut und abgrundtiefer Verzweiflung.

Am späten Nachmittag beauftragte ich den alten Roßmüller, alles Notwendige zum Kauf der kleinen, einsam liegenden Bauernkate in Spanien in die Wege zu leiten. Wenn ich Bruno nicht mehr haben konnte, dann wenigstens das Häuschen, in dem der Wahnsinn seinen Anfang genommen hatte. Die Erinnerung an die sechs Tage und Nächte darin musste den Mauern noch anhaften, sich in dem schmalen Bettgestell verfangen haben. Wenn es möglich gewesen wäre, hätte ich vermutlich auch noch sämtliche Rastplätze gekauft, auf denen wir uns in den restlichen vier Tagen und Nächten aufgehalten hatten.

Der Dienstag war nicht anders. Er unterschied sich nur insofern vom Montag, dass ich morgens an einem halben Schinkenbrötchen würgte und die Bissen nur mit Mühe und viel schwarzem Kaffee hinunterschlucken konnte. Abends lag ich auf der Couch. Meine Gedanken waren in unserer Nische in dem kleinen Lokal, Brunos Augen über den Kerzenflammen, seine Hände auf dem Tisch. Daran müsse es liegen, meinte ich.

Seine Hände, seine Einfühlsamkeit und die Blicke, mit denen er seine Zärtlichkeiten begleitete. Forschende, drängende Blicke, männlich, begehrend, fordernd und sinnlich. Blicke, die mehr als jedes Wort deutlich machten, was er gerade dachte. Ich will dich.

Wo war er jetzt? Ging er mit den anderen auch essen? Schaute er sie ebenso an wie mich, bevor er sich zu ihnen ins Bett oder auf den Teppich legte? Zweimal fand ich mich vor dem Telefon in der Halle wieder, schlich zurück ins Wohnzimmer, ohne den Hörer angerührt zu haben. Beim dritten Mal hielt ich ihn in der Hand, hatte wohl auch schon zwei Zahlen gewählt. Gerade noch rechtzeitig legte ich wieder auf.

Der Mittwoch und der Donnerstag vergingen irgendwie. Ich hatte das Gefühl, allmählich bekäme ich Abstand. Aber mir graute vor dem Freitagabend. Sobald ich nur daran dachte, breitete sich ein Gefühl von Wärme im Becken aus, ein leises Ziehen im Bauch, manchmal zuckten ein paar Muskeln. Alles zog sich zusammen, dehnte sich aus, entspannte und verkrampfte sich, wartete darauf, ihn zu fühlen.

Ich muss ihn nur anrufen, dachte ich mehrmals. Ich muss mich nur entschuldigen, ihm sagen, wie Leid es mir tut und dass ich mich in Zukunft zusammenreißen werde. Keine Fragen, keine Vorwürfe, keine Ansprüche. Zufrieden und auf Knien dankbar für den Dienstag- und den Freitagabend. Ein willenloses Stück Fleisch, ein Wachstropfen in seinen Händen. Du willst nur das. Nein! Ich wollte mit ihm leben. Und zwar mit ihm allein.

Um mir den Freitagabend erträglich zu machen, ging ich mit Hans Werres, dem für Andy Goltschs Machwerk zuständigen Lektor, essen. Ich wollte zwar daran mitarbeiten, aber um Gottes willen nicht allein, das hätte wahrscheinlich zwischen Star und Verlegerin zu Mord und Totschlag geführt.

Es ergab sich bei einer Besprechung so, dass ich Hans einlud. Hintergedanken hatte ich nicht, ich hatte nur eine besondere Beziehung zu Hans Werres. Ein Vertrauensverhältnis.

Hans war sozusagen meine Entdeckung. Ich hatte ihn während der Vorjahresmesse in Frankfurt kennen gelernt. Da arbeitete er für einen Großverlag und war nicht zufrieden. Also hatte ich ihn vom Fleck weg engagiert, sehr zum Erstaunen von Papa, der zu dieser Zeit ja noch lebte und nicht erwartete, dass ich personelle Entscheidungen traf, die im Grunde überflüssig waren. Unser Lektorat war ausreichend besetzt mit Andreas Koch und mir. Andreas Koch betreute die Fachbücher, ich den Rest, Belletristik oder Literatur, den Ausdruck hörte Papa lieber. Aber Hans und ich hatten uns auf Anhieb blendend verstanden, diesen berühmten guten Draht zueinander gehabt, der es erlaubt, auch einmal persönlich zu werden.

Er war einunddreißig, ein ausgezeichneter Lektor und inzwischen ein guter Freund. Für mehr wäre er mir zu jung gewesen und ich ihm wahrscheinlich zu dick. Ich habe erst viel später einmal daran gedacht, mit Hans zu schlafen.

Bei der Einladung an dem Freitagabend ging es nur um das vermaledeite Goltsch-Buch. Nicht ausschließlich, Hans hatte noch ein paar andere Dinge auf dem Herzen. Gegen den wesentlich älteren Nettekoven konnte er sich nur schwer durchsetzen. Er wollte mehr Entscheidungsfreiheit. Eine Chance für einen Neuling, den er für begabt hielt. Wenn wir es uns leisten konnten, die Autobiographie eines Schnulzensängers in ungewöhnlich hoher Auflage herauszubringen, könnten wir vielleicht auch das Risiko einer kleinen Auflage eines zwar noch unbekannten, aber wirklich fähigen Autors tragen, meinte er.

«Tut mir Leid», sagte ich und erzählte ihm, wie ich auf die verrückte Idee verfallen war, dass ich sie inzwischen sehr bedauerte. Weil ich mich gegen Nettekoven auch nicht so durchsetzen konnte, wie ich es gerne getan hätte. Aber wenn er mir immer wieder erklärte, wie Papa dieses oder jenes gehandhabt hatte, gingen mir die Argumente aus.

Zurzeit absolut keine Chance für einen Neuling, mochte er noch so begabt sein. Zuerst mussten wir diese leidige Goltsch-Sache durchziehen und darauf hoffen, dass sie ihr Geld wieder einbrachte. Das konnte sie nur, wenn Andy Goltsch uns weitere Märchen ersparte.

«Bring ihn dazu, sich zur Wahrheit zu bekennen», bat ich. «Wenn er über kleine Mädchen schreiben will, soll er das von mir aus daheim auf der Tapete tun. Aber nicht in dem Buch, sonst werden wir es nicht los.»

Hans versprach zu tun, was in seiner Macht stand. Danach begaben wir uns in private Bereiche. Ich hatte schon verschiedentlich mit ihm über Bruno gesprochen, nur so allgemein. Dass ich verabredet war. Immer dienstags und freitags, das hatte Hans mitbekommen, deshalb wunderte er sich ein wenig.

Das war so eine Wasserfall-Situation. Das Herz war voll, der Mund lief über. Ich wollte nicht über verletzte Gefühle sprechen und bestimmt nicht den Schmerz aufwühlen. Aber den Anfang hatte ich bereits mit dem Geständnis meiner Jugendschwärmerei für einen schwulen Sänger, dem Zeitpunkt und dem Grund meiner verrückten Idee, gemacht. Der Rest kam wie von selbst hinterher.

Fast ein halbes Jahr und zehn herrliche Urlaubstage mit einem Mann, der außer mir während dieser Zeit noch zwei andere Weiber gevögelt hatte. So drückte ich das natürlich nicht aus.

Es gelang mir, nach außen hin völlig ruhig über die maßlose Enttäuschung zu sprechen. Ich muss einen reichlich abgeklärten Eindruck gemacht haben, weil Hans anschließend ebenfalls seine privaten Probleme auf den Tisch legte.

Seine Frau hatte ihm die Trennung vorgeschlagen. Dabei waren sie gerade erst ein Jahr verheiratet. All die Gründe, die sie aufgezählt hatte, wären auch vor der Hochzeit schon da gewesen, meinte er und verstand nicht, warum ihr nicht früher aufgefallen war, dass sie nicht kompatibel seien. So hatte sie das ausgedrückt. Sie war in der Computerbranche beschäftigt.

Erhoffte er sich etwa von mir eine Erklärung? Ich brauchte doch selbst einen, der mir einen guten Rat gab, einen, der wusste, wie man verletzte Gefühle ausschaltete. Hans war jung und attraktiv genug, um schnellstmöglich eine Ersatzfrau zu finden. Ich trug immer noch an meinen Speckrollen, konzentrierte mich aufs Essen. Vier Gänge.

Beim Lesen der Speisekarte war mir noch das Wasser im Mund zusammengelaufen, und die Vorspeise war ein Genuss. Dann kamen der zweite Gang und das Würgen. Mein Magen streikte, der Kehlkopf schloss sich ihm an. Ich konnte nicht mehr schlucken. Mein Magen war entweder mit flüssigem Blei gefüllt oder absolut nicht gewillt, die üblichen Mengen aufzunehmen. Der Appetit war da, aber Magen und Kehle ließen mich im Stich wie bei Papa im Endstadium seiner Krankheit.

Noch ein Häppchen, dachte ich, reiß dich zusammen, Angelika. Du hast kein Karzinom, du bist nur liebeskrank. Neben mir flüsterte Bruno: «Für mich musst du das nicht tun, Angelique.» Und für einen anderen lohne es nicht, dachte ich. Ich hatte doch keine Vergleichsmöglichkeiten.

Angelique, das war geschmolzenes Sahneeis auf der Zunge. Grundgütiger Himmel, dachte ich, er hat mich doch anscheinend wirklich geliebt. Er wollte sich nur nicht unter Druck setzen lassen, seine Freiheit nicht verlieren. Warum hatte ich das nicht akzeptieren können? Warum hatte ich mich plötzlich aufführen müssen wie eine Irre?

Dienstags und freitags von sechs bis zwölf. Das waren immerhin zwölf Stunden in der Woche. Und nur zwei andere Frauen in fast einem halben Jahr. Eine alte Bekannte, im wahrsten Sinne des Wortes, die er schon nach einer Stunde wieder verlassen hatte. Und eine einsame Kundin, die in der Sorge um ihren schwer kranken Mann ein bisschen Wärme und menschliche Nähe gebraucht hatte. Kaum der Rede und der Aufregung wert.

Noch eine Nacht. Und ein trübsinniges Wochenende. Ich habe nur geschlafen, den halben Samstag, den ganzen Sonntag. Nicht einmal den Drang verspürt, ihn anzurufen.

Montags fühlte ich mich erheblich besser, vielleicht nur, weil ich Koffer packen und nach Frankfurt fahren musste, wo ich ausreichend Ablenkung fand. Buchmesse: Hektik, Stress, Termine, alte Bekannte aus England und den USA treffen. Genau das Richtige, um sich einen Mann aus dem Kopf zu schlagen.

Als ich sonntags zurückfuhr, meinte ich, ich hätte es geschafft.

Montags der nach Messetagen übliche Trubel im Verlag. Auch dienstags eine Menge Arbeit. Etliche Mappen zur Unterschrift, keine Ahnung, worum es ging. Zu Mittag ein Fruchtjoghurt und einen Apfel. Am Nachmittag eine Besprechung mit Hans, Erich Nettekoven und zwei unserer Vertreter.

Einer hatte einem Buchhändler gegenüber die Goltsch-Biographie erwähnt und hätte augenblicklich eine größere Bestellung aufnehmen können. Leider war bisher noch keine Zeile bei uns eingegangen. Nettekoven erklärte, damit könne auch in absehbarer Zeit nicht gerechnet werden. Die Sache mit dem Vorschuss war noch nicht geklärt. Und da hatte ich das letzte Wort.

Um siebzehn Uhr die nächste Besprechung ohne die beiden Vertreter, in aller Eile einberufen, diesmal war der alte Roßmüller dabei. Ich war es endgültig leid. Vielleicht versprach allein der Name Goltsch einen durchschlagenden Erfolg, wie Nettekoven meinte. Wenn derzeit ein paar Skandälchen durch die Presse gingen, tat das der Sache bestimmt keinen Abbruch, im Gegenteil. Aber: «Er bekommt sein Geld. Wenn dieser Brüllaffe jedoch meint, er könne uns unter Druck setzen, soll er sich einen anderen Verlag suchen. Das sollten wir ihm klar machen.»

Nettekoven war pikiert über meinen Ton. Der alte Roßmüller und Hans schmunzelten über den Brüllaffen. Ich rief meine Sekretärin dazu und ließ sie mitschreiben. Punkt eins: Erst die Arbeit, dann der Lohn. Der verlangte Vorschuss wird in vier Raten gezahlt. Die erste bei Vertragsabschluss, die zweite nach Ablieferung der ersten hundert Seiten, die dritte, wenn das gesamte Manuskript vorliegt, die letzte bei Erscheinen des Buchs.

Jetzt schmunzelte auch Nettekoven. Und ich dachte, Papa wäre stolz auf mich. Ich lasse mich nicht mehr von Männern beeindrucken. Jetzt könnte ich vernünftig mit dir reden, Bruno, jetzt könnte ich es bestimmt.

Punkt eins: Es bleibt bei den bisherigen Treffen. Du behältst deine Freiheit, ich werde dich nie wieder unter Druck setzen. Ich werde dir nie wieder Fragen stellen. Wir werden miteinander umgehen wie erwachsene Menschen.

Punkt zwei: Wir sind berechtigt, unwahre Behauptungen und falsche Darstellungen zu streichen.

Aber ich werde nicht mit dir reden, Bruno. Du willst keine Veränderung, weder in unserer Beziehung noch bei dir selbst. Und ich kann nicht mehr, ich will nicht mehr. Du hast mich verletzt, Bruno, du hast mich so gedemütigt wie noch nie ein Mensch vorher. Es war nicht alles gut. Es war nicht damit abgetan, mich auf die Knie zu bringen.

Punkt drei, Punkt vier, Punkt fünf. Es reichte. Der alte Roßmüller fand meine Vorschläge den Umständen angemessen. Nettekoven druckste ein wenig herum; was er auf dem Herzen hatte, blieb dabei schleierhaft.

Sechs, vier, acht auf dem Zählwerk. Die restlichen Bandmeter nutze ich mal für einen kurzen Bericht zur aktuellen Lage. Mit Ausnahme der Beule, die ich mir am Kamin geholt habe, ist in der letzten Stunde nichts Dramatisches passiert. Unser radelnder Supermarkt ist nicht aufgetaucht. Logisch, bei dem Ereignis hätte ich umgehend aufgehört zu quasseln. Ich hatte mich ohnehin schon auf den späten Nachmittag eingestellt.

Die Kopfschmerzen sind völlig verschwunden, es ist nicht mal ein Brummschädel zurückgeblieben. Die Beule blutet auch schon lange nicht mehr, tut nicht einmal weh, wenn ich darauf drücke. Ein Dankeschön an die Pharmaindustrie.

Meinen Fingern ist das Aspirin ebenfalls bekommen. Sie fühlen sich etwas taub und geschwollen an, mein rechter Fuß übrigens auch, ungefähr so wie nach einer Betäubung beim Zahnarzt. Es ist kein angenehmes Gefühl, aber vorher war es unangenehmer.

Etwas schwindlig ist mir noch. Eine Gehirnerschütterung ist es kaum, dann wäre mir längst übel geworden. Vermutlich ist es der Kreislauf. Damit habe ich tatsächlich so große Probleme bekommen, wie Bruno mir vor zwei Jahren an dem Juniabend in dem kleinen Lokal vorhergesagt hatte. Wenn wir uns geliebt hatten und ich danach aufstehen wollte, musste ich mich oft an ihn klammern, weil ich das Gefühl hatte, das Zimmer dreht sich, und das Bett kippt wie eine Überschlagschaukel.

So schlimm ist es jetzt nicht. Aber die Hitze macht mir zu schaffen. Obwohl es noch nicht viel später als elf Uhr sein kann, ist es schon verflucht warm hier drin. Ich schwitze stark. Draußen geht kein Lüftchen, folglich kommt durch die zerschlagenen Fenster kein erfrischender Wind herein. Daran wird sich in den nächsten Stunden nichts ändern, im Gegenteil. Aber ich sitze nicht hier, um zu jammern.

O-Ton – Angelika

… warst der Wind in meinen Flügeln …

Da bin ich wieder. Ich habe die Kassetten jetzt nummeriert, es werden ja wohl noch einige mehr. Es geht weiter mit dem Dienstag nach der Buchmesse:

Um Viertel nach sieben ließ ich mir ein Taxi rufen. Etwa zehn Minuten später trat ich aus dem Verlagsgebäude auf die Straße. Vor dem Eingang wartete es auf mich. Zwei Wagenlängen dahinter stand im eingeschränkten Halteverbot ein grauer Ford Fiesta, älteres Baujahr, dessen Fahrer mit einer Politesse verhandelte. Bruno.

Er sah mich nicht sofort, stand mit dem Rücken zum Eingang. Ich tat so, als hätte ich ihn nicht bemerkt, und beeilte mich, die hintere Tür des Taxis zu öffnen. Während ich einstieg, hörte ich ihn rufen: «Angelique, so warte doch. Angelique, bitte, ich muss mit dir reden.»

Was ich in dem Moment empfand, ist einfach gesagt: Es war ein unbeschreiblicher Triumph. Wie hatte er gesagt? «Ich kann dich nicht hergeben.» Er hatte sich überschätzt, als er es versuchte. Er war gegangen, hatte es nicht ertragen, nun kam er zurück.

Ich sehe es noch vor mir. Das Taxi fuhr an, ich warf einen Blick über die Schulter und sah, dass Bruno ein paar Schritte hinter dem Wagen herlief. Er winkte heftig.

Der Taxifahrer bemerkte ihn ebenfalls und fragte: «Soll ich anhalten?»

Ich schüttelte den Kopf und verlor Bruno aus den Augen. Aber nicht lange. Nach knappen fünf Minuten meldete der Fahrer: «Der Fiesta folgt uns.»

«Er wird uns aber bestimmt nicht rammen», sagte ich. «Fahren Sie getrost weiter.»

Er zuckte mit den Achseln. Was ging es ihn an, ob andere Leute Probleme hatten? Er hatte wohl selbst welche. Wer hatte denn keine? Bruno blieb hinter dem Taxi, bis wir vor der Einfahrt hielten. Er stieg aus, während ich noch den Fahrer entlohnte. Den Ford verschloss er so sorgfältig, dass ich sofort wusste: Der Wagen gehörte nicht ihm. Langsam kam er auf das Taxi zu, irgendwie zögernd und unschlüssig, zwei Meter vor dem Heck blieb er stehen, schaute zu, wie ich ausstieg und das Taxi abfuhr.

Erst als wir allein auf der Straße standen, kam er die letzten Schritte auf mich zu. Dann standen wir uns gegenüber. Ich umklammerte meine Tasche. Ihm unmittelbar gegenüberzustehen war doch etwas anderes, als aus etlichen Metern Distanz und einem Auto zu sehen, wie er mir hinterherrannte. Wie Blitzlichter zuckten mir einzelne Szenen durch das Hirn. Ich konnte ihn kaum ansehen, glaubte, dabei im Boden versinken zu müssen, weil ich mich wieder auf ihn einschlagen sah und brüllen hörte.

Ich wartete, alles zusammengerafft, was ich an Selbstbeherrschung aufbringen konnte. Lach mich aus, Bruno, mach einen Scherz, und wir vergessen, wie ich mich aufgeführt habe. Oder versuch es auf arrogante Art. Sag, du verzeihst mir den Irrsinn. Aber wenn sich derartige Szenen häufen sollten, ziehst du endgültig die Konsequenz. Tu etwas, Bruno, aber sieh mich nicht so an. Zeig mir, dass du ein Mann bist und kein Bittsteller. Sein Blick machte mich ganz steif und kalt und unbarmherzig.

Er hob beide Hände, drehte sie dabei mit den Handflächen nach oben. Eine Geste so voll mit Hilflosigkeit, dass ich mich mit den Zähnen knirschen hörte.

«Angelique», sagte er.

Endlich ein Wort, aber nicht das magische, nicht die Zauberformel, die den grausamen Bann brechen konnte. Zu viel Demut, Bruno, du sollst mich nicht anbetteln. Das war meine Rolle, und mir war sie zuwider. Zu dir passt sie noch weniger. Ein harter Ton, Bruno, sei unnachgiebig. Sag: Ich warte auf deine Entschuldigung, Angelique. Los, sag es schon.

«Wo warst du?», fragte er.

Ich hätte sagen können, in Frankfurt, fragte aber stattdessen: «Was geht das dich an? Ich bin leider noch nicht dazu gekommen, der Haftpflichtversicherung den Schaden zu melden. Ich mache es gleich morgen.»

Darauf ging er gar nicht ein. «Du darfst mich nicht verlassen, Angelique», stammelte er und streckte die Hände vor, als warte er auf eine kleine Geste, um mich berühren zu dürfen.

«Ich dich?», fuhr ich ihn an, sah, wie er zusammenzuckte, und hob die Stimme um noch einen Ton. «Wer hat wen verlassen? Du bist gegangen, Bruno. Du, nicht ich. Und du wirst nicht behaupten wollen, ich hätte dich hinausgeworfen. Ich habe doch darum gebettelt, dass du bleibst.»

Er nickte mit geschlossenen Augen. Der linke Arm sackte nach unten. Die rechte Hand streckte sich mir immer noch entgegen wie eine Opferschale, als erwarte er, dass ich mein Herz hineinlegte. «Es tut mir Leid, Angelique. Ich habe dich verletzt. Das hätte ich nicht tun dürfen.»

«Du hast mich nicht verletzt», sagte ich. «Du hast mich zur Vernunft gebracht. Das war bitter nötig.»

Wir standen immer noch vor der Einfahrt. Die grenzte an das Grundstück meiner Nachbarn. Ein älteres Ehepaar, sie waren trotz der späten Stunde beide noch im Garten beschäftigt. Er band Folien um seine Rosenstöcke, sie half ihm dabei. Schnitt Kordelstücke zurecht, hielt ihm die Folie zusammen.

«Bitte, Angelique», flüsterte Bruno, «sei nicht so hart. Gib mir eine Chance. Ich bin gekommen, um noch einmal mit dir über deinen Wunsch zu reden. Um dir zu erklären …» Er brach ab, senkte den Blick. Aber die Hand senkte er nicht. Diese Opferschale, in die ich weder mein Herz noch sonst etwas hineinlegen wollte.

«Es hat sich erledigt, Bruno», sagte ich. «Du musst mir nichts mehr erklären. Ich will dich nicht mehr heiraten. Ich will dich auch nicht mehr für mich allein.»

Jetzt bemühte ich mich doch um eine gedämpfte Stimme. Meine Nachbarn taten zwar so, als gäbe es uns nicht, aber ich war sicher, dass sie aufmerksam zuhörten.

«Ich will dich gar nicht mehr, Bruno. Wie du zu Anfang einmal festgestellt hast: Wir beide haben keine gemeinsame Basis. Wir hatten nur den Sex, das ist auf Dauer nicht genug. Ich will auch daheim mal ein gutes Gespräch führen. Worüber sollen wir uns unterhalten, wenn wir alt geworden sind und die Leidenschaft nachgelassen hat, über Kochrezepte, das Wetter oder über die Zipperlein, die uns dann plagen? Nein, Bruno, das reicht mir nicht. Es war eine schöne Zeit mit dir, es war ein bitteres Ende. Auf eine Fortsetzung lege ich keinen Wert.»

Er starrte mich an, als hätte er kein Wort verstanden. Zweimal musste er schlucken, ehe er hervorbrachte: «Das meinst du nicht so, Angelique.»

Es war immer noch wie geschmolzenes Sahneeis auf der Zunge. So süß und weich. Und ich hatte mir das Süße doch gerade erst abgewöhnt. Keine Schokoladenriegel, keine Pralinen, kein Dessert, kein gezuckerter Kaffeesatz.

«Angelique!», schrie ich. «Angelique! Angelique! Ich heiße Angelika! Das ist dir zu nüchtern, ich weiß. Aber ich bin nüchtern und dick. Ich bin eine Frau, verstehst du, keine Romanfigur, der Anne Golon die Worte und Gefühle sonst wohin legt. Ich bin lebendig und besitzergreifend. Erinnerst du dich? Mein Verlag, mein Haus, meine Autoren, meine Lektoren, mein Verlagsleiter. Eines Tages möchte ich auch sagen können: Mein Mann! Ohne befürchten zu müssen, dass sich daraufhin ein Dutzend anderer Frauen zu Wort melden. Jetzt geh bitte, Bruno. Ich hatte ein paar anstrengende Tage und möchte mich ausruhen. Die Versicherung rufe ich gleich morgen früh an, dann kannst du dein Auto abholen und reparieren lassen.»

Er machte keine Anstalten zu gehen. Also drehte ich mich

um und ging ohne Eile und mit erhobenem Kopf die Einfahrt hinauf. Ich war stolz in dem Moment, zum ersten Mal wirklich stolz auf mich und fest überzeugt, etwas geschafft zu haben, was ich selbst noch vor zwei Wochen für unmöglich gehalten hätte.

Dass ich dafür einen anderen Weg als den ursprünglich beabsichtigten nehmen musste, um ihm nicht zu nahe zu kommen, spielte nur eine untergeordnete Rolle. Vom Garagentor aus führte ein Plattenweg zur Haustür. Ich durfte auf keinen Fall an Bruno vorbeigehen, durfte nicht riskieren, dass er mich auf offener Straße in die Arme nahm und mein Wille bei der kleinsten Berührung ebenso dahinschmolz wie Sahneeis.

Aber bis zum Garagentor kam ich gar nicht. Vor der Garage standen immer noch die beiden ineinander verkeilten Wagen mitten auf dem Kiesweg. Mein Nachbar hatte sich in der vergangenen Woche schon zweimal bei Frau Ströbel erkundigt, wann die denn endlich weggeschafft würden. Das sähe doch sehr unschön aus, zwei Autowracks vor einer Villa.

Ich hatte zu Frau Ströbel gesagt: «Richten Sie ihm einen Gruß von mir aus, sie stehen nicht davor, sondern in der Einfahrt. Und das ist ein Privatgrundstück, da kann herumstehen, was ich herumstehen lasse. Andere sammeln Gemälde, ich sammele kaputte Autos. Leider kann man die nicht ins Haus schaffen, sonst würde ich das veranlassen.»

Papas Wagen hatte Brunos blauen Japaner gegen das Mauerstück neben dem Garagentor gedrückt und war beim Aufprall mit dem Heck zur Seite ausgebrochen. Ich hätte mich daran vorbeischieben müssen, um auf den Plattenweg zu gelangen. Doch nicht einmal so weit kam ich.

Was hatte ich denn erwartet? Dass Bruno sich so einfach abfertigen und abschieben ließ? Dass er resignierte, sich wieder in den grauen Ford setzte, zu seiner Wohnung fuhr und seinem jungen Kollegen oder sonst wem erzählte, es sei jetzt endgültig vorbei, so wie ich es Hans Werres am Freitagabend erzählt hatte? Ich kannte Bruno nicht, er konnte durchaus kämpfen auf seine Art.

Natürlich folgte er mir, war etwas schneller als ich, holte mich ein, noch bevor ich das Heck von Papas Wagen erreichte. Ich hörte seine eiligen Schritte hinter mir auf dem Kies, fühlte im nächsten Moment auch schon seine Hand auf der rechten Schulter. Ein fester Griff, mit dem er mich umdrehte. Sein Gesicht hatte den Ausdruck des Bittstellers verloren, aber ein wenig ratlos wirkte es immer noch.

«Du bist so sprunghaft, Angelique», stellte er fest.

«Ich?» Beinahe hätte ich laut aufgelacht. «Habe ich etwa den Gang nach Canossa angetreten oder du? Wer sollte denn wen anrufen, falls er eine Möglichkeit sieht? Ich sah keine. Ich habe meinen Entschluss gefasst und bleibe dabei. Das solltest du auch tun, Bruno. Schon für deinen Stolz solltest du es tun.»

Ich hatte nicht gelacht, er tat es.

«Mein Stolz? Ich pfeife auf meinen Stolz. Ich liebe dich, Angelique. Ich brauche dich. Ich will mit dir leben, ich will dich fühlen. Und du willst es auch. Wenn nicht, hast du mich in den vergangenen Monaten immer wieder belogen. Dann hast du dir nur genommen, was dir gefällt, und den Rest willst du nicht.»

Ich wusste nicht, was er meinte. Ich hatte ihm doch klar und deutlich zu verstehen gegeben, dass ich alles wollte, auch den Rest, gerade den.

Mit seiner rechten Hand an meiner rechten Schulter hatte er mich umgedreht und aufgehalten. Seitdem lag sein Arm um beide Schultern. Seitdem stand Bruno so dicht vor mir, dass ich seinen Atem auf der Stirn fühlte. Seitdem tasteten seine Augen mein Gesicht ab mit einem einigermaßen beherrschten, fast schon abwägenden Blick. Ich hätte seinen Arm abschütteln müssen, das hatte ich nicht gekonnt. Ich hatte ihn genossen, den vermeintlich letzten Moment einer Berührung und seine Nähe.

Dann hob Bruno die linke Hand. Ich trug einen Mantel. Er war offen. Darunter trug ich eins von meinen üblichen Kleidern, statt hinten einen Reißverschluss hatte es vorne Knöpfe. Bruno drückte mich mit dem Knie ein wenig zurück, bis die Kante des Wagens ihn aufhielt. Gleichzeitig öffnete er den ersten Knopf.

Auf der Grenze zum Nachbargrundstück wuchs eine Hecke. Aber sie war nur hüfthoch. Meine Nachbarn machten noch einen Rosenstock winterfest. Ich hörte sie miteinander sprechen. Sehen konnte ich sie nicht, weil ich mit dem Rücken zur Hecke stand. Aber sie mussten mich sehen, wenn sie hinschauten. Vermutlich sahen sie sogar, dass Bruno dabei war, mir das Kleid zu öffnen.

Ich schlug nach ihm, um ihn abzuwehren, nicht sehr fest. Er ließ sich davon auch nicht beirren. «Lass das», verlangte ich leise, aber, wie ich meinte, sehr bestimmt. «Lass das, verdammt.»

«Nicht fluchen, Angelique», flüsterte er und lächelte dabei. Ein irgendwie siegessicheres Lächeln. «Gib mir nur ein paar Minuten. So viel Zeit wirst du für mich haben. Nur ein paar Minuten, Angelique. Wenn du dann immer noch willst, dass ich gehe, gehe ich.»

Er begnügte sich mit drei Knöpfen. Das reichte, um die Hand unter den Stoff und den Träger des Büstenhalters von meiner Schulter zu schieben. Sekundenlang fühlte ich nur seine Finger auf der Haut und seinen Arm im Rücken, der mich näher heranzog, bis ich das Becken von allein gegen seinen Unterleib presste. Ich konnte den Kopf nicht wegdrehen, als er mich küsste. Er hielt meinen Kopf mit der Armbeuge fest. Ich wollte den Kopf auch nicht mehr wegdrehen.

Bruno stand so dicht vor mir, dass niemand erkennen konnte, was er unter meinem Mantel trieb. Seine Hand kam wieder zum Vorschein, strich unter dem Mantel über meine Hüfte abwärts, hob den Kleidersaum an, verschwand darunter.

Und wenn meine Nachbarn jetzt beide mit ihren Gesichtern über der Hecke hingen, um nichts zu verpassen, wen störte das? Brunos Finger spielten die ewige Melodie von Lust und Begehren. Und die Zunge gab den Rhythmus und die Begleitakkorde dazu. Ich brauchte meine Tasche nicht mehr, um mich daran festzuklammern. Brunos Nacken bot Halt genug, um nicht vornüberzufallen, und hinten lehnte ich an Papas Wagen.

Die Tasche fiel auf den Kies, das hörte ich noch. Danach hörte ich nichts mehr. Nur das eigene verhaltene Stöhnen und Brunos Flüstern zwischen den Küssen. «Ich wusste es. Du willst nicht, dass ich gehe. Du brauchst mich ebenso wie ich dich. Sag mir, dass du mich liebst, Angelique. Sag es mir.»

Sagen konnte ich es nicht, nur schluchzen. «Ich liebe dich.» Mein Triumph hatte sich vollständig in Luft aufgelöst.

Irgendwie sind wir ins Haus gekommen, ich weiß beim besten Willen nicht, wie und wann oder wie oft wir auf dem kurzen Stück von der Einfahrt zur Tür noch stehen blieben, einer mit dem Rücken gegen das Mauerwerk gelehnt. Die Lippen aufeinander gepresst, als hinge davon unser Leben ab. Brunos Arm im Rücken, seine Hand unter meinem Kleid. Mein Arm in seinem Nacken, eine Hand gegen den Stoff der Hose drückend oder mit klammen Fingern am Reißverschluss nestelnd. Wenn er mich nicht daran gehindert hätte, wäre ich wohl gleich in die Knie gegangen.

Wir kamen anfangs nur bis in die Halle. Nicht einmal sehr weit hinein. Bruno drückte die Tür mit einem Ellbogen zu und mich gleich daneben. Jetzt gab die Wand etwas Halt, ich konnte den Arm aus seinem Nacken lösen und die Hand unter sein Hemd schieben. Unter der Handfläche seine Wärme fühlen, die glatte Haut. Und mit der anderen Hand den Gürtel öffnen. Als ich dann den darunter liegenden Knopf öffnen wollte, hielt er meine Hand fest und legte sie sich zurück in den Nacken.

«Nicht so schnell, Angelique», sagte er. «Du bist immer zu schnell. Wir haben doch Zeit. Wir haben ein ganzes Leben.»

Pustekuchen, von dem Abend an gerechnet hatten wir noch knapp zweiundzwanzig Monate, und die letzten zählen nicht.

Er war so grenzenlos zärtlich, unerträglich sanft, atemberaubend leidenschaftlich. Es dauerte Stunden, ehe wir mein Schlafzimmer erreichten. Mein Mantel, das Kleid, Schuhe, Strümpfe und Unterwäsche, sein Jackett, das Hemd, die Hose und alles andere blieben auf dem Weg zurück.

Er ging nicht wie sonst um zwölf, hätte gar nicht gehen können. Um Mitternacht liebten wir uns immer noch oder wieder, quälend langsam. Ich wusste nicht mehr, ob ich vor Lust schrie oder weil mich die immer wieder aufbrausenden Wellen von Feuer durchschüttelten. Weil ich jedes Mal glaubte, bei der nächsten müsse ich zerreißen. Weil ich dachte, ich könne es nicht länger ertragen. Als ich zuletzt auf die Uhr schaute, war es halb vier. Ich war völlig erschöpft, in den Seiten stach es, meine Bauchdecke schmerzte von der Anspannung. Mein Herz polterte, konnte sich gar nicht beruhigen, mein Kopf war wie leer gefegt. Bruno schlief. Sein Kopf lag an meiner Schulter. Ich fühlte seinen Atem auf der Haut und war zufrieden.

Geschlafen habe ich in der Nacht gar nicht, nur hin und wieder die Augen geschlossen und auf seine gleichmäßigen Atemzüge gehorcht. Ihn im Arm gehalten, bis mein Arm taub war und ich nur noch den Druck fühlte, mit dem sein Kopf das Blut in meine Fingerkuppen presste und den Rückfluss behinderte. Und manchmal geweint, zwei, drei Tränen. Nur ein paar für den Augenblick, für das Unfassbare, das Ziehen in der Brust, sein Haar an meiner Schulter, das feuchte Laken.

Manchmal bewegte er sich leicht im Schlaf, zuckte kurz mit

dem Arm, der quer über meinem Bauch lag, oder mit dem Bein, das meine Beine auf dem Laken festhielt. Es war nicht festzustellen, wer wen umklammerte.

Mittwochmorgen kurz nach sieben klopfte es zaghaft an die Tür. Vor meinem Schlafzimmer raunte Frau Ströbel: «Zeit zum Aufstehen, Frau Reuter. Sind Sie wach?»

Ich ahnte mehr, als dass ich verstand, was sie sagte. Als ich antwortete, erwachte Bruno. Zwei herrliche Sekunden lang zog sich sein Körper zusammen und mich fester heran. Dann reckte er sich und richtete sich auf.

Vor der Tür fragte Frau Ströbel: «Soll ich Frühstück machen?»

«Natürlich!», rief ich zurück, «zwei Gedecke, bitte. Kaffee, frische Brötchen, Aufschnitt. Sie wissen schon, das Übliche.»

Brunos Gesichtsausdruck war köstlich. Seine Augen huschten unruhig im Schlafzimmer umher. Aber sie fanden nicht, was sie suchten, und er erstarrte in Schuldbewusstsein.

«Angelique, es tut mir Leid. Ich wollte nicht einschlafen. Ich wollte dich nicht kompromittieren.»

«Ach, hör auf mit deinen Sprüchen», sagte ich, stieg aus dem Bett und huschte zur Tür. Frau Ströbel war längst auf dem Weg in die Küche. Vor der Tür lag fein säuberlich gefaltet ein Kleiderhäufchen. Bruno verzog sich mit seinen Sachen ins Bad. Ich folgte ihm, huschte zu ihm unter die Dusche. Ein Glück nur, dass die Kabine groß genug war.

Etwas später saßen wir zusammen am Frühstückstisch. Frau Ströbel hatte im Esszimmer gedeckt. Sie war die personifizierte Diskretion, riskierte nur dreimal verstohlen einen neugierigen Blick um die Ecke.

Kurz nach acht brachte ich Bruno zur Haustür, reckte mich auf Zehenspitzen, küsste ihn zum Abschied und sagte: «Bis Freitag.»

Er schüttelte den Kopf. «Morgen, Angelique. Heute Abend habe ich leider einen Termin. Ich kann ihn nicht absagen und nicht verschieben. Aber morgen, bitte. Ich habe dir vieles zu erklären.»

Morgen, es war ein herrliches Gefühl, ein Sieg, glaubte ich, ging nach oben, legte ein wenig Make-up auf, fuhr noch einmal mit dem Kamm durchs Haar. Dann ging ich in die Küche, um sicherheitshalber schon einmal mit Frau Ströbel zu besprechen, was wir morgen Abend essen könnten.

Die Ärmste war so aufgeregt, überschlug sich vor Eifer mit ihren Vorschlägen. Da hatte sie nun drei verstohlene Blicke auf ihn werfen, seine Socken und den Rest seiner Kleidung vom Boden auflesen und Wochen vorher ein paar Sätze mit ihm wechseln dürfen. Und es war ihr ergangen, wie es wahrscheinlich jeder Frau erging, die in Brunos Nähe kam. Sie hatte sich Hals über Kopf in ihn verliebt.

Mehr noch: Ich möchte behaupten, sie liebte ihn vom ersten Augenblick an abgöttisch. Fast ein Grund für ein bisschen Eifersucht. Aber von ihr drohte mir kaum Gefahr. Frau Ströbel war weit in den Fünfzigern, mit einem wesentlich älteren Mann verheiratet, der seit einiger Zeit pensioniert war. Manchmal erzählte sie etwas von ihm, fügte immer hinzu, wie dankbar sie für ihre Arbeitsstelle sei. Sonst müsse sie den ganzen Tag die Launen eines Pensionärs ertragen, der aus lauter Langeweile dazu übergegangen war, seine Frau ein wenig zu terrorisieren.

Und immer, wenn sie die kleinen Schikanen schilderte, klang der Stolz auf ihren Mann durch. Ohne Zweifel liebte sie ihn, erwähnte gerne beiläufig sein gutes Aussehen. Immer noch volles Haar, obwohl er auf die siebzig zuging. Sehr gepflegt und so weiter. Aber das hinderte ihre Augen nicht am Funkeln, wenn Bruno auftauchte.

Er holte mich an dem bewussten Donnerstag vom Verlag ab, schien erfreut und erleichtert über meinen Vorschlag, dass wir bei mir essen könnten. Der Tisch war gedeckt, als wir hereinkamen. Frau Ströbel trug auf. Danach hätte sie sich verabschieden können. Ich hatte sie nicht gebeten, zu bleiben und anschließend noch abzuräumen. Aber sie blieb, werkelte in der Küche herum, unsichtbar und bemüht, ein wenig zu lauschen, ohne persönlich in Erscheinung zu treten. Natürlich brannte sie darauf zu erfahren, ob wir uns einig wurden. So dumm und unerfahren war sie nicht, dass sie nicht bemerkt hätte: Diese Beziehung ließ sich mit ein paar unschönen Zwischenspielen an.

Nach dem Essen wechselten wir ins Wohnzimmer. Bis dahin hatte Bruno mich einige Male flüchtig, mehr zufällig als absichtlich berührt. Er schien auf Distanz bedacht, setzte sich in einen Sessel, nachdem ich bereits auf der Couch Platz genommen hatte. Frau Ströbel servierte noch einen Kaffee, dann verabschiedete sie sich endlich. Wir waren allein.

Bruno war nervös und erkundigte sich, ob er rauchen dürfe. Ich hatte ihn bis dahin noch nie rauchen sehen. Aber es störte mich nicht, Papa hatte schließlich auch immerzu geraucht. Er zündete sich umständlich und betont sorgfältig eine Zigarette an, betrachtete die Glutspitze oder seine Kaffeetasse.

«Ich muss dir viel erklären, Angelique», begann er zögernd. «Ich hätte das gleich zu Anfang tun müssen. Aber ich wusste nicht, ob du es hören willst. Es sind sehr persönliche Dinge.»

«Dann will ich sie bestimmt hören», sagte ich.

Bruno nickte nachdenklich, zog kurz die Unterlippe ein, seufzte vernehmlich. «Ich habe in den letzten Tagen sehr viel über uns beide nachgedacht», sagte er.

Nicht nur das. Gewartet hatte er. Am Dienstag vor der Buchmesse zwei Kundentermine abgesagt, die er montags erst vereinbart hatte. Sich in seiner Wohnung neben das Telefon gesetzt und nicht von seinem Platz gerührt, bis ihm um zwei in der Nacht klar wurde, dass ich nicht anrufen würde. Sein Geständnis rührte mich, aber es stieß mich auch ab. Es passte nicht zu dem Bild, das ich mir von ihm gemacht hatte.

Den Mittwoch gewartet und den Donnerstag. An dem Freitagabend, an dem ich mit Hans Werres essen gegangen war, und während meiner Tage in Frankfurt hatte Bruno angeblich fast den Verstand verloren bei dem Gedanken, dass ich mich nicht bei ihm melden würde. Nie wieder. Mein Stolz, nicht wahr?

An die Buchmesse hatte er natürlich nicht gedacht, es auch nicht gewagt, sich im Verlag nach meinem Verbleib zu erkundigen, nur ein paarmal abends vor der Tür dort gewartet. Die beiden Wochenenden hatte er mit seinem jungen Kollegen, seiner Mutter und dem Versuch verbracht, sich mit der Tatsache auseinander zu setzen, dass ich auch nicht anders war als die Frauen, die er bisher beglückt hatte.

Es hörte sich an wie eine Anklage. Selbst im Nachhinein klang er noch fassungslos. Ich wurde mit jedem Satz schuldbewusster. Was hatte ich aus ihm gemacht? Wo war der Bruno geblieben, der mich am ersten Abend mit ein paar Blicken in eine Marionette verwandelt hatte?

Er sprach fast eine Stunde lang. Ich hörte zu, klüger wurde ich nicht. Nur die ersten Sätze betrafen uns. Der Rest war abstrakt. Liebschaften, die keinen Namen bekamen, flüchtige Abenteuer, denen das Gesicht fehlte. Unzählige Frauen, an denen Bruno nicht hatte vorbeigehen können. Die er auf seine Weise genommen, von denen er sich gleichzeitig benutzt, ausgenutzt und missverstanden fühlte.

Es kam mir vor, als versuche er, im Alleingang die Geschichte der Emanzipation zu verarbeiten, die Dominanz oder wenigstens den Wert des Mannes zu beweisen und gleichzeitig den schwelenden Konflikt zwischen den Geschlechtern dadurch zu lösen, dass er sich als Opferlamm darbot.

Der ewige Jäger als Beute oder so eine Art Jesus, der sich nicht für die Sünden seiner Geschlechtsgenossen an ein Kreuz nageln ließ. Er nagelte lieber selbst. Aber anscheinend wusste er beim besten Willen nicht mehr, was von ihm erwartet und gefordert wurde. Stärke und immerwährende Bereitschaft, Potenz und Zartheit, Ausdauer und Rücksichtnahme, Sensibilität und Härte, Verständnis und Verzicht.

Ich war nahe daran abzuwinken und zu sagen: Gehen wir ins Bett, mein Liebling. In meinem Schlafzimmer ist die Welt noch heil. Da bist du der Mann und ich die Frau. Die bist schön, ich bin abstoßend. Du bist stark und ich liege dir zu Füßen. Es hat also alles noch seine Ordnung. Drück die Theorie im Aschenbecher aus und nimm mich.

Doch dann begann er, von seiner Frau zu reden. Im gleichen Augenblick verbrannte die Überheblichkeit in mir zu einem Häufchen grauer Asche. Ich hatte doch schon einmal vermutet, er sei verheiratet. Er hatte den Kopf dazu geschüttelt. Aber was hieß das denn?

Ich sorgte mich umsonst. Er war nicht mehr verheiratet, schon lange nicht mehr. Und genau genommen begann sein Debakel nicht mit seiner Frau, sondern mit seiner Mutter. Eine graue Maus nannte er sie zärtlich; sanft, still, duldsam, wehrlos. Wohingegen sich seine Mundwinkel sekundenlang in einer Mischung aus Schmerz und Abscheu verzogen, als er seinen Vater erwähnte. Ein brutaler Kerl, der seine Stärke durch Prügeleien in der Familie beweisen musste. Mehr gab es über diesen Mann nicht zu sagen, er war auch schon seit Jahren tot.

Bruno war in dem Bewusstsein aufgewachsen, es eines Tages ganz anders und viel besser machen zu müssen. Er hatte jung geheiratet, sehr jung für einen Mann, schon mit einundzwanzig Jahren. Eine blutjunge Frau, genauer gesagt, ein siebzehnjähriges Mädchen.

«Sie war mein Ein und Alles», sagte er. «Ich hatte das Gefühl, erst mit ihr richtig zu leben. Ein Leben genau so, wie ich es mir ausgemalt hatte. Ich wollte, dass sie bei mir all das fand, was meine Mutter immer entbehren musste. Sie sollte glücklich sein, nie Sorgen haben. Ich habe für sie getan, was ich tun konnte.»

Anscheinend zu wenig. Die Ehe hatte nur zwei Jahre gehalten.

«Ich bin fast gestorben, als sie mir gestand, dass sie schon seit geraumer Zeit einen anderen hatte», sagte er. «Ich hatte nichts davon bemerkt. Er war auch verheiratet, hatte ihr versprochen, sich scheiden zu lassen, wenn sie das ebenfalls tat. Nun wollte sie, dass ich aus unserer Wohnung auszog, weil sie erst bei ihm einziehen konnte, wenn er geschieden war. Natürlich versuchte ich, ihr das auszureden, erinnerte sie an den Schwur, den sie vor dem Altar geleistet hatte. Aber sie ließ sich auf nichts mehr ein, packte meine Sachen, konnte mir nicht einmal erklären, was ich falsch gemacht oder was sie bei mir vermisst hatte. Das wusste sie selbst nicht.»

Er lachte einmal leise, sprach in fast humorvollem Ton weiter: «Danach habe ich versucht, mich umzubringen. Zweimal, mit dem Wagen, aber nicht ernsthaft, glaube ich. So ist das wohl. Man will eigentlich gar nicht sterben, nur einem anderen Menschen Schuldgefühle einimpfen. So hat es mir der Psychologe erklärt, mit dem ich anschließend mehrfach gesprochen habe. Beim ersten Mal habe ich Abgase ins Auto geleitet. Aber ich hatte den Schlauch nicht richtig abgedichtet. Und schon nach ein paar Minuten ging mir das Benzin aus.»

Er lachte noch einmal, zuckte mit den Achseln. «Beim zweiten Mal habe ich mir einen Baum gesucht, fuhr zwar das Auto zu Schrott, brach mir jedoch nicht einmal die Beine. Vielleicht hätte ich beim nächsten Mal einen Strick genommen. Doch dann lernte ich den Mann kennen, der ihrer Meinung nach so viel besser war als ich», sagte er. «Da dachte ich, es könne nur eine Laune von ihr sein. Dass es sich lohnt, darauf zu warten, bis sie ihre Entscheidung bereut und mich wieder in die Wohnung lässt. Ich war überzeugt, das könne nicht lange dauern. Du müsstest den Kerl sehen, Angelique, dann würdest du verstehen, was ich meine.»

Drei, zwo, drei. Sekunde, jetzt kommt der Seitenwechsel.

Okay, immer noch Bruno. Nach seiner Erklärung zum Scheitern seiner ersten Ehe lachte er zum dritten Mal, diesmal sehr bitter, senkte den Kopf, ehe er weitersprach. «Er ist fast zwanzig Jahre älter als sie, sieht aus wie ein Gartenzwerg und geht mit ihr um, als ob er auf dem Kasernenhof steht. Ich begreife es heute noch nicht, dass sie sich vorschreiben lässt, was sie zu tun hat und was sie nicht tun darf. Er befiehlt ihr sogar, was sie anziehen soll und was gekocht wird. Aber sie war noch keinen Tag unglücklich mit ihm, sagt sie.»

«Du siehst sie noch?», fragte ich.

«Hin und wieder», sagte er.

«Und du liebst sie noch?» Ich konnte nicht atmen, während ich auf seine Antwort wartete.

Er lächelte nachsichtig. «Ich bitte dich, Angelique. Wir wurden vor fünfzehn Jahren geschieden. Ich war dreiundzwanzig, als sie mich hinauswarf. Ich war jung und unreif, ein ganz anderer Mensch als heute. Es ist nur dieses Gefühl, das Abstürzen, nicht wissen, wohin, das habe ich nicht vergessen. Und das will ich nicht noch einmal erleben. Ich würde es nicht überleben, wenn es mir noch einmal so erginge, das weiß ich. Ich würde bestimmt nicht mehr so halbherzig oder naiv an die Sache herangehen wie damals. Heute weiß ich besser Bescheid. Aber im Grunde lebe ich sehr gerne. Deshalb frage ich mich, ob es das Risiko wert ist.»

Mit anderen Worten, er hatte Angst vor einer neuen Bindung, weil er eine Enttäuschung und einen Rauswurf fürchtete.

«Das verstehe ich», sagte ich. «Ich lebe auch zu gerne, um mir mein Leben von einem anderen völlig durcheinander bringen oder gar zerstören zu lassen. Was erwartest du jetzt von mir? Soll ich dir versprechen, dich nie zu enttäuschen? Ich werde mich darum bemühen und fände es schön, wenn du das ebenfalls tun könntest. Lass es uns doch einfach versuchen.»

Eine volle Minute lang war es still. Bruno rauchte wieder, hielt den Kopf gesenkt. «Ich will nicht einfach etwas versuchen, Angelique», sagte er. «Ich will dich nicht verlieren. Ich hatte gehofft, es könne so bleiben, wie es war. Dass wir uns regelmäßig sehen und ich mir etwas Distanz bewahren und meine Wohnung behalten kann. Ich war damit zufrieden, und ich dachte, eine tüchtige Geschäftsfrau braucht ebenfalls Distanz und Zeit für sich.»

Wieder machte er eine Pause, anscheinend suchte er nach geeigneten Formulierungen und fand sie nicht gleich. Dann erklärte er mir, warum er glaubte, mich auf keinen Fall heiraten zu können.

«Es würde nicht lange gut gehen mit uns, Angelique. Du hast mir ja gesagt, was du willst: mein Mann. Und dass sich nicht noch ein Dutzend andere zu Wort melden. Du musst mir nichts versprechen. Aber ich kann dir auch nichts versprechen. Ich würde es gerne tun, es hätte nur keinen Wert, fürchte ich.»

Er lächelte kläglich. «Ab und zu passiert es eben, so wie es in den letzten Monaten mit dieser Kollegin und dieser Kundin passiert ist. Wenn eine Frau mir zu verstehen gibt, dass sie mich will oder braucht, kann ich nicht nein sagen. Ich empfinde nicht viel dabei. Es geht nicht vordergründig um Sex. Körperlich ist es nicht mehr Genuss als ein starker Kaffee am Nachmittag. Und seelisch, es gibt mir natürlich eine gewisse Befriedigung, aber es hat nichts mit Liebe zu tun.»

Dann wäre da auch noch die finanzielle Seite, fand er. Es war ihm nicht einmal peinlich, einzugestehen, dass sein Einkommen beziehungsweise das, was ihm davon blieb, nur für ihn reichte. Für die kleine Wohnung in dem schäbigen Mietshaus, für ein altes Auto und seine Büroräume. Er konnte mir damit die beiden Abende im Restaurant bieten, mal eine Fläschchen Parfüm und einen Urlaub in einer halb verfallenen spanischen Bauernkate ohne Strom und fließend Wasser.

Dabei verdiente er nicht schlecht, im Gegenteil. Er bekam ein festes Gehalt und zusätzlich Provisionen für neue Vertragsabschlüsse. Doch den größten Teil seiner Einkünfte verschlang das Pflegeheim, in dem seine Mutter lebte. Es war ein privat geführtes und sehr teures Heim. Die Pflegeversicherung zahlte zwar etwas dazu, aber der Zuschuss reichte bei weitem nicht. Er besuchte seine Mutter übrigens regelmäßig. Das waren seine Sonntage.

«Vielleicht habe ich absichtlich ein so teures Heim gewählt», sagte er. «Und bestimmt habe ich es nicht nur getan, weil ich meiner Mutter einen schönen Lebensabend bieten wollte. In ihrer Verfassung bemerkt sie kaum noch, wie sie untergebracht ist. Ich habe mich vor Jahren für dieses Heim entschieden, weil nicht genug übrig blieb, um noch einmal zu heiraten. Dass ich irgendwann eine Frau kennen lerne, die nicht darauf angewiesen ist, von meinem Geld zu leben, konnte ich nicht ahnen. Ich möchte aber auch nicht von deinem Geld leben.»

Er wartete anscheinend auf eine Antwort. Als ich schwieg, zuckte er wieder mit den Achseln und nickte versonnen. «Da kommt eine Menge zusammen, nicht wahr? Ich dachte mir, dass du damit nicht leben willst.»

«Nein», sagte ich. Und weil er das missverstehen konnte, fügte ich nach ein paar Sekunden hinzu: «Es ist nichts dabei, was mich stört. Keine Forderungen. Kein Versprechen. Ich verlange dir nichts ab, was du nicht freiwillig geben kannst. Und ich finde, du würdest nicht automatisch von meinem Geld leben, wenn du bei mir einziehst. Das Haus verursacht so oder so Kosten, ob nun eine Person oder zwei darin leben. Bei den Mahlzeiten wäre es auch kein so großer Unterschied, denke ich.»

Er wirkte erleichtert, aber auch skeptisch. «Bist du ganz sicher, dass du es so willst und damit zurechtkommst?»

Ich nickte nur.

«Gut», sagte er. «Soll ich bei dir einziehen?»

«Jetzt noch nicht», erklärte ich. «Bewahr dir Distanz und behalt deine Wohnung, wenn du dich dort sicher fühlst. Wenn wir beide sicher sein können, dass wir uns nicht mehr gegenseitig verletzen werden, probieren wir den gemeinsamen Alltag.»

Er nickte wieder, murmelte noch einmal: «Gut.» Dann kam ein Seufzer, als hätte ich ihn mit meinen Worten von einer Zentnerlast befreit. «Zwei Abende in der Woche, wenn ich es einrichten kann, auch drei. Und die Wochenenden, Angelique, nicht jedes Wochenende, aber so viele wie möglich.»

Jetzt war ich es, die sagte: «Gut.»

Und ich dachte, hin und wieder passiert es eben. Aus reinem Pflichtgefühl. Einer muss doch all den bedauernswerten Frauen da draußen mal ein bisschen Selbstbestätigung oder Befriedigung geben. Für ihn ist das Arbeit, keine lästige Arbeit, aber auch nicht angenehmer, als nachmittags einen Kaffee zu trinken. Damit sollte ich doch irgendwie umgehen können.

Kurz vor elf stiegen wir hinauf in mein Schlafzimmer. Bruno ging ins Bad, zog sich aus und stieg in die Duschkabine. Ich blieb bei der offenen Verbindungstür stehen und schaute ihm zu. In das Wasserrauschen hinein sagte er: «Wenn es dir peinlich ist, dass ich über Nacht bleibe, sag es nur.»

«Warum soll es mir peinlich sein?», fragte ich.

«Wegen deiner Angestellten», meinte er.

Ich lachte. «Hör zu, mein Schatz. Ich weiß nicht, wie das bei den anderen Frauen ist oder war. Aber ich gehöre nicht zu denen, die einen Liebhaber verstecken müssen. Mach dir keine Sorgen um Frau Ströbel. Sie ist hellauf begeistert von dir.»

Zwei Minuten später stand er tropfnass auf dem Duschvorleger, ließ sich von mir den Rücken frottieren und erkundigte sich. «Willst du nicht duschen, Angelique?»

Ich schüttelte den Kopf, rubbelte weiter, küsste ihn auf die noch feuchte Schulter. «Ich will nur mit dir einschlafen, einmal feststellen, ob wir das auch können.»

Ich duschte trotzdem noch rasch, während er sich bereits in mein Bett legte. Als ich mit einem Nachthemd auf dem Leib ins Schlafzimmer kam, grinste er und verlangte: «Das Hemd ziehst du sofort wieder aus. Ich will wenigstens etwas von dir spüren.»

Wir schliefen beide wohl schnell ein, nicht gar so eng aneinander geschmiegt wie in dem schmalen Bett in Spanien. Auch nicht mit Armen und Beinen einander festhaltend. Als Frau Ströbel kurz nach sieben an die Tür klopfte, fühlte ich mich frisch und ausgeruht, mehr als das, ich fühlte mich rundum zufrieden.

Der Tisch im Esszimmer war für zwei Personen gedeckt. Gute Frau Ströbel. Natürlich hatte sie den Ford Fiesta bemerkt und in aller Eile ihre Vorbereitungen getroffen. Für Bruno zwei frische Brötchen und Wurstaufschnitt, für mich eins mit magerem Schinken. Nicht einmal ein Taxi musste ich mir rufen.

Bruno wartete, bis ich mit meinem Make-up fertig war, und nahm mich mit in die Stadt. Es war ein Glücksgefühl besonderer Art, als ich vor dem Verlag aus dem Auto stieg, mich bei der Tür noch einmal zu ihm umdrehte. Und unsere Empfangsdame Frau von Mühlenberg verrenkte sich in ihrer Glaskabine beinahe den Hals, um nur ja nichts zu verpassen.

Bruno hauchte einen Kuss auf seine Fingerspitzen und blies ihn zu mir herüber. Bevor ich ausstieg, hatte er gesagt: «Ich rufe dich um vier an», und mich ganz leicht auf die Wange geküsst. Es hatte etwas sehr Vertrautes, war eine Art Punkt hinter dem ersten holprigen Kapitel.

Herbert Roßmüller   Arme Geli. Sie war nicht erst an dem brütend heißen Freitag in Spanien in der Hölle, dort war sie mit ihm von Anfang an. Sie wusste doch genau, auf wen sie sich einließ. Ich hatte es nicht gewusst, als ich heiratete. Aber ich weiß, wovon ich spreche, und möchte hier etwas von meiner Hölle einfließen lassen.

Als Geli sich entschloss, Bruno Lehmann mit all seinen Schwächen zu akzeptieren, war ich seit gut drei Jahren verheiratet mit Carla, einer attraktiven, gertenschlanken Frau, die ihren Körper ebenso kritisch beäugte, wie Geli es tat, die unerbittlich jedes ihrer Meinung nach überflüssige Gramm Fett mit mindestens einem Diättag vernichtete.

Wir lebten in einer großzügig geschnittenen Eigentumswohnung, hatten im Grunde alles, was man zur Zufriedenheit brauchte, fast schon im Überfluss. Aber unsere Gespräche drehten sich nur noch um Hohlheiten. Und oft kam ich abends heim und konnte mich nur mit den Schatten in den Ecken unterhalten.

Carla war vor unserer Hochzeit in der Pharmaindustrie tätig, aber nicht sonderlich glücklich mit ihrem Job gewesen, weil er angeblich nicht viel Zeit fürs Privatleben ließ. Ihren Worten zufolge träumte sie von einem gemütlichen Heim und betrachtete es als ihre Aufgabe, einem beruflich stark eingespannten Mann im Privatleben den Rücken freizuhalten.

Da war sogar meine Mutter, die zuvor an jeder Frau, die ich daheim vorgestellt hatte, etwas auszusetzen fand, zu der Ansicht gelangt, ich hätte die Richtige gefunden.

In den ersten beiden Jahren unserer Ehe hatte Carla sich damit beschäftigt, unsere Wohnung umgestalten zu lassen und dreimal neu einzurichten. Da war ich mir oft vorgekommen wie auf einer Baustelle oder in einem Möbellager. Protestiert hatte ich nie.

Dann war endlich alles perfekt, in Carlas Augen jedenfalls. Ich dachte an ein Kind. Doch so ausgeprägt war der Wunsch danach nicht, dass ich kreuzunglücklich gewesen wäre, als Carla mir eröffnete, ein Kind sei so ziemlich das Letzte, woran sie jetzt denke. Kinder brächten nur Unruhe mit sich und eine Menge lästiger Verpflichtungen. Sie wolle ihr Leben erst einmal genießen. Abgesehen davon ruiniere eine Schwangerschaft die Figur, meinte sie.

Carla verbrachte lieber einen Nachmittag pro Woche im Schönheitssalon, einen beim Friseur, einen im Fitnesscenter und zwei im Tennisclub. Abends wurde es meist spät, weil sie mit Freunden noch irgendwo nett essen ging.

Dass ich abends auch gerne etwas gegessen hätte, nach Möglichkeit zusammen mit ihr, sah sie durchaus ein. Aber sie war nie eine gute Köchin gewesen, hasste jede Art von Hausarbeit. Darum musste sie sich auch nicht kümmern. Das tägliche Einerlei erledigte unsere Zugehfrau. Und ich erwartete gar nicht, dass Carla mich abends am Herd oder am hübsch gedeckten Tisch empfing. Aber kurz anrufen hätte sie doch wenigstens können, Bescheid sagen, in welchem Lokal sie ihre Freunde traf, vielleicht einmal bitten, ich möge dazukommen.

Daran dachte sie nie. Ich war erwachsen, konnte Auto fahren und auch allein telefonieren. Ihr Handy war immer empfangsbereit. Und wenn mir nicht der Sinn danach stand, den Abend im Kreis ihrer Freunde zu verbringen, es gab einen sehr guten Italiener in der Nähe unserer Wohnung, der binnen kürzester Zeit auch Ein-Mann-Portionen ins Haus lieferte.

Mit meinen Eltern sprach ich nicht darüber, versuchte selbst noch geflissentlich zu übersehen, dass es in meiner Ehe längst nicht mehr nur kriselte, dass sie bereits gescheitert war. Aber weder mein Vater noch meine Mutter waren blind. Vater gehörte nur, was familiäre Belange anging, zu den Schweigsamen.

Wenn es um andere ging, war er gesprächiger. Ich erfuhr immerhin, ohne mich eigens danach erkundigen zu müssen, dass Geli in den USA an ihrem Gesicht habe herumpfuschen lassen, das Ergebnis könne sich jedoch sehen lassen. Außerdem schloss mein Vater aus der Tatsache, dass sie weder in England noch in den USA einen Mann gefunden hatte, die könnten auch nicht klüger sein als deutsche Rechtsanwälte.

Später erwähnte er häufiger, Geli sei offenbar dieser Modekrankheit Schlankheitswahn verfallen, was ihr aber nicht schlecht bekäme. Irgendwann hieß es dann, sie habe ein Techtelmechtel mit einem ihrer Lektoren angefangen. Das müsse ein hoch gebildeter Mensch sein, ein anderer hätte bei Geli doch nicht die geringste Chance gehabt.

Bis dahin hatte meine Mutter insgeheim darauf spekuliert, mich mit Geli verkuppeln zu können. Sie hielt es zwar wie ihr Vater: keine Zeit, um Einladungen anzunehmen. Aber man durfte die Hoffnung nicht aufgeben, dass sie doch irgendwann mal auf einen Geburtstagskaffee vorbeikäme. Wenn ich dann solo dabeigesessen hätte ...

Mir war im letzten Jahr praktisch bei jedem Besuch daheim nahe gelegt worden, endlich die Konsequenzen aus dem Verhalten meiner Frau zu ziehen. Vater hatte gelegentlich ins selbe Horn gestoßen wie Mutter und anklingen lassen, Geli sei eine gute Partie und jetzt auch noch eine Augenweide.

Für mich war weibliche Schönheit inzwischen allerdings ein zweischneidiges Schwert. Auf eine gute Partie war ich nicht angewiesen. Meine Eltern hatten auch nie zum ärmsten Teil der Bevölkerung gehört. Abgesehen davon lief es für mich beruflich ausgezeichnet. Mit Verlagsrecht hatte ich nichts im Sinn. Ich hatte mich nach Examen und Dissertation auf Familienrecht spezialisiert und eine eigene, mittlerweile florierende Kanzlei eröffnet.

Drum prüfe, wer sich ewig bindet. Das tat anscheinend keiner. Nach meinen Erfahrungen dachte kaum eine Frau auf dem Standesamt noch an Ewigkeit. In der Regel waren es nämlich die Frauen, die als Erste unzufrieden wurden, wenn sie feststellten, dass es in ihrer Ehe nicht so lief, wie sie sich das vielleicht einmal ausgemalt hatten. Männer kompensierten die kleinen oder großen Mängel wohl im Beruf, oder sie stellten sich so wie ich aus Bequemlichkeit blind.

Es dauerte noch ein Weilchen, ehe ich mich endlich der Tatsache stellte, dass ich für meine Frau nur noch der Idiot war, der das Geld verdiente, welches sie mit ihren Freunden verjubelte. Freunde, das klingt so harmlos und nett. Ich weiß nicht, mit wie vielen Männern Carla mich betrogen hat. Vielleicht hätte ich mich mit einem Liebhaber auseinander setzen können, mir eingeredet, das könne jedem Menschen passieren, gegen Gefühle sei man machtlos. Aber der halbe Tennisclub, dazu noch drei, vier oder fünf aus dem Fitnesscenter, das war mir zu viel.

Lange Rede, kurzer Sinn: Als Geli sich entschied, beide Augen zuzudrücken, um einen Mann zu halten, der das Wort Treue nicht buchstabieren konnte, trug ich mich gerade mit dem Gedanken an Scheidung.

O-Ton – Angelika

Jetzt kommt die neue Zeit, die ist nicht lang und passt bestimmt noch auf die Kassette. Aber es war die schönste Zeit, die ich mit Bruno hatte, schöner als nach unserer Hochzeit, da gab es schon zu viele Probleme, um noch von ungetrübtem Glück sprechen zu können.

Ich dachte oft an Papa, nicht an sein Sterben, nur an die guten Jahre mit ihm, vor allem in den ersten Wochen nach unserer Aussprache. Das war es doch gewesen, eine Aussprache, auch wenn im Grunde nur Bruno gesprochen und ich ihm zugehört hatte. Aufmerksam zugehört, einen Entschluss gefasst und nicht einmal die Hälfte verstanden. Ich habe ihn nie wirklich verstanden, aber ich war glücklich mit ihm, zeitweise sehr glücklich, in den Wochen damals unendlich glücklich. Und ich wünschte mir oft, Papa könnte es sehen und sich darüber freuen.

Zwei- oder dreimal in der Woche war Bruno bei mir. Nicht unbedingt dienstags oder freitags. Diese festen Termine hatten ihn wohl häufig in Bedrängnis mit seinen Kunden gebracht. Unsere neue Regelung erlaubte ihm, freier zu disponieren. Auch an den Wochenenden waren wir fast regelmäßig zusammen. Seine Mutter besuchte er nur noch selten. Sie litt an Alzheimer in einem fortgeschrittenen Stadium.

«Ich sitze ihr gegenüber», sagte er einmal, «und sie kennt

mich nicht mehr. Manchmal fürchtet sie mich, weil sie nicht weiß, was ich von ihr will. Es ist deprimierend. Dann bin ich lieber bei dir. Ich weiß sie ja gut aufgehoben.»

Den Samstagvormittag verbrachte er zuerst noch mit seinem Kollegen. Es war tatsächlich ein junger Mann, Mario Siebert. Ich habe ihn später kennen gelernt. Eigentlich war Mario viel zu schüchtern und unsicher für diesen Beruf. Wie er auf die Idee gekommen war, ins Versicherungsgeschäft zu gehen, wusste er anscheinend selbst nicht. Bruno bemühte sich, ihm, wenn schon nicht Selbstbewusstsein und sicheres Auftreten, dann wenigstens ein paar Tricks beizubringen, die es vortäuschten.

Kurz nach Mittag kam er zu mir. Er probierte so lange mit dem richtigen Zeitpunkt herum, bis er herausgefunden hatte, wann Frau Ströbel garantiert aus dem Haus war. Er mochte sie sehr gerne, doch samstags störte sie ihn immer. Das hatte zur Folge, dass Frau Ströbel einen weiteren Tag freibekam, um sich von ihrem Pensionär daheim schikanieren zu lassen.

Dabei taten wir nichts, was sie nicht hätte sehen dürfen. Nachdem Bruno schon vormittags kam, machten wir manchmal noch ein paar Einkäufe. Nachmittags saßen wir meist nur beisammen; im Wohnzimmer, bei schönem Wetter auch auf der Terrasse. Ich redigierte Manuskripte. Manchmal las ich ihm etwas vor in der Hoffnung, ihn für eine bestimmte Textpassage begeistern zu können. Doch der Literatur konnte er nichts abgewinnen. Ich dachte immer, es müsse ihn langweilen, nur dazusitzen und mir zuzuschauen, wie ich mich mit bedrucktem Papier beschäftigte. Aber nein. «Ich kann dir stundenlang zuschauen, Angelique», sagte er einmal. «Wenn ich dich ansehe, bin ich vollauf zufrieden.»

Ich bemerkte gar nicht, wie sehr er mein Leben noch einmal veränderte. Die kleinen Alltäglichkeiten, die schnell selbstverständlich werden. Seine Hemden, Krawatten und Anzüge, die etwas Platz in meinem Schrank beanspruchten. Natürlich auch Socken und Unterwäsche, die er bei mir deponierte, damit er frische Sachen anziehen konnte, wenn er bei mir übernachtet hatte.

Das gemeinsame Frühstück danach, sich am Tisch gegenübersitzen, die Nacht noch im Blut. Verschlüsselte Botschaften, die niemand außer uns beiden deuten konnte. Das ganz bewusste Nach-der-Kaffeekanne-Greifen in dem Augenblick, wenn der andere danach griff, und einen sinnlichen Moment lang die Berührung. Die Zungenspitze, die einmal kurz über die Lippen strich, ein feierliches Versprechen auf die nächste gemeinsame Nacht.

Und nach solch einem Frühstück die Fahrt in die Stadt. Noch ganz weich neben ihm sitzen. Seine Hände auf dem Lenkrad betrachten, sein Profil und das Gefühl von Wärme dabei.

Die Samstage und Sonntage, an denen wir nur herumlungerten. An Frau Ströbels Stelle stand Bruno in der Küche, ich half ihm, so gut ich eben konnte, lernte, Salat zu putzen, aber meist saß oder stand ich nur da und schaute ihm zu.

Wir unterhielten uns, worüber weiß ich nicht mehr. Er sprach über Gewürze und Garzeiten, ich manchmal über meine Kindheit und Jugend als Speckschwarte, und manchmal über Papa, den Verlag und den Ärger mit Nettekoven, der sich Freiheiten und Entscheidungen herausnahm, ohne Rücksprache mit mir zu halten, als hätte ich mich schon ins Privatleben zurückgezogen.

Der leidige Vertrag mit Andy Goltsch war von Nettekoven statt von mir unterzeichnet worden. Als Verlagsleiter war er berechtigt, mich zu vertreten, so weit war das in Ordnung. Aber er hatte noch Änderungen vorgenommen und eine Klausel ersatzlos gestrichen. Davon erfuhr ich erst, als die Katastrophe nicht mehr abzuwenden war.

Ende November erschien Hans Werres vor meinem Schreibtisch und reichte mir wortlos ein paar Manuskriptseiten. Es waren genau fünf, auf denen Andy Goltsch sich über sein vermeintliches Intimleben ausgelassen hatte. Ausgetobt ist passender ausgedrückt. Das Vokabular war möglicherweise in der Pornoszene gebräuchlich. Doch bei manchen Ausdrücken wäre man vermutlich auch dort noch errötet. Mit einigen der peinlich genau erläuterten Praktiken verhielt es sich ebenso.

Ich las nur zwei Absätze, während Hans mit bemüht unbeteiligtem Gesicht zur Decke schaute und kurz erklärte: «Der Rest vom ersten Teil ist genauso.»

Seine Miene blieb auch unbeteiligt, als ich daraufhin meinte: «Er will unbedingt etwas beweisen. Aber nicht auf unsere Kosten. Das musst du gar nicht wieder mitnehmen. Ich werfe es gleich hier in den Papierkorb.»

Und dazu hatte ich kein Recht. Unser tüchtiger Verlagsleiter hatte, um den Star bei Laune zu halten, unser Recht auf Streichung unwahrer Sequenzen ersatzlos gestrichen. Für jede Änderung musste die Erlaubnis des Autors eingeholt werden. Darum hatte Hans sich schon bemüht, leider ohne Erfolg. Und was nun?

Da wusste Bruno auch keinen Rat. Er erkundigte sich nur hartnäckig nach den von mir beanstandeten Ausdrücken und gab nicht eher Ruhe, bis ich sie ihm aufgezählt hatte. Mit derselben unbewegten Miene, die Hans gezeigt hatte, hörte er sie sich an. Dann kam das erste Blinzeln, ein kaum wahrnehmbares Zucken der Mundwinkel, schließlich lachte Bruno lauthals.

«Arme Angelique, das ist ja entsetzlich, was man dir zumutet. Und du hast keine Chance, diesen Wüstling loszuwerden?»

Nein, hatte ich nicht.

Bruno lachte immer noch, er fand das wirklich witzig. «Hat es nicht vor Jahren geheißen, Goltsch sei schwul? Ich erinnere mich an ein Interview, in dem er sich zu rechtfertigen versuchte.»

«Er ist schwul», sagte ich. «Dafür lege ich beide Hände ins Feuer. Und er könnte es getrost zugeben. Inzwischen outen sich doch sogar Politiker. Aber er stand früher auf kleine Jungs, ob das heute noch so ist, weiß ich nicht. Er hat Angst um seine Karriere, wenn er es zugibt. Ich bestehe schon gar nicht mehr darauf, dass er das tut, er muss nicht mal seine Veranlagung einräumen. Von mir aus darf er das Gegenteil behaupten. Aber nicht auf eine so dreckige Art. Seit fast dreißig Jahren steht der Reuter-Verlag für Seriosität. Papa hat sich immer bemüht, an seinem Prinzip festzuhalten. Ich werde es ganz bestimmt nicht brechen. Wenn Andy so weitermacht, wird sein Buch eben nicht erscheinen.»

«Andy?», fragte Bruno. «Kennst du ihn so gut?»

«Seit fünfzehn Jahren», sagte ich. «Er war der erste Mann in meinem Schlafzimmer.»

«Ja, wenn das so ist», meinte Bruno grinsend. Dann wurde er ernst. «Kann er dich verklagen, wenn du das Buch nicht herausbringst?»

Können schon, obwohl in diesem vermaledeiten Vertrag kein Erscheinungstermin genannt war, jedenfalls nicht in Bezug auf das fertige Buch, nur auf drei Viertel des Vorschusshonorars. Ein schöner Batzen Geld für nichts. Dabei meldete der Buchhandel immer wieder vorab starkes Interesse an. Ich hätte Erich Nettekoven erwürgen können. Leider hätte mir das auch nicht geholfen.

Nettekoven rechtfertigte sich. Er war nicht halb so prüde, wie ich gedacht hatte, sprach von neuen Gegebenheiten des Marktes, dass eine gewisse Freizügigkeit dem Geschmack der Leserschaft entgegenkäme. Andere Stars schrieben genauso oder ließen so schreiben. Auch wenn man persönlich nicht mit allem einverstanden sei, gebe es da gewisse Verpflichtungen und so weiter. Doch als ich ihm das Manuskript zu lesen gab, wurde er kleinlauter.

Sex und Drogen auf den ersten fünf Seiten. Drogen und Sex auf den restlichen fünfundneunzig des ersten Teils. Der alte Roßmüller würde sein gesamtes Wissen und Können aufbieten müssen, um die Angelegenheit einigermaßen ins Lot zu biegen.

Der alte Roßmüller fühlte sich damit überfordert und jammerte, dass er zu Papas Lebzeiten niemals mit solch einer Situation konfrontiert worden sei. Es gab nur die Möglichkeit, im persönlichen Gespräch mit dem Sänger zu retten, was sich noch retten ließ.

Bruno war sehr am Fortgang der Angelegenheit interessiert, vor allem, als ich mich an Papas Beispiel orientierte und Andy Goltsch für ein Wochenende einlud. Das tat ich Mitte Dezember. Andy brachte seinen Freund mit, den Schlagzeuger seiner Band.

Am Sonntagnachmittag kam der alte Roßmüller dazu und bemühte sich, beiden Männern klar zu machen, dass eine Veröffentlichung in der vorliegenden Form strafrechtliche Konsequenzen zur Folge haben könnte. Einmal wegen der immer wieder erwähnten Drogen, mehr noch wegen der Mädchen, die der Gesetzgeber als minderjährig bezeichnete. Der Schlagzeuger war einsichtig. Ich hoffte, dass er Einfluss auf Andy Goltsch hatte.

An dem Wochenende war Bruno nicht bei mir. Aber gleich montags ließ er sich in allen Einzelheiten berichten. Was ich nicht auf Anhieb erzählte, erfragte er. Haben sie im Haus übernachtet? Natürlich, es gab genug Gästezimmer. Frau Ströbel war doch sicher auch hier? War sie, jedoch nicht über Nacht geblieben. Es klang, als quäle Bruno sich mit dem Gedanken, ich wäre nicht allein in meinem Zimmer gewesen oder nicht darin geblieben.

«Andy hatte seinen Freund dabei», erklärte ich.

Bruno zuckte mit den Achseln. «Manche Frauen träumen davon, von zwei Männern gleichzeitig verwöhnt zu werden.»

Aber doch nicht von zwei, die kein Interesse am anderen Geschlecht hatten. Ich glaubte, ihn inzwischen gut genug zu kennen, um den Unterton als Humor bezeichnen zu dürfen.

Er wollte mich aufziehen, doch danach war mir nicht bei diesem Thema.

«Wenn ich jemals das Bedürfnis nach zwei Männern gleichzeitig habe, sage ich dir früh genug Bescheid», erklärte ich. «Dann kannst du einen deiner Kunden herbestellen. Aber such mir einen aus, der genug zu bieten hat.»

Da lachte er, zog mich an sich. «Nicht immer gleich schimpfen, Angelique.» Er drückte das Gesicht in mein Haar und murmelte: «Würdest du es mir sagen, wenn du mich betrogen hättest?»

«Natürlich», antwortete ich. «Warum sollte ich nicht offen sein, du warst es doch auch. Vielleicht würde ich es dir nur erzählen, damit du einmal fühlst, wie das ist.»

Mit meinen Beinen stimmt etwas nicht. Sie fühlen sich so taub und geschwollen an wie meine Finger und die Füße. Im linken hat dieses Gefühl von Betäubung schon vor einer Weile angefangen. Ich wollte dafür nur nicht unterbrechen. Dabei sind weder meine Füße noch die Finger geschwollen, ich kann den Ehering problemlos abnehmen, komme auch ohne Schwierigkeiten aus den Sandalen und wieder rein.

Wahrscheinlich ist es die Hitze. Oder es sind Durchblutungsstörungen. Immerhin sitze ich jetzt schon fast zwei Stunden und schlage immer die Beine übereinander, wenn ich angespannt bin.

Bruno machte mich oft darauf aufmerksam, wenn es ihm auffiel. «Was beschäftigt dich denn wieder?», fragte er jedes Mal. Meist sagte er auch noch: «Du hast so hübsche Beine, Angelique. Willst du sie unbedingt durch Krampfadern verunstalten?»

Hübsche Beine, ja, das habe ich geschafft, sogar ohne Saugkanüle. Hübsche, schlanke Beine. Und jetzt fühlen sie sich an wie eingeschlafen. Bewegen kann ich sie, das ist kein Problem. Das linke bewegt sich sogar von allein, habe ich in den letzten Minuten mehrfach registriert. Der Fuß hat sich ein paarmal nach vorne geschoben, als wolle er zur Tür. Unheimlich, fast so, als ob mein linkes Bein ein Eigenleben führt und noch nicht weiß, dass wir nicht rauskönnen.

Das passt doch hervorragend für die Überleitung auf die nächste Achterbahnfahrt. Bruno führte ja auch ein Eigenleben, das ich nur registrierte, wenn sich in meiner unmittelbaren Nähe etwas tat, wie an dem Abend, als die Elfe anrief.

Das war Anfang Januar, letztes Jahr, nicht dieses. Wir hatten wundervolle Weihnachtstage und einen romantischen Jahreswechsel miteinander verbracht. Alles war in bester Ordnung. Bis zu dem Mittwochabend.

Kurz nach zehn klingelte das Telefon in der Halle. Ich ging hin. Es war schließlich mein Haus, und es war noch nie ein Anruf für Bruno gekommen. Außer seinem Kollegen Mario Siebert wusste niemand, wo man ihn erreichen konnte, wenn er bei mir war und sein Handy nicht eingeschaltet hatte.

Das machte er immer aus, damit er nicht gestört und ich nicht misstrauisch wurde. Hätte ja sein können, dass mal die eine oder andere bedürftige Schönheit zu einem unpassenden Zeitpunkt Verlangen nach Trost verspürte.

Ich nahm den Hörer ab, nannte meinen Namen. Dann hatte ich ihre Stimme im Ohr. Sie klang sanft und schüchtern, höflich wie ein wohlerzogenes junges Mädchen. «Entschuldigen Sie bitte die späte Störung. Man hat mir gesagt, Herr Lehmann wäre im Notfall unter dieser Nummer zu erreichen. Kann ich ihn bitte sprechen? Es ist sehr dringend.»

Ich will nicht behaupten, ich wäre auf Anhieb misstrauisch und rasend eifersüchtig geworden. Zuerst dachte ich, es müsse beruflich sein. Man hat mir gesagt. Man konnte eigentlich nur Mario Siebert sein. Aber was zum Teufel war im Versicherungsgeschäft so dringend, dass man einen Vertreter abends um zehn, noch dazu unter einer Telefonnummer, die nicht seine war, damit behelligen musste?

Dann dachte ich, es sei etwas mit Brunos Mutter. Ihr Zustand hatte sich in den letzten Wochen verschlechtert, das hatte er mir erzählt. Da war es nicht abwegig anzunehmen, er hätte meine Privatnummer für Notfälle in dem Heim angegeben, ohne mir etwas davon zu sagen. Aber eine Pflegerin hätte sich mit ihrem Namen gemeldet.

Ich konnte ziemlich schnell eins und eins zusammenzählen. Dass sie ihren Namen nicht genannt hatte, störte mich. Wie eine diskrete Hausangestellte es in solch einem Fall wohl formuliert hätte, fragte ich: «Wen darf ich melden?»

«Elfgen», flüsterte sie.

Es war wirklich nur ein Flüstern, nicht mehr als ein Windhauch und nur dieses eine Wort. Elfgen! Aber ich nenne sie nicht nur wegen ihres Namens die Elfe, auch wegen ihres Aussehens.

Zu Bruno sagte ich nur: «Für dich.»

Was ihn erstaunte, er hatte kaum einen Anruf erwartet. In dem Fall hätte er wohl auch sein Handy empfangsbereit gehalten.

Neben ihm in der Halle bleiben erschien mir zu aufdringlich. Zurück ins Wohnzimmer gehen mochte ich auch nicht. Ich blieb bei der Tür stehen. Es war ein zwiespältiges Gefühl, ihm zuzuschauen. Zuerst die Überraschung, durchaus freudig, schien mir, obwohl er sich Mühe gab, sachlich zu bleiben.

«Ach, du bist es», sagte er, lächelte verlegen zu mir herüber, während er ihr zuhörte. Sein Lächeln erstarb schnell. Er zuckte zusammen, als hätte ihn jemand geschlagen, wurde sogar bleich. Nachdem er etwa eine Minute lang gelauscht hatte, sagte er: «Du Arme. Wie konnte er nur? Vor deinen Augen.»

Dann schwieg er wieder sekundenlang, sprach etwas heftiger weiter: «Nein! Nein, sei ganz ruhig. Es war nicht alles umsonst. Lass alles, wie es ist. Nichts anrühren, ich komme sofort.»

Nachdem er aufgelegt hatte, sagte er: «Es tut mir Leid, Angelique, ich muss noch einmal weg. Ein Notfall.»

«Bist du Arzt?», fragte ich. «Oder Polizist? Es klang danach. Nichts anrühren.»

Nein, er war nur ein Versicherungsvertreter mit Verantwortungsgefühl gegenüber seiner Kundschaft. Er hatte, wie er mir erzählte, Herrn Elfgen vor sechs Jahren eine Lebensversicherung verkauft über eine ziemlich hohe Summe. Entsprechend waren die monatlichen Prämien gewesen. Die waren gezahlt worden, jeden Monat. Um diese Prämien aufzubringen, hatte Frau Elfgen vor zwei Jahren sogar eine Arbeit aufnehmen müssen, weil ihr Mann erkrankte und arbeitsunfähig wurde.

Jetzt war Herr Elfgen tot, nachdem er seiner Frau am frühen Nachmittag angekündigt hatte: «Ich halte das nicht länger aus, ich mache Schluss.» Anschließend hatte er irgendein weißes Pulver aus einem Giftschrank geholt, ein paar Löffel davon in Milch verrührt und getrunken. Herr Elfgen war von Beruf Biochemiker gewesen, kannte sich aus mit Giften. Und die Lebensversicherung schloss eine Leistung bei Selbsttötung aus.

Nichts anrühren!

Es wird Zeit für eine neue Kassette. Hätte ich nicht gedacht, dass ich die Elfe noch mit auf das Band packen kann.

Aber das Auto habe ich vergessen. Bruno musste sich doch ein neues kaufen, nachdem ich mit Papas Wagen in den blauen Japaner gedonnert war. Den grauen Ford hatte er sich von seinem Kollegen geliehen. Und für ein neues Auto hat er einen Kredit aufgenommen. Von mir wollte er zu diesem Zeitpunkt noch kein Geld.

Papas Kaskoversicherung ersetzte ihm nur den Zeitwert, zweieinhalbtausend, was noch kulant sei, wie er selbst meinte. Mit der Summe kam er nicht weit, weil er sich verbessern wollte. Fünfundzwanzigtausend hat er sich bei der Bank geliehen und sich eine etwas noblere Karosse mit Luxusausstattung und einigem technischen Schnickschnack gegönnt, Navigationssystem, beheizbare Ledersitze, elektrisches Schiebedach und Klimaanlage, die ich jetzt gut gebrauchen ...

Anmerkung   Schon am Ende der fünften Kassette war außer ihrer Stimme ein Geräusch zu hören, als fächle sie sich mit einem Stück Pappe Kühlung zu. Dieses regelmäßige Flattern setzte sich im Verlauf der folgenden Stunde fort, hinzu kam häufiges Pusten.

Trotzdem sprach sie auch auf dieser Kassette lange Passagen flüssig und fortlaufend. Abgesehen von einer kurzen Bemerkung über ihren Kopf, die sie beiläufig einflocht, gab sie erst kurz vor dem Bandende weitere Hinweise auf ihre körperliche Verfassung, die sich im Verlauf dieser Stunde erheblich verschlechtert haben muss.

O-Ton – Angelika

... dass dieser Traum nicht vergebens, weiß ich ...

Okay, da ist schon die Fünf. Ich habe auch neue Batterien eingelegt, damit das blöde Ding nicht noch einmal hängen bleibt. Es geht weiter mit der Elfe.

Bruno machte sich an dem Abend sofort auf den Weg, erklärte noch einmal, wie Leid es ihm täte, bat mich, nicht böse zu sein. Küsste mich zum Abschied und zog die Tür hinter sich zu mit dem Versprechen, zurückzukommen, falls es nicht zu spät würde.

Für mich wurde es ein grässlicher Abend. Bis um eins wartete ich auf ihn. Als ich endlich ins Bett ging, war ich mir meiner Sache sicher. Andere hätten das vermutlich in Sekundenbruchteilen kombiniert. Brunos: «Du Arme.» Und sein Geständnis nach unserem Urlaub. Nur zwei andere Frauen, seit wir uns kannten, eine Kollegin und eine Kundin, deren Mann schwer erkrankt war, die sich einsam gefühlt, ein wenig Zärtlichkeit gebraucht hatte. Ich glaubte nun zu wissen, wie die Kundin hieß und wie ihre Stimme klang. Und es ist ein großer Unterschied, ob man sich nur mit Hirngespinsten beschäftigt oder ob das Kind plötzlich reden kann. Mit der

sanften, jungen Stimme im Ohr hörte ich sie noch ganz andere Dinge sagen als immer nur: «Elfgen.»

Ihren Vornamen sah ich später in Brunos Unterlagen. Nora.
Wie lange er in der Nacht bei ihr geblieben ist, weiß ich bis
heute nicht. Ich mochte ihn nie danach fragen, dachte immer,
sie hätten in der Nacht etwas Besseres zu tun gehabt, als gemeinsam ins Bett zu steigen. Medikamente einsammeln, wie
unser Hausarzt es nach Papas Tod getan hatte. Im Falle des
verstorbenen Biochemikers hieß das: Die Bude auf den Kopf
stellen oder den Giftschrank ausräumen und die restlichen
Vorräte des ominösen Pulvers beiseite schaffen.

Als Bruno mich freitags vom Verlag abholte, hatte er ein
Glas mit einem Schraubverschluss bei sich, etwa die Größe, in
der Konfitüre angeboten wird. Es steckte in einem durchsich-
tigen Plastikbeutel und war gut zur Hälfte gefüllt mit einer
Art Puderzucker, sah völlig harmlos aus.

Wir gingen essen, danach war er noch verabredet. Aber das
würde nicht lange dauern, meinte er.

«So wie am Mittwoch?», fragte ich.

Er griff nach meiner Hand, zog sie an die Lippen. «Angelique, es war ein Trauerfall, noch dazu einer unter hässlichen
Umständen. Frau Elfgen war völlig kopflos und nicht einmal
in der Lage, einen Arzt zu rufen.»

Aber ihn hatte sie anrufen können und vorher wohl auch
Mario Siebert, da musste sie ihren Kopf doch noch einigermaßen beisammengehabt haben.

Nun wollte er zu einem Mann, der ein privates Labor betrieb, hauptsächlich, um Vaterschaften festzustellen oder zu
widerlegen. Er könne auch Chemikalien analysieren, meinte
Bruno. Dass es sich bei dem weißen Pulver um ein bekanntes
Gift wie Arsen oder Zyankali handelte, schloss er aus. Die Wirkungsweise dieser Gifte vereinbarte sich anscheinend nicht
mit den Todesumständen von Herrn Elfgen, die die trauernde
Witwe ihm offenbar sehr detailliert geschildert hatte.

«Vielleicht ist das Pulver völlig harmlos», sagte er und vermutete, der verstorbene Biochemiker habe seiner armen Frau mit der Ankündigung nur ein Schuldbewusstsein einimpfen wollen und ein paar Löffel Puderzucker in seine Milch gerührt.

«Möglich», sagte ich. «Es sind ja schon viele Leute an Puderzucker gestorben.»

Darauf ging er nicht ein. «Er war sehr krank, Angelique, ein Hirntumor, inoperabel. Wer weiß denn, was in so einem Menschen vorgeht? Seine Persönlichkeit hatte sich verändert, hinzu kamen starke Schmerzen, sagte seine Frau. Ich habe ihn in letzter Zeit nicht mehr gesehen. Ihm standen zwar Medikamente zur Verfügung, aber er behauptete, sie helfen ihm nicht. Vielleicht hat er gespürt, dass in seinem Kopf etwas geschah. Es könnte sein, dass ein großes Blutgefäß geplatzt ist. Das halte ich für wahrscheinlich. Ich glaube nicht, dass es wirklich ein Selbstmord war. In dem Fall hätte er auch eine Überdosis seiner Medikamente einnehmen können. Warum trifft er Vorsorge für seine Frau und macht alles zunichte, indem er sich umbringt? Das ist doch ein Widerspruch.»

Fand ich nicht. Wenn Herr Elfgen dahinter gekommen war, dass seine Frau sich mit einem Versicherungsvertreter über den bevorstehenden Verlust hinweggetröstet hatte, mochte er gedacht haben, dafür müsse man sie nicht auch noch mit einer hohen Summe belohnen. Sie hätte ja warten können, bis er unter der Erde wäre.

Wie auch immer, Bruno wollte es genau wissen und das Glas schnell ins Labor bringen.

«Es dauert nicht länger als eine halbe Stunde», sagte er.

Da hätte er mich auch mitnehmen können. Auf die Idee kam er nicht, vielleicht gefiel ihm meine Laune nicht. Er fuhr mich nach Hause. Ehe ich ausstieg, meinte er lächelnd: «Nutz die Zeit für ein paar schöne Gedanken, Angelique. Ich bin gleich bei dir.»

Na ja, gleich nicht, aber es dauerte auch nicht die halbe Nacht.

Ein paar Tage später hatte er ein Schreiben von einem privaten Labor bei sich. Ich durfte es auch lesen, damit ich mich endgültig beruhigte. Zwei Seiten in einem Kuvert waren es. Eine Tabelle, am Computer erstellt, mit den darin enthaltenen Angaben konnte ich nicht viel anfangen. Milligramm Substanz, Gramm Körpergewicht, Stunden und etliche Kürzel, die mir nichts sagten.

Das Schriftbild sehe ich noch vor mir. Der Laborbetreiber war entweder ein großes Kind, oder er hatte sich gerade einen neuen Drucker angeschafft und wollte feststellen, mit welcher Schrift er fortan den besten Eindruck machte. Für offizielle Berichte konnte er das kaum, aber bei einer Gefälligkeit für einen Bekannten hatte er Buchstaben gewählt, die dem Bericht jede Schärfe nahmen. Selbst das Endresultat wirkte verspielt. «Letale Wirkung: hundert Prozent.» Mit anderen Worten, der vermeintliche Puderzucker war in jedem Fall tödlich.

Das zweite Blatt war ein ausführlicher Begleitbrief. An die Anfangssätze erinnere ich mich genau. «Lieber Bruno, wo hast du das Teufelszeug aufgetrieben? Pflegst du neuerdings Kontakte zum Mossad oder der CIA? Den Jungs ist so etwas zuzutrauen. Sie können es einfach nicht lassen, dem lieben Gott kräftig ins Handwerk zu pfuschen. Ich schätze, dass man mit einem Kilo schön langsam die komplette Population einer Großstadt ausrotten oder breite Landstriche entvölkern könnte.»

Auch den restlichen Wortlaut habe ich noch gut im Kopf. Wie Bruno vermutet hatte, war es kein bekanntes Gift. Bei dem weißen Pulver handle es sich um eine an sich harmlose Mischung auf der Basis von Stärke und Eiweiß, die wohl eine Trägersubstanz oder einen Nährboden für «was auch immer» darstelle, meinte der Laborbetreiber.

Was auch immer hatte er nicht entdeckt, weil sein Labor nicht mit einem Elektronenmikroskop ausgestattet war. Es müsse etwas Biologisches sein, vermutete er. Bakterien, Viren oder Retroviren, möglicherweise Prionen, die als Auslöser von BSE und Creutzfeldt-Jakob unter Verdacht stünden.

Dann kam er zur Wirkungsweise. Er hatte für den Zweck eigens eine Tierhandlung bereichert, zwei Dutzend weiße Mäuse gekauft und die armen Tierchen mit unterschiedlich hohen Dosen malätriert. Egal, auf welche Weise was auch immer verabreicht worden war, die Mäuse waren alle gestorben. Woran genau, wusste er nicht. Herzstillstand, Atemlähmung oder Kreislaufversagen, und vorher sei es zu ganz unterschiedlichen Reaktionen gekommen, schrieb er.

Was auch immer habe zweifellos Auswirkungen auf das zentrale Nervensystem, wahrscheinlich auch auf Zellmembranen. Bei extrem niedriger Dosierung seien die Versuchsobjekte erst einmal in keiner Weise beeinträchtigt gewesen. Bei zwei Mäusen sei es erst vierundzwanzig beziehungsweise sechsunddreißig Stunden nach der Eingabe vor dem Exitus zu Ausfallerscheinungen gekommen, obwohl er gerade diese beiden Tierchen nicht mit dem Zeug gefüttert hatte. Einer war intravenös, der anderen intramuskulär eine stark verdünnte Lösung verabreicht worden.

Auch ab zwei Milligramm, für eine Maus war das wohl eine extrem hohe Dosis, seien die Testobjekte noch bis zu acht Stunden aktiv gewesen, vor allem sexuell, Männlein und Weiblein gleichermaßen, wie unter dem Einfluss eines starken Aphrodisiakums. Danach seien sie ohne besondere Vorzeichen in Tiefschlaf verfallen, der nahtlos in den Tod übergegangen sei, schrieb er. Als biologischer Kampfstoff sei das Pulver bestens geeignet, weil erst einmal kein Mensch Verdacht schöpfen würde. Wenn man nur hier und da ein Stäubchen verteile, könne sich das Sterben über Monate hinziehen.

Bruno war entsetzt, hoffte jedoch erst einmal, dass bei einem Krebskranken niemand großes Aufheben um den Tod machen würde. Doch genau das geschah. Wegen der enorm hohen Summe und weil der Biochemiker nicht nur seine Frau vorgewarnt, sondern auch noch einen ehemaligen Arbeitskollegen angerufen hatte, der es prompt an die Polizei weitergab, bestand die Versicherungsgesellschaft auf einer gerichtsmedizinischen Untersuchung.

«Sie werden garantiert feststellen, dass es kein natürlicher Tod war», meinte Bruno, als er davon erfuhr.

Das taten sie auch. Ob ein Polizeilabor herausfand, was für ein Gewusel sich in der Trägersubstanz oder auf dem Nährboden versteckte oder ob sie sich am früheren Arbeitsplatz von Herrn Elfgen erkundigt haben, weiß ich nicht. Sie erbrachten jedenfalls den Suizid-Nachweis.

Bruno sagte zwei oder drei Wochen später nur: «Es war wirklich alles umsonst.»

«Wie viel Geld hätte die Gesellschaft der Frau denn zahlen müssen?», fragte ich.

Er antwortete nicht gleich, schien mit seinen Gedanken weit weg. Ich dachte schon, er hätte meine Frage gar nicht gehört, als er den Kopf hob, mich mit einem geistesabwesenden Blick anschaute und erklärte. «Die Police wurde damals auf eine halbe Million Mark abgeschlossen.»

Bis dahin hatten wir noch nie offen über mein Einkommen oder mein Vermögen gesprochen. Aber dass ich zu Beginn unserer Beziehung mindestens eine halbe Million Mark besessen hatte, wusste Bruno. Schließlich hatte er den Antrag auf Auszahlung für mich ausgefüllt. Und wenig später hatte er gesagt: «Ich will nicht dein Geld, Angelique, ich will deine Nähe. Ich will dich. Auch wenn du das nicht glauben kannst.» Ich hatte es geglaubt all die Monate.

Nachdem Bruno erfahren hatte, dass Nora Elfgen von der Versicherung keinen Cent bekäme, gingen wir am Sonntagabend ins Theater. Auf der Heimfahrt fragte er plötzlich: «Angelique, würdest du mir Geld leihen?»

Einen Moment lang fühlte ich mich ganz lahm im Innern. Meine Stimme zitterte, als ich antwortete: «Natürlich.»

«Auch eine größere Summe?»

Eine halbe Million, dachte ich und sagte: «Das kommt darauf an, was du unter einer größeren Summe verstehst.»

«Zehntausend», sagte er.

Das ging ja noch. «Brauchst du Bargeld oder tut es auch ein Scheck?», fragte ich. Bei einem Scheck hätte ich feststellen können, wo mein Geld landete.

Er hörte meiner Stimme an, was in mir vorging. «Jetzt habe ich dich schockiert», stellte er fest. «Du hast nicht erwartet, dass ich dich doch einmal um Geld bitte.»

Ich wollte in dem Augenblick nicht darüber nachdenken, was ich erwartet hatte. Nicht nachdenken über den Verdacht, der sich mir unweigerlich aufdrängte. Nora Elfgen, deren Stimme nach einem Windhauch klang, die sich von Zeit zu Zeit mit einem Versicherungsvertreter über die Sorge um ihren schwer kranken Mann hinweggetröstet hatte. Nora Elfgen, die jetzt Witwe war. Und pleite.

Aber zehntausend waren für mich nicht die Welt. Es gab Angenehmeres, als darüber nachzudenken. Bruno war bei mir, blieb über Nacht. Morgens saßen wir uns am Frühstückstisch gegenüber. Er sagte mir, dass er mich liebte. Und ich glaubte ihm wieder einmal.

Es gab doch Beweise für seine Liebe. Er war sehr besorgt um mich. Da ich unmittelbar nach Nora Elfgens Anruf erneut zu fasten begonnen hatte und er mir meine Hungerkur diesmal nicht ausreden konnte, arbeitete er mit Frau Ströbel einen Diätplan aus. Viel frisches Obst und Gemüse, mageres Geflügelfleisch und dergleichen. Frau Ströbel gab sich Mühe, seine Anweisungen bis auf das letzte Gramm zu befolgen.

Auf die Waage durfte ich nur noch einmal in der Woche. Bruno notierte, wie es mit den Pfunden abwärts ging. Damit die Haut die Strapaze unbeschadet überstand, verordnete er mir Massagen, es gab spezielle Cremes und Bürsten, darüber hinaus gymnastische Übungen zur Straffung des Gewebes.

Ich musste mich in einem Fitnesscenter anmelden und auch regelmäßig hingehen. Zusätzlich musste ich mindestens einmal die Woche schwimmen und jeden Morgen oder Abend eine halbe Stunde joggen.

Das sah zu Anfang wahrscheinlich lächerlich aus, machte jedoch bald Spaß, ließ zusätzlich die Pfunde purzeln und kurbelte auch noch eine bestimmte Hormonproduktion an, die glücklich machte. Habe ich mal gelesen, manchmal habe ich die Hormone auch gespürt.

Dann gab es noch diverse Mittelchen, um die Fingernägel zu festigen und das Haar zu kräftigen. Bruno kannte sich aus mit solchen Dingen. Und warum sollte er das alles für mich tun, wenn nicht aus Liebe? Wo er doch gar nicht wollte, dass ich schöner wurde und andere Männer zu gewissen Blicken verleitete.

Ich konnte es mir zwar nicht vorstellen, aber er war tatsächlich eifersüchtig. Nicht auf einen schwulen Sänger und dessen Schlagzeuger. Mich nach dem Wochenende mit Andy Goltsch auszufragen und aufzuziehen war nur ein Scherz gewesen. Bei Hans Werres sah die Sache anders aus.

Es muss zwei Wochen nach dem Theaterbesuch gewesen sein. Genau kann ich mich nicht an den Tag erinnern. Es kam in kurzer Zeit so viel zusammen, da muss ich aufpassen, dass ich nichts Wichtiges vergesse so wie das neue Auto. Im Moment habe ich außerdem das Gefühl, ich hätte gar keinen Kopf mehr auf den Schultern, sondern einen Schwamm. In den porösen Gängen verliert sich leicht etwas. Es war jedenfalls noch Anfang Februar, ein lausig kalter Tag.

Nachmittags hatten wir in einer stundenlangen Konferenz über die Autobiographie von Andy Goltsch diskutiert, mehr noch über die Folgen, die sie für den Reuter-Verlag haben konnte.

Das Manuskript war druckreif und hatte Format bekommen. Wenn es auch nicht den Inhalt hatte, den ich gerne gesehen hätte, war es ausgezeichnet geworden. Das war allein das Verdienst von Hans. Der Ärmste hatte viel Mühe damit gehabt. Und das zumindest hatte ich an dem Wochenende mit Andy und seinem Schlagzeuger erreicht, dass Hans ein paar Änderungen am Text vornehmen durfte. Ein paar Änderungen!

Etwas Koks, ein paar hübsche junge Mädchen, das gehörte wohl dazu. Der Rest war gestrichen und von Hans durch mühsam zusammengetragene Fakten über den ersten Aufstieg und Niedergang des Sängers ersetzt worden.

Noch im Dezember des Vorjahres hatte Hans sich drei volle Tage lang mit Andy Goltsch regelrecht eingeschlossen, ein Bandgerät auf dem Tisch. Ungefähr so wie ich. Dann man los, Junge, erzähl mir, was du sagen willst. Im Januar hatte dann Hans geschrieben. Ich hoffe, er tut es auch für mich.

Diese Vorgehensweise hatte den Vorteil, dass wir uns die Lektoratsarbeit sparen und etwas schneller in Druck gehen konnten. Andy Goltsch war nicht hellauf begeistert vom Ergebnis, meckerte fast an jedem Satz herum. Doch er gab sein Einverständnis zum Start, ihm ging es in erster Linie darum, die letzten beiden Raten des Vorschusshonorars zu bekommen.

Niemand im Verlag rechnete ernsthaft damit, dass wir dieses Geld je wieder hereinholen, geschweige denn einen Gewinn erzielen könnten. Nur Andy träumte von weiteren Zahlungen, war überzeugt, dass sein Leben der Knüller wurde.

Wir hofften inständig, im März ausliefern zu können, und wussten im Grunde, dass es zu spät war. Das Buch hätte vor Monaten auf den Markt kommen müssen, als noch mindestens dreimal wöchentlich ein Skandälchen durch die Presse gegangen war. So groß war unser Werbeetat nicht, dass wir damit allein für reißenden Absatz sorgen konnten.

Es war verdammt still geworden um Andy Goltsch. Ab und zu eine Randnotiz in den Klatschspalten. Man sah ihn jetzt häufig in Begleitung eines Mannequins. Das war auch schon alles, worüber sich zu berichten lohnte. Seine Konzerte wurden teilweise von den Veranstaltern wieder abgesagt, weil der Kartenvorverkauf zeigte, dass Andy vor leeren Rängen mit den Hüften wackeln müsste. Seine neue CD hatte sich als Flop erwiesen. Die rockigen Töne passten eben nicht zu ihm.

Hans hatte nach der stundenlangen Debatte über die schnellste Herstellungsmethode und die auch danach zwingend notwendige Wartezeit, die Bücher nun einmal zum Trocknen brauchen, eigens in der Halle auf mich gewartet, um noch kurz allein mit mir zu sprechen. Ich weiß beim besten Willen nicht mehr, worüber, wahrscheinlich über einen jungen Autor. Es war ihm sehr wichtig. Als wir die Tür erreichten, hielt er sie auf und ließ mich vorangehen, sprach jedoch noch, so dass ich stehen blieb und ihm zuhörte. Und Bruno schaute vom Wagen aus zu, wie Hans mir eine Hand auf den Arm legte.

Das war völlig harmlos. Doch Bruno sah das offenbar anders, vielleicht weil ich ein bisschen anders war, seit ich ihm den ersten Scheck gegeben hatte. Als ich einstieg, hörte ich statt der sonst üblichen Begrüßung ein misstrauisches: «Wer war das, Angelique? Was wollte er von dir?»

Ich erklärte es ihm, ohne das freundschaftliche Verhältnis zu betonen. Nur ein Angestellter, ein rein geschäftliches Gespräch, eine Geste ohne Bedeutung. Zufrieden war Bruno nicht. Während der Fahrt war er schweigsam, keine der sonst üblichen Fragen, wie mein Tag gewesen sei.

Dann saßen wir am Esstisch. Bruno schwieg immer noch, kaute mit verdrossener Miene auf einem butterzarten Forellenfilet herum. Frau Ströbel verließ das Haus. Wir räumten den Tisch ab. Bruno machte sich daran, noch einen Kaffee aufzubrühen. Inzwischen hatte sein Gesicht den Ausdruck von Weltuntergang.

«Was ist los?», fragte ich. «Hast du Ärger gehabt?»

Ein Kopfschütteln, noch zwei Sekunden Schweigen, dann

die Gegenfrage: «Hast du oft mit diesem Werres zu tun?» Seine Stimme klang genauso düster, wie sein Gesicht wirkte.

«Täglich», sagte ich. «Ich habe es dir doch eben erklärt. Er arbeitet für mich. Ich habe auch mit anderen oft zu tun, sogar mit Leuten, die nicht für mich arbeiten. Und die küsse ich zur Begrüßung oder zum Abschied auf beide Wangen. Das ist in meiner Branche so üblich. Frage ich dich, wen du heute geküsst hast?»

Da lachte er. «Nein, aber du hast versprochen, nicht zu fragen.»

Es gab mir einen Stich, der tüchtig am Schorf kratzte.

Die beiden Kaffeetassen in der Hand balancierend, ging Bruno ins Wohnzimmer. Ich folgte ihm. Er drehte den Kopf über die Schulter zu mir und lachte erneut. «Jetzt hast du wieder deinen gefährlichen Blick, Angelique. Willst du meinen Terminkalender sehen?»

Bevor ich darauf antworten konnte, stellte er die Tassen auf dem Tisch ab, schlug sich leicht mit der Hand gegen die Stirn. «Ach, ist das ärgerlich. Ich habe ihn in der Agentur liegen lassen.»

Ich ging mit den Fäusten auf ihn los, konnte ebenfalls lachen und so tun, als sei es nur eine scherzhafte Balgerei. «Du Schuft, dann wirst du jetzt aus dem Gedächtnis gestehen, wo du heute schon Kaffee getrunken hast.»

Ich wusste es eigentlich immer. Nein, das stimmt nicht ganz, ich vermutete es oft. Und seit ich Nora Elfgens Stimme gehört hatte, vermutete ich es häufiger. Sie tickte mir immerzu im Kopf wie eine Zeitbombe. Er war auch so leicht zu durchschauen. Nicht in der ersten Zeit, erst nachdem er bei mir eingezogen war. An manchen Abenden, vor allem nach den späten Terminen, war er anders, weicher, drängender, zärtlicher, leidenschaftlicher, von allem ein wenig mehr als sonst. Als ob er sich selbst etwas beweisen müsse. Vielleicht hatte er ein schlechtes Gewissen.

So wie der kleine Junge, dem strikt untersagt worden war, am Flussufer zu spielen. Weil es gefährlich war, weil er abrutschen und von den Fluten mitgerissen werden konnte. Der kleine Junge kannte die Gefahr nicht. Seine Mutter hatte ihm nur erklärt, er habe am Fluss nichts zu suchen, und wenn er trotz ihres Verbots hinginge, habe sie ihn nicht mehr lieb. Trotzdem ging er ab und zu hin. Er stand tausend Ängste aus, die Liebe seiner Mutter zu verlieren, aber der Reiz war einfach stärker.

Ungefähr so muss Bruno es empfunden haben. Sein Flussufer konnte jede Frau sein, die ihm auf der Straße begegnete, erst recht jede, mit der er geschäftlich zu tun hatte. Jedes Mal, wenn er mich morgens verließ, sah ich ihn von einer Flut mitgerissen und fortgespült. Aber ich konnte damit umgehen. Es waren so viele, das machte sie harmlos. Er tauchte ja immer wieder auf aus der Flut, war wohl ein guter Schwimmer. Und ich wollte nicht nachdenken über die Zeitbombe in meinem Kopf, eine junge Witwe, die jetzt vielleicht noch mehr Trost und menschliche Nähe brauchte als vorher.

Es war schön, abends neben ihm im Bett zu liegen und über die Risiken im Verlagsgeschäft jammern zu dürfen. Dass mich Andy Goltschs Autobiographie Kopf und Kragen und ein Vermögen kosten konnte. Dann verschloss er mir den Mund, ließ seine Hände kreisen und flüsterte: «Denk nicht daran, Angelique. Selbst wenn du alles verlierst, hast du immer noch mich und ein Haus in Spanien. Da brauchen wir nicht viel zum Leben.»

In solchen Stunden konnte ich wirklich alles vergessen. Andy Goltsch, meine restlichen Fettpolster. Beine, Hüften, Bauch und Hintern waren schon ganz ansehnlich, aber die Brüste wollten nicht mitziehen. Nora Elfgen und alle bedürftigen Mannequins dieser Erde. In solchen Stunden gehörte er mir allein.

Mein Bruno.

So habe ich ihn oft genannt. Beide Hände um sein Gesicht gelegt, den Blick verschwommen von den Tränen, die mir die Lust in die Augen getrieben hatte. Noch geschüttelt von den Schluchzern der Erlösung. Mein Bruno. Und jetzt habe ich das Gefühl, ich rede über ihn wie über ein Möbelstück, nicht mal über ein besonders wertvolles. Nur weil er seit Stunden auf dem Bett liegt und keinen Ton von sich gibt.

Was ist das, Selbstschutz? Möbel haben keine Seele, die sich beschwert, einen beschimpft oder belauert. Er könnte hinter mir stehen, mit einer Hand auf meiner Schulter auf mich einreden, wie ich es Papa wochenlang unterstellte. «Was hast du dir dabei gedacht, Angelique? Das war mein Leben, und du hattest mir doch versprochen, dich um Verständnis zu bemühen.»

Ich würde ihn nicht fühlen und nicht hören. Aber vielleicht ist seine Seele auch längst abgehauen und umschwirrt jetzt eine Bedürftige wie ein guter Schutzengel. Die Vorstellung gefällt mir entschieden besser als alles andere.

Ich weiß nicht wirklich, was in seinem Kopf vorgegangen ist in den letzten Tagen. Aber was wusste ich denn je von ihm? Seine Größe kenne ich und sein Gewicht. Ich weiß, dass er ein Dummkopf war, der Literatur für Zeitverschwendung hielt. Und nicht zu vergessen auch für eine Geldverschwendung. Ich weiß, wie viele Anzüge von ihm daheim im Schrank hängen und wie viele Paar Schuhe er besaß. Ich weiß, dass er seine erste Frau so sehr geliebt hat, dass er sich zweimal umbringen oder ihr mit den halbherzigen Versuchen zumindest ein Schuldbewusstsein einimpfen wollte, als sie ihr Herz für einen erheblich älteren Gartenzwerg mit Kommandoton entdeckte.

Ich vermute, dass er mich mit unzähligen Frauen betrogen hat, bin ziemlich sicher, dass ihm nicht eine davon mehr bedeutete als ein guter Kaffee am Nachmittag. Ich weiß, dass er einen treffsicheren Geschmack hatte, wenn es um Kleidung und dezenten Schmuck ging, und dass er selbst keinen

Schmuck tragen mochte, nur die Armbanduhr und später den Ehering. Und ich vermute, dass er den vom Finger zog, wenn er aus dem Haus ging. Wenn er zurückkam, steckte er ihn wohl wieder an.

Gesehen habe ich das nie. Aber an seinem Finger fehlen die Kanten. Bei mir hat sich über und unter dem Ehering jeweils eine Kante gebildet. Dazwischen ist die Haut weicher, sie glänzt auch ein wenig. Indiz nennt man das, es ist ein Mittelding zwischen Vermutung und Beweis.

Als wir noch nicht zusammenlebten, wachte ich manchmal mitten in der Nacht auf, dann lag er neben mir. Ich hörte seinen gleichmäßigen Atem und kroch so dicht an ihn heran, dass er im Schlaf den Arm um mich legte. Dann fühlte ich mich sicher und so stark, dass ich mich selbst dreimal um das Haus herum und die Treppe zum Schlafzimmer hinauf hätte tragen können.

Und manchmal erwachte ich und lag allein im Bett. Dann zwang ich mich, zuerst an Papa zu denken. An das Vermögen, das meine Mutter mir hinterlassen hatte, an das Reservedepot und daran, dass ich mit einem geschickten Werbefeldzug nicht nur das verdammte Buch loswerden, sondern eventuell Andy Goltsch zu einem Auferstehen aus der Asche der zweiten Vergessenheit verhelfen konnte.

Erst wenn ich so weit gekommen war, gestattete ich mir, an das graue Mietshaus zu denken, an die kleine Wohnung, die Bruno zu armselig erschien, um sie mir einmal zu zeigen. Von der ich nur wusste, dass sein junger Kollege Mario Siebert jetzt auf der Couch im Wohnzimmer schlief. Und Bruno lag im Nebenraum und schlief ebenfalls. Das wollte ich glauben, daran hielt ich mich fest.

Manchmal fand ich es selbst merkwürdig, fast lächerlich, dass es mir immer um die Nächte ging. Er hatte tagsüber genügend Gelegenheit, Kaffee zu trinken. Aber tagsüber, wenn es denn überhaupt tagsüber noch passierte, das war Spielerei oder das Pflichtgefühl eines Mannes, der sich berufen fühlte, den unglücklichen Teil der weiblichen Bevölkerung ein wenig aufzurichten. Deshalb war ich so erleichtert, als er bei mir einzog.

Das war auch noch letztes Jahr im Februar, nur wenige Tage nachdem er mich mit Hans gesehen und so merkwürdig reagiert hatte. Plötzlich fand er, es sei jetzt Zeit, um zu testen, ob unsere Beziehung sich in einem gemeinsamen Alltag bewährte. Aus heutiger Sicht denke ich, er wollte mich kontrollieren.

Er kam mit zwei Koffern, seine Wohnung mit dem gesamten Inventar übernahm sein junger Kollege. Frau Ströbel wusste sich vor Begeisterung kaum zu lassen. Und ich dachte: Keine Angst mehr, keine Nacht mehr, in der ich eine halbe Stunde brauche, um mit der Vorstellung von zwei schlafenden Männern in einer Mietwohnung vom ersten Schlaf in den zweiten zu gelangen. Ich war wirklich überzeugt, dass es damit vorbei war.

Irrtum! Es wurde schlimmer, ich wollte es nur nicht wahrhaben, mir nicht eingestehen müssen, dass ich mir einen Mann gekauft hatte. Ja, gekauft! So empfand ich es zumindest monatelang.

Es blieb nicht bei zehntausend. Nur wenige Tage nach seinem Einzug bei mir bat er noch einmal um zehn, eine knappe Woche später um dreißigtausend. Ich gab ihm den dritten Scheck, er steckte ihn nicht sofort ein, griff nach meiner Hand. Dann küsste er jeden Finger einzeln, zuletzt den Handteller. «Du hast mich bisher nicht gefragt, wofür ich dein Geld brauche», stellte er fest.

«Ich bin keine Bank, die sich für Verwendungszweck und Sicherheiten interessiert», antwortete ich.

Er schwieg und ließ mich nicht aus den Augen. Meine Hand hielt er immer noch an den Lippen. Ich schaffte es zu lächeln, als ich hinzufügte: «Solange ich flüssig bin, kannst du ruhig weiter bitten. Ich frage mich nur, was du tun wirst, wenn ich zum ersten Mal nein sagen muss.»

«Arme Angelique», meinte er. «Es muss eine Qual sein, einen Mann zu lieben, von dem man eine so schlechte Meinung hat.»

Natürlich war es eine Qual. Aber es war doch sonst keiner da, den ich hätte lieben können.

Er sprach in ruhigem Ton weiter: «Ich weiß, was ich dir antue. Aber du bist die Einzige, die ich bitten kann. Und du bekommst dein Geld zurück, irgendwann. Das verspreche ich dir.»

Ich fühlte seine Lippen in meiner Hand und fragte mich, warum ich ihm seine Koffer nicht wieder vor die Tür stellte.

Wenn er nachmittags im Verlag anrief, um mich auf einen späten Termin vorzubereiten, schlug das Herz mir bis in die Kehle, und mein Magen krampfte sich zusammen. Wenn er nach dem Abendessen aufstand, noch mal zur Toilette ging oder gar ins Bad und anschließend die Krawatte zurechtrückte, wusste ich Bescheid. Jetzt besucht er eine Frau, vielleicht Nora Elfgen.

Von der Versicherung hatte sie nichts bekommen, von mir fünfzigtausend. Was ich zu dem Zeitpunkt allerdings noch nicht genau wusste. Meine Schecks hatte Bruno auf sein Konto eingezahlt und die Beträge in bar wieder abgehoben. Mit seinen Kontoauszügen ging er anfangs noch nachlässig um, meist steckten sie in Jackett- oder Hosentaschen, wo in der Regel Frau Ströbel sie fand und mir auf den Schreibtisch legte.

Ich wollte auch noch gar nicht so genau wissen, was er mit meinem Geld gemacht hatte. Ich sagte mir, dass er sich verpflichtet gefühlt hatte, Nora Elfgen unter die Arme zu greifen. Weil er für diese Lebensversicherung, für die sie und ihr Mann sechs Jahre lang hohe Prämien gezahlt hatten, eine Provision kassiert hatte. Vielleicht fünfzigtausend. Ich hatte keine Ahnung von den Modalitäten im Versicherungsgeschäft, dachte nur, dass er wenigstens diese Summe an Nora Elfgen hatte zurückzahlen wollen.

Ich setzte mich auf die Couch, wenn er das Haus verließ. Ich nahm ein Manuskript zur Hand, las oder redigierte ein bisschen und beobachtete die Uhr. Um zehn war er in der Regel zurück, länger blieb er selten fort, höchstens, wenn er ein Beratungsgespräch führen musste.

Aber was sind schon zwei Stunden? Ich konnte sie mit Arbeit füllen. Und wenn mir auffiel, dass ich dieselbe Seite schon zum dritten Mal las und immer noch nicht wusste, worum es ging, konnte ich zwei Extrarunden joggen, das tat ich auch oft. Oder ich nutzte die Zeit für meine Vorbereitungen. Ein ausgiebiges Bad, Gesichtsmaske, Maniküre, gymnastische Übungen. Ich zupfte die Augenbrauen in Form, entfernte sämtliche störenden Härchen unter den Achseln und an den Beinen. Dann die diversen Cremes, Lotionen, Parfüm und zuletzt die Frisur.

Danach suchte ich in meinen Dessous herum, bis ich ein Teil fand, von dem ich wusste, dass Bruno es besonders gerne an mir sah. Wenn ich mich anschließend noch einmal vor den großen Spiegel im Bad stellte, stieg ein sonderbares Gefühl in mir auf, eine Mischung aus Sehnsucht, Verzweiflung, Erregung und Hass. Nur wusste ich nie, wen ich hassen sollte, ihn, der nie einen Hehl aus seiner Einstellung zu Frauen gemacht und mir die Entscheidung überlassen hatte, ob ich mich damit abfinden wollte oder nicht. Oder mich selbst, weil ich gedacht hatte, ich könne mich darüber hinwegsetzen, was mir nicht gelang.

Da stand mir eine Frau gegenüber, der es gelungen war, in wenigen Monaten eine Menge von dem Speck loszuwerden, den sie sich in dreißig Jahren angefressen hatte. Und während sie sich darauf konzentrierte, mit dem einzigen Zweck, einen Mann zu halten, der an keiner Frau vorbeigehen konnte, war das Lebenswerk ihres Vaters ins Wanken geraten. Durfte ich denn zulassen, dass der Verlag Schaden nahm, nur weil ich meinte, nicht mehr auf Bruno verzichten zu können?

Ich konnte mich tagsüber kaum auf meine Arbeit und anstehende Probleme konzentrieren, schob alles zu Nettekoven hinüber oder ins Lektorat ab und redete mir ein, dass meine Leute für ihre Arbeit schließlich gut bezahlt würden.

Eine Reise in die Staaten oder nach London? Um Gottes willen. Um Lizenzen und daraus entstehende Verpflichtungen konnten sich Nettekoven, Andreas Koch oder Hans Werres kümmern. Ein Abendessen mit einem Agenten oder wichtige Autoren einladen? Abends war ich nicht abkömmlich. Und Einladungen zu mir nach Hause, wie es zu Papas Lebzeiten üblich gewesen war, wo sollte Bruno denn so lange hin?

Ich konnte ihn nicht mit Literaten oder solchen, die sich dafür hielten, zusammenbringen, weil er nicht den Schimmer einer Ahnung von Literatur hatte. Sie schwelgten immer in ihrer kulturellen Bildung, das war ihr Nährboden. Sogar die männertolle Iris Lang wusste, dass man Tolstoi nicht auf eine Stufe mit Konsalik stellen durfte, wie Bruno es einmal tat, weil er meinte, sie hätten doch beide über Russland geschrieben. Er war sogar der Meinung, einer von beiden hätte «So weit die Füße tragen» verfasst. Hemingway brachte er irgendwie mit dem weißen Hai in Verbindung. Homer verwechselte er mit Sokrates, und den hielt er für einen Säufer, weil ihm mal etwas von einem leeren Fass zu Ohren gekommen war.

In Gedanken war ich immer bei ihm. Wo ist er jetzt? Was macht er gerade? Ist er bei einer Frau? Muss er heute Abend noch einmal weg? Fährt er zu Nora Elfgen? Warum konnte ich mich nicht dazu aufraffen, ihn wieder rauszuwerfen? Wir hatten doch, wie er selbst einmal festgestellt hatte, wirklich keine gemeinsame Basis, das war auch mir inzwischen klar geworden, tagsüber zumindest.

Aber nachts brauchte ich ihn, konnte mir gar nicht vorstellen, bei einem anderen Mann auch nur einen Bruchteil von dem zu finden, was er mir gab. Wenn ich abends vor meinem Spiegel stand, interessierten mich Sokrates, Hemingway und Tolstoi so wenig wie ihn. Sie waren tot, ich lebte und konnte an nichts anderes denken, als dass er gleich zur Tür hereinkäme, mich anschaute, mich liebte, wie er das nannte.

Ich war immer noch viel zu dick, fünfundsechzig Kilo. Bruno bezeichnete das als Normalgewicht bei meiner Größe. Hans schob mir einmal dezent eine psychologische Abhandlung über Magersüchtige zu. Ich war nicht magersüchtig und auch an einem Punkt angelangt, an dem die restlichen überflüssigen Pfunde sich Brunos Meinung angeschlossen hatten und hartnäckig darauf bestanden, an ihrem Platz zu bleiben.

Aber ich musste mir nur ein paar alte Fotos ansehen, um mit eigenen Augen zu erkennen, dass ich mein Ziel im Prinzip erreichen konnte. Die halbe Strecke hatte ich doch schon bewältigt. Und ich musste tagsüber nur zwei Sätze mit Nettekoven wechseln, um zu begreifen, dass ich andere Prioritäten setzen musste.

Knapp drei Monate lebten wir ohne Trauschein zusammen. In der Zeit habe ich mir den Ruf eingehandelt, arrogant und despotisch zu sein. Unsere adelige Empfangsdame Frau von Mühlenberg lernte den Kopf zu senken, wenn ich am Empfang vorbeikam. Sogar Erich Nettekoven ging mir nach Möglichkeit aus dem Weg. Zwei Sekretärinnen habe ich bis zur Hochzeit verschlissen, was weniger an Bruno lag als an der Goltsch-Biographie.

Wir waren im März mit einer Auflage von fünfzigtausend gestartet, weil vor dem offiziellen Erscheinungstermin eine stattliche Anzahl von Vorbestellungen hereingekommen war, um die zehntausend Stück. Wir hatten den Buchhandel mit Leseexemplaren beliefert, auch alle namhaften Zeitungen und Illustrierten. Dabei war leider nicht viel mehr herausgekommen als kurze Notizen.

In den ersten Wochen nach Erscheinen war es unserer Presseabteilung zweimal gelungen, Andy Goltsch in Talkshows unterzubringen, mit seinem Buch, versteht sich. Er offerierte den Zuschauern sensationelle Enthüllungen, was zur Folge hatte, dass der Buchhandel in den Tagen nach den Ausstrahlungen der Shows weitere zehntausend Exemplare orderte.

Und seitdem herrschte Grabesstille. Es kamen so gut wie keine Nachbestellungen. Der Einzige, der noch zuversichtlich war, war Hans Werres. Wenn Bruno um vier anrief, um mich auf einen späten Termin vorzubereiten, ging ich anschließend zu Hans. Einen Vorwand gab es immer, Andy Goltsch und dreißigtausend Bücher, für die sich scheinbar keiner mehr interessierte.

Wir sprachen immer zuerst über die schlaflosen Nächte, die mir dieses Buch bereitete. Hans tat jedes Mal so, als nähme er mir das unbesehen ab. Seine Frau war inzwischen über alle Berge, geschieden war seine Ehe noch nicht. Er dachte auch nicht daran, die Scheidung einzureichen, hoffte darauf, dass sie zur Besinnung und zu ihm zurückkäme.

Er wusste genauso gut wie ich, wie das ist, verletzt zu werden von einem Menschen, den man mehr liebt, als man selbst begreifen kann. Er wusste auch, dass ich bei ihm nur Ablenkung von meinen Wunden suchte. Meist lag schon ein Manuskript vom Stapel «unverlangt eingesandt» für mich bereit.

Im Sekretariat wurde die Masse grob vorsortiert, alles, was einigermaßen lesbar war, ließ Hans sich hereinreichen, um wenigstens einen Blick hineinzuwerfen. Er hatte die Hoffnung noch nicht völlig aufgegeben, eine große Entdeckung zu machen und auch durchsetzen zu können.

Manchmal lud ich ihn zum Essen ein, um nicht allein zu Hause zu sitzen. Er nahm immer gerne an. Im Verlag wurde längst hinter der Hand gemunkelt, ich hätte ein Verhältnis mit ihm. Der Verdacht lag nahe. Zweimal die Woche mindestens gingen wir nebeneinander am Empfang vorbei, meist in eine angeregte Unterhaltung vertieft. Draußen stieg ich in seinen Wagen, wobei wir vermutlich auch oft beobachtet wurden. Hans duzte mich. Ein Privileg, das ich sonst keinem meiner Mitarbeiter eingeräumt hatte, nicht einmal Nettekoven, der mich entschieden länger kannte und mal auf ein stilles Glück spekuliert hatte.

Ich führte Hans in die Restaurants, in denen Papa vor Jahren häufig verkehrt hatte. Zwei Stunden Nostalgie. Wir sprachen darüber, wie einfach es früher gewesen und wie schwer es heute war, ein gutes Buch zu verkaufen. Wir sprachen über Nettekoven und die Schlechtwettermiene, mit der er durch den Verlag schlich, weil ich mir den geschäftlichen Schwierigkeiten zum Trotz etwas Privatleben gönnte, was es bei Papa nie gegeben hatte. Wir sprachen über die Zukunft und die Angst, von der sich keiner freisprechen sollte. Aber wir sprachen nie wieder über Bruno, obwohl ich oft das Gefühl hatte, wir sprachen ausschließlich über ihn. Das war das Schöne an den beiden Stunden mit Hans; ich musste kein Wort sagen und fühlte mich trotzdem verstanden.

Kurz vor zehn ließ ich mich dann von einem Taxifahrer heimbringen. Ließ mich wenig später von Bruno in die Arme nehmen, schnupperte am Hemdkragen, suchte nach verräterischen Zeichen und fand nur Zärtlichkeit.

Mitte April, ein gutes Jahr nach Papas Tod, rief Bruno wieder mal kurz nach vier an: Nur der übliche Hinweis auf einen späten Termin, zum Essen sei er nicht daheim. Abends saß ich mit Hans im Restaurant. Er erinnerte mich an zwei Manuskripte, die ich schon Ende März mit nach Hause genommen hatte.

Das neue Buch von Iris Lang. Ihr erster Krimi, in dem das agile Weibchen den dämlichen Kerl über die Klinge springen ließ und sich anschließend den ermittelnden Kommissar um den Finger wickelte. Da dieses Buch im Herbst erscheinen sollte und ich erst um die hundert Seiten gelesen hatte, war nun höchste Eile geboten.

Das andere hatte Hans mir wärmstens ans Herz gelegt, derselbe unbekannte Autor, für den er schon einmal gekämpft hatte. Gelesen hatte ich es. Es war ein ausgezeichneter Roman, der nicht viel Lektoratsarbeit erfordert hätte, weil Knut Görres, so hieß der junge Mann, sein Erstlingswerk in den vergangenen Monaten wohl fünfundzwanzigmal überarbeitet und geschliffen hatte. Nun drängte er auf eine Entscheidung, hatte in den letzten Tagen mehrfach angerufen.

«Das Beste wird sein, ich schicke es ihm mit dem üblichen Bedauern und guten Wünschen zurück», meinte Hans. «Ich kann ihm ja eine gute Empfehlung dazu bieten. Dann kann er es woanders hinschicken. Das hat er anscheinend bisher nicht getan. Er arbeitet noch mit einer Schreibmaschine, hast du ja sicher gesehen. Und er gehört nicht zu den Leuten, die zehn Kopien machen und zum Rundumschlag ausholen. Was die Lang angeht, die sollte ich wohl auch übernehmen, ehe wir unter Zeitdruck geraten.»

Die Manuskripte lagen in Papas Arbeitszimmer, inzwischen benutzte ich den Raum selbst. Hans schlug vor, mich heimzufahren und beide mitzunehmen, ehe ich sie am nächsten Morgen vergaß. Es war eine harmlose und unverfängliche Sache, zu Anfang jedenfalls.

Bruno war noch nicht daheim, als wir ankamen. Das dunkle Haus vermittelte mir ein sonderbares Gefühl. Auf dem Weg zur Haustür hatten wir uns noch über Knut Görres unterhalten, dann waren wir beide plötzlich still. Ich machte Licht, ging ins Arbeitszimmer und dachte an die im Verlag kursierenden Gerüchte.

Plötzlich reizte mich die Vorstellung, einmal festzustellen, ob ich inzwischen auch auf andere Männer eine besondere Wirkung oder gar Anziehungskraft hätte. Hans war ein gut aussehender Mann ohne Frau. Warum also nicht bei ihm oder mit ihm? Und vielleicht mittendrin von Bruno erwischt werden. Die Vorstellung hatte auch einen gewissen Reiz.

Hans folgte mir zögernd, schien zu spüren, was mir durch den Kopf ging. Nur sah er nicht danach aus, als käme ihm das gelegen. Damit es nicht peinlich wurde, erklärte ich in halbwegs scherzhaftem Ton: «Ich würde dir gerne einen Kaffee anbieten. Aber ich fürchte, er wird nicht besonders, wenn ich ihn aufbrühe.»

«Möchtest du Kaffee trinken?», fragte er.

Wir hatten nach dem Essen darauf verzichtet, weil wir gleich aufgebrochen waren. Ich nickte, Hans fragte: «Wo ist die Küche?»

So fand Bruno uns vor Kaffeetassen am Küchentisch sitzend, als er heimkam. Die Manuskripte lagen zwischen uns auf der Tischplatte. Hans hatte bei Knut Görres den Sieg davongetragen. Leisten konnten wir es uns zurzeit nicht. Aber ein Neuling, der keinen horrenden Vorschuss erwartete, eine kleine Auflage. Ich hatte schon einmal nein gesagt. Wenn man dem Nachwuchs nie eine Chance gab, was sollte in Zukunft verlegt werden? Hans hatte doch völlig Recht mit seiner Ansicht: «Goethe ist tot. Schiller ist tot, Möbius wird auch irgendwann sterben.»

Nun sollte Knut Görres sein Manuskript doch nicht mit dem üblichen Bedauern und einer Empfehlung, es der Konkurrenz zu schicken, zurückbekommen. Hans wollte stattdessen ein halbes Dutzend Kopien ziehen und unter unseren Vertretern verteilen. Mal hören, was sie dazu sagen und ob sie bereit waren, dem Buchhandel diesen Roman als Geheimtipp ans Herz zu legen. Mehr Werbung war auf keinen Fall drin.

Als Bruno ins Haus kam, waren wir wieder bei der Goltsch-Biographie und Nettekovens düsterer Prognose, dass wir vom Glück sagen könnten, wenn wir mit einem blauen Auge davon- und die ausgelieferten zwanzigtausend Exemplare nicht in einigen Monaten zurückbekämen. Nettekoven hatte sein Ohr doch immer am Puls der Zeit, sprich: bei unseren Vertretern. Von einem hatte er angeblich gehört, das Buch werde speziell in großen Buchhandlungen nicht mehr augenfällig präsentiert.

«Ich möchte mich dazu eigentlich nicht äußern, um mich nicht dem Vorwurf verletzter Eitelkeit auszusetzen», sagte Hans, während Bruno die Halle betrat und vermutlich noch nicht verstand, worüber in der Küche gesprochen wurde.

«Ich habe mein Bestes gegeben», fuhr Hans fort. «Ob er das auch tut, kann ich nicht beurteilen. Du kennst ihn besser als ich. Es kursiert das Gerücht, dass er dir manchmal Schwachsinn erzählt, weil er sich gewisse Hoffnungen gemacht hat, die nicht erfüllt wurden. Natürlich sind fünfzigtausend eine Menge Holz. Dreißig hätten für den Anfang vermutlich gereicht. Aber die ersten zwanzig sind wir los. Und ich glaube nicht, dass wir sie zurückbekommen. Du könntest noch einmal investieren, denk darüber nach. Es ist dein Geld und deine Entscheidung.»

Die Küchentür war nicht geschlossen. Bruno muss das gehört und die Zahlen auf sich bezogen haben. Er rief nach mir, benutzte wie üblich den Namen, den er mir verpasst hatte. Hans schaute ein wenig verdutzt drein, meinte dann schmunzelnd: «Na, wenn das nicht für den Frust entschädigt. Vor einem Jahr hätte ich vielleicht noch darüber gelacht. Aber jetzt passt es zu dir. Angelique.»

Bruno kam in die Küche, musterte Hans mit kühlem Blick von oben bis unten. Ich machte beide miteinander bekannt. Bruno gab sich sehr höflich. Aber ich kannte ihn gut genug, um zu sehen, dass er Hans lieber an die Kehle gegangen wäre.

Nachdem Hans sich verabschiedet hatte, erkundigte er sich: «Wirst du mir jetzt erzählen, das sei eine geschäftliche Besprechung gewesen?»

Wütend oder eifersüchtig klang er in dem Moment nicht, eher deprimiert. Ich wurde wütend, weil es, abgesehen von ein, zwei Gedanken, geschäftlich gewesen war und ich gar nicht darüber nachdenken mochte, wie er sich den Abend vertrieben hatte.

«Ich muss dir nichts erzählen», erklärte ich heftig. «Wir waren essen und haben hier noch einen Kaffee getrunken.»

«Essen», wiederholte Bruno.

Ich nickte. «Ja, genau. Wie dir bekannt sein dürfte, haben wir zurzeit Probleme im Verlag. Ich habe Hans eingeladen, um unter vier Augen mit ihm zu reden. Das tue ich häufig. Du hast es nur bisher nicht bemerkt, weil ich immer vor dir daheim war.»

«Du vertraust ihm», stellte er fest.

«Natürlich vertraue ich ihm», stimmte ich zu. «Er ist ein loyaler Mitarbeiter, ein hervorragender Lektor und ein guter Freund. Stört dich das? Willst du mir jetzt eine Szene machen, weil ich ihn ins Haus gebeten habe?»

Bruno schüttelte den Kopf und fragte seinerseits: «Warum tust du das, Angelique? Was willst du mir beweisen? Fehlt dir etwas?»

Ich weiß noch, dass ich ihn angestarrt habe, mit einem Mal so verbittert, dass ich sagte: «Mir fehlen fünfzigtausend, Liebster. Und wie Hans eben festgestellt hat, das ist eine Menge Holz. Wenn du sie für dich verschleudert hättest, würde mich das an keiner Stelle jucken. Aber du hast sie dieser Frau gegeben, nicht wahr? Dieser Nora Elfgen. Da muss ich mich doch fragen, wie viel sie dir bedeutet. Du hast sie schon gekannt, bevor wir uns trafen. Du hast mir sogar einmal erklärt, dass du aus Mitleid mit ihr geschlafen hast. Es war doch Mitleid, oder irre ich mich? Ihr Mann war schwer krank, sie brauchte Trost und Zärtlichkeit. Nun ist ihr Mann tot, und du hast für sie deine Grundsätze über Bord geworfen. Ich will nicht dein Geld, Angelique, ich will dich. Jetzt ist das offenbar anders. Wie soll ich denn darüber denken?»

Bruno schüttelte erneut den Kopf, machte einen Schritt auf mich zu, streckte die Hände aus.

Und ich schrie: «Fass mich nicht an! Heute nicht. Ich weiß,

was ich versprochen habe, keine Fragen, keine Forderungen, keine Szenen. Ich verlange auch nichts, absolut nichts, keine Erklärung, keine Lügen, nicht einmal mein Geld zurück. Aber du kommst gerade von ihr, oder? Also fass mich nicht an.»

Er senkte die Hände wieder, sein Gesicht blieb unbewegt, als er nickte. Ob ich das als Zustimmung meiner Vermutung auffassen sollte oder ob es eine Geste der Resignation war, konnte ich nicht erkennen. «Ekelt es dich?», wollte er wissen.

Ich schüttelte den Kopf.

«Was ist es dann, Angelique?»

«Nur Wut», sagte ich.

Dann lagen wir im Bett, jeder für sich, abgekapselt, eingesponnen in ein Netz aus verletztem Stolz. In der Nacht war ich sicher, dass er mich wieder verlassen würde.

Beim Frühstück am nächsten Morgen sprachen wir keine drei Worte miteinander. Ich wusste nicht, was ich noch sagen sollte, er offenbar auch nicht. Wenn es kritisch wurde, brauchte er immer etwas Zeit zum Nachdenken.

Am Nachmittag rief er mich an, nicht wie sonst unter meiner Durchwahl. Ich saß mit Nettekoven in meinem Büro und war genau in der richtigen Stimmung, um meinem Verlagsleiter klar zu machen, dass es immer noch mein Verlag war, in dem ein vielversprechender junger Autor eine Chance bekam, wenn ich ihm die geben wollte, als die Sekretärin meldete: «Da ist ein Herr Lehmann von einer Versicherung am Telefon. Er will Sie unbedingt persönlich sprechen. Er sagt, es sei wichtig.»

Dann Brunos Stimme, ein vorsichtiges: «Hallo.»

«Hallo», sagte ich und fühlte, wie sich mein Puls beschleunigte und sich die Kehle zusammenzog. Jetzt kommt der Abschied, dachte ich. Vielleicht hat er seine Koffer schon gepackt. Gut, soll er gehen. Ich heule erst, wenn er weg ist.

Aber vielleicht heule ich diesmal auch nicht, weil es besser ist, wenn er geht.

Ich gab Nettekoven mit einem Handzeichen zu verstehen, er solle sich verziehen. Nachdem er die Tür hinter sich zugezogen hatte, fragte ich: «Was gibt es?»

«Wenn ich dich störe, sag es», sagte Bruno. «Dann lege ich auf und melde mich später noch einmal.»

«Du störst nicht», sagte ich.

Mein Herz füllte mit den wuchtigen Schlägen immer noch den gesamten Brustkorb aus. Es war nicht der Abschied. Er begann noch einmal bei null. «Ich habe dir eine Menge zu erklären», sagte er wie schon einmal. «Magst du mir noch einmal zuhören?»

«Ja», sagte ich nur.

«Gut.» Seine Stimme klang so ernst. «Dann hole ich dich ab. Ich bin in einer Viertelstunde da und warte draußen.»

«Du musst nicht warten», sagte ich. «Ich bin in einer Viertelstunde draußen.»

Kurz nach sechs stieg ich zu ihm ins Auto. «Was willst du mir erklären?», fragte ich.

Und er sagte: «Wir haben Zeit, Angelique. Du hast doch bestimmt noch nicht zu Abend gegessen. Darf ich dich einladen? Das habe ich so lange nicht mehr getan.»

Eine halbe Stunde später saßen wir in unserer Nische in dem kleinen Lokal. Die Kerzen auf dem Tisch und seine Hände. Romantisch war es nicht, nur bitterernst. Er sprach mit gesenktem Kopf über Nora Elfgen.

«Es war ein Fehler, nicht sofort offen mit dir darüber zu reden», begann er. «Das weiß ich inzwischen. Aber es war nicht so, dass ich dir etwas verheimlichen wollte, Angelique. Ich wollte dich nur nicht belästigen mit Problemen von Leuten, die uns beide im Grunde nichts angehen.»

Er hob die Schultern, ließ sie wieder sinken, lächelte verlegen und erklärte: «Ich fühle mich Nora Elfgen gegenüber schuldig.»

Dafür nannte er mir die Gründe, die ich selbst schon vermutet hatte und für wahrhaftig hielt. Immerhin hatte er dem Ehepaar Elfgen diese teure Versicherung aufgeschwatzt. Er nannte es: empfohlen, um die Hypothek für ihr Haus abzusichern. Als der Biochemiker erkrankte und arbeitsunfähig wurde, hätten sie diese Versicherung wieder kündigen wollen, um die hohen Prämien zu sparen, erzählte er. Davon habe er ihnen dringend abgeraten.

Und dann habe Nora Elfgen nicht einmal das Geld für die Beerdigung ihres Mannes aufbringen können. Das waren die ersten zehntausend gewesen, die er von mir erbettelt hatte. Mit den nächsten zehn habe sie einen Anwalt einschalten und das Gericht bemühen wollen in der Hoffnung, dass die Versicherungsgesellschaft zu einer Zahlung verpflichtet würde. Aber angesichts des hohen Streitwertes habe der Anwalt einen höheren Vorschuss verlangt. Außerdem seien da noch Schulden gewesen, die der verstorbene Herr Elfgen seiner Frau hinterlassen habe.

«Die Versicherungssumme ist ihre einzige Hoffnung», sagte er. «Aber die Sache hat vor Gericht nicht viel Aussicht auf Erfolg. Ich konnte ihr das trotzdem nicht abschlagen. Ich kann so etwas eben nicht, Angelique. Wenn eine Frau weint und nicht weiß, wie es weitergehen soll, muss ich etwas tun. Sie wird ihr Haus verlieren. Ich weiß nicht, ob du das nachvollziehen kannst, ich musste ihr helfen, wenigstens über die erste Zeit hinweg. Damit sie sich nach einer kleinen Wohnung umsehen und sich eine besser bezahlte Arbeit suchen kann. Damit sie nicht von heute auf morgen auf der Straße und vor dem Nichts steht. Verstehst du das?»

«Ja», sagte ich. «Aber es wäre besser gewesen, du hättest vorher offen mit mir darüber gesprochen. Ich wusste es ohnehin und hätte mir nicht so viele hässliche Gedanken machen müssen.»

Er nickte, griff in sein Jackett, zog eine kleine Schachtel hervor. Sie war nicht eingewickelt, ich erkannte sofort, dass es sich um ein Schmuckstück handeln musste. Bruno klappte die Schachtel auf, hielt sie noch so, dass ich nicht hineinsehen konnte, und betrachtete den Inhalt mit gedankenverlorener Miene.

Dann drehte er sie langsam um und sagte dabei: «Ich habe meine Grundsätze nicht für Nora Elfgen über Bord geworfen. Aber für dich würde ich es gerne tun. Ich weiß nicht, wie ich dir sonst zeigen soll, was du mir bedeutest, Angelique. Einer für dich und einer für mich, wenn du mich immer noch willst und bereit bist, mein Leben in deine Hände zu nehmen.»

In der kleinen Schachtel waren zwei schlichte Trauringe.

Ich wusste nicht, was ich sagen sollte. Sein Leben in meine Hände nehmen. Eine Menge Pathos für die simple Tatsache, dass er mir mit einem Ring die gesamte Verantwortung überstreifte. Aber so empfand ich das in dem Moment nicht. Ich fühlte mich geschmeichelt, war gerührt.

Als ich nickte, zog er den kleineren Ring aus dem Steckkissen und schob ihn mir über den Ringfinger der linken Hand.

«Wir sollten die Verlobungszeit nicht zu lange ausdehnen», meinte er lächelnd. «Ich weiß, dass ich immer gesagt habe, wir haben Zeit. Vielleicht habe ich mich geirrt.»

Ja, das hat er. Irren ist menschlich. Ich hab mich ja auch immerzu geirrt, in ihm, in mir, sogar in Herbert Roßmüller.

Wenn er mich so sehen könnte.

Wahrscheinlich habe ich inzwischen mein Traumgewicht erreicht und eine Figur, um die mich jedes Mannequin beneiden würde. Jetzt habe ich diesen dummen Spruch aus einem Werbespot im Kopf: «Nehmen Sie doch einfach mal ein paar Liter ab.»

Ein Körper besteht zu siebzig Prozent aus Wasser, es können auch ein paar Prozent mehr oder weniger sein. Mindestens zwanzig sind wahrscheinlich schon ausgelaufen. Wahrscheinlich habe ich statt eines Kopfes wirklich einen nassen Schwamm auf dem Hals. Ich schwitze wie ein Tier.

Erzähl keinen Blödsinn, Angelika, Tiere schwitzen nicht, sie hecheln, um sich abzukühlen, Hunde tun das. Elefanten fächeln sich mit den Ohren Kühlung zu, glaube ich. Ich habe nur ein Stück Pappe von der Cornflakes-Packung, das bringt nicht viel.

Mein Kleid ist völlig durchnässt. Meine Haare sind pitschnass, als wäre ich gerade aus einer Dusche gestiegen. Von meinem Kinn und der Nasenspitze tropft es unentwegt auf die Tischplatte. Da ist bereits eine kleine Pfütze entstanden.

Ich dachte, es lässt nach, wenn ich nicht trinke. Viel Wasser hatte ich ohnehin nicht, nur ungefähr einen Liter. Gewaschen haben wir uns immer draußen beim Brunnen. Wasser zum Kochen oder für Kaffee hat Bruno jedes Mal frisch hereingeholt. Gestern Abend habe ich das gemacht, zusätzlich zum Wasser für den Abwasch noch etwas in einen Krug gezapft.

Nach dem Essen haben wir normalerweise immer einen Kaffee getrunken. Gestern Abend nicht, Bruno meinte, es wäre schon zu spät, dann könnten wir nicht schlafen. Das war auch Blödsinn, bei meinem niedrigen Blutdruck schlafe ich mit Kaffee schneller ein und wache nicht nach ein paar Stunden wieder auf. Darüber hat er offenbar nicht nachgedacht.

Zum Glück habe ich den Krug nicht mit dem Abwaschwasser ausgekippt. Ich dachte, wenn einer von uns in der Nacht Durst bekommt, muss er nicht vor die Tür. Vorletzte Nacht war es sehr stickig, weil wir die Fenster nicht öffnen konnten und die Tür nicht auflassen mochten, wenn wir schliefen. Ich habe den Krug in den Schrank gestellt und ihn mit einem Tuch abgedeckt. Ich glaube, Bruno hat das gar nicht gesehen. Das Tuch hing heute früh noch genauso wie gestern Abend.

Das ist gutes Wasser, es schmeckt ganz anders als zu Hause. Es schmeckte sogar abgestanden noch sehr gut. Aber ein Liter ist nicht viel. Das meiste habe ich schon heute früh getrunken. Nach meiner Toberei hatte ich einen trockenen Hals. Komischerweise bin ich jetzt gar nicht durstig. Ich laufe aus wie ein leckes Fass, rede mir den Mund fusselig und muss aufpassen, dass ich nicht auf den Recorder sabbere.

Vielleicht sollte ich eine Kleinigkeit essen. Tomaten enthalten viel Flüssigkeit, auch Mineralstoffe, glaube ich. Jetzt ist mir doch übel, kein Wunder, Mittag ist schon vorbei, Frühstück ausgefallen. Dafür hatte ich heute Morgen wirklich keine Zeit. Und jetzt liegt alles Essbare auf dem Fußboden mit Ausnahme der Tomaten.

Ich muss sowieso wieder wechseln. Mache ich eben mal ein paar Minuten Mittagspause.

Herbert Roßmüller   Auf dem Tisch stand eine Schale mit Tomaten in ihrer Griffnähe. Ob sie vor dem Kassettenwechsel oder danach etwas gegessen hat, ist mir nicht
bekannt. Wie viel Zeit vergangen ist, ehe sie den Recorder
wieder in Betrieb nehmen konnte, kann ich auch nicht beurteilen. Darüber hat sie nicht gesprochen.

Als sie die beiden Tasten drückte und erneut aufgezeichnet wurde, hatte sie heftige Krämpfe. Sie wollte wohl etwas
sagen, schaffte es jedoch nicht, stöhnte und ächzte nur:
«O Gott», rang nach Luft, als sei sie kurz vor dem Ersti-
ckungstod.

Dann gab es einen dumpfen Schlag, ehe es für etwa drei
Minuten still wurde. Nur Bandrauschen und das widerliche
Summen der Fliegen, die sie umschwirrten. Das im Recorder eingebaute Mikrophon war ausgezeichnet. Ich nehme
an, dass sie kurzzeitig ihr Bewusstsein verloren hat. Gesagt
hat sie das nicht, hat es selbst vermutlich gar nicht richtig
registriert.

Es muss zu diesem Zeitpunkt brütend heiß gewesen sein
in dem Zimmer. Über Mittag herrschten in der Umgebung
von Alcublas mehr als vierzig Grad im Schatten und absolu-
te Windstille. Rund um die Kate gab es keine Bäume, auch
sonst nichts. Das Wellblechdach muss wie ein Grill gewirkt
haben.

Ich denke, es war zwischen dreizehn und vierzehn
Uhr. Da sie keine genauen Zeitangaben machte, kann ich
das nur anhand der bereits besprochenen Kassetten abschätzen. Längere Pausen bei den vorherigen Wechseln
hatte sie nicht gemacht, weil sie nicht in der Stille sitzen
wollte.

Als sie endlich wieder zu reden begann, war es eher ein
mattes Schluchzen. Sie klang sehr benommen und geriet
binnen weniger Sekunden völlig außer sich. Den Geräu-

schen zufolge, mit denen ihre Stimme unterlegt war, schlug sie zuerst um sich.

O-Ton – Angelika

Haut ab, ihr Biester. Lasst mich in Ruhe! Fliegt zu Bruno, der ist tot. Ich hätte ihn zudecken müssen. Wahrscheinlich riecht er schon. Ich rieche es nicht, meine Nase ist zu.

Ich hätte die Fenster nicht einschlagen dürfen, jetzt wimmelt es nur so von den verdammten Fliegen. Es kommt immer noch mehr Viehzeug und Gluthitze herein.

Wo sind bloß die kleinen Spatzen? Warum habt ihr mich alle allein gelassen? Ich habe euch doch nichts getan!

Wo bist du hingegangen, Papa? Bist du mir immer noch böse, weil ich dich vergiftet und erstickt habe? Soll ich jetzt auch ersticken? Oder kannst du nichts für mich tun, weil dich niemand sieht oder hört? Versuch es, Papa, sprich mit mir, bitte. Ich höre dich bestimmt. Ich bin doch schon halb tot.

Ich höre keinen Ton, außer meiner Stimme. Ist gelogen. Ich höre die Fliegen. Wo hast du den Schlüssel versteckt, du Mistkerl? Der muss doch irgendwo sein. Ich will raus!

Anmerkung   Sie sprang offenbar so heftig vom Tisch auf, dass der Stuhl umkippte. Auf das Poltern folgte minutenlanges Rascheln und Scheppern, das Knirschen von Scherben, auf die sie trat, während sie noch einmal nach dem Schlüssel suchte und dabei weitersprach. Durch unterschiedliche Entfernungen zum Mikrophon schwankte die Lautstärke erheblich.

Hast du ihn verschluckt oder ihn dir in den Hintern gesteckt? Was soll ich tun, dich noch mal abtasten? Ich könnte dich auch aufschneiden. Wartest du darauf, dass ich ein Messer nehme und zu dir komme? Da bekäme die Polizei den richtigen Eindruck, was? Und ich andere Schlagzeilen als Andy.

Hysterisches Weib schlitzt rasend vor Eifersucht ihren wehrlos schlafenden Mann auf.

Ja, genau darauf wartet er. Er hat gegrinst. Ich hab's genau gesehen, sein Mund hat gezuckt. Amüsierst du dich über mich oder kitzeln dich die Fliegen im Gesicht? Scheuch sie weg, wenn du kannst. Ich kann das noch. Siehst du? Du kannst ruhig blinzeln. Ich weiß, dass du gar nicht richtig tot bist. Du hältst Siesta und willst mich tot sehen. Aber ich werde hier nicht verrecken. Ich steh das durch.

Ich bin eine gesunde junge Frau und überhaupt nicht durstig. Mir geht es gut. Mir ist nur sehr warm und etwas schwindlig. Meine Beine sind eingeschlafen, aber sie funktionieren. Mir geht es gut, hörst du? Mir geht es gut. Mir geht es gut. Mir geht es gut. Ich komme nicht zu dir.

Anmerkung Es dauerte eine Weile, ehe sie sich wieder etwas beruhigte, zum Tisch zurückkehrte, den Stuhl aufrichtete, erneut Platz nahm und weitererzählte, anfangs noch stockend und kurzatmig, aber schon bald wieder flüssig, als wäre überhaupt nichts gewesen.

Vor Jahren habe ich ein Buch gelesen, es ist ewig her. Ich hatte es schon vergessen. Den Titel weiß ich nicht mehr. Es war einer der ersten Spannungsromane, die Papa herausgebracht hat. Er handelte von einer Tour durch die Wüste. Drei Menschen im Jeep, ein Mann und zwei Frauen. Zuerst ging ihnen das Benzin aus. Wie Bruno, als er sich das erste Mal umbringen wollte, weil seine Frau einen Gartenzwerg hatte.

Warum tun Menschen so etwas? Warum sind sie sich selbst nicht genug wert? Ich hatte bestimmt Zeiten, in denen ich mich auf den Tod nicht ausstehen konnte. Ich wäre trotzdem nie auf die Idee gekommen, mich umzubringen.

Dann ging ihnen das Wasser aus. Wahrscheinlich ist es mir deshalb wieder eingefallen. Ich hab das Buch verschlungen, viermal. Ich hatte mich in die Hauptfigur verliebt, das war natürlich der Mann. Männer sind immer die Hauptfiguren, glauben sie jedenfalls. Frauen glauben es auch, wenn sie so dämlich sind wie ich.

Ich wollte, dass er überlebt. Blöd, was? Ich war immer blöd. Ich war zweiundzwanzig damals, studierte Germanistik und Anglistik, wusste genau, dass der Held nur ein Papiertiger ist, und wäre so gerne bei ihm in der Wüste gewesen. Und jetzt fällt mir ums Verrecken nicht ein, wie er hieß und wie lange er durchgehalten hat.

Zuerst starb die ältere Frau, bei der ich mich unentwegt ge-fragt habe, warum er sie überhaupt mitgenommen hatte. Er hatte eine Weile mit ihr zusammengelebt. Sie hatte ihm eine tolle Berufsausbildung ermöglicht und ein großmütiges We-sen, hieß es an einer Stelle. Er fühlte sich ihr verpflichtet, war rührend um sie bemüht, schlief sogar noch mit ihr. Aber das muss sogar dem Autor peinlich gewesen sein. Es gab immer nur kurze Andeutungen.

Bei der jungen Frau dagegen gab es richtig poetische Sze-nen von Zärtlichkeit und Romantik in der Wüste. Da soll es einen wunderbaren Sternenhimmel geben und nachts eis-kalt sein. Mag man nicht glauben, wenn man sich zu Tode schwitzt. Aber Spanien ist auch keine Wüste, und Nacht ha-ben wir noch lange nicht.

Es war in dem Buch so kalt, dass sie eng kuscheln mussten. Die Ex wollte immer zu den beiden in den Schlafsack, bettelte jedes Mal so lange, bis der Held ihr nachgab. Ich fand es wi-derlich und war erleichtert, als die Alte endlich abkratzte.

Mir ist nicht der Gedanke gekommen, dass er sie nur zu dem Zweck mitgenommen haben könnte. Um sie und sein schlechtes Gewissen ihr gegenüber loszuwerden und fortan in ungestörter, glückseliger Zweisamkeit mit der Elfe leben zu können.

Die Rechnung ging allerdings nicht auf. Als Nächste starb die junge Frau.

Anmerkung   Sie kicherte.

Lach nicht so blöd, Angelika. Es ist überhaupt nicht lustig, wenn eine junge Frau stirbt. Und wenn sie nur sterben muss, weil sie ihrem Geliebten vertrauensvoll in eine einsame Gegend gefolgt ist, dann ist das eher tragisch.

Aber ich hatte nie Mitleid mit ihr. Ich mochte die Junge genauso wenig wie die Ältere, weil sie sehr hübsch und schlank war. Junge Frauen sind in Romanen immer sehr hübsch und schlank, als ob es keine hässlichen Dicken gäbe.

Ich konnte mich nicht mit ihr identifizieren. Jedes Mal, wenn ich an die Stelle kam, wo sie zusammenbrach, dachte ich, dumme Kuh, hättest ja daheim bleiben können. Aber nein, der Held war ihre große Liebe. Sie wäre mit ihm auch auf den Mond geflogen, wenn man sie gelassen hätte. Dumme Kuh.

Vertrauensvoll in die Wüste gefolgt. Schon komisch, was einem so alles in den Sinn kommt und wie es passt.

Bruno wollte in den nächsten Tagen eine Leitung vom Brunnen ins Haus legen oder legen lassen, weil das nicht so einfach war, wie er sich das vorgestellt hatte. Er hatte sich ein Buch gekauft. Das ist jetzt kein Witz. Bruno hat sich tatsächlich ein Buch gekauft. Es ist nur ein Heimwerkerbuch, liegt irgendwo auf dem Fußboden beim Kamin wie alles andere, was ich vom Regal gerissen habe. Wenn ich mich recht entsinne, fiel es ihm in einem Bäckerladen in die Hände. Nein, es war das Geschäft, in dem er immer den Kaffee für seine Agentur kaufte.

Als ich den Verlag verkaufen musste, fand Bruno das nicht tragisch. Er hat mir noch gut zugeredet. Literatur war für ihn

Zeitverschwendung, wo doch Tolstoi und Konsalik beide über Russland geschrieben haben und Hemingway über den weißen Hai. Aber für so einen praktischen Ratgeber konnte er sich begeistern.

Was sage ich denn? Das klingt ja, als ob ich ihn für seine Einstellung verachtet hätte. Nein. Verachtet habe ich ihn nie. Ich habe ihn geliebt, die meiste Zeit, gestern Abend noch, obwohl ich ihn da auch gehasst habe, weil ich Angst hatte und mich verarscht fühlte.

Nicht ordinär werden, Angelika.

Du warst der Wind in meinen Flügeln, hab so oft mit dir gelacht. Ich würd es wieder tun mit dir, heute Nacht.

Nein, mach dir keine Hoffnungen. Mit dir nie mehr, ich lache nur noch mit Herbert. Er hat mich oft zum Lachen gebracht in den letzten Wochen. Was er wohl sagen wird, wenn er von dem Drama hier erfährt?

Er hat mich gewarnt, ich soll keine Dummheiten machen. Ich hatte ihm erzählt, dass ich mir ein Auto kaufen und einen Menschen überfahren will. Nicht Bruno, nein, ihn nicht. Ich wollte nicht, dass er stirbt, deshalb bin ich mitgefahren. Ich hatte doch sein Leben in der Hand. Ist praktisch, wenn man das so einfach abgegeben hat. Halt es schön fest, Angelique, und pass gut auf, dass nichts drankommt, während ich meinen Pflichten außerhalb unserer Ehe nachgehe.

Die Elfe wollte ich zerquetschen wie eine Laus. Das habe ich nicht für eine Dummheit gehalten. Ich hab's nur leider nicht getan, vermutlich hätte ich es auch nicht geschafft. Elfen sind so ätherische Geschöpfe, die kann man nicht überfahren. Die wäre mir doch glatt davongeschwebt. Sie berührte kaum den Boden mit ihren Füßen. Das habe ich selbst gesehen. Vermutlich spürte sie ihre Beine auch nicht.

Das sind keine Durchblutungsstörungen, dann hätte es längst anfangen müssen zu kribbeln. So wie es damals in meiner Hand gekribbelt hat, als Bruno nach unserer ersten Versöhnung mit dem Kopf auf meinem Arm geschlafen und die Blutzirkulation behindert hatte. Als die wieder in Gang kam, begann dieses Ameisengefühl. Es war ein widerliches Gefühl, aber ich wünschte, es käme jetzt.

Bewegen kann ich die Beine und Füße noch. Ich musste nur denken, dass ich hier mal herumlaufen will, da ging das. Meine Finger kann ich auch bewegen, obwohl ich die seit Stunden nicht mehr fühle.

Vielleicht ist es der Flüssigkeitsverlust. Ich müsste das lecke Fass dringend auffüllen. Es ist aber nichts mehr da. Kein Tropfen. Von den Tomaten lasse ich lieber die Finger, die vertrage ich momentan nicht gut. Die Pfütze werde ich nicht vom Tisch lecken, ich bin doch kein Hund. Hunde mögen es salzig, habe ich mal gelesen.

Das meiste, was ich weiß, habe ich gelesen, oder Bruno hat es mir erzählt. Er hat nicht viel gelesen, nur das praktische Heimwerkerbuch. Das konnte er auch gut gebrauchen. Er hat doch hier alles allein gemacht. Ich habe nur die Rahmen gestrichen und zusammengeklebt. Danach wollte er nicht mehr, dass ich ihm half.

Er war so stolz auf sein Ferienhaus. Daheim weiß ja keiner, dass es nur eine Hütte ist. Ferien haben wir hier auch nur einmal gemacht, nur im ersten Jahr. Danach gab es immer eine Menge zu tun. Bruno brauchte das, immer etwas zu tun, immer zeigen, dass er der Mann war oder ist. Ich bin nicht mehr sicher. Vielleicht grinsen nur die Fliegen in seinem Gesicht. Das sieht eklig aus. Aber ich muss ja nicht hinschauen. Tu ich jetzt auch nicht mehr.

Jeweils im Frühjahr und im Herbst waren wir hier. Dann waren die Temperaturen angenehm. Der Aufenthalt jetzt ist die erste Ausnahme. Mein erster spanischer Sommer. Das wäre ein guter Titel: Spanischer Sommer. Nettekoven würde ihn mögen. Kurze, prägnante Titel mochte er immer, zwei, drei Worte höchstens, so knapp wie Hammerschläge. Die Story würde ihn auch begeistern, da bin ich sicher. Sex and crime and money. Aber die kriegt Nettekoven nicht.

Jetzt reiß dich zusammen und mach weiter mit deiner Story, Angelika. Wenn der schöne Herbert das Ende erzählen muss, lässt er die Hälfte weg, darauf kannst du noch eine Tomate essen.

Wie weit war ich denn?

Ich glaube, die Trauringe hatte ich schon. Wenn nicht: Also, es war Brunos Idee, mich zu heiraten. Nicht umgekehrt, damit das klar ist. Es war auch seine Idee, einen Ehevertrag zu schließen, in dem die finanzielle Seite geregelt wurde. Ich hielt das für überflüssig, aber er bestand darauf. Es sollte niemand denken, er wolle mich doch nur des Geldes wegen heiraten.

So traf ich Herbert Roßmüller wieder nach all den Jahren, in denen ich nur ab und zu von seinem Vater gehört hatte, es ginge ihm gut, was zuletzt gar nicht mehr stimmte. Aber zuletzt hatte ich ja auch nicht mehr gefragt.

Natürlich hätte ich einen Notar konsultieren können. Aber ich wusste vom alten Roßmüller, dass sein Sohn sich auf Familienrecht spezialisiert hatte. Da dachte ich, ich könnte das Nützliche mit dem Angenehmen verbinden. Meinem liebsten Feind zeigen, dass die fette Angelika tüchtig abgespeckt und doch einen Mann bekommen hatte, sogar einen sehr schönen.

Einen Termin bei Herbert bekam ich schnell. Obwohl ich ihn seit einer halben Ewigkeit nicht mehr gesehen hatte, hätte ich ihn auch auf der Straße auf Anhieb wiedererkannt. Den besonderen Schmelz der jugendlichen Schönheit hatte er zwar eingebüßt, doch sein Gesicht hatte sich kaum verändert, war nur etwas schmaler und männlich geworden.

Er hatte bei mir anscheinend Schwierigkeiten mit dem

Wiedererkennen. Als wir in sein Büro geführt wurden, er sich mit einem irritierten Stirnrunzeln vergewisserte, wen er vor sich hatte, und dann erstaunt die Augen aufriss; das war mehr als ein Kompliment. Sein Blick wanderte von mir zu Bruno, anschließend überschlug er sich förmlich vor Höflichkeit und Diensteifer. Beides galt ausschließlich mir.

Frau Reuter hinten, Frau Reuter vorne, als ob wir uns nicht schon als Kinder gekannt und er mich nie Röllchen, Tönnchen und Speckschwarte genannt hätte. Gott, gab er sich Mühe, Frau Reuter für die erlittene Schmach zu entschädigen und zu verhindern, dass das Prachtexemplar, welches sie sich geangelt hatte, in einen anderen Genuss als den ihres nun gar nicht mehr so speckigen Körpers kam.

Ich kannte mich mit Verträgen aus, wusste, dass der stärkere Teil immer bestrebt ist, in seiner Position zu bleiben. Aber was Herbert mit neutral geschäftsmäßiger Miene vorschlug, war der Gipfel der Infamie. Kein Mensch hatte ihm gesagt, dass Bruno finanziell der schwächere Teil war. Zu sehen war das nicht. Ich hatte Bruno eigens für dieses Treffen ausgestattet.

Der Anzug, den er trug, war garantiert noch etwas teurer gewesen als der edle Zwirn auf Herberts Leib. Aber irgendwo muss da ein Zettel gewesen sein mit dem Hinweis: «Die feinen Sachen hat Angelika mir gekauft.» Oder Herbert hat es gerochen.

Im Falle einer Ehescheidung sollte Bruno keinerlei Ansprüche gegen mich geltend machen können. Das konnte ich akzeptieren, weil mir der Begriff Ehescheidung an dem Tag so ähnlich in den Ohren klang wie die Behauptung, der Mensch fände auf der Venus optimale Lebensbedingungen vor.

Im Falle meines Todes sollte Bruno auf jegliche Erbschaftsansprüche verzichten. Das hielt ich für hirnverbrannt. Wem hätte ich denn etwas vererben sollen, wenn nicht meinem Mann? Als ich protestierte, legte Bruno mir eine Hand auf den Arm und sagte: «Ich akzeptiere das, Angelique.»

Herbert riss bei dem Namen noch einmal die Augen auf. Seine Mundwinkel zuckten, das Grinsen verkniff er sich in letzter Sekunde. Anscheinend konnte er sich nicht zu der Meinung von Hans Werres durchringen, dass der Name nun zu mir passe.

Als er wieder Bruno anschaute, begann Bruno zu grinsen und fügte hinzu: «Nur für den Fall, dass ich einmal auf dumme Gedanken käme, nicht wahr? Ich kann es mir zwar nicht vorstellen, aber man weiß ja nie. Wenn ich beim Tod meiner Frau leer ausgehe, muss ich doch alles tun, um sie bis ins hohe Alter bei bester Gesundheit zu erhalten.»

Ich wollte trotzdem nicht, dass er nach meinem Tod völlig mittellos dastand. Er hätte ja nicht einmal mehr ein Dach über dem Kopf gehabt. Seine kleine Wohnung war doch längst an den jungen Mario Siebert vermietet. An seinen Beruf dachte ich noch nicht als Einnahmequelle, weil das Pflegeheim für seine Mutter ihm davon kaum etwas übrig ließ.

«Ich akzeptiere es nicht», sagte ich. «Und jetzt darf ich vielleicht erklären, wie ich mir diesen Vertrag vorstelle. Für den gemeinsamen Lebensunterhalt komme ich auf. Mein Haus in Spanien wird auf meinen Mann überschrieben.»

Auf Herbert musste das überaus spendabel wirken. Dass es nur eine Bruchbude mit undichtem Dach war, wusste nicht einmal der alte Roßmüller, der den Kauf abgewickelt hatte. Ihm war nur bekannt, dass ein bisschen Land dazugehörte. Ein ansehnliches Grundstück hatte er es genannt und seinem Sohn vermutlich erzählt, ich hätte mir in Spanien einen Park zugelegt. Herbert presste kurz die Lippen aufeinander, sah im Geist womöglich eine weiße Villa inmitten von Olivenhainen oder Orangenplantagen und Bruno in einem Liegestuhl auf der Terrasse in süßem Nichtstun versunken.

Ich fuhr fort: «Das Anwesen in Spanien bleibt auch im Fall einer Trennung Eigentum meines Mannes. Und im Fall meines Todes ist er Alleinerbe des gesamten Vermögens, einschließlich des Reuter-Verlags. Ich sehe nicht ein, dass alles dem Staat zufallen soll oder irgendwelchen Leuten, die ich nicht kenne, die jedoch eine Verwandtschaft um fünf Ecken nachweisen können.»

Sowohl Papa als auch meine Mutter waren Einzelkinder gewesen. Aber die Großeltern hatten Brüder und Schwestern gehabt, die vermutlich auch Nachkommen gezeugt hatten.

Nach drei Sekunden eisigem Schweigen erklärte Herbert: «Wir sind jetzt dabei, einen Ehevertrag aufzusetzen und kein Testament. Das sollten wir bei anderer Gelegenheit besprechen. Noch besser wäre, Sie wenden sich dafür an einen Notar, Frau Reuter.»

Zwei Wochen später war ich Frau Lehmann. Mitte Mai wurden wir getraut. Ich hätte gerne eine pompöse Hochzeit gehabt mit allem, was dazugehört: Brautkleid und Schleier, Hochzeitskutsche mit vier Schimmeln davor und einen Priester, der uns am Altar auf gute sowie schlechte Zeiten und Treue bis zum Tod einschwor.

Das ist übrigens ein guter Spruch: bis dass der Tod euch scheidet. Jetzt sind wir geschieden. Hast du das gehört? Wir sind geschiedene Leute, du kannst gehen.

Wir hatten über meine Hochzeitsvorstellungen gesprochen, es war so ähnlich verlaufen wie die kleine Diskussion, ob wir nun nach Spanien fahren oder fliegen.

Bruno sagte reserviert: «Wenn du auf einer großen Zeremonie bestehst, müssten wir uns erkundigen, ob das auf dem Standesamt machbar ist. In einer Kirche können wir nicht getraut werden, Angelique.» Das hatte er ja schon einmal gehabt, hatte bisher nur zu erwähnen vergessen, dass er beim ersten Mal all diese Schwüre geleistet hatte.

Unsere Zeremonie war dann eher schlicht. Für die Fahrt nahmen wir seinen Wagen. Eine große Feier im Anschluss bekam ich trotzdem, auch das Kleid ließ ich mir nicht nehmen, eine weiße Wolke aus Taft und Spitze, maßgeschneidert, mit eingearbeitetem Korsett. Die Gästeliste umfasste gut fünfzig Namen, ein bisschen Verlagsbranche, ein paar Angestellte und Autoren. Bruno kannte nur zwei, Hans und Herbert. Ihn lud ich auch ein, mit Gattin. Aber er kam allein.

Herbert Roßmüller Meiner ersten Begegnung mit Bruno Lehmann gibt es nicht viel hinzuzufügen, der zweiten auch nicht. Ich hielt ihn für einen ihrer Angestellten. Die im Verlag kursierenden Gerüchte, sie habe ein Verhältnis mit einem Lektor, waren mir ja durch meinen Vater zu Ohren gekommen. Sonderlich sympathisch war Bruno Lehmann mir nicht. Natürlich gab es keinen Zettel an seinem Anzug. Ihm stand auch nicht auf der Stirn geschrieben: Ich bin Casanova. Aber etwas verriet ihn, seine Augen, sein Lächeln, seine Gestik, seine Haltung. Vielleicht hat Mann einen anderen Blick oder ein besseres Gespür als Frau, wenn da jemand sitzt oder steht, mit dem Mann die eigene Frau oder Freundin nicht gerne allein ließe. Aber ich kann, was Bruno Lehmann angeht, nicht objektiv sein, das ist mir sehr wohl bewusst.

Lieber noch eine Anmerkung zu ihr. Es schien, dass sie den Tiefpunkt überwunden hatte. Bis zum erneuten Bandwechsel verlor sie kein Wort mehr über hohe Temperaturen, übermäßiges Schwitzen oder körperliche Missempfindungen. Ihre Gedanken schweiften wohl häufiger ab und kreisten um die aktuelle Situation. Dann gab sie auch kleine Hinweise.

Ansonsten lief sie noch einmal zur Hochform auf, würzte ihren Bericht mit Sarkasmus oder ironischen Spitzfindigkeiten wie in den ersten Stunden, wurde schließlich sogar albern und verschleierte damit, wie es um sie stand.

O-Ton – Angelika

Abends gab es Musik und Tanz. Herbert ließ es sich nicht nehmen, die Braut einmal herumzuschwenken. Dabei entschuldigte er sich für die Gemeinheiten, die er Bruno hatte servieren wollen. Er hätte mir nur dazu geraten, weil er derzeit am eigenen Leib erfahre, wie wichtig es sei, die finanzielle Seite vorher zu regeln.

«Solange man verliebt ist, denkt man nicht darüber nach, zu welch einem Kampf das ausarten kann», sagte er. «Ich befinde mich zurzeit in solch einer Auseinandersetzung, weiß also, wovon ich spreche.»

Beim Tanzen benutzte er auch das vertraute Du aus früheren Jahren. «Stell dir nur einmal vor. Oder versuch wenigstens, dir vorzustellen, dass dein Mann dich eines Tages betrügt.»

Dabei schaute er zu Bruno hinüber, der neben Hans Werres und dessen neuer Freundin an der Bar stand und sich angeregt mit beiden unterhielt. Hans hatte seine Frau zwischenzeitlich abgeschrieben und sich einen Ersatz in unserer Presseabteilung gesucht, Karina Olschewski. Da gab es doch gemeinsame Interessen und mehr Kompatibilität.

Ich folgte Herberts Blick und sah nur den Bruno, den ich seit gut einem Jahr kannte. Etwas größer als Hans, schlank und aufrecht. Das dunkle Haar und die sonnenbraune Gesichtshaut, seine Hand, die ein Glas hielt, sein Lächeln, als er sich zu Karina Olschewski vorbeugte und ihr mit diesen Funken von Humor in den Augen etwas erzählte. Mein Mann.

«Er sieht phantastisch aus», stellte Herbert ohne jeden Anflug von Neid fest. Worauf hätte er auch neidisch sein sollen? Von ihm konnte man jederzeit dasselbe behaupten. «Und mir scheint», fuhr er fort, «er kann mit Frauen umgehen. Es ist nicht auszuschließen, dass er dich eines Tages betrügt. Hast du eine Ahnung, wie weh das tut? Vorausgesetzt natürlich, du erfährst davon.»

«Er wird mich niemals betrügen», sagte ich.

«Niemals ist ein großes Wort», meinte Herbert.

«Und Betrug ist», ergänzte ich in Erinnerung an die ersten Monate unserer Beziehung und den Vortrag, den Bruno mir gehalten hatte, «wenn er mir schadet, mir etwas wegnimmt oder vorenthält, was ich schmerzlich entbehre. Das wird er nie tun.»

«Du bist dir deiner Sache verdammt sicher», meinte Herbert noch, dann schwieg er und brachte mich zurück an Brunos Seite, bedankte sich bei ihm für den Tanz mit der Braut. Kurz darauf verabschiedete er sich.

Wir verließen den Saal etwa eine Stunde später, fuhren heim und holten die schon gepackten Koffer.

Vielleicht hätte ich doch besser den alten Nettekoven nehmen sollen. Dann hätte ich jetzt ein stilles Glück und noch einen Verlag. Ich säße an Papas Schreibtisch, es wäre aber meiner. Ich könnte mir von meiner Sekretärin ein Wasser bringen lassen und müsste mir nicht wünschen, dass Papas Seele mich hört. Das tut sie nämlich nicht, sie ist stinksauer auf mich. Aber vielleicht ist sie auch schon irgendwo wiedergeboren, quäkt in einer Wiege und weiß gar nicht mehr, dass es mich gibt und dass wir mal einen Verlag hatten. Das halte ich für wahrscheinlicher.

Unsere Hochzeitsreise ließ Bruno sich von mir spendieren. Drei Wochen auf den Kanarischen Inseln wäre mein Traum gewesen. Oder Hawaii, traumweiße Strände, palmengesäumt, menschenleer, unter mir Sand, über mir Bruno. So hatte ich es mir ausgemalt und nicht bedacht, dass es vielleicht doch nicht nur die Kosten und die Umstände eines regulären Flugs gewesen waren, die Bruno dazu veranlasst hatten, für den Weg nach Spanien zwei Tage und zwei Nächte hinter dem Steuer zu wählen.

Er hatte Flugangst, genierte sich ein wenig, es offen zuzugeben und schob die drei Wochen vor. So lange konnte er unmöglich aus seiner Agentur fortbleiben. Zehn Tage waren das höchste der Gefühle. Dafür lohnte der Aufwand nicht. Aus den drei Liebeswochen unter dem Honigmond wurden neun Tage Venedig, An- und Abreise nicht mitgerechnet. Ein Hotel, nicht zu groß, dennoch teuer. Von der Stadt haben wir nicht viel gesehen, wir sind nicht mal mit einer Gondel gefahren, weil wir kaum aus dem Zimmer kamen.

«So ein teures Bett muss sich amortisieren», sagte Bruno.

Und jede Nacht war anders, jede Zärtlichkeit noch unerlebt. Ich hatte vorher nicht gewusst, dass es noch eine Steigerung geben konnte. Ich hätte es vorher auch nicht geglaubt und fand nun, der Einsatz hätte sich gelohnt. Es war einfach wunderbar. Welch ein unzulängliches Wort, um einen Himmel zu beschreiben, in dem ich nur weinen konnte.

In dem Hotelbett flossen viele Tränen. Das Schluchzen begann kurz vor dem Orgasmus und steigerte sich zu einer wahren Eruption. Zuerst habe ich Bruno damit erschreckt. Ich konnte ihm nicht richtig erklären, warum ich weinte. Es war pure Lust. Sie beschränkte sich nicht länger auf den Unterleib, baute sich auf, stieg hoch und höher, bis ich davon überlief.

Danach Alltag. Über Geld haben wir nicht mehr gesprochen. Die fünfzigtausend schrieb ich ab. Sie taten mir nicht weh. Nora Elfgen hatte mir wehgetan, über sie sprachen wir auch nicht mehr. Ich war überzeugt, dass er sie nicht mehr sah, und wollte nicht mehr über sie nachdenken.

Um allem Übel vorzubeugen, gab ich meiner Bank den Auftrag, monatlich zweitausend von meinem Privatgiro auf Brunos Konto zu überweisen. Taschengeld, über das er nach Belieben verfügen, das er auch für wohltätige Zwecke verwenden konnte.

Er verlor kein Wort über meine Großzügigkeit, bedankte sich auf seine Weise. Dreimal in der Woche mindestens veranstaltete er für mich ein Fest der Liebe. Am nächsten Tag fühlte ich mich immer ein bisschen betrunken. Er war bezaubernd, so sanft, so wild, aufmerksam und geduldig mit den Launen, die ich aus dem Verlag mit nach Hause brachte.

Es hatte schon vor unserer Hochzeit mit Papas Lebenswerk nicht zum Besten gestanden, das habe ich ja schon deutlich zum Ausdruck gebracht. Ich war mir nur nicht sicher gewesen, wem ich glauben sollte, einem guten Lektor oder einer Rechenmaschine, die sich vielleicht große Hoffnungen auf ein stilles Glück gemacht hatte und nun aus Rachsucht versuchte, mir das Privatleben mit Schwarzmalerei zu verdunkeln.

Nach unserer Hochzeitsreise kam Nettekoven nur noch mit Hiobsbotschaften. Ich hielt mich erst einmal an den Rat, den Hans mir gegeben hatte. Um den Verkauf der Goltsch-Biographie noch einmal anzukurbeln, pumpten wir einen sechsstelligen Betrag in eine riesige Werbekampagne. Dafür machte ich mein Reservedepot flüssig, Papas Lebensversicherung. Wir schalteten sogar Anzeigen in Magazinen, was wir noch nie getan hatten, weil sich der finanzielle Aufwand nicht auszahlte.

Die Bücher unserer bisherigen Starautoren Möbius und Lang waren noch nie so opulent beworben worden, wovon beide verständlicherweise wenig begeistert waren. Gottfried Möbius bat ganz formell um einen Termin bei mir und bedauerte, nicht doch beizeiten den Verlag gewechselt zu haben. Die Lang machte es nicht so formell, hielt mir am Telefon Vorträge. Für ihren zum Herbst eingeplanten Krimi wollte sie auch Anzeigen oder mit dem nächsten Buch zur Konkurrenz gehen.

Es war russisches Roulette für den Reuter-Verlag. Und wir spielten mit umgekehrten Regeln. In fünf Kammern befand sich eine Kugel, die uns den tödlichen Schlag versetzen konnte. Nur eine Kammer war frei, und jeder von uns, mit Ausnahme von Erich Nettekoven vermutlich, hoffte inständig, dass wir uns die leere Kammer an die Schläfe hielten.

Bruno hat es nicht verstanden. Zweihundertachtzigtausend Mark, um ein im Grunde völlig überflüssiges Buch zu verkaufen. «Mit solch einer Summe», sagte er, «hätten andere sich von all ihren Sorgen befreien können.»

Natürlich wusste ich genau, wen er meinte. Eine halbe Million Mark hätte die Elfe bekommen, wenn ihr verrückter Biochemiker nicht dieses Teufelszeug in seine Milch gerührt hätte. Vermutlich Viren, Retroviren oder Prionen in einer Trägersubstanz oder auf einem Nährboden. Es wird eher was auch immer gewesen sein. Mit Viren kenne ich mich nicht gut aus. Von Retroviren weiß ich gar nichts. Aber Prione sind extrem hitzeresistent und befallen das zentrale Nervensystem, das weiß ich. Sie fressen Löcher ins Hirn, allerdings töten sie kleine Mäuse nicht in Stunden oder Tagen. Bei Kühen dauert das Jahre, bei Menschen mit Creutzfeldt-Jakob zumindest Monate.

Ich weiß nicht, womit der kranke Herr Elfgen sich ins Jenseits befördert hat. Irgend so ein Idiot, wahrscheinlich er selbst, musste der Natur eben unbedingt ins Handwerk pfuschen und so einen Wahnsinn erfinden, als ob es nicht schon genug Grauen gäbe.

Ich wollte nicht verkaufen. Als der Erfolg der Werbekampagne ausblieb und mir auf einer Vertreterkonferenz mitgeteilt wurde, dass zahlreiche Buchhandlungen die Goltsch-Biographie bereits versandfertig für den Rücktransport in ihren Büros stehen hätten, als Nettekoven mir auch noch zu verstehen gab, dass wir einen amerikanischen Autor, den wir schon seit fünf Jahren im Programm hatten, verlieren würden, weil wir die Lizenz für sein neues Buch diesmal nicht bezahlen könnten, wollte ich mit dem privaten Vermögen einsteigen.

Bruno sagte: «Sei vernünftig, Angelique. Man muss erkennen, wann das Spiel zu Ende ist. Wovon willst du leben, wenn du auch noch dein Vermögen verlierst, vielleicht sogar dein Haus?»

Das war eine gute Frage. Vorher hatte er zwar einmal gesagt, wenn ich alles verlieren würde, könnten wir nach Spanien gehen. Aber völlig umsonst war das Leben dort auch nicht.

Wochenlang war ich wie gelähmt. Im Verlag sah ich mich unentwegt an Papas Sterbebett sitzen, hörte mich ein Versprechen geben, wenn auch nur in Gedanken. Und wenn ich heimkam, sah ich einen Mann, der glaubte, Hemingway hätte den Weißen Hai geschrieben, der mit mir alt werden wollte und vielleicht an meinem Sterbebett noch sagte, dass er mich liebte. Manchmal sah ich mich irgendwo in Alcublas am Straßenrand sitzen und vorbeigehenden Passanten die Hand entgegenstrecken, damit ich auf dem Heimweg bei Señora Rodrigues wenigstens ein bisschen Schafskäse fürs Abendbrot kaufen könnte.

Im August bekam ich ein gutes Angebot von einem Großkonzern. Hans wusste nicht mehr, wozu er mir raten sollte. Nettekoven meinte, jetzt oder nie. Wenn sich erst zurückgeschickte Exemplare in der Bilanz niederschlügen, könne ich Konkurs anmelden. Also jetzt. Ich erhielt die Zusicherung, dass meine Mitarbeiter ihre Arbeitsplätze behielten, bekam noch eine Party zum Abschied.

Und zwei Wochen später erfuhr ich von Hans, dass der treue Nettekoven das Ganze eingefädelt haben sollte. In ehrenvollem Gedenken an Papa, damit ich meine spontanen Einfälle fortan nur noch im Privatleben austobte.

Hans war zu Ohren gekommen, dass mein Verlagsleiter nicht nur die Vertreter zu ihren negativen Äußerungen animiert habe. Er sollte sogar Gottfried Möbius und Iris Lang den Wechsel zur Konkurrenz nahe gelegt haben, weil er unter der derzeitigen Verlagsführung für sie keine Perspektive mehr gesehen hatte. Dasselbe hatte Nettekoven anscheinend auch dem Agenten erzählt, der uns Lizenzen aus den USA vermittelte.

Der Reuter-Verlag behielt seine Stammautoren und seinen Namen. Ich hieß ja inzwischen Lehmann. Erich Nettekoven blieb Verlagsleiter, Andreas Koch blieb Lektor im Sachbuchbereich. Hans wurde befördert, durfte sich ab sofort Verlagsleiter Belletristik nennen und bekam eine Gehaltserhöhung, die ich ihm nicht hätte bieten können. Ihm war das sehr unangenehm, weil er meinte, es könne mich zu der Ansicht verleiten, er hätte nur fürs Geld am Ende nicht mehr gewusst, ob er mir zu einem Ja oder einem Nein raten sollte.

Ich hatte danach sehr viel Zeit und noch mehr Geld. Einen Verlag verkauft man schließlich nicht für ein Butterbrot, bestimmt nicht, wenn er zwei bestsellerverdächtige Titel auf Lager hat. Die hatte er. Der junge Knut Görres, den Hans entdeckt hatte, sprengte mit seinem Erstling alle Erwartungen. Er bekam von der neuen Verlagsleitung auch eine Werbekampagne spendiert, die ihm ein paar erstklassige Rezensionen bescherte, hinzu kam Mundpropaganda. Für die Goltsch-Biographie brauchte es noch eine gewisse Anlaufzeit, etwas Klatsch in der Regenbogenpresse. Hier ein Sensatiönchen, da ein Skandal, darin war Andy Goltsch doch immer gut gewesen.

Erst Mitte letzter Woche habe ich in einer Illustrierten gelesen, dass sie jetzt die fünfte Auflage herausbringen. Große Auflagen, verdammt große, das weiß ich von Hans, der mich hin und wieder anrief, um zu berichten, wie die Dinge standen. Mehr als eine halbe Million Exemplare sind bereits verkauft. Ich könnte Erich Nettekoven immer noch kalt lächelnd erwürgen.

In der Illustrierten war ein Foto von ihm. Er hatte den Arm um seinen Starautor gelegt und grinste, als sei alles sein Verdienst. Von der Arbeit, die Hans geleistet hat, spricht niemand. Aber Andy ist wieder in den Schlagzeilen. Nicht mit seinem Gesang, nur mit seinem Buch, mit schmutziger Wäsche und dem Buch, das er darüber schreiben will.

Er hat auch geheiratet, in diesem Frühjahr, ein Mannequin. Bei der Hochzeit hat er ein paar Fotografen verprügelt. Das macht man jetzt so, es bringt Publicity. Ein paar Wochen später hat er sie alle eingeladen und Interviews gegeben. Sie durften seine Frau im Evakostüm ablichten, während Andy erläuterte, an welchen Stellen ihres makellosen Körpers sein Vermögen verarbeitet worden war. Lippen aufgespritzt, zwei Falten auf der Stirn unterspritzt, Silikon in den Vorbau und in den Hintern, Fett an Bauch und Oberschenkeln abgesaugt. Nun überlegten sie gemeinsam, ob sie ihr noch zwei Rippen herausnehmen lassen sollten für eine Wespentaille.

Das Weib sah so künstlich aus, dagegen bin ich selbst jetzt noch schön. Für Andy hat sich die Investition nur bedingt ausgezahlt. Kurz nachdem ihre Fotos durch die Presse gegangen waren, hat er sie rausgeworfen, hatte sie mit einer Freundin im Bett erwischt.

Das wäre jetzt eine Stelle zum Lachen. Man muss sich das vorstellen: Der arme Andy, von dem immer noch die halbe Welt glaubt, er sei schwul, nur weil sich vor Jahren so ein mediengeiler Lümmel wichtig machen wollte und Andy sich seit seinem Comeback mit dem Schlagzeuger seiner neuen Band auch privat gut versteht, der arme Andy will der ganzen Welt das Gegenteil beweisen. Er heiratet, und dann stellt sich heraus, dass seine schöne schlanke Frau lesbisch ist.

Andys Hochzeit sei nur ein Mediengag gewesen, meinte Hans, eine abgekartete Sache. Das Gefühl hatte ich bei meiner Ehe auch oft. Kein Mediengag, aber wohl überlegt. Nicht von mir. Ich hatte einfach zu viel Zeit zum Nachdenken. Nicht sofort nach dem Verkauf. In den ersten Wochen danach war ich noch sehr beschäftigt damit, meine finanziellen Angelegenheiten zu regeln. Nachdem das Finanzamt sich bedient hatte, musste der große Rest ja verteilt werden an Plätze, an denen er für mich arbeitete.

Bruno kümmerte sich derweil um die Beerdigung seiner Mutter. Sie starb Mitte September an Herzversagen. Außerdem hatte er viel einzukaufen, Akku-Bohrer, Akku-Schrauber, Akku-Schleifer – Akku-Sägen gab es leider nicht.

Unmittelbar nach der Beerdigung brachen wir für zwei

Wochen zum ersten herbstlichen Heimwerkeraufenthalt nach Spanien auf, im Kofferraum nicht nur Gepäckstücke, auch eine Kiste voll Werkzeug und eine mit etwas Hausrat, hauptsächlich Geschirr, Bettwäsche und Handtücher.

Den Tag nach unserer Ankunft verschliefen wir, das hab ich ja schon mal gesagt. Den nächsten verbrachten wir in Valencia und tätigten weitere Einkäufe: zwei Liegestühle, einen Sonnenschirm, einen Schrank für Wäsche und Kleidung, den Gasherd, das war praktischer, als mit Holz zu feuern. Die Flaschen stehen draußen. Bruno hat mit dem Akku-Bohrer ein Loch in einen der Fensterrahmen gebohrt, um den Schlauch durchzuschieben.

Ein breiteres Bett haben wir uns auch angeschafft. Es passte nicht in das winzige Schlafkämmerchen. Der neue Schrank passte da sowieso nicht rein. Bruno musste die Wand einreißen. So ist ein großes Zimmer entstanden. Aber was heißt groß? Etwas über dreißig Quadratmeter, die Eingangshalle in meinem Haus ist größer und jetzt bestimmt auch schön kühl.

Nachdem ich tagelang in der herbstlichen Sonne gelegen, Staub geschluckt, mir beim Kochen mal die Finger verbrannt und meinem Mann bei der Arbeit zugeschaut hatte, erfüllte ich mir nach der Rückkehr meinen sehnlichsten Wunsch, Körbchengröße D, immer noch sehr üppig, aber angenehmer zu tragen als E.

Bruno war nicht ganz einverstanden mit dieser größeren Operation. Das war es, weil die Brustwarzen versetzt werden mussten. Aber zu dem Zeitpunkt brauchte ich einen längeren Krankenhausaufenthalt, um nicht auf die Buchmesse nach Frankfurt fahren zu können. Da hätte ich Nettekoven geköpft oder zumindest verprügelt. Das sah Bruno ein. Das Ergebnis überzeugte ihn auch.

Anschließend habe ich mich wochenlang nicht auf den Friedhof getraut. Nicht so sehr wegen Papas Angst vor Bakterien. Es war doch alles gut gegangen und perfekt geworden. Nur zwei Nähte würden sichtbar bleiben, mit der Zeit jedoch verblassen, hatte der Chirurg mir versprochen, so ist es auch. Aber wenn ich daran dachte, Papas Grab zu besuchen, sah ich mich immer noch die Papiere unterzeichnen.

Und wenn ich an Bruno dachte: immer dieselben Fragen. Wo ist er jetzt? Was macht er gerade? Geht er in dieser Minute an einer bedürftigen Frau vorbei oder kann er nicht?

In seiner Agentur saß der schüchterne Mario Siebert, Bruno besuchte die Kundschaft, weil sein Kollege nicht überzeugend genug war, um neue Abschlüsse zu tätigen. Dabei ging es doch angeblich gar nicht um neue Abschlüsse. Aber man nimmt mit, was man kriegen kann.

Bruno war ständig unterwegs, kam zu unregelmäßigen Zeiten heim, manchmal mittags für eine Stunde. Oder nachmittags, um rasch mit mir ein paar Einkäufe zu machen. Zu der Zeit musste er die Schuhe noch anprobieren, die ich ihm kaufte. Später wusste ich, worauf ich beim Schuhkauf zu achten hatte. Hemden und Anzüge waren maßgeschneidert, der Schneider hatte einmal Maß genommen, danach musste ich nur den Stoff aussuchen.

Manchmal sagte Bruno beim Einkaufen: «Heute Abend wird es etwas später, Angelique. Du musst nicht mit dem Essen auf mich warten.»

Ab November sagte er das meist dienstags und freitags. Es waren diese beiden Tage, die mich so wütend und so hilflos machten. Dienstags und freitags, das waren in den ersten Monaten meine Tage gewesen. Er hatte kein Recht, sie mit einer anderen zu verbringen, auch nicht für zwei Stunden.

Ich mochte nicht zu Hause herumsitzen, warten und mich verrückt machen mit Phantasiebildern. Manuskripte aus dem Lektorat konnte ich mir keine mehr holen, um so einen Abend zu überstehen und Bruno keine Szene zu machen, wenn er nach Hause kam. Hans zum Essen einladen konnte ich auch nicht mehr. Er lebte inzwischen mit Karina Olschewski zusammen und sah Vaterfreuden entgegen. Dabei mochte ich ihn nicht stören.

Also ging ich ins Kino. Jeden Dienstag- und jeden Freitagabend, monatelang, egal, was gespielt wurde. Action, Science-Fiction, Grusel oder Klamauk, nur keine Liebesfilme, das hätte ich nicht ausgehalten. Aber wie der Zufall so grausam spielen kann, geriet ich vor vier Monaten, Ende April, in einen Liebesfilm, der nicht im Kino gezeigt wurde.

Es war ein Donnerstagabend, kurz nach sieben. Wir hatten noch nicht zu Abend gegessen. Ich war dabei aufzutragen. Frau Ströbel hatte sich schon verabschiedet. Das Telefon klingelte. Bruno ging in die Diele und nahm das Gespräch entgegen.

Für mich kamen inzwischen ja keine wichtigen Anrufe mehr. Hin und wieder meldete sich Hans, das tat er meist tagsüber, weil Bruno immer so kurz angebunden war, wenn er ihn an die Strippe bekam. «Für dich.» Es war Bruno nicht recht, dass ich immer noch Kontakt mit Hans hatte. Vor allem jetzt nicht. Wenn ein Mann Vater wurde, stand ihm nämlich eine Phase mehrwöchiger Enthaltsamkeit bevor, das hatte Bruno mir schon mehrfach erklärt.

Ich habe nicht bewusst zugehört. Es kam auch kein verräterisches Wort über seine Lippen, nicht der kleinste Hinweis, wen er in der Leitung hatte. Zuerst fragte er: «Wo genau ist das?» Dann sagte er: «Ja, ich kenne die Gegend. Aber wie soll ich dir jetzt helfen, willst du nicht lieber die Polizei rufen?»

Nach einer winzigen Pause erklärte er noch: «Das verstehe ich. Ich bin in zwanzig Minuten da.» Gleich anschließend hörte ich: «Ich kann leider nicht mit dir essen, Angelique. Ich muss noch einmal weg.»

«Warum?», fragte ich. «Was ist denn passiert?»

Er behauptete, Mario Siebert sei in eine Schlägerei verwickelt worden und habe eine Platzwunde davongetragen. Die

Angreifer seien längst über alle Berge, deshalb lohne es nicht, sofort die Polizei zu alarmieren.

«Er blutet sehr stark und möchte so nicht Auto fahren. Wahrscheinlich muss die Wunde genäht werden. Ich bringe ihn ins Krankenhaus, danach fahre ich mit ihm zur Polizei. Er muss Anzeige erstatten, auch wenn ihm das unangenehm ist und er meint, er könne die Täter nicht beschreiben.»

Im ersten Moment klang das glaubhaft, weil er auch am Telefon von der Polizei gesprochen hatte. Erst nachdem die Haustür hinter ihm zugefallen war, kamen mir Zweifel. Wenn Mario so stark blutete, dass er nicht selbst Auto fahren wollte, wäre es entschieden vernünftiger gewesen, sich ein Taxi zu rufen, statt noch zwanzig Minuten auf Bruno zu warten.

Ich griff zum Telefonhörer, wählte Brunos alte Nummer. Die hatte Mario Siebert auch übernommen. Er saß völlig unversehrt mit seiner Freundin und einer Pizza vor dem Fernseher, wunderte sich über meine Frage nach seinem Befinden und versprach, nicht mit Bruno darüber zu reden. Ihm war die Sache peinlich.

Anschließend saß ich am Esstisch und hatte das Gefühl, mir fiele die Decke auf den Kopf. Das große Zimmer um mich herum wurde immer kleiner und enger, bis es schließlich wie ein Seil um meinen Hals lag und mir die Kehle zuschnürte.

Seine Eile, eine Lüge, die erste, bei der ich ihm sofort auf die Schliche gekommen war. Wie viele mochte es vorher gegeben haben? Wer hatte ihn angerufen? Die Antwort lag auf der Hand. Eine Frau, die ihm so viel bedeutete, dass er ihr unsere Privatnummer gegeben hatte. Bei irgendeiner, die er nur einmal getröstet oder befriedigt hatte, wäre er das Risiko nicht eingegangen, meinte ich.

Ich wollte mir nicht vorstellen, tat es natürlich trotzdem, dass er genau in diesem Moment dabei war, seine Hosen auszuziehen. Oder sie sich ausziehen ließ. Dass er exakt in dieser Sekunde einen Frauenkopf über seinem Schoß festhielt, sich in einen Mund drängte oder seinen Kopf zwischen zwei Schenkel presste.

Mit diesen Bildern vor Augen stand mir nicht der Sinn danach, allein zu essen. Ich war auch absolut nicht hungrig. Wie sonst nur dienstags und freitags rief ich mir ein Taxi und ließ mich zu meinem Stammkino bringen. Das heißt, ich wollte. Aber auf dem Weg dorthin lag eine Kneipe. Eine von der billigen Sorte. Nur eine Leuchtreklame über der Eingangstür, die verkündete, welche Biersorte ausgeschenkt wurde.

Im Vorbeifahren sah ich Brunos Wagen am Straßenrand stehen. Ich ließ den Taxifahrer anhalten, entlohnte ihn, stieg aus und ging zum nächsten Fußgängerüberweg. Ich wusste doch nicht, wo Bruno war. Irgendwo in der Nähe, in einem Haus, dachte ich. In der Kneipe habe ich ihn nicht vermutet. Das war nicht sein Stil.

Die Straße war vierspurig, durch einen Grünstreifen geteilt. Auf der gegenüberliegenden Seite suchte ich Deckung in einem Hauseingang und wartete, wartete, wartete, ließ die Augen über Fenster und Eingangstüren auf der anderen Seite schweifen, hatte Angst, ihn zu übersehen.

Es dämmerte bereits, als er endlich auftauchte. Wider Erwarten kam er aus der Kneipe. Zwischen mir und ihm lagen zwar etliche Meter, auf denen Autos in beide Richtungen fuhren. Aber vermutlich hätte ich ihn auch in fünfhundert Meter Entfernung und bei totaler Finsternis erkannt. Wie auch nicht? Er war mein Mann. Und nicht allein. Die Frau an seiner Seite war mädchenhaft zierlich. Eine Elfe eben. Mit dem Windhauch ihrer Stimme im Ohr hatte ich immer eine bestimmte Vorstellung gehabt. Die sah ich nun bestätigt.

Bruno hatte einen Arm um ihre Schultern gelegt. Ich sah, dass er mit ihr sprach. Er musste den Kopf zu ihr hinunterbeugen. Sie war um etliches kleiner als er, hatte glattes, dunkles Haar, das ihr fast bis zur Taille reichte.

Ohne darüber nachzudenken, folgte ich ihnen auf meiner Straßenseite bis auf Höhe seines Wagens. Er öffnete die Beifahrertür und ließ sie einsteigen. Dann beugte er sich in den Wagen hinein. Was er machte, konnte ich nicht erkennen, aber ich konnte es mir denken. Er küsste sie. Warum sonst sollte er seinen Kopf so lange ins Auto stecken? Er hatte sie zuvor einsteigen lassen, weil er genau wusste, dass ihr die Knie zittern würden, wenn er seine Zunge spielen ließ. Er war immer so fürsorglich.

Es dauerte so entsetzlich lange, ehe er sich wieder aufrichtete, die Tür zuwarf und um den Wagen herumging. Ich war ganz steif vom Zusehen geworden. Dann diese weit ausgreifenden Schritte und wie er einstieg. Es war alles so vertraut, so persönlich, so grauenhaft, dass ich daran zu ersticken glaubte.

Zurück nach Hause mochte ich nicht. Mein Handy lag dort, so etwas nimmt man nicht mit, wenn man eigentlich ins Kino will. Ich musste eine Weile marschieren, ehe ich ein Taxi fand, nannte dem Fahrer eins von den Restaurants, in denen ich früher manchmal mit Papa und später so oft mit Hans gegessen hatte.

Ein bisschen Nostalgie gegen den bohrenden Schmerz. Und die Frage, warum ich nicht intensiver versucht hatte, Hans in mein Bett zu bekommen, ehe er sich in Karina Olschewski verliebte. Die Gewissheit, dass ich vor einem Jahr noch keine Chance gehabt hätte. Inzwischen sah die Sache anders aus.

Viel Zeit fürs Fitnesscenter, das Hallenbad und Dauerläufe. Vierundfünfzig Kilo! Eine schmale Taille, ein flacher und dank der Gymnastik auch strafferer Bauch, ein fester Po, kein Gramm Fett zu viel mehr auf den Hüften oder an den Schenkeln. Und die Oberweite war genau richtig, fest, vor allem echt.

Irgendwann saß ich an einem winzigen Ecktisch. Es bohrte immer noch dumpf und schmerzhaft in meiner Herzgrube. Ich las die Speisekarte hinauf und hinunter. Kein Appetit, der Magen randvoll mit Bitterkeit, die Kehle zugeschnürt von dunklem Haar, das einer Elfe bis auf die Taille reichte.

Als ein Kellner neben mir dezent zu hüsteln begann, bestellte ich einen Salat und ein Glas Weißwein. Dann gab ich mich der Vorstellung hin, Hans gleich morgen anzurufen, ihn zum Essen einzuladen, natürlich ohne seine schwangere Karina, ihn nach dem Essen nach allen Regeln der Kunst zu verführen und ihm zu erklären, dass er die Mutter seines Kindes nicht betrog, solange sie nichts vermisste. Bruno wenigstens einmal das antun, was er mir schon so oft angetan hatte. Und jetzt, in genau diesen Minuten antat.

In meinem Hinterkopf fragte Herbert Roßmüller unentwegt: «Hast du eine Ahnung, wie weh das tut?» Ja, jetzt hatte ich, nicht bloß eine Ahnung, keine Vermutungen mehr. Jetzt wusste ich es ganz genau, hatte immer noch vor Augen, wie Brunos Kopf im Auto steckte.

Über sein Auto fanden meine Gedanken in einen Autosalon, wo ich mir eins kaufte. Damit zerquetschte ich diesen zierlichen Körper wie eine Wanze. Bei meinen Fahrkünsten würde niemand an einen geplanten Mord denken. Es würde mich zwar den Führerschein kosten, aber den brauchte ich nicht. Ich brauchte nur meinen Mann, immer noch.

Zuerst brachte der Kellner den Wein. Kurz darauf wurde mir auch der Salat serviert, und ich konnte mich damit beschäftigen. Das Dressing schmeckte widerlich, war eine merkwürdige Kombination aus Zucker, Essig und roten Zwiebeln.

Und plötzlich die erstaunte Stimme: «Angelika?»

Ich hob den Kopf und schaute direkt in die fragend unsichere Miene von …

Wer will raten? Keiner? Schade. Na, dann sag ich es eben.

Herbert Roßmüller.

Als ich nickte, strahlte er mich an. «Dann habe ich mich doch nicht getäuscht. Die ganze Zeit überlege ich schon, ist sie es nun, oder ist sie es nicht. Bist du allein hier?»

Wenn er schon die ganze Zeit überlegt hatte, hätte er das inzwischen wissen müssen.

«Nein», sagte ich. «Ich habe meine ehemalige Belegschaft

komplett zum Essen eingeladen. Die sind nur gerade alle pin-keln.»

So, liebe Kinder, damit sind wir bereits bei dem Abend, an dem Tante Angelika sich einen Anwalt nahm.

Hab ich das nicht hübsch formuliert? Und völlig korrekt ausgedrückt.

Aber wir müssen an dieser Stelle unser Programm für eine kleine Werbepause unterbrechen. Tante Angelika ist gleich wieder da, liebe Kinder, und erzählt euch das Märchen vom Prinzen und der Speckschwarte.

Und wenn ihr ganz brav seid und der radelnde Supermarkt sich noch ein oder zwei Stündchen Zeit lässt, wovon ich mal ausgehe, schafft Tante Angelika vielleicht auch noch das Mär-chen von der Elfe und dem bösen Biochemiker, besser be-kannt als die Geschichte von den beiden Königskindern, die zusammen nicht kommen konnten, weil das Wasser zu tief und Mutters Pflegeheim lange Zeit zu teuer gewesen war. Da musste der arme Bruno eine fette, dumme, aber goldene Gans zur Frau nehmen, um seine Elfe über Wasser zu halten.

Herbert Roßmüller   Ich möchte mich zu diesem Abend und den folgenden Wochen nicht äußern. Das erübrigt sich auch, sie spricht sehr detailliert darüber. In ihrer Stimme gibt es keine Anzeichen von Schwäche dabei. Die ärgste Mittagshitze war wohl auch ein wenig abgeklungen. Erträglicher wurde ihre Situation dennoch nicht. Das weiß ich mit Sicherheit. Und ich weiß es nicht von den Kassetten.

Da ich nicht vorgreifen will, hier nur so viel: Ich machte mich an diesem Freitag um die Mittagszeit auf den Weg zum Köln-Bonner Flughafen. Während sie die Boy-Group No Mercy und den Song «When I Die» mit ihrer Stimme überdeckte, saß ich wohl längst in einem angenehm klimatisierten Learjet, der gegen sechzehn Uhr in Madrid landen sollte.

Die knapp vierhundert Kilometer von Madrid nach Alcublas wollte ich mit einem Mietwagen zurücklegen. Es wäre vielleicht möglich gewesen, mich von Madrid aus weiter nach Valencia und damit bis auf sechzig Kilometer ans Ziel fliegen zu lassen. Ich weiß es nicht, weil ich mich nicht danach erkundigt habe. Es war nicht mein Jet, ich war nur Gast an Bord.

O-Ton – Angelika

Herbert Roßmüller! Wen sonst hätte ein gnädiger Himmel an dem Abend an meinen Tisch schicken können, um mich die nächsten Stunden überstehen zu lassen? Mein ordinärer Ausdruck hatte ihn sichtlich schockiert. Pinkeln! Aus meinem Mund hatte er solch ein Wort kaum erwartet. Er quälte sich ein misstrauisches Lächeln ab und entschuldigte sich. «Ich wollte dich nicht stören, nur rasch guten Tag sagen.»

«Quatsch», erwiderte ich. «Du weißt nur wieder mal nicht so genau, wie man mit Messer und Gabel umgeht. Hol deinen Teller und dein Besteck, dann zeige ich es dir.»

Ich deutete einladend auf den zweiten Stuhl. Mehr als zwei Stühle gab es nicht an dem Tisch.

«Hast du wirklich nichts dagegen?», fragte er, war immer noch unsicher, aber er zog bereits an der Stuhllehne und setzte sich mir gegenüber. «Wenn du verabredet bist, ich meine, wenn du noch jemanden erwartest, bin ich sofort wieder verschwunden», versprach er.

«Ich nehme dich beim Wort», sagte ich.

Nun grinste er. «Dann mache ich es mir gemütlich. Du erwartest niemanden, sonst hättest du nicht angefangen zu essen.»

Welch eine Beobachtungsgabe. Aber besser als meine, er war mir nicht aufgefallen.

«Ich habe dich nämlich schon seit einigen Minuten im Visier», erklärte er. «Ich war mir nur nicht sicher. Du siehst traumhaft aus.»

«Danke», sagte ich.

Herbert gab sich jovial und leutselig. «Wie lange haben wir uns nicht gesehen? Das müssen fast zwei Jahre sein.»

«Noch nicht ganz eins», sagte ich. «Es war bei meiner Hochzeit, letztes Jahr im Mai. Da war ich aber noch etwas fülliger.»

Ich hoffte, dass er mich mit weiteren Komplimenten verschonte. Gegessen hatte er bereits. Als der Kellner an den Tisch kam und sich erkundigte, ob wir noch Wünsche hätten, schob ich den Salat zur Seite und bestellte mir einen Kaffee. Herbert folgte meinem Beispiel und erkundigte sich mit bezeichnendem Blick auf den Rücken des Kellners, der meinen Salat zum Müllschlucker trug: «War das dein Abendessen?»

Ich zuckte mit den Achseln. «Kein Appetit.»

«Dann wundert mich nichts mehr», erklärte er. «Wann ist dir der Appetit vergangen? Als du dich ins Privatleben zurückziehen musstest? Das soll eine üble Geschichte gewesen sein, erzählte mein Vater. Er meinte, Nettekoven hätte dich aufs Kreuz gelegt.»

Noch bevor ich darauf eine passende Antwort finden konnte, griff er über den Tisch nach meiner Hand, hielt sie einen Moment und entschuldigte sich erneut. «Tut mir Leid, Geli, ich wollte nicht indiskret werden, wechseln wir das Thema. Das Privatleben bekommt dir offenbar ausgezeichnet.»

Geli! Es tat unvermittelt weh, diesen Namen zu hören. Wie lange war es her, dass mich jemand so genannt hatte? Zwei Jahre. Papa war der Letzte gewesen. Doch es war ein anderer Schmerz. Sehnsucht nach der Vergangenheit. Die Zeit vor Bruno schien mir plötzlich so unkompliziert und harmonisch. Und irgendwie hatte Herbert doch dazugehört mit seinen Spottliedern und den anderen Gemeinheiten.

«Danke», sagte ich noch einmal. «Ich kann das Kompliment nur zurückgeben.»

«Jetzt lügst du», widersprach Herbert. «Ich habe kein Privatleben mehr und sehe genau so aus, wie ich mich fühle, bin vor einer Viertelstunde noch an einem Spiegel vorbeigekommen. Im Waschraum für Herren hängt auch einer.»

Er sah tatsächlich müde aus, so klang auch seine Stimme. Es fiel mir erst auf, als ich mich darauf konzentrierte.

Er lächelte. «Aber reden wir nicht von mir. Wie geht es dir? Was macht dein Mann? Seid ihr noch zusammen?»

Unverschämte Frage. «Nein», sagte ich. «Ich habe ihn während der Hochzeitsreise im Canal Grande ersäuft, nachdem ich ihn mit dem Zimmermädchen erwischt hatte. Die Carabinieri suchen noch nach der Leiche, deshalb bin ich weiterhin auf freiem Fuß.»

Herbert grinste wieder.

Und ich erklärte: «Natürlich sind wir noch zusammen. Er ist geschäftlich unterwegs.» Da er bereits gemerkt hatte, dass ich log, kam es auf einen Satz mehr oder weniger nicht an.

Der Kaffee wurde serviert, wir tranken ihn schlückchenweise. Herbert schien wie ich keine Eile zu haben, nach Hause zu fahren. Aber nach einer halben Stunde waren die Tassen endgültig leer. Der Kellner schlich in einiger Entfernung herum wie ein Hund, der nur darauf wartet, dass man ihn endlich losschickt, das Bällchen oder Stöckchen zu apportieren. Selbstverständlich schlich er in vornehmer Zurückhaltung, doch Herbert bemerkte es ebenso wie ich. «Trinken wir noch einen Kaffee?», wollte er wissen.

«Lieber nicht», sagte ich. «Er war ziemlich stark. Wenn ich mir davon noch einen genehmige, liege ich die halbe Nacht wach.»

Danach war es zwei Sekunden still. Herbert dachte nach, ich sah deutlich, wie er die bewusste Frage wälzte. Er formulierte sie mit einem hoffnungsvollen Unterton: «Wirst du daheim erwartet, oder hast du noch ein bisschen Zeit?»

Ich schaute auf die Uhr. Es war längst zehn vorbei, Bruno möglicherweise bereits wieder zu Hause. Möglicherweise. Und wenn nicht? Das heute war keiner der üblichen Termine, von denen er beizeiten heimkam. Wenn ich mich nicht irrte und die Frau tatsächlich Nora Elfgen gewesen war, konnte das dauern. Und ich wollte nicht allein herumsitzen und warten.

Herbert entging nicht, dass ich zögerte. «Ich mache den Kaffee nicht so stark», erklärte er hoffnungsvoll. «Wenn es dir beim Einschlafen hilft, darfst du auch gerne einen Cognac dazu trinken.»

Also erlösten wir den Kellner.

Jetzt müsste ich eigentlich auch sagen: Ich war eine leichte Beute an dem Abend. Aber das wäre geschwindelt oder die Tatsachen verdreht. Herbert war eine leichte Beute. Daran dachte ich allerdings noch nicht, als ich vor ihm ins Freie trat. Ganz Kavalier, hielt er mir die Tür auf.

Ich hatte zu diesem Zeitpunkt alles andere als die Absicht, meinen Spötter zwischen die Beine zu bekommen. Ich wollte nur etwas Ablenkung, eine nette Plauderei über vergangene Zeiten vielleicht. Oder besser einen Schlagabtausch mit einem früheren Gegner, die Art von Dampf ablassen, die Bruno nicht parieren konnte, weil ihm nur sein Pathos zur Verfügung stand, Ironie oder gar Sarkasmus ihm dagegen fremd waren. Dazu noch einen Kaffee und zum besseren Einschlafen einen Cognac. Dann nach Hause, mich ausheulen und vielleicht ein bisschen was zerschnippeln, wenn ich nicht heulen konnte.

In einem von Iris Langs Geschlechterkämpfen trennte das agile Weibchen die Ärmel von sämtlichen Hemden und Anzügen des dämlichen Kerls ab. Als ich das gelesen hatte, war es mir kindisch vorgenommen. Jetzt fand ich, das sei eine gute Beschäftigung für die Nacht, weil die Autosalons erst morgen früh wieder öffneten.

Herberts Wagen stand auf dem Parkplatz hinter dem Restaurant. Er ließ mich einsteigen, nachdem ich ihm erklärt hatte, dass ich mit einem Taxi gekommen sei, mir aber morgen ein eigenes Auto kaufen wollte. Davon war mein Kopf so voll, dass es wie von selbst über die Lippen floss. Da Herbert noch nicht ahnen konnte, mit welchen Gedanken ich spielte, betrachtete er es nicht als eine Dummheit.

Während der Fahrt wechselten wir nur paar harmlose Sätze über das richtige Auto für eine Frau, die zwar seit Jahren einen Führerschein, aber keine Fahrpraxis hatte, vor allem keine Übung beim Einparken. Herbert meinte, ich könnte mir natürlich eine schwere Luxuslimousine zulegen, aber zum Üben sei etwas Kleineres besser geeignet. Mit jedem Satz wurde er mir vertrauter, glich wieder mehr dem Herbert Roßmüller unserer Schulzeit. Nur das, was ihn damals zu meinem Feindbild gemacht hatte, fehlte völlig. Er schien nicht gewillt, sich mit mir zu fetzen, wie wir es früher getan hatten.

Er lebte in einer geräumigen Wohnung über seiner Kanzlei. Zwei große Zimmer, Bad und Küche, eine Diele mit Essplatz. Die Einrichtung war teuer und elegant, aber kalt und unpersönlich, etwas fehlte. Pflanzen. Es gab nicht ein einziges grünes Blatt zwischen all dem Chrom und Glas, auch keine privaten Fotos. Nur etwas Holz und ein paar Polster lockerten die Strenge auf.

Er ging in die Küche, machte Kaffee. Ich blieb bei der Tür stehen und schaute ihm bei den wenigen Handgriffen zu. Routinierte Griffe, man sah, dass er wie Bruno schon lange daran gewöhnt war, seinen Kaffee selbst aufzubrühen.

Schließlich saßen wir in seinem Wohnzimmer. Er schenkte mir zusätzlich den versprochenen Cognac ein, verlor in bemüht humorvollem Ton ein paar Worte über glückliche Zufälle und sein Dasein als allein stehender Mann, den es nicht jeden Abend danach gelüstete, einen Pizza-Service zu bemühen. Ab und zu wollte Mann auch etwas Genuss, wenigstens beim Essen, weil der stressige Job nicht viel Zeit für andere Genüsse ließ und gebranntes Kind das Feuer scheute.

Dann entschuldigte er sich zur dritten Mal. «Tut mir Leid, Geli. Ich habe dich nicht eingeladen, um dich als Mülleimer für mein einsames Herz zu missbrauchen. Erzähl lieber von dir. Glück macht Frauen schön, heißt es. Deinem Aussehen nach zu urteilen, musst du sehr glücklich sein.»

Ich konnte nur nicken und verschluckte mich fast am Kaffee dabei. Herbert nickte ebenfalls versonnen und leicht melancholisch. «Das freut mich für dich. Was macht dein Mann eigentlich beruflich? Du sagtest eben, er sei geschäftlich unterwegs. Ich habe mal gehört, er wäre in der Verlagsbranche, einer von deinen ehemaligen Lektoren. Ist das nach dem Verkauf nicht zum Problem geworden?»

«Nein», sagte ich. «Man sollte nicht allen Gerüchten Glauben schenken. Mit Büchern hatte mein Mann noch nie etwas im Sinn. Er ist Versicherungsvertreter.»

«Ach.» Herbert wusste anscheinend nicht, ob er lächeln oder seine Verblüffung offen zeigen sollte. Er entschied sich für das Lächeln. «Da ist er wohl auch oft unterwegs.» Jetzt brach etwas Schalk durch. «Und ich dachte schon, ich hätte

Recht behalten mit meiner düsteren Prophezeiung. Da war wohl der Wunsch Vater des Gedankens. Als ich den Vertrag für euch aufsetzte, habe ich deiner Ehe keine drei Monate gegeben. Vielleicht lag es daran, dass bei mir schon alles zu Bruch gegangen war. Man wird richtig bösartig in so einer Situation.»

«Jetzt enttäuschst du mich aber», sagte ich. «Seit wann brauchst du für Bösartigkeit bestimmte Situationen?»

Darauf ging er nicht ein. «Es wundert mich immer noch, dass dein Mann meine Vorschläge bedingungslos akzeptieren wollte», erklärte er stattdessen. «Jeder andere hätte mir den Puls gefühlt.»

Seine Ernsthaftigkeit behagte mir nicht. Und wieso: Wunsch Vater des Gedankens? Das klang nicht nach dem Herbert, den ich von früher kannte und genau im richtigen Moment wieder getroffen zu haben glaubte. Ich schaute auf die Uhr.

Er bemerkte meinen verstohlenen Blick sehr wohl und schien ein bisschen enttäuscht. «Soll ich dir ein Taxi rufen?»

Es war inzwischen elf vorbei. War Bruno daheim? Ich hätte kurz anrufen können, um mich zu vergewissern. Die Blöße wollte ich mir vor Herbert nicht geben. Vor allem hätte ich nicht gewusst, wie ich Bruno gegenüber meinen Anruf begründen und ihm erklären sollte, wo ich gerade war. Ich schüttelte den Kopf.

Herbert lächelte dankbar. «Du bist wohl häufiger abends allein», griff er den Faden wieder auf.

«Zweimal in der Woche», sagte ich. «Normalerweise dienstags und freitags. Aber es gibt auch Notfälle außer der Reihe.»

Er nickte wieder, senkte für Sekunden den Kopf, hob ihn und schaute mir ins Gesicht. So dämlich war er nicht. Versicherungsvertreter saßen nicht bis um elf bei irgendwelchen Kunden.

«Stört dich das nicht?», wollte er wissen.

«Ich habe mich daran gewöhnt», sagte ich.

Noch so ein wissendes Nicken. Wie eine Aufforderung. Na komm, Geli, wir sind unter uns. Niemand hört uns zu, sag schon, dass ich Recht hatte.

Ich wollte nicht reden, nicht bei ihm, er war nicht Hans. Und nicht einmal Hans hatte ich in den letzten Monaten mein Herz ausgeschüttet. Aber es erging mir wie immer in solchen Situationen. Binnen weniger Sekunden wurde ich zur Plaudertasche.

«Es stört mich nicht einmal, wenn es nicht geschäftlich ist», begann ich. «Zweimal die Woche braucht er das eben. Aber ich bin nicht kleinlich. Wie ich dir bei meiner Hochzeit erklärt habe: Solange ich nichts vermisse, sehe ich das nicht als Betrug.»

Es ging so leicht über die Lippen. All die Vermutungen, all die gesichtslosen Gestalten und eine Elfe. Ich versuchte, einen humorvollen Ton zu treffen, doch es wurde bittere Ironie daraus.

«Früher war er nicht wählerisch. Als wir uns kennen lernten, konnte er an keiner Frau vorbeigehen, ohne es nicht wenigstens zu versuchen. Das habe ich ihm schnell abgewöhnt. Die Zeiten sind schließlich unsicher geworden. Wenn er sich nur eine Mätresse hält, ist das Risiko einer ansteckenden Krankheit gleich null. Es handelt sich um eine bedürftige junge Witwe. Da kostet der Spaß zwar eine Kleinigkeit. Aber das können wir uns leisten. Mich muss er ja nicht auch noch finanzieren. Ich lege ihm sogar etwas drauf.»

Dann saßen wir da, die Peinlichkeit wie ein schwarzer Berg zwischen uns auf dem Glastisch. Hätte ich nur meinen Mund gehalten, es hätte ein angenehmer, zwangloser, vielleicht sogar unterhaltsamer Abend werden können.

Herbert spielte eine Weile mit seiner Kaffeetasse, ehe er mich nachdenklich anschaute. «Du steckst das so einfach weg und zahlst auch noch für sein Vergnügen? Was soll ich jetzt sagen? Mein Gott, bist du blöd? Oder: Alle Achtung, Geli?

Entweder sind Frauen tatsächlich von Natur aus leidensfähiger, einige zumindest, oder sie sind in Wahrheit das stärkere Geschlecht und Männer erbärmliche Feiglinge. Ich habe mich lange Zeit blind gestellt. Als ich an den Tatsachen nicht mehr vorbeikam, habe ich es vorgezogen, den Schlussstrich zu ziehen, damit ich sie nicht totschlage. Aber bei mir war es auch nicht ein Rivale, es waren zwischen zehn und einem Dutzend.»

«Dann sehen wir das doch gleich», sagte ich. «Die Vielweiberei habe ich ihm abgewöhnt, sagte ich doch eben. Aber bei Männern ist das ohnehin ganz anders. Das müssen die Gene sein oder sonst ein Überbleibsel aus grauer Vorzeit, als es noch keine Möglichkeiten der Empfängnisverhütung gab. Wer will denn für die Brut eines anderen Mammuts jagen? Bruno wäre sicher auch nicht begeistert, wenn ich ihn betrügen würde.»

«Hast du noch nie daran gedacht?», fragte er.

«Manchmal schon», gestand ich. «Leider lebt mein Zielobjekt in einer friedlichen Beziehung, die bald Früchte tragen wird. Da möchte ich nicht wie ein Blitz dazwischen funken und die heile Welt durcheinander wirbeln. Zurzeit denke ich auch eher daran, die arme Witwe bei nächster Gelegenheit aus der Welt zu schaffen. Das ist der Vorteil, wenn man es nur mit einer zu tun hat. Warum, meinst du, will ich mir morgen ein Auto kaufen?»

Herbert gestattete sich noch ein Grinsen. «So viel zu Leidensfähigkeit und Duldsamkeit. Kauf dir lieber eine Pistole, Geli, das macht zwar etwas Krach, aber nicht so viel Schweinerei auf der Straße. Denk an die armen Feuerwehrmänner, die aufwischen müssen. Und wie lange, schätzt du, wird er brauchen, bis er die nächste arme Witwe aufgabelt?»

Bis dahin war es fast noch Blödelei gewesen. Doch dann sagte ich: «Ich glaube nicht, dass er danach erneut auf die Suche geht. Jedenfalls nicht so bald. Sie ist etwas Besonderes. Er kannte sie schon, bevor er mich kennen lernte. Da war sie allerdings noch nicht Witwe, sonst hätte er mich vermutlich nicht genommen.»

Dann erzählte ich auch noch, dass Nora Elfgens erster Mann Selbstmord begangen, Bruno mir anschließend fünfzigtausend abgeknöpft hatte. Und einiges mehr. Es war genau so wie nach der ersten Trennung, als ich mit Hans im Restaurant gesessen hatte und das Elend rausmusste. Bruno und der ganze Wahnsinn. Bruno und die grausame Gewissheit. Bruno und der wahnsinnige Schmerz. Dass ich am frühen Abend hatte zuschauen müssen, wie er sie küsste. Was ich am Straßenrand empfunden hatte. Und dass ich es mit dem Auto ernst meinte, bitter ernst, todernst eben.

Herbert hörte nur zu. Ich weiß nicht mehr, wie lange ich sprach, eine halbe Stunde vielleicht. Und Herbert Roßmüller, der Dichter von Spottversen, der einzige Mensch, den ich in meiner Jugend glühend begehrt und zugleich gehasst hatte, abgrundtief und mit allen Konsequenzen – mit dem inbrünstigen Wunsch, er möge eine stark entzündete Akne bekommen oder ein Drüsenleiden, das ihn aufschwemmte wie einen Wasserball, Herbert Roßmüller war in dieser halben Stunde nur ein Freund aus Jugendtagen. Einer, dem man sein Herz noch etwas besser ausschütten konnte als einem guten Freund, den man noch nicht so lange kannte.

Nachdem ich zum Schluss kam, war es ein paar Minuten still. Herbert schüttelte den Kopf, als müsse er eine hässliche Vision loswerden. Dann sagte er: «Ich will mich nicht zum Ratgeber aufspielen, Geli. Aber es gibt nur eine Lösung für das Problem. Die kennst du garantiert auch schon. Du musst dich von ihm trennen, ehe du tatsächlich Dummheiten machst. Ich kann mir vorstellen, wie sehr du ihn liebst, sonst hättest du ihn gar nicht erst geheiratet, nicht wahr? Die Bedingungen waren ja zu dem Zeitpunkt schon nicht optimal. War er dein erster Mann?»

Vielleicht hätte ich an dieser Stelle eine ironische Bemerkung über seine Hellsichtigkeit machen müssen, um die

Stimmung noch einmal aufzulockern. Aber ich nickte nur. Er fuhr fort, langsam und bedächtig, darum bemüht, nichts zu sagen, was mich verletzen könnte.

«Und wenn dein Zielobjekt unerreichbar geworden ist, schätze ich, ist er bisher auch dein Einziger. Dass du dich vor zwei Jahren an ihn geklammert hast, ist verständlich. Aber jetzt, Geli, hast du das nötig, dich derart demütigen und auch noch ausnehmen zu lassen?» Er schüttelte tadelnd den Kopf und gab einen Schnalzlaut von sich. «Wirf ihn raus und such dir einen, der das Wort Treue buchstabieren kann. Du bist nicht mehr auf ihn angewiesen, Geli. Schau dich doch an. Kennst du das Märchen vom hässlichen Entlein?»

Unvermittelt wurde ich wütend auf ihn. Ausgerechnet er maßte sich an, mir Komplimente zu machen. Dabei war er doch derjenige, der mir einen Großteil meiner Komplexe eingeimpft hatte.

«Ich kenne nur das Märchen von der Speckschwarte und dem Prinzen, der keine fettigen Finger bekommen wollte», sagte ich.

Herbert lachte verlegen. «Ja, ich weiß. Ich war ein Ekelpaket und ein Spätzünder. Vermutlich lag es daran, dass ich antiquiert erzogen wurde. Andere Jungs fingen früher an, sich für weibliche Kurven zu erwärmen. Bei mir schwankte es mit sechzehn noch zwischen dem Bedürfnis nach Muttermilch und dem Trieb, einmal richtig hinzufassen. Ich wusste nicht genau, was passieren würde, wenn ich dem Trieb nachgebe. Das hätte ich mich bei keiner anderen getraut. Bei dir dachte ich, wir kennen uns schon so lange, da kann ich es riskieren. Vielleicht bekomme ich auch von Geli nur eine gescheuert, vielleicht geschieht aber auch ein Wunder. Der Himmel öffnet sich und die Hose wird feucht. Wenn einem in diesem Zwitterzustand so üppige Rundungen geboten werden, die man nicht anfassen darf, wird man gemein. Wenn ich mich recht entsinne, warst du das einzige Mädchen, das bereits mit vierzehn einen Büstenhalter tragen musste. Alle anderen brauchten doch ein halbes Pfund Schaumgummi, damit das Ding an seinem Platz blieb und nicht nachgab, wenn zufällig einer mit dem Ellbogen dagegen stieß. Du ahnst nicht, wie gerne ich dir den ausgezogen hätte.»

Es war kaum ungewöhnlich, dass sein Blick dabei zu meiner Bluse schweifte und sich im Stoff verfing. Ein undefinierbarer Blick, mit einem Hauch von Nostalgie behaftet, voll mit Zweifeln.

«Von ausziehen hast du nichts gesagt», erinnerte ich. «Das hätte ich dich tun lassen. Ich war immer erleichtert, wenn ich das Ding los war und ich mich auf den Rücken legen konnte.»

Mit einem Mal wurde der Boden heiß. Ich spürte es deutlich unter den Füßen. Herbert wurde verlegen, als er bemerkte, welchen Fixpunkt seine Augen sich gesucht hatten. Er beugte sich zu der Kanne auf dem Tisch, goss uns beiden noch einmal Kaffee und mir den zweiten Cognac ein.

Ich wollte die Situation entschärfen und sagte: «Aus dem gefährlichen Alter bist du ja glücklicherweise herausgewachsen.»

Es zog nicht. Herbert blinzelte, die Augen wieder auf dem gleichen Fleck wie vorhin. Er räusperte sich, zuckte mit den Achseln. «Meinst du? Du irrst dich, Geli. Du irrst dich gewaltig. Aus dem Alter wächst ein Mann nie heraus.»

Er versuchte ein Lächeln, es fiel ein wenig gequält aus. Dann wiegte er den Kopf. «Es gibt da keine Altersgrenze, beginnt bei den meisten so mit zehn oder zwölf Jahren, dann hält es sich. Eine Frau kann das wahrscheinlich nicht nachempfinden.»

«Und ob sie das kann», sagte ich. «Eine schöne Männerbrust kann mich durchaus entzücken. Festes Fleisch, wenig behaart. Frau will ja keinen Gorilla.»

Beim nächsten Satz muss mich der Teufel geritten haben. «Zuerst mit den Händen darüber, anschließend mit dem Mund, mit den Brüsten ist es auch ein irres Gefühl.»

Der Boden wurde noch heißer, glühte förmlich unter den

dünnen Ledersohlen meiner Pumps. Herbert Roßmüller, mein Folterknecht aus Jugendtagen, bekam dieses verdächtige Glitzern in die Augen. Seine Hände auf den Armlehnen des Sessels bewegten sich unruhig, ein sicheres Zeichen von Nervosität. Wieder betrachtete er mit begehrlichem Blick meine Bluse.

Jetzt kommt der Teil, der Herbert überhaupt nicht gefallen wird, schätze ich. Aber da muss er durch, musste ich auch, und mir hat es bestimmt nicht gefallen.

Es war nur zu Anfang ein herrliches Gefühl; Macht und Gewalt, der Kampf mit den Waffen der Frau. Das Verlangen nach Rache. Und gleichzeitig war es der Reiz der Verführung, die zum Leben notwendige Bestätigung der eigenen Person. War ich inzwischen reizvoll genug, meinen Spötter auf seine eigene Couch zu legen?

Einen Versuch war es wert, fand ich. Spielerisch zuerst, um mich jederzeit aus der Affäre ziehen zu können, wenn es nicht funktionierte. Vielleicht nur, um für ein paar Minuten Bruno und die Elfe aus dem Kopf zu bekommen. Ich hatte kein Recht dazu und keine Ahnung, was ich anrichte. Aber ich hatte ein Kitzeln im Bauch, elektrischen Strom in den Fingerspitzen, den Lippen und zwischen den Schenkeln, ein geteiltes Hirn.

«Zieh dein Hemd aus», verlangte ich, lehnte mich entspannt zurück und schlug die Beine übereinander, so dass der ohnehin kurze Rock noch ein bisschen höher rutschte.

Herbert starrte mich an, als sei ich eine Erscheinung aus einer anderen Welt. Einer verderbten Welt, wild und verrucht, in der nur die Gesetze der Lust galten. Er wusste gar nicht mehr, wohin er schauen sollte. Auf die Bluse oder den Rocksaum.

«Bist du verrückt geworden, Geli?», stieß er hervor, musste sich anschließend räuspern.

«Sei nicht zickig, zieh es aus», wiederholte ich. Und diesmal klang meine Stimme genau so, wie ich sie hören wollte. Rußig und rau, triefend vor Verlangen und Sinnlichkeit. «Oder möchtest du, dass ich es tue?»

Noch drei Sekunden Stille, dann nickte er.

Ich dachte noch einmal an Bruno, wünschte mir, er könne mir zuschauen. Aber Bruno war jetzt ebenfalls beschäftigt. Vollauf beschäftigt mit seiner Elfe. Das gab endgültig den Ausschlag.

Ich stand auf, ging zu Herberts Sessel und beugte mich vor. Ich wusste, dass er nun entschieden mehr als den Ansatz des Busens sehen konnte. Bruno hatte mir die Bluse zum letzten Geburtstag geschenkt und es gesagt, als ich sie zum ersten Mal trug. «Wenn du dich vorbeugst, Angelique …»

Ich beugte mich noch ein wenig tiefer. Herberts Blick saugte sich fest. Er murmelte etwas. Ich verstand es erst, als er es wiederholte. «Du bist schön, Geli, du bist so verdammt schön.»

«Ich bin nur verdammt», sagte ich, nestelte an seinen Hemdenknöpfen, öffnete zwei, schob die Hand in den Spalt dazwischen und setzte mich auf die Sessellehne.

Er griff in meinen Nacken und versuchte ungeschickt, meinen Kopf zu sich herunterzuziehen, um mich zu küssen. Als er es endlich schaffte, rutschte ich von der Lehne auf seinen Schoß, um es mir etwas bequemer zu machen.

Sein Kuss war hektisch, drängte mir den Vergleich mit einem Ertrinkenden auf. Nein, ausgehungert. Er setzte die Zähne ebenso ein wie die Zunge. Kein Wunder, er lebte seit geraumer Zeit allein und musste ausgehungert sein. Er war nicht der Typ, der sich für Geld eine schnelle Entspannung kaufte. Zu stolz, zu selbstbewusst und durchaus fähig, zu leiden und zu verzichten.

Allmählich wurde er ruhiger, stöhnte verhalten und versuchte seinerseits, die Hand in meine Bluse zu schieben. Auch dabei ging er so ungeschickt vor, dass ich befürchtete, er würde die Knöpfe abreißen. Das musste nicht sein, Brunos Geschenk von den Händen eines anderen Mannes zerrissen. Plötzlich bekam ich Angst vor den Konsequenzen. Aber es war noch zu viel Wut da, um die Sache abzubrechen.

«Warte», verlangte ich undeutlich. Es war gar nicht so einfach, mit zwei Zungen im Mund zu sprechen. «Warte, warte, langsam, lass mich das machen. Ich habe mehr Übung als du.»

Herbert gab meinen Nacken frei und lächelte kläglich, als ich mich aufrichtete. «Lass mich bloß nicht so sitzen, Geli.»

Dieses Betteln in seiner Stimme. Ich hatte es tatsächlich geschafft. In dem Moment fühlte ich mich ungeheuer stark. Ein doppelter Triumph. Bruno betrügen mit Herbert Roßmüller.

Vor ihm stehend zog ich mich aus. Er begann gleichzeitig, sich seine Kleidung vom Leib zu schaffen. Unwillkürlich beobachtete ich ihn dabei und zog ein paar Vergleiche. Herbert schnitt nicht schlecht ab, war schlank und sportlich, wirkte durchtrainiert. Ich vermutete, dass er Tennis spielte oder sonst eine Sportart regelmäßig betrieb. Die Haut war leicht gebräunt, nicht der Bronzeton, den Bruno erreichte, wenn er mit Sonne in Berührung kam. Die Brust glatt, nicht zu muskulös, genau so, wie ich sie mochte. Die Beine lang und sehnig, von Unmengen krauser Härchen bedeckt. Was sich darüber aufgerichtet hatte, hätte bei Bruno möglicherweise Neid geweckt.

Rein körperlich war er Bruno durchaus ebenbürtig, vielleicht sogar überlegen im unteren Bereich. Aber er hatte längst nicht Brunos Einfühlungsvermögen, nicht Brunos sanfte Hände, nicht den Blick, in dem sich das Feuer spiegelte, nicht die Fähigkeit, so zu küssen, dass das Blut in die unteren Gliedmaßen sackte und der Kopf ganz leer wurde.

Ich ging vor ihm her zur Couch. Er folgte mir wie ein treu ergebener Hund. Ich war absolut nicht erregt, es gab Schwierigkeiten. Aber mit ein bisschen Nachdruck und Spucke geht letztlich alles. Ich spürte ihn tief und schmerzhaft in mir, nicht lange. Es ging so schnell, dass es ihn anscheinend selbst überraschte. Fünf, sechs heftige Stöße, der hastige Atem, ein paar sinnlos gestammelte Silben und ein dummes Gesicht.

Ich fühlte mich neben den Krämpfen, die unser Gewaltakt verursacht hatte, nur noch hohl. Eine niederschmetternde Erkenntnis. Nun hatte ich Bruno endlich mal betrogen, und das Ergebnis waren Bauchschmerzen und ein Gefühl von Leere.

Herbert merkte sehr wohl, dass ich alles andere als befriedigt war. Er war Schuldbewusstsein vom Scheitel bis zu den Fußsohlen und entschuldigte sich schon wieder mit dem in solchen Fällen wohl üblichen Satz. «Tut mir Leid, Geli. Das ist mir noch nie passiert. Ich komme mir vor wie ein pubertierender Knabe.» Nach einer nachdenklichen Pause fügte er hinzu: «Das war ein Fehler, nicht wahr? Wir hätten das nicht tun sollen.»

«Du hast Recht», antwortete ich, während ich schnellstmöglich Unterwäsche, Strümpfe und den Rest anzog. «Wir vergessen es am besten auf der Stelle.»

Er schaute zu, wie ich Rock und Bluse schloss. Ich konnte nicht schnell genug in meine Pumps schlüpfen. Er saß immer noch auf der Couch, verfolgte schweigend meine hastigen Bewegungen. Ich nahm meine Tasche aus einem Sessel, ging in die Diele und sagte noch: «Danke für den Kaffee und den Cognac. Ich werde bestimmt gut schlafen.»

Als ich zur Tür hinauswollte, rief er: «Warte, Geli! Du kannst nicht einfach so gehen. Das war doch nicht alles, oder?»

Er war aufgesprungen, kam hinter mir her. Die Vorstellung, dass er nach meiner Schulter greifen könnte, um mich zurückzuhalten, dass er vielleicht noch einmal versuchte, mich zu küssen, schüttelte mich förmlich. Ich konnte ihn nicht eine Sekunde länger in meiner Nähe ertragen, empfand seine Nacktheit nun als abstoßend. Obwohl der Unterschied zu Bruno wirklich minimal war, es war ein fremder Körper. Ich wusste in dem Augenblick nicht einmal mehr, wie es gewesen war, ihn in den Armen zu halten.

«Es war ein Fehler», sagte ich. «Ich habe ihn schon vergessen.»

Herbert blieb mitten in der Diele neben dem Esstisch stehen. Sein Lächeln fiel ziemlich bitter aus. «Schon gut, Geli», hörte ich ihn noch murmeln. Dann zog ich die Tür hinter mir zu.

Für den Heimweg ließ ich mir viel Zeit. Von Herberts Wohnung über der Kanzlei bis zum nächsten Taxistand waren es nur gute dreihundert Meter Fußweg. Das hatte ich während der Hinfahrt festgestellt. Ich ging ganz langsam und ungläubig.

Es war passiert. Ich hatte meinen Körper, in den Bruno eingedrungen war, so dass er jede Faser ausfüllte, jeden Nerv, jedes noch so winzige Gefäß und jede Gehirnwindung, einem anderen Mann überlassen. Nur aus Wut, Verzweiflung, verletztem Stolz und Rachebedürfnis. Und was hatte ich erreicht? Einen krampfartigen Schmerz im Unterleib, ein Gefühl von Wundsein. Und die Gewissheit, dass ich andere Männer haben konnte, nur für ein paar Minuten, weil ich sie nicht länger ertrug. Es war ein trauriges Spiel gewesen; Herbert nur ein billiger Abklatsch des großen Meisters.

Mit dieser Einsicht kam eine schon panische Furcht auf. Ich war zwar ziemlich sicher, dass Herbert keine Spuren auf meiner Haut hinterlassen hatte, dafür war alles viel zu schnell gegangen. Doch das bedeutete keine Sicherheit. Wenn nicht auf der Haut, dann vielleicht darunter.

Es war auch zu schnell gegangen, um sich Gedanken über Verhütung machen zu können. Bei Bruno hatte ich mir darum doch nie Gedanken machen müssen, weil er mich nicht schwängern konnte. So wurde der Besuch eines Autosalons, den ich für den nächsten Morgen fest eingeplant hatte, zur Nebensache.

Mein Verstand erfasste das zurückliegende Geschehen, versuchte auch, es zu bewältigen, das Gefühl wehrte sich gegen die aufsteigende Panik. Ich habe es schon vergessen. Nein, ich hätte es gerne vergessen. Aber wenn ich Pech hatte, könnte ich es so bald nicht, vielleicht nie vergessen, weil in mir jetzt viele, viele kleine Fischchen mit dicken Köpfen und wuseligen Schwänzchen auf dem Weg zum Eileiter waren.

Ich sah sie förmlich flitzen, sich gegenseitig anrempeln und beiseite schubsen. «Hey, lasst mich vorbei, ich will der Erste sein. Ich bin nämlich der Schönste und Stärkste. Und ich werde meine Mami ganz doll lieb haben.»

Ich hatte einen einigermaßen regelmäßigen Zyklus, zwischen sechsundzwanzig und dreißig Tagen. Buch darüber geführt hatte ich noch nie, zermarterte mir das Hirn, ob ich nun vor zwölf oder vierzehn Tagen meine Periode bekommen hatte, bis mir klar wurde, dass es keine Rolle spielte. Ob nun zwölf oder vierzehn, ich befand mich etwa in der Mitte. Es mochte gestern schon ein Eisprung stattgefunden haben, vielleicht passierte das auch erst morgen oder übermorgen. Und ich hatte mal gelesen, dass Samenzellen bis zu zwei Tagen befruchtungsfähig blieben, das gäbe dann eine Tochter.

Während ich endlich in ein Taxi stieg und dem Fahrer meine Adresse nannte, war ich im Geist schon in der Praxis meines Gynäkologen und bat um die Pille danach. Gleich morgen, dachte ich, weil ich nicht wusste, ob ich mich noch dazu aufraffen könnte, etwas dagegen zu unternehmen, wenn sich erst eine befruchtete Eizelle in der Gebärmutter eingenistet hatte.

Seit ich Zeit im Überfluss hatte, war mir schon häufiger der Gedanke gekommen, ein Kind sei doch eigentlich eine ausfüllende Beschäftigung und vermutlich eine sinnvollere als die Stunden im Fitnesscenter, bei der Kosmetikerin oder auf meiner Rennstrecke. Ich hatte bisher nur immer gedacht, es lohne nicht, diesen Gedanken weiterzuspinnen, weil mir mit Bruno das Mutterglück versagt bliebe.

Ich lehnte mich im Polster zurück und schloss einigermaßen erleichtert über die Lösung meines Problems die Augen. Das hätte ich besser nicht getan. Hinter den Lidern tauchten augenblicklich andere Szenen auf, ohne dass ich mich dagegen wehren konnte. Bruno neben der Elfe. Sein Arm um zerbrechlich wirkende Schultern gelegt. Sein Kopf zu dieser Porzellanskulptur hinuntergebeugt. Sein Mund hatte sich bewegt. Was hatte er gesagt?

Warum hatte sie ihn diesmal angerufen? Was hatte sie in dieser Kneipe zu suchen gehabt? Sie hatte nicht ausgesehen wie eine Frau, die sich in billigen Lokalen aufhielt.

Dann sah ich mich als allein erziehende Mutter einen Kinderwagen an Papas Grab schieben und meinem ganzen Glück darin irgendeinen Schwachsinn erzählen in der Gewissheit, dass dieses Glück mich nie belügen und betrügen würde. Dass es mich genauso innig liebte, wie ich Papa geliebt hatte. Dass es mir vielleicht auch eines Tages eine Tablette zu viel in den ausgetrockneten Mund schob und ein Kissen aufs Gesicht legte, um mich von meiner kümmerlichen Restexistenz zu befreien.

Der Taxifahrer fuhr schweigsam über fast leere Straßen. Kaum noch andere Fahrzeuge unterwegs. Meiner Schätzung nach musste es Mitternacht sein. Länger hätte ich mich nicht bei Herbert aufgehalten, meinte ich. Doch als ich auf die Uhr schaute, war es kurz nach zwei. Die Furcht teilte sich. Auf der einen Seite Bruno, in einem Sessel wartend, auf der anderen Seite ein leeres Haus und die Gewissheit, er ist immer noch bei dieser Frau.

Er war daheim, aber er wartete nicht in einem Sessel auf mich. Er lag im Bett, schlief allerdings noch nicht, die Decke halb über die Brust gezogen, die Arme im Nacken verschränkt, nicht unbedingt misstrauisch, nur sehr aufmerksam schaute er mir entgegen und wollte wissen: «Wo warst du so lange, Angelique? Ich habe mir Sorgen gemacht. Hans Werres konnte mir nicht sagen, wo du sein könntest.»

«Du hast Hans angerufen?», fragte ich. «Bist du noch bei Trost?»

«Ich habe mir Sorgen gemacht», wiederholte er. «Warum hast du mir nicht gesagt, dass du noch weggehen wolltest?»

«Wann hätte ich dir das denn sagen sollen, so schnell wie du verschwunden warst?», fragte ich meinerseits.

«Und wo warst du?», wiederholte er seine erste Frage. «Warum hast du dein Handy nicht mitgenommen?»

«Ich habe mich spontan entschlossen, ins Kino zu gehen», erklärte ich. Das entsprach doch den Tatsachen. Und er wusste, dass ich immer ins Kino ging, wenn er unterwegs war. Meist war er doch vor mir wieder zu Hause. Manchmal erzählte ich ihm dann auch, welchen Film ich gesehen hatte. Dass ich meinen Entschluss nicht umgesetzt hatte, stand auf einem anderen Blatt.

«Da nehme ich nie das Handy mit», erklärte ich noch. «Ich wusste ja nicht, wann du zurückkommst, und wollte nicht stundenlang allein hier sitzen.»

«Im Kino», wiederholte er. «Bis jetzt?»

«Nein», sagte ich. «Danach war ich noch in einem Restaurant, weil ich auch keine Lust hatte, allein hier zu essen, und weil ich während der Vorstellung Hunger bekommen habe.»

Ehe er sich erkundigen konnte, was ich in der Vorstellung gesehen hätte, fragte ich: «Wie geht es Mario?»

«Es war nicht so dramatisch», erklärte er ohne Anzeichen eines schlechten Gewissens. «Wir haben nur in der Notaufnahme lange warten müssen und anschließend eine Stunde lang auf der Polizeiwache Fotos von Straftätern angeschaut.»

Ein routinierter Lügner, aber kein dummer. Ich war nun wirklich nicht mehr der Typ, stundenlang über mehreren Gängen zu sitzen. «Warst du bis jetzt in einem Restaurant?», bohrte er weiter.

«Nein», sagte ich noch einmal wahrheitsgemäß. «Ich traf im Restaurant zufällig Herbert Roßmüller. Wir sind ins Plaudern geraten. Er hatte von seinem Vater gehört, auf welche

Weise ich zum Verkauf des Verlags gebracht worden bin. Da gab es eine Menge zu erzählen. Als man uns zu verstehen gab, dass man schließen wollte, lud er mich ein, bei ihm noch einen Kaffee zu trinken. Dazu ist noch ein Cognac gekommen. Ich habe nicht auf die Zeit geachtet. Für ein gutes Gespräch habe ich ja auch nur noch selten Gelegenheit.»

Die kleine Spitze konnte ich mir nicht verkneifen. Aber um nichts in der Welt hätte ich ein umfassendes Geständnis ablegen können. Dabei hatte ich mir gerade das vorher als den Gipfel des Triumphes vorgestellt. Doch wie er da im Bett lag, ahnungslos, vertrauensselig, offensichtlich beruhigt und ein klein wenig verletzt von meinem letzten Satz. Mein Mann, den ich nicht gegen Herbert Roßmüller oder sonst wen tauschen wollte, nicht nach der Erfahrung der letzten Stunde.

Er nickte, voll und ganz zufrieden mit meiner Erklärung, als ob Herbert Roßmüller ein Name sei, den er drei Dutzend Mal am Tag und immer nur in negativen Zusammenhängen hörte. Dabei hatte ich ihm nur ein paarmal von den Gemeinheiten unserer Jugend erzählt. Vielleicht hatte er befürchtet, ich hätte ihm nachspioniert.

Ich wagte es nicht, mich auszuziehen, wie ich es sonst tat, ging ins Bad, stopfte Rock, Bluse und Unterwäsche tief unten in den Korb. Der Slip war feucht. Herberts Spuren. Meine Finger begannen zu zittern. Sie zitterten noch, als ich die Dusche aufdrehte. Auch dabei ließ ich mir Zeit. Anschließend kontrollierte ich vor dem Spiegel meine Haut. Aber da war wirklich kein verräterisches Mal.

Als ich zurück ins Schlafzimmer kam, hatte Bruno sich auf die Seite gedreht. Eingeschlafen war er noch nicht. Ich kroch zu ihm unter die Decke. Er legte einen Arm um mich und streifte meinen Nacken mit den Lippen.

«Du zitterst ja», stellte er fest.

«Mir ist kalt», sagte ich.

«Gleich wird dir warm», murmelte er. Kurz darauf schlief er ein. Das hörte ich an seinem Atem. Ich lag noch lange wach, starrte mit offenen Augen ins Dunkel, horchte in mich hinein und fror weiter, weil ich seinen Arm wieder um die mädchenhaften Schultern dieser zierlichen Gestalt liegen sah. Und seinen Kopf im Auto und ihren Kopf über seinem Schoß und ihn über ihr.

Meinen Vorsatz, mir sofort die Pille danach zu besorgen, setzte ich am nächsten Tag nicht in die Tat um. Schon beim Frühstück hatte ich das Gefühl, ich sollte die Entscheidung der Natur überlassen, eine Art Gottesurteil. Wie er mir am Tisch gegenübersaß, nicht anders als sonst, mein Mann, der am vergangenen Abend mit einem zierlichen Püppchen geschlafen hatte, auch wenn er das anders bezeichnete. Und sollte er erfahren, dass ich Gleiches mit Gleichem vergolten hatte, würde er zu diesem Püppchen gehen und bei ihr bleiben, da war ich sicher.

Sein Geld reichte doch inzwischen für zwei. Wie viel genau er monatlich verdiente, wusste ich nicht, weil er mit seinen Kontoauszügen nicht mehr so nachlässig umging wie in der ersten Zeit. Aber mit dem Tod seiner Mutter waren die Kosten für das Pflegeheim entfallen, dreieinhalbtausend jeden Monat. Und er hatte ja auch vor unserer Ehe von etwas gelebt, Miete für die kleine Wohnung und seine Agentur bezahlt, Strom und Telefon, die Raten fürs neue Auto, sich mal einen Anzug oder ein Hemd gekauft und mir ein winziges Fläschchen Parfüm. Auf den Bonus, den ich ihm jeden Monat überwies, war er kaum noch angewiesen.

Ich sah mich abwechselnd als allein erziehende Mutter, deren Mann gegangen war, weil er sie nicht mit einem Baby, gewiss nicht mit der Brut eines anderen teilen wollte, und weiter als kinderlose, betrogene Frau, die es aus eigenem Antrieb nicht schaffte, sich von Robin Hood, dem Tröster der jungen Witwen und anderer einsamer Herzen, zu trennen.

In den folgenden beiden Wochen blieb ich daheim, wenn Bruno zu einem späten Termin fuhr. Ich versuchte, ein Buch zu lesen und konnte mich nicht auf den Text konzentrieren. Ich schaltete den Fernseher ein, doch egal, was auf dem Bildschirm geboten wurde, ich sah nur Bruno auf der anderen Straßenseite und die Elfe neben ihm. Und jedes Mal kam das heulende Elend.

Gut, ich war schlank geworden, aber ich war nicht zierlich. Ich sah nicht aus wie ein Mädchen, das gestern noch die Schulbank gedrückt hatte. In meiner Phantasie wurde sie mit jedem Tag jünger. Ich war Mitte dreißig, konnte noch drei oder vier Kilo verlieren und als Ersatz die Cremes gegen Fältchen pfundweise auftragen, mit ihr konkurrieren konnte ich nie.

Schon nach gut zehn Tagen fiel das Urteil zu Brunos Gunsten. Die Vorstellung als allein erziehende Mutter den Kinderwagen über den Friedhof zu schieben löste sich in einem Blutschwall auf, doch die Erleichterung blieb aus. Bruno hatte bemerkt, dass etwas nicht mehr so war wie vorher.

Verdacht geschöpft hatte er kaum. Ich vermutete, dass Mario Siebert sich seinem Versprechen zum Trotz verplappert und ihm doch etwas von meinem Anruf an dem Abend verraten hatte. Aber vielleicht bildete ich mir auch nur ein, dass er mich immerzu mit fragenden, nachdenklichen und zweifelnden Blicken betrachtete.

Vor allem dienstags und freitags fielen mir diese Blicke auf. Wir aßen zusammen, und er beobachtete mich. Er erhob sich, und seine Augen lagen auf meinem Gesicht wie eine Hand auf einem teuren Schmuckstück. Er ging zur Toilette oder ins Bad, rückte anschließend die Krawatte zurecht und fragte: «Willst du noch ausgehen, Angelique?»

«Ich weiß es noch nicht», sagte ich meist.

Dann kam er um den Tisch herum, küsste mich auf den Nacken und flüsterte dicht neben meinem Ohr: «Wenn du noch ausgehst, lass es nicht wieder so spät werden. Ich bin um zehn zurück, spätestens um zehn. Ich liebe dich.»

Ja, natürlich. Jedes Mal, wenn er das in den Tagen sagte, hatte ich diese kleinen Zeichnungen vor Augen. Man findet sie auf Postkarten, auf Bettwäsche, Handtüchern und in Illustrierten. Liebe ist … Was ist Liebe denn? Einen Menschen gehen lassen, wenn es ihn nicht glücklich macht, dass man ihn hält?

Ich habe Papa geliebt. Ich habe meine Arbeit geliebt. Ich habe Bruno geliebt und Herbert. Ja, ihn auch, nicht auf Anhieb, aber dann hat es sich doch so ergeben. Ich habe Papa umgebracht. Ich habe dem Verlag den Todesstoß versetzt und Bruno auch einen. Ich hatte Papa versprochen, sein Baby zu hüten, es gegen die Haie im Teich zu verteidigen. Es gibt sie in jedem Teich, diese Art von Haien, nicht bloß im Versicherungsgeschäft. Sie schwimmen herum und fressen die kleinen Fische auf. Ratsch und weg. Man muss immer auf der Hut sein. Ich hätte mich vor Erich Nettekoven und Andy Goltsch hüten müssen, natürlich auch vor Bruno und vor Herbert. Er ist ein Hai und wird uns alle überleben, weil er weiß, wie man es macht.

Er rief mich am Freitagabend in der zweiten Maiwoche an. Donnerstags hatten wir unseren ersten Hochzeitstag gefeiert. Was für ein Glück, dass der nicht auf einen Dienstag oder Freitag fiel. Da hätte Bruno umdisponieren oder ich allein feiern müssen.

Bruno war kaum fünf Minuten aus dem Haus, als das Telefon klingelte. Herbert fragte nicht lange, ob ich allein sei, er stellte es fest. «Ich habe deinen Mann eben wegfahren sehen.»

Er hatte fünfzig Meter von unserer Einfahrt entfernt gewartet und das Haus beobachtet. Er war nicht Bruno. Ihm kam gar nicht die Idee, um etwas zu bitten. Er befahl und diktierte. «Ich muss mit dir reden, Geli. Wir können spazieren fahren. Wenn dir das nicht recht ist, lässt du mich am besten rein.»

«Nein», protestierte ich. «Du kommst nicht rein und ich nicht raus. Ich wüsste nicht, worüber wir beide reden sollten.»

Herbert lachte. «Hauptsache, ich weiß es. Ich werde es dir schon erklären.»

Was er mir erklären wollte, konnte ich mir lebhaft vorstellen. Er hatte schließlich schon gesagt, vielmehr gefragt, ob das alles gewesen wäre. Einen Nachschlag wollte ich ihm nicht gewähren, ihn auf gar keinen Fall im Haus haben. Seinem Ton nach zu schließen, hätte er auf Bruno gewartet.

Noch ein Versuch, ihn zur Vernunft zu bringen. «Hör zu, Herbert. Ich wollte dir keine falschen Hoffnungen machen, weiß Gott nicht. Du selbst hast sofort danach festgestellt, dass wir einen Fehler gemacht haben. Den möchte ich nicht wiederholen. Es hätte absolut keinen Sinn.»

Er lachte noch einmal, es klang sogar belustigt. «Du bist dir deiner Sache wieder einmal sehr sicher, Geli. Aber du hast dich schon einmal böse geirrt, oder? Wenn du in fünf Minuten nicht draußen bist und mich auch nicht ins Haus lässt, fahre ich zu deinem Mann und rede mit ihm. Ich weiß, wo er ...»

Ich unterbrach ihn mit einem wütenden Aufschrei. «Das weiß ich auch. Und ich lasse mich nicht von dir erpressen!»

«Ich will dich nicht erpressen, Geli», sagte er.

«Was willst du dann?», fragte ich.

«Wart's ab», meinte er lässig und fügte hinzu: «Noch vier Minuten, Geli. Die Uhr läuft.»

Drei Minuten später stand ich am Straßenrand. Herbert fuhr vor, ich stieg ein. Kein Wort der Begrüßung, von mir bestimmt nicht. Er steuerte seinen Wagen auf die Straße. Ich sagte knapp: «Fang an.» Und als er nicht sofort reagierte: «Ich gebe dir eine Viertelstunde, um dir deine Sorgen vom Herzen zu reden. Danach stehe ich wieder vor meiner Haustür, oder du wirst es bereuen.»

Er ließ noch ein paar Sekunden verstreichen, musterte mich mit einem spöttischen und, wie ich fand, genüsslichen Seitenblick. «Und wie willst du dir die Zeit bis um zehn vertreiben? Früher kommt dein Mann nicht heim. Das weiß ich so genau, weil ich ihm in den vergangenen beiden Wochen viermal nachgefahren bin. Wie viele Damen er an den restlichen Tagen oder Abenden beglückt hat, weiß ich nicht. Für dienstags und freitags von acht bis kurz vor zehn Uhr abends hat er einen hübschen Fisch an der Angel. Wenn das die junge Witwe ist, hatte ihr verstorbener Mann einen exquisiten Geschmack, deiner natürlich auch.»

Ich wusste nicht, was ich darauf erwidern sollte. Er sprach in einem Ton weiter, der perfekt zu seinen Seitenblicken passte. «Sie bringt ihn zum Auto, wenn er sie verlässt, läuft sogar noch ein Stück neben dem Auto her. Er lässt die Scheibe herunter und hält ihre Hand bis zur nächsten Straßenecke. Dort legt er noch einmal Rast ein. Letzten Freitag stieg sie zu ihm, um sich zu verabschieden. Vorher spielte sich das nur durch das offene Wagenfenster ab. Aber da dauerte es auch seine Zeit. Dein Mann muss sehr geschickte Hände haben, Geli. Mir wurde ganz schummrig nur vom Zusehen. Soll ich weitererzählen?»

Ich konnte nur flüstern: «Du mieser Hund.»

Er grinste. Ich sah es nicht, aber ich hörte es an seiner Stimme. «Ich dachte mir, dass du die Einzelheiten nicht kennst. Dabei machen gerade die den feinen Unterschied aus, findest du nicht?»

Auf eine Antwort wartete er nicht. «Ich meine», fuhr er fort, «es muss irgendwo Grenzen geben. Es ist zwar heutzutage nichts mehr dabei, auf offener Straße Zärtlichkeiten auszutauschen, doch allzu intim sollte man dabei nicht werden. Ich für meinen Teil bringe eine Frau lieber in geschlossenen Räumen zum Orgasmus, da fühle ich mich ungestörter.»

Noch ein Seitenblick, ich spürte ihn auf meinem Gesicht, aber meine Reaktion kümmerte ihn nicht. Ungerührt sprach er weiter, behauptete, Brunos Liebchen habe am Dienstag nur ein dünnes Hemd getragen. Sie sei noch minutenlang an der Straßenecke stehen geblieben, nachdem mein Mann endlich abgefahren wäre. Dass sie Brunos Wagen mit verträumter Miene nachgeschaut habe. Dass sie dann langsam und auf ziemlich wackligen Beinen zu einem Haus zurückgegangen sei, mit diesem gewissen Lächeln auf dem Gesicht; wie eine Frau, die über den Wolken schwebte.

Danach sagte Herbert nur noch: «Jetzt brauchst du einen Cognac, Geli, ich sehe es dir an der Nasenspitze an.»

Ich hatte nicht darauf geachtet, wohin er fuhr. Erst als er den Wagen anhielt, bemerkte ich, dass wir vor seiner Kanzlei standen. Er stellte die Zündung ab, drehte sich im Sitz zu mir, strich mit einem Handrücken über meine Wange.

«Armes Mädchen», murmelte er. In dem Augenblick klang seine Stimme so sehr nach Bruno. Es verging gleich wieder. Schon in der nächsten Sekunde klang er hart. «Gehen wir hinauf. Da plaudert es sich gemütlicher als im Auto.»

Er stieg aus, kam um den Wagen herum und öffnete die Tür an meiner Seite. «Jetzt komm schon, Geli.»

Da ich keine Anstalten zum Aussteigen machte, griff er nach meinem Arm und zerrte mich förmlich aus dem Wagen.

«Nach deinem Auftritt in meiner Wohnung habe ich dich für härter gehalten», meinte er, während er mich die Treppen hinaufzog. Er schloss die Tür auf, schob mich vor sich her in die Essdiele.

«Weißt du», sagte er, während er die Wohnungstür zudrückte und eine Hand unter mein Kinn legte, «ich wollte es eigentlich nicht so machen wie dein Mann. Ich wollte mir nicht irgendwann vorwerfen, ich hätte eine Situation ausgenutzt. Aber warum nicht? Jeder kämpft mit seinen Mitteln. Wenn ich dich erst wieder zur Vernunft kommen lasse, habe ich meine Chance vermutlich schon verspielt. Da müsste ich Prügel haben. Wir beide sind aus demselben Holz, Geli, und geben ein hübsches Paar ab. Der Ansicht war meine Mutter schon vor zwei Jahren.»

Er war sanft, zeichnete mit den Fingerspitzen die Konturen meiner Lippen nach, bevor er mich küsste. Doch, er gab sich wirklich Mühe, zärtlich zu sein, schaffte es auch ein paar Sekunden lang, dann brach der Hunger durch.

Ich kannte das noch so gut von mir selbst. Dieses in Besitz nehmen mit den Händen und dem Mund. Knöpfe öffnen und einen Reißverschluss. Mein Rock fiel mir auf die Füße. Von der Bluse öffnete er nur die beiden oberen Knöpfe, streifte sie mir dann von den Schultern. Sie hing wie eine Fessel in meinem Rücken und hielt mir die Arme zusammen.

Er schob einen Arm unter meine Achseln, den anderen unter meine Kniekehlen, hob mich hoch, immer noch mit dem Mund auf meinen Lippen. «Wow», flüsterte er undeutlich. «Wenn mir vor zwanzig Jahren jemand prophezeit hätte, dass ein Tag kommt, an dem ich dich problemlos auf die Arme nehmen und herumtragen kann, hätte ich gedacht, ich werde Herkules.»

Während er mich in sein Schlafzimmer trug, meinte er noch: «Aber weiter abspecken solltest du nicht, Geli, sonst bist du bald nur noch Haut und Knochen.»

Mit einem Ellbogen drückte er den Lichtschalter, legte mich auf dem Bett ab wie einen Kleidersack, setzte sich dazu und schaute auf mich hinunter.

«Nicht weinen, Geli», sagte er. «Nicht weinen. Es gibt keinen Grund für Tränen. Auch ein mieser Hund hat seine guten Seiten. Meist kann er lauter bellen und fester zubeißen als die anderen. Weißt du noch, wie ich dich mal ins Bein gebissen habe? Nein, daran kannst du dich nicht mehr erinnern, da warst du noch zu klein. Aber ich weiß es noch genau, weil ich dafür eine halbe Stunde in meinem Zimmer eingesperrt wurde. Also keine Angst, ich werde dich nicht beißen. Auch ein mieser Hund ist gelehrig, und wenn man ihm einen Knochen zuwirft, verteidigt er den gegen Gott und die Welt. Wusstest du das nicht?»

Doch, das wusste ich. Ich hatte meinen Knochen ja auch immer verteidigt, nicht gegen Gott und die Welt, nur gegen Wissen, Vermutung, Stolz und Schmerz.

Während er sprach, öffnete er die restlichen Knöpfe meiner Bluse, wischte die Träger des Büstenhalters von den Schultern. Er seufzte einmal vernehmlich, fuhr leise fort.

«Du bist wirklich verdammt schön, Geli, fast zu schön für einen Mann, der von trauter Zweisamkeit träumt. Du hättest besser nicht an dir herumschnippeln lassen. Das Näschen ist zwar hübsch geworden, das hier auch.» Er zeichnete die feinen Narben der Brust-OP nach. «Aber wie du aussiehst, hatte ich dir neulich schon gesagt. Ich mag es nicht, wenn die Leute sich ständig wiederholen oder das Thema wechseln. Bleiben wir beim miesen Hund. Wolltest du mit ihm nur ein Spielchen spielen nach dem Motto: Einmal ist keinmal? Hast du geglaubt, er bleibt in seinem Zwinger, nachdem du ihn so gereizt hast? Ich eigne mich nicht für Spielereien, Geli, vielleicht hätte ich dir das vorher sagen müssen. Nur hast du mir ja keine Zeit gelassen, hast gleich losgelegt als schöne Wilde. Tu es noch mal, Geli. Zieh mir das Hemd aus.»

Ich konnte mich endlich dazu aufraffen, etwas anderes zu tun, als nur stumm und steif dazuliegen. Ich knöpfte nicht sein Hemd auf, sondern meine Bluse zu, nachdem ich den Büstenhalter zurück in Position gebracht hatte. Anschließend setzte ich mich hin, zog die Beine an, umschlang die Knie mit beiden Armen und umfasste zusätzlich meine Handgelenke, um weniger Angriffsfläche zu bieten.

«Lass mich in Ruhe», verlangte ich.

Herbert schüttelte den Kopf, sehr langsam und sehr bedächtig. «Das werde ich ganz bestimmt nicht tun.»

«Du hast mir diesen Unsinn doch nur erzählt, um mich ins Bett zu kriegen», sagte ich.

Er lächelte. «Ins Bett kriegen, ja. Unsinn, nein. Ich hab's mit eigenen Augen gesehen, Geli. Wenn du mir nicht glaubst, solltest du einen Privatdetektiv engagieren, der ist neutral. Und mit Teleobjektiv bekommst du es garantiert noch schärfer, als ich es dir schildern kann.»

«Dann wiederhole ich mich eben», sagte ich. «Es tut mir Leid, wenn ich dir mit meinem Verhalten Hoffnungen gemacht habe. Für mich war es eine einmalige Angelegenheit. Und eine äußerst unbefriedigende obendrein.»

Mit dem letzten Satz hoffte ich, ihn zur Vernunft zu bringen. Aber er war weder verletzt noch ernüchtert, lachte nur. «Das kann ich mir denken. Ich habe mich noch Stunden später dafür gehasst. Nur deshalb bist du jetzt hier. Und das bist du mir schuldig, Geli. Einmal darf ich dir zeigen, dass ich nicht immer einer von der schnellen Truppe bin. Nur einmal, Geli. Wenn das auch eine äußerst unbefriedigende Angelegenheit für dich wird, vergessen wir die Sache.»

So, liebe Kinder, an dieser spannenden Stelle müssen wir unser Programm leider erneut für eine Werbepause unterbrechen. Drückt Tante Angelika die Däumchen, dass sie die beiden Tasten noch einmal fest genug drücken kann. Zur Belohnung werden wir dann gemeinsam das Geheimnis der Elfe lüften.

Herbert Roßmüller   In den letzten Minuten war außer ihrer Stimme ein schwaches Geräusch zu hören, ein gleichmäßiges Schaben, als zeichne sie mit einem Finger Figuren auf die Tischplatte.

Auch bei der letzten Kassette, die sie besprach, gab es keine nennenswerten Probleme, sie zu verstehen, obwohl sich ihre Position nach einer Weile veränderte und sie nicht mehr so nahe am Mikrophon war.

Die unzähligen kurzen Pausen, die sie während längerer Erzählstränge einlegte oder notgedrungen einlegen musste, sind im Text nicht vermerkt. Es mussten ohnehin mehr Anmerkungen und ergänzende Beiträge eingebracht werden als bei den vorherigen Bändern. Hans Werres, der auf ihren Wunsch das Lektorat übernommen hat, hielt es für sinnvoller, nicht auch noch zusammengehörende Abschnitte ständig durch Leerzeilen zu unterbrechen.

O-Ton – Angelika

Da bin ich wieder, hoffe ich jedenfalls. Es sieht aus, als wären beide Tasten unten. Ob das rote Lämpchen leuchtet, kann ich nicht feststellen. Das dunkle Sichtfenster zu hypnotisieren bringt auch nichts. Es ist so hell, dass mir die Augen tränen.

Die Kassetten auf dem Tisch habe ich sortiert, links die besprochenen, rechts die anderen. Das sind noch drei. Aber die brauche ich wahrscheinlich nicht mehr. Señora Rodrigues müsste bald kommen, sie ist sehr geschäftstüchtig und weiß, dass wir hier sind. Bruno war gestern, nein, gestern waren wir in Valencia, halt deinen Kopf zusammen, Angelika. Vorgestern Nachmittag hat er ein frisches Brot, Käse und Tomaten geholt, damit wir etwas fürs Abendessen hatten.

Herbert Roßmüller   Bruno Lehmann hatte die Lebensmittel mittwochs nicht bei Señora Rodrigues gekauft. Er muss für die Besorgungen ohne Gelis Wissen nach Alcublas gefahren sein. Señora Rodrigues erfuhr trotzdem am Mittwochabend, dass Geli und ihr Mann sich zurzeit möglicherweise in dem Häuschen aufhielten. Genau wusste Gelis Haushälterin zu diesem Zeitpunkt noch nicht, wo sie sein könnten. Aber normalerweise fuhren sie ja immer nach Spanien.

In den vergangenen Tagen hatte Frau Ströbel sich mehrfach mit den beiden ihr bekannten Handynummern bemüht, Geli oder Bruno Lehmann zu erreichen. Vergebens. Sie geriet immer nur an die Mailboxen und hinterließ jedes Mal die dringende Bitte um Rückmeldung. Diese Meldung blieb aus.

Am späten Mittwochnachmittag war Frau Ströbel deswegen bereits so unruhig, dass sie etwas tat, was ihr bis dahin angeblich noch nie in den Sinn gekommen war. Sie schnüffelte in Gelis Papieren, suchte die Kaufunterlagen für das

Haus in Spanien heraus und versuchte ihr Glück bei Señora Rodrigues, deren Telefonnummer samt Adresse im Kaufvertrag verzeichnet war.

Die Señora konnte sich zwar nicht vorstellen, dass die beiden Vermissten derzeit in ihrem Ferienhaus wären. Sie konnten schließlich auch einmal nach Tirol, an die Nordsee oder sonst wohin gefahren sein. Anderenfalls wäre doch inzwischen jemand bei ihr gewesen, meinte sie. Bei jedem bisherigen Aufenthalt hatten sie immer kurz nach der Ankunft Bescheid gegeben.

Señora Rodrigues versprach Frau Ströbel jedoch, nachzuschauen. Das tat sie ohnehin von Zeit zu Zeit. Sie besaß sogar einen Schlüssel, um gelegentlich nach dem Rechten zu sehen, weil das Haus doch über lange Monate unbewohnt war.

Große Eile legte sie mit einer Kontrolle nicht an den Tag. Erst nachdem Frau Ströbel am Donnerstagvormittag erneut nachgefragt hatte und die ärgste Mittagshitze abgeklungen war, radelte sie hinaus. Sie traf niemanden an, sah auch kein Auto vor dem Häuschen stehen. Aber es lagen Kleidungsstücke auf dem Bett, auf dem Tisch stand benutztes Geschirr.

Laut eigenem Bekunden trug Señora Rodrigues einen leeren Briefumschlag und einen Bleistiftstummel in einer Kitteltasche bei sich. Auf dem Briefumschlag hinterließ sie die Nachricht, man möge Frau Ströbel sofort anrufen. Da sie nichts dabeihatte, um den Umschlag gut sichtbar an die Tür zu heften, legte sie ihn davor ab und beschwerte ihn mit einem Stein.

Was aus diesem Umschlag geworden ist, weiß ich nicht. Geli hat ihn nicht erwähnt. Vielleicht wurde die Nachricht vom Winde verweht, weil der Stein nicht schwer genug war. Oder Bruno Lehmann war nach der Rückkehr aus Valencia als Erster an der Tür und hat die Nachricht verschwinden lassen, ehe Geli sie zu Gesicht bekam.

O-Ton – Angelika

Den Bericht zur Lage der Nation ersparen wir uns, das hält nur auf. Ich hätte besser vorher mal etwas gerafft, statt den ganzen Goltsch-Mist so auszuwalzen. Wenn ich es nicht mehr bis zum Ende schaffe, muss Herbert das übernehmen. Ich bin sicher, er tut das. Bei der Fortsetzung schneidet er nicht schlecht ab, leider kennt er nicht alle Einzelheiten. Aber an den Abend, an dem er mich in seine Wohnung verschleppte, wird er sich gut erinnern.

Ich saß da also auf seinem Bett. Er strich mit einem Finger mein Schienbein hinauf, bis ihn meine verschlungenen Arme daran hinderten, das Knie zu erreichen. Und wieder hinunter. Noch einmal hinauf, über den linken Arm zur Schulter, in den Nacken.

«Ich weiß ja nicht, wie dein Mann das macht», meinte er. «Entweder hat er ein paar Tricks auf Lager, die ich nicht beherrsche. Oder er benutzt eines von diesen Deos, nach denen Frauen ganz wild sind. Die Kleine jedenfalls schien hingerissen, konnte sich gar nicht von ihm losreißen. Ich vermute, dir geht es so ähnlich. Aber ich habe nicht vor, mit ihm zu konkurrieren, Geli, nicht im Bett. Für mich ist das schönes Beiwerk. Man sollte auf eine gewisse Übereinstimmung achten, damit beide zu ihrem Recht kommen. Nur sollte man nicht darauf aufbauen. Das geht unweigerlich schief. Ich weiß das, ich habe es einmal versucht.»

Jetzt waren es schon mindestens drei Finger in meinem Nacken, die ganz leicht über die Haut strichen. Herbert sprach weiter, ruhig und bedächtig, als sei jedes Wort hundertmal überlegt. Vermutlich war es das. Er hatte genug Zeit gehabt, über seine Taktik nachzudenken und sich die Worte zurechtzulegen.

«Ich baue auf den Alltag», erklärte er. «Da muss man sich bewähren. Zuverlässigkeit, gleicher Bildungsstand, nach Möglichkeit gleiche Interessen, damit nicht einer Tennis spielen muss, während der andere Akten wälzt. Ein bisschen Romantik für den Hausgebrauch, ein wenig Rücksicht aufeinander. Und Treue, Geli, doch die absolut. Wir leben schließlich in Europa, weder bei den Mormonen noch bei den Scheichs. Denk darüber nach, wenn du gleich wieder daheim bist. Für den Augenblick wäre es mir lieber, wenn du nicht denkst. Nimm endlich die Arme weg.»

Ich schüttelte den Kopf. Er schien schwerer als vorhin, zu viele Gedanken darin. Treue, doch die absolut. Und eine Elfe, die nur mit einem dünnen Hemd bekleidet über den Sphären schwebte. Die Sinnlichkeit in Brunos Stimme: «Lass es nicht so spät werden, Angelique.» Wie er sich in seinen Wagen beugte, um sie zu küssen. Wie ich vor ihm stand, ihm ins Gesicht schauen und gestehen musste: «Ich bin schwanger.»

Ich konnte nicht schwanger werden, hätte nur gehen müssen. Mit Gewalt zurückgehalten hätte Herbert mich kaum. Aber ich konnte nicht gehen. Schon im Wagen hatte mich eine Lähmung überfallen, als er seine Beobachtungen an einer Straßenecke schilderte.

Ich konnte nicht nach Hause und auf Bruno warten. Ich hätte es nicht ertragen, seinen Blick, seine Hände, seinen Mund, seinen Schatten in der Dusche, nicht nachdem ich mir hatte anhören müssen, dass die Elfe noch ein Stück neben seinem Auto herlief und er sehr geschickte Hände hatte. Das wusste ich ja aus eigener Erfahrung.

«Wenn du sie beobachtet hast», sagte ich, «weißt du doch bestimmt, wie sie heißt.»

«Das weißt du doch selbst, Geli», meinte Herbert. «Nora Elfgen.»

Hundertprozentig sicher hatte ich es bis dahin nicht gewusst. Es verstärkte die Lähmung noch. Aber bleiben konnte oder wollte ich auch nicht. Und ich wollte ganz bestimmt nicht mit ihm schlafen. «Ich bin in der Mitte vom Zyklus», behauptete ich. «Und ich nehme weder die Pille noch andere Verhütungsmittel.»

Herbert stieß die Luft aus. «Puh, Geli, du fährst aber schwere Geschütze auf, um einen liebeskranken Mann zur Räson zu bringen. Oder ist das jetzt nur ein Trick, weil du genau weißt, dass es auf meiner Toilette keinen Kondomautomaten gibt und ich keine Handschellen besitze, um dich an die Heizung zu ketten, während ich schnell welche besorge?»

«Nein», sagte ich. «Mein Mann hat sich vor Jahren sterilisieren lassen. Bei ihm habe ich noch nie verhüten müssen.»

Mein Mann! Gott, tat das weh. Ich sah es unentwegt vor mir. Seinen langsam rollenden Wagen, die heruntergelassene Seitenscheibe, seine Hand, ihre Hand. Ein bisschen Romantik, nicht für den Hausgebrauch. Und konnten zusammen nicht kommen. Wie oft mochte Bruno es zwischen dem Freitod von Herrn Elfgen und dem Herzversagen seiner Mutter wohl bereut haben, die alte Frau für einen schönen Lebensabend in diesem teuren Pflegeheim untergebracht zu haben, wo sie doch ohnehin nichts von ihrer Umgebung bemerkte hatte.

Was wäre geschehen, wenn ...

«Willst du keine Kinder?», fragte Herbert.

Ich antwortete ihm ganz automatisch, im Geist immer noch bei den armen Königskindern an der Straßenecke. «Ich weiß es nicht. Warum soll ich mir den Kopf darüber zerbrechen, ob ich welche will oder nicht, wenn nicht die Möglichkeit besteht, ein Kind von ihm zu bekommen?»

... die Verpflichtung für das Heim nicht gewesen wäre? Dass Noras Elfgens Mann sehr krank war und nicht mehr allzu lange zu leben hätte, hatte Bruno möglicherweise schon an dem Abend gewusst, als er zu mir kam, um mir beim Ausfüllen der Formulare zu helfen. Kein Tumor wuchs in ein paar Wochen. Bei Papa musste sich das relativ unbemerkt über einige Jahre hingezogen haben. Ein Hirntumor machte sich vermutlich von Anfang an bemerkbar mit Kopfschmerzen, Sehstörungen, Ausfallerscheinungen und so weiter. So ein Tumor mochte auch von Anfang an inoperabel sein, weil man in der Schaltzentrale nicht herumschnippeln konnte wie in anderen Organen.

Was war ich für Bruno gewesen an dem Abend? Nur eine von vielen Kaffeetassen oder eine Kuh, die man im Bedarfsfall melken konnte? Eine halbe Million allein von Papas Lebensversicherung. Die Todesanzeige gelesen und gesehen, dass es nur eine Hinterbliebene gab, die jetzt auch noch einen Verlag erbte. Hatte er mich angerufen, um festzustellen, ob es sich um die Witwe handelte? Ob altes Frauchen oder junges, ließ sich einer Stimme in der Regel entnehmen. Ich war in der Anzeige nicht als Tochter genannt worden. Es war auch nicht von meinem Vater die Rede gewesen. Um die ganzen Formalitäten hatte sich doch der alte Roßmüller gekümmert und mich kurzerhand mit in die Anzeige gepackt, in der auch die Mitarbeiter des Verlags genannt waren. Den Wortlaut hatte ich nicht mehr genau im Kopf, auf Herberts Bett sowieso nicht. «Wir trauern um einen großen Mann», in der Art etwa, darunter die Namensliste, die ich angeführt hatte.

Und dann war Bruno über ein junges Walross gestolpert, das sich ihm sofort an den Hals warf. Hatte er in den Minuten gedacht, es könne irgendwann finanzielle Not am Mann sein, wenn Herr Elfgen das Zeitliche segnete? Aber der hatte doch auch eine hohe Lebensversicherung abgeschlossen. Die eine Zahlung bei Selbstmord ausschloss. Hatte der verrückte Biochemiker vorher schon mal damit gedroht? Gut möglich, wenn er wusste, dass seine Frau ihn mit dem hilfsbereiten Versicherungsvertreter betrog.

Ich hatte das alles schon einmal durchdacht, aber nicht unter dem Aspekt, dass es vom ersten Augenblick an nur um mein Geld gegangen sein könnte. Ich hatte bisher noch nicht einmal in Betracht gezogen, schon das erste winzige Parfümfläschchen könnte kühle Berechnung gewesen sein. Es war entsetzlich, das nun zu denken. Aber es sprach einiges dafür.

Bruno war bei mir eingezogen, nachdem er mich mit Hans Werres aus dem Verlagsgebäude hatte kommen sehen. Eine Hand auf meinem Arm, völlig harmlos, trotzdem eine besitzergreifende Geste. Bei einem Zuschauer musste auf jeden Fall der Eindruck von Vertrautheit entstanden sein.

«Ich will nicht dein Geld, Angelique, ich will dich.» Und ich will verdammt noch mal keinen Rivalen in deiner Nähe.

Bruno hatte die Trauringe gekauft, nachdem er mich mit Hans in der Küche angetroffen und ich ihm Vorhaltungen wegen der fünfzigtausend gemacht hatte. Bruno hatte die Klausel im Ehevertrag, die ihn zum Verzicht auf das Erbe zwang, akzeptieren wollen. «Ich will nicht dein Geld, Angelique, ich will dich.»

Dieser Mistkerl hatte einkalkulieren können, dass ich die Klausel nicht akzeptieren würde, weil ich ihn liebte. Ach was, weil ich verrückt nach ihm war und er meine Gefühle kannte.

«Und jetzt zerbrichst du dir den Kopf darüber?», fragte Herbert. Ich wusste nicht einmal mehr, wovon er sprach. «Das brauchst du nicht, Geli, überlass es mir. Wenn das der einzige Grund ist, kannst du jetzt wirklich die Arme herunternehmen. Ich werde dich nicht schwängern, großes Ehrenwort.»

Er grinste. Sein Gesicht verschwamm mir vor den Augen. Aber seine Hand sah ich deutlich. Er hob drei Finger der Rechten, die Linke lag noch in meinem Nacken.

Es war nicht der einzige Grund, aber: «Du hast eben gesagt, sie ging zu einem Haus. Was für ein Haus? Ein Mehrparteienhaus, ein hässlicher Wohnblock, ein tristes Hochhaus?»

Ich hatte ihn aus dem Konzept gebracht. Er musste erst nachdenken, ehe er antwortete: «Ein freistehendes Einfamilienhaus, eine hübsche Hütte. Warum ist das wichtig?»

«Ist es nicht», sagte ich, ließ meine Handgelenke los, nahm die Arme herunter und legte mich zurück.

Bruno hatte gesagt: «Sie wird ihr Haus verlieren.»

Aber was hatte ich erwartet bei all dem Geld, das ihm seit dem Tod seiner Mutter zur Verfügung stand?

Da waren zwei Hände, die mich auszogen, Stück für Stück, bis nur der Slip übrig blieb.

Bruno hatte gesagt: «Ich musste ihr helfen, wenigstens über die erste Zeit hinweg, damit sie nicht von heute auf morgen auf der Straße steht.» Bruno log, wenn er den Mund aufmachte.

Eine Hand strich über die weiße Spitze, zog sie langsam über meine Beine nach unten. Es gab eine Menge weißer Spitze in meinem Wäscheschrank. Bruno liebte weiße Spitze. Von jedem Einkaufsbummel brachte ich welche mit. Ich konnte nicht genug davon bekommen. Von Bruno auch nicht.

Bruno hatte gesagt: «Ich fühle mich Nora Elfgen gegenüber schuldig.» Wieso denn? Er hatte ihrem Mann doch nicht das Teufelszeug in die Milch gerührt. Aber er wusste vermutlich genau, aus welchem Grund der kranke Herr sich entleibt hatte. «Ich mache Schluss, ich halte das nicht mehr aus.» *Das* waren vielleicht nicht nur die Schmerzen gewesen. Irgendwann hielt man es eben nicht mehr aus, wenn man ständig betrogen wurde. Und dann tat man etwas, was man sonst nie getan hätte.

Herbert saß immer noch auf der Bettkante, ganz andächtig. «Weißt du, wie lange es her ist, dass ich eine Frau so berührt habe?», fragte er. «Beim deinem Überraschungsangriff bin ich ja nicht dazu gekommen, dich großartig anzufassen. Aber ich mag das. Vielleicht bilde ich es mir nur ein, ich meine, die Haut einer Frau fühlt sich ganz anders an als meine.»

Dann beugte er sich über mich, stützte sich mit einem Ellbogen ab, murmelte: «Und das mag ich auch.»

Nun küsste er zuerst nur ganz leicht mit den Lippen und mit geschlossenen Augen. Ich schloss die Augen ebenfalls, bemühte mich, die Gedanken auszuschalten und mich auf das Fühlen zu konzentrieren. Dieser weiche Druck auf den Lippen, die Zungenspitze, die sie teilte. Der Atem, irgendwann schwerer und tiefer werdend. Dann ein langer Seufzer.

«Geli, ich muss ein bisschen vorsichtig sein. Jetzt komme ich mir wieder vor wie der pubertierende Knabe. Ein Blick auf einen nackten Busen, und die Sache steht. Zieh mir das Hemd aus, aber wag dich nicht tiefer.»

Fünfzigtausend für den Anfang und danach regelmäßig alles, was er nicht unbedingt für sich selbst brauchte. Und was brauchte er für sich? Ich zahlte seinen Lebensunterhalt. Ich kaufte ihm neue Schuhe und freute mich, wenn sie passten, weil ich mir dann einbilden konnte, alles von ihm zu wissen, ihn durch und durch zu kennen, sogar die Schwachstellen an seinen Fersen. Ich ließ ihm Hemden und Anzüge auf den Leib schneidern und zahlte ihm auch noch Taschengeld, das reichte vermutlich, um die Miete für seine Agentur aufzubringen und sein Auto zu betanken. Da konnte er seinen Verdienst getrost Nora Elfgen überlassen.

Halb lag ich auf Herberts Bett, halb war ich bei Bruno. Nur war es nicht mehr der Bruno, den ich seit zwei Jahren kannte. Es war ein schäbiges, berechnendes Subjekt, das sich ein fettes, geiles Weib hörig gemacht hatte.

Es ging alles fließend ineinander über. Die Sinnlichkeit, allmählich ansteigende Erregung. Herbert war nicht so routiniert. Aber routiniert war Bruno auch nicht, nur erfahren im Umgang mit meinen Empfindungen. Er hatte zwei Jahre Zeit gehabt, das Instrument zu stimmen. Nein, das ist nicht korrekt. Er hatte es vom ersten Moment an meisterhaft beherrscht. Wer jahrelang auf allen möglichen Flügeln klimpern durfte, entlockte eben auch einem verstimmten Klavier noch ein paar harmonische Töne.

So viel Erfahrung besaß Herbert nicht. Bei ihm war es mehr der Reiz des Neuen, der einen Hauch von Erotik im Zimmer verteilte und die Luft zum Knistern brachte. Das Unbekannte; Zärtlichkeiten, die ich von Bruno nicht gewohnt war. Zärtlichkeiten, die Bruno vielleicht nicht brauchte, weil man sich mit ihnen nur zögernd und ängstlich vorantastete. Mit denen Bruno sich deshalb nicht lange aufhielt, weil er wusste, dass es bessere Methoden gab, mir jeden lästigen Gedanken aus dem Hirn zu treiben.

Herberts Art zu küssen, bei der es immerhin einige Sekunden brauchte, ehe ich weich wurde. Alles dauerte länger, aber irgendwann war auch der letzte Gedanke verscheucht. Gerade hatte ich noch gesehen, wie die Elfe sich Brunos Händen überließ. Jetzt drängte ich selbst vor, auch nur einer Hand entgegen. Doch ich empfand es nicht so. Ich fühlte ihn, hörte ihn. Das Locken in seiner Stimme, das Verlangen. Was er mir erzählte in den letzten Sekunden, weiß ich nicht mehr.

Noch ein paar feurige Wellen, ein letztes Zittern. Herbert richtete sich auf, von Nachspiel hielt er offenbar nicht viel, oder es schien ihm in der Situation nicht angebracht.

«Schade», sagte er. «Es war nicht das, was ich mir ausgemalt hatte. Aber es war so sicher wie die Pille. Jetzt sind wir quitt.»

Das Zittern hielt noch an, doch so stark war es nicht mehr, dass ich den Arm nicht hätte heben können. Ich holte aus und schlug zu. All der Zorn und die Verzweiflung, die er kurz zuvor ausgeschaltet hatte, lag in dem Schlag.

Herbert rieb sich die Wange, starrte mich wütend an. «Was denn?», fragte er. «So nicht? Du willst es genauer wissen? Das kannst du haben, du Biest.»

Er war über mir und in mir, noch bevor ich überhaupt erfasste, was geschah. Noch einmal von vorne, nicht mehr langsam voran, keine Vorsicht mehr, keinerlei Zurückhaltung. Er riss mich einfach mit, obwohl ich es gar nicht wollte.

«Du hast ja Recht», sagte er, es war eher ein Keuchen. «Wennschon – dennschon. Und wenn wir uns ein halbes Dutzend Kinder auf einen Schlag machen, wen stört das? Wir werden sie alle lieben. Wir haben Geld genug, um sie in Pomp und Luxus aufzuziehen. Stellen wir eben drei Kindermädchen ein, damit wir noch ein bisschen Zeit für uns haben.»

Er sprach weiter, aber ich verstand ihn nicht mehr, weil es … Es war anders als mit Bruno, aber schlechter war es nicht. Und es hörte einfach nicht auf, nahm kein Ende, bis die Tränen flossen und die Glut löschten.

Herbert erschreckte ich nicht damit. Er richtete den Oberkörper auf, kniete über mir, umschloss mein Gesicht mit beiden Händen, drückte die Lippen abwechselnd auf meine Augen und flüsterte immer wieder: «Geli.»

Später saßen wir in seinem Wohnzimmer. Er hatte mir einen Cognac eingeschenkt, sich selbst auch einen. Ich saß in einem Sessel, er in dem anderen, zwischen uns der Tisch.

«Immer noch böse auf den miesen Hund?», wollte er wissen.

Ich schüttelte den Kopf.

«Ich rufe dir sofort ein Taxi», versprach er. «Ich würde dich zwar gerne heimbringen, das gehört sich eigentlich so, ich hab dich ja auch abgeholt. Und so ein Abschiedskuss vor der Haustür ist sehr romantisch. Aber ich mag dabei keine Zuschauer. Dein Mann wird inzwischen zu Hause sein.»

Als er mich zur Tür brachte, bat er: «Denkst du über das nach, was ich gesagt habe? Ich weiß nicht, was dein Mann dir bietet. Aber ich komme auch nicht mit leeren Händen, Geli.»

Ich kam heim in der Nacht, es muss so gegen eins gewesen sein. Diesmal wartete Bruno im Wohnzimmer, er saß in einem Sessel. Ich war ruhig, er auch. «Wo warst du so lange, Angelique?», wollte er wissen, als ich hereinkam.

«Im Kino», behauptete ich.

«Bis jetzt?», wollte er wissen.

«Ich war in der Spätvorstellung», sagte ich.

«Wann bist du gefahren?», fragte er.

«Soll das ein Verhör werden?», fuhr ich ihn an. «Frage ich dich, wo du heute warst?»

Er antwortete nicht, stellte stattdessen fest: «Du hast geweint.»

«Es war ein rührseliger Film», sagte ich.

«Ja», murmelte er und stemmte sich aus dem Sessel. «Komm zu mir, Angelique. Ich warte seit drei Stunden auf dich.»

Ich glaubte es nicht ertragen zu können, dass er mich in die Arme nahm. Aber er war immer noch Bruno in dem Moment, kein schäbiges, berechnendes Subjekt, nur ein Mann zwischen zwei Frauen, die er wohl beide liebte auf seine Art. Er drückte sein Gesicht in meine Halsbeuge. Mit den Händen auf meinen Hüften, zog er mich ganz dicht an sich heran, schaute mir ins Gesicht und verlangte: «Sag es mir, Angelique.»

Ich musste nicht schlucken, nicht würgen. Mir wurde nicht übel, und es kam nicht der Geschmack von Galle hoch. «Ich liebe dich.»

Ich schlang die Arme um seinen Nacken, stellte mich auf Zehenspitzen, küsste ihn und wurde schwer dabei, so schwer, dass ich mich nicht länger auf den Beinen halten konnte. Es lag nicht am Deo. Es muss Körperchemie gewesen sein, ein Lockstoff, den er selbst produzierte, auf den meine Hormone eben reagierten, weil sie nicht wussten, dass es vergebens war.

Wir gingen nach oben. Ich hatte bei Herbert geduscht, noch bevor ich den Cognac getrunken hatte. Im Taxi hatte ich Pfefferminz gelutscht. Es war alles in Ordnung. Der Rest von Feuchtigkeit fiel nicht ins Gewicht. Bruno bemerkte ihn nicht einmal. Er war so damit beschäftigt, in mich hineinzukriechen, er hätte auch nicht bemerkt, wenn das Haus über uns zusammengebrochen wäre.

Anschließend lag er neben mir, müde und einigermaßen beruhigt. Er lächelte. «Ich hatte Angst», gestand er. «Ich wollte nicht hinter dir herspionieren. Aber ich hatte unentwegt das Bedürfnis, deinen Lektor anzurufen.»

«Hans ist nicht mehr mein Lektor», sagte ich. «Und er wird bald Vater, er hätte nicht die Zeit, mich ins Kino zu begleiten. Wovor hattest du denn Angst? Denkst du immer noch, ich könnte dich mit Hans betrügen?» Auch das kam so leicht über die Lippen. Ihm dabei ins Gesicht zu schauen hätte ich wohl nicht geschafft. Ich betrachtete seine Rippen.

«Ja», sagte er.

«Mit anderen Worten», erwiderte ich, «du darfst jederzeit, ich darf nie, nicht einmal mit einem Mann, der gebunden ist. Aber solange ich dir nichts wegnehme oder vorenthalte, solange ich dir nicht schade und du nichts vermisst, so lange betrüge ich dich doch gar nicht.»

«Kannst du es so genau trennen, Angelique?»

«Kannst du das?», fragte ich zurück.

Er nickte nur.

Das Wochenende war still. Wir sprachen nicht viel miteinander, das taten wir ja nie, weil wir uns eigentlich nichts zu sagen hatten. Montags verließ Bruno das Haus kurz nach neun am Morgen. Mittags kam er zum Essen heim, fuhr nach einer Stunde wieder los. Ich hatte Zeit genug, um über ihn, mich, Herbert und Nora Elfgen nachzudenken. Aber es war alles noch zu frisch, meine Gedanken drehten sich im Kreis und kamen zu keinem Ergebnis.

Ich war überzeugt, dass es nur Herberts Worte waren, die das Pendel schon zu diesem frühen Zeitpunkt leicht zu seinen Gunsten ausschlagen ließen. Treue, doch die absolut. Wir sind aus demselben Holz. Ja, das waren wir, und Bruno war aus einem ganz anderen Holz. Aber das war es wohl nicht allein. Ich glaube fast, es war die biologische Uhr, die in mir tickte, seit ich den Verlag verloren hatte und mich überflüssig fühlte.

Ich versuchte mir einzureden, dass ein Teil dessen, was mich an Bruno fesselte, nur aus Gewohnheit bestand. Ich hatte mir so oft vorgestellt, wie er eine andere liebte – nein, das eben nicht. Ich hatte mir nur ausgemalt, wie er eine andere Frau befriedigte. Was Herbert geschildert hatte, war nicht Sex, das war Romantik, große Verliebtheit. Zweifel am Wahrheitsgehalt seiner Erklärungen hatte ich nicht, hatte schließlich mit eigenen Augen gesehen, wie Bruno neben der Elfe ging und seinen Kopf ins Auto steckte.

Ich wollte es rational angehen, um den brennenden Schmerz auszuschalten, den diese Szene immer noch in mir auslöste. Das gelang mir nicht, weil ich nun auch noch die Romantik an der Straßenecke sah, die Herbert beobachtet hatte.

Das Haus. Ich musste wissen, ob sie ihr Haus verloren hatte. Vielleicht stellte sich ja heraus, dass sie in dem hübschen, frei stehenden Einfamilienhaus nur zur Miete wohnte und Bruno dafür aufkam. Eine Mansardenwohnung, ein oder zwei Zimmer unterm Dach und etwas zu essen, mehr gönnte ich ihr nicht.

Ich hatte von Bruno insgesamt zehnmal ein Geschenk bekommen, Geburtstage und Weihnachten eingerechnet. Angefangen bei dem Parfümfläschchen über eine Wäschegarnitur aus Seide, als meine Figur es zuließ, Derartiges zu tragen. Die Bluse zum Geburtstag, die ich am ersten Abend mit Herbert getragen hatte. Und die rote Rose zum ersten Hochzeitstag nicht zu vergessen, eine einzige. Baccara, das Stück zwischen ein Euro fünfzig und zwei Euro. Es waren immer Kleinigkeiten gewesen, nichts dabei, das mehr als hundert Euro gekostet hätte. Und für sie: fünfzigtausend für den Anfang und ein Haus.

Im Telefonbuch stand Nora Elfgen nicht, über die Auskunft waren auch keine Informationen zu erhalten. Sonst hätte ich mir vermutlich ein Taxi gerufen und wäre zu ihrer Adresse gefahren. Aber keinen Festnetzanschluss haben oder keinen mehr hieß nicht, dass sie kein Telefon besaß. Vielleicht hatte sie eine Geheimnummer oder begnügte sich mit einem Handy, dessen Nummer sie nicht der Allgemeinheit bekannt geben wollte.

Als Herbert am Dienstagabend anrief, fragte ich ihn, ob er wüsste, wem das Haus gehöre. Er lachte. «Wenn das alles ist, worüber du bisher nachgedacht hast, Geli, dann stehen meine Chancen wohl schlecht. Schade. Können wir uns trotzdem sehen? Dein Mann ist doch unterwegs. Sei barmherzig, Geli, nur eine halbe Stunde, dann verschwinde ich wieder. Ich gehe nicht zum Angriff über, heiliges Ehrenwort. Ich will dich nur anschmachten.»

Er kam schon wenige Minuten später, hatte wieder in der Nähe gewartet und beobachtet, wie Bruno abfuhr. Wir saßen uns im Wohnzimmer gegenüber, sprachen zuerst über das vergangene Wochenende und meine Gefühle, dass ich Bruno immer noch liebte oder mich vielleicht für sein Leben verantwortlich fühlte.

Dass ich ihn auch liebte, zumindest ein bisschen. Gleichgültig war er mir nicht. Nach nur zwei Abenden bisher, wovon der erste eigentlich gar nicht zählte, hielt ich das für ein gutes Zeichen. Dann sprachen wir noch einmal über Nora Elfgen. Er wusste, wo sie wohnte. Aber er wollte es mir nicht sagen.

«Wenn das so wichtig für dich ist», meinte er, «warum hast du nicht längst einen Privatdetektiv engagiert?»

Gute Frage. «Weil ich nicht wusste, dass er noch mit ihr zusammen ist, bis ich sie zusammen gesehen habe», sagte ich. «Und weil ich erst letzten Freitag vom zärtlichen Tête-à-Tête an einer Straßenecke erfahren habe. Wozu soll ich jetzt noch einen Detektiv einschalten, wenn du die Ecke kennst?»

«Und was hast du gewonnen, wenn ich dir verrate, wo sie wohnt?», fragte Herbert. «Willst du ihr im Dunkeln mit einem Messer auflauern, Geli? Oder spielst du immer noch mit dem Gedanken, dir ein Auto zu kaufen?»

«Ich will nur wissen, ob das Haus ihr gehört», sagte ich und erklärte ihm auch, warum das für mich so interessant war.

Er wusste es offenbar nicht, weil er nicht ausgestiegen und auf das Namensschild unter dem Klingelknopf geschaut hatte. Aber das ließe sich in Erfahrung bringen, meinte er und wollte wissen: «Und wie wirst du dich entscheiden, wenn es ihr Haus ist?»

«Ich weiß es noch nicht», sagte ich.

Er lächelte, schöpfte wohl Hoffnung für sich. «Gut. Vielleicht kann ich es dir schon am Freitag sagen. Machen wir es so, du rufst mich an, wenn dein Mann weg ist. Dann muss ich mich nicht auf die Lauer legen wie ein Einbrecher auf Diebestour. Dabei komme ich mir nämlich blöd vor. Du kannst auch zu mir kommen, ohne vorher anzurufen. Wenn dein Mann misstrauisch geworden ist – bei mir sind wir vor Überraschungen sicher. Kommst du?»

Ich nickte.

«Ich freue mich darauf», sagte er. «Wir können eine Kleinigkeit essen. Nur damit du siehst, dass ich das inzwischen allein kann und nicht ständig ermahnt werden muss.»

«Kochst du selbst?», fragte ich.

Er lachte lauthals. «Gott bewahre. Wenn ich nicht gerade in Restaurants herumsitze oder den Pizza-Service bemühe, ernähre ich mich von Tiefkühlkost. Fertiggerichte, die schiebt man in die Mikrowelle und hat in null Komma nix eine vollwertige, aber nicht zu üppige Mahlzeit. Man braucht nicht mal einen Teller schmutzig zu machen. Ich habe eine Zugehfrau, die kommt nur morgens für zwei Stunden. Für meine Ernährung muss ich selbst sorgen. Aber es gibt tatsächlich schmackhafte Gerichte. Lasagne, Tortellini, Rinderroulade oder Gulasch mit Rotkohl, Kabeljau oder Schellfisch in Senfsoße. Für den besonderen Anlass lasse ich uns am Freitag natürlich eine große Pizza bringen. Magst du Pizza?»

«Gott bewahre», sagte ich.

Plötzlich waren wir albern. Auch etwas, was ich mit Bruno nicht gut konnte. Einmal waren wir zusammen albern gewesen, nur einmal, in unserem ersten Urlaub, mit der Gießkanne. Danach hatte jeweils nur noch einer von uns gelacht. Ich über ihn, als er die Gitter vor den Fenstern einsetzte und dabei die Blödelsongs der Ersten Allgemeinen Verunsicherung mitsang, bis das Band sich um den Tonkopf wickelte.

Singen konnte Bruno nicht. Und ich konnte nicht kochen. Er hatte gelacht, als ich es probierte, zarte Lammkoteletts in Kohlestücke verwandelte und mir an der heißen Pfanne einen Finger verbrannte.

Es fiel mir erst später ein, als Herbert längst weg war und ich auf Bruno wartete. Als ich schon dieses Ziehen in der

Brust fühlte bei dem Gedanken, dass er gleich käme, und immer noch lachen musste über die Art, wie Herbert eine Unzahl von italienischen Gerichten aufgezählt hatte.

Seinen erwartungsvollen Gesichtsausdruck bei jedem, die anschließend so komisch gespielte Enttäuschung. Und wie er zuletzt sagte: «Weißt du was, Geli? Wir stellen nur ein paar Kerzen auf den Tisch und schauen uns aneinander satt. Dann zeige ich dir eben später mal, dass meine Tischmanieren nichts mehr zu wünschen übrig lassen.»

Vielleicht hing das sehnsuchtsschwere Ziehen in der Brust auch mit ihm zusammen. Ich hatte ihn nach der halben Stunde zur Tür gebracht. Bevor er ging, fragte er: «Habe ich mein Versprechen gehalten?»

Ich wusste nicht sofort, was er meinte.

«Ich bin im Sessel geblieben», sagte er. «Ich habe dich nur mit den Augen liebkost. Hast du das nicht gemerkt?»

«Doch», sagte ich.

«Und was gewährt man braven Kindern? Eine Belohnung. Das muss sein, sonst beißen sie einen beim nächsten Mal wieder ins Bein. Sei lieb, Geli, schenk mir eine Minute Romantik, einen Abschiedskuss an der Haustür.»

Ich legte meine Arme um seinen Nacken. Sein Blick irritierte mich. Er war mit einem Mal wieder todernst, griff mit der Hand unter mein Kinn, hob meinen Kopf an und hielt meine Augen mit seinem Blick fest. Sein Daumen strich über meine Lippen.

«Wie lange kennen wir uns schon?», fragte er.

«Seit dreißig Jahren», sagte ich.

«Es sind sogar vierunddreißig», korrigierte er. «Warum hast du mir vor zwanzig nicht gesagt, dass ich einen Blindenstock brauche? Ich hätte in Biologie besser aufpassen sollen. Das mit den Bienen und den Blümchen habe ich mitbekommen. Aber das mit den Raupen und Schmetterlingen muss ich verschlafen haben.»

«Nein», sagte ich. «Die Lektion hast du nur verbummelt.

Die wolltest du dann bei mir abschreiben, bist aber stattdessen unverschämt geworden.»

«Ja, ja, ich weiß.» Er nickte. «Das wirst du mir auch bis an mein Lebensende aufs Brot schmieren. Na ja, kann ich vielleicht gelegentlich den Aufstrich sparen.» Er schluckte hart, sein Daumen drückte mir das Kinn leicht nach unten und öffnete so meine Lippen. «Geli», murmelte er, schüttelte den Kopf, schluckte noch einmal. «Was machst du mit mir?»

Das hätte ich ihn fragen sollen.

Sein Gesicht kam näher. Ich wollte die Augen schließen, es ging nicht. Aber ich sah, wie er sie schloss, fühlte, wie er den Arm um mich legte, mit der Hand meinen Rücken hinunterstrich, mich gegen sein Becken presste. Dann fühlte ich seinen Kuss. Er machte mich benommen. Unvermittelt gab er mich frei und war auch gleich zur Tür hinaus. Ohne sich noch einmal umzudrehen, hob er die Hand und winkte. «Bis Freitag, Geli, und denk an die Kerzen. So was gibt es in meinem Haushalt nicht. Ich habe nur eine Taschenlampe für den Fall, dass mal der Strom ausfällt.»

Ich lachte noch, als ich wieder im Wohnzimmer saß.

Als ich freitags zu ihm fuhr, nahm ich tatsächlich zwei Kerzen mit. Anderthalb Stunden lang saßen wir in seiner Essdiele am Tisch und unterhielten uns über die Leere in meinem Alltag, seit ich nur noch ein Privatleben hatte, über Nettekoven und die Goltsch-Biographie. Und mit Herbert war es eine Unterhaltung, weil er das Buch gelesen hatte und wie ich fand, Hans Werres hätte großartige Arbeit geleistet.

«Warum versuchst du es nicht noch mal?», fragte er. «Du hast Geld genug. Hol dir Werres, dann hast du einen tüchtigen Lektor.»

«Brauche ich nicht», sagte ich. «Ich war immer eine gute Lektorin. Ich brauche eher einen tüchtigen Kaufmann.»

«Dann such dir so einen», meinte Herbert. «Und dann fängst du ganz klein wieder an. Wie dein Vater damals.»

«Damals war eine andere Zeit», sagte ich. «Vor dreißig Jahren ging das noch, klein anfangen und groß werden. Heute ist es unmöglich, gegen die großen Konzerne kommt ein kleiner Verlag nicht mehr an. Vielleicht sollte ich jetzt besser anfangen, über ein halbes Dutzend Kinder und drei Kindermädchen nachzudenken.»

«Ach, ich weiß nicht», meinte Herbert. «Wenn man es recht bedenkt, drei Kinder und ein Kindermädchen reichen in unserem Alter vermutlich.»

Wem das Haus gehörte, sagte er mir nicht. Entweder wusste er es selbst noch nicht, oder er wollte mich hinhalten. Als ich ihn darauf ansprach, erklärte er: «Das geht nicht von heute auf morgen, Geli. Vielleicht weiß ich es am Dienstag. Du kommst doch?»

Ich kam, aber dienstags wusste er angeblich immer noch nichts. Erst zwei Wochen später rief er mich montags an und sagte: «Du hast richtig vermutet. Noch gehört das Haus zwar zum größten Teil der Dresdner Bank, es ist mit einer Hypothek belastet bis unters Dach. Aber anscheinend kommt Nora Elfgen ihren finanziellen Verpflichtungen regelmäßig nach, obwohl sie nicht arbeitet, sonst wäre da längst eine Zwangsversteigerung in die Wege geleitet worden. Meinst du, du kannst das bis morgen Abend verdauen, oder köpfst du mich für die Botschaft, wie es im Mittelalter und bei den alten Griechen üblich war?»

Es gab nicht mehr viel zu verdauen. Die Gewissheit tat nicht halb so weh, wie ich erwartet hatte.

Die nächsten Wochen: Es war eine schlimmer, aber auch schöne Zeit. Ich fühlte mich in zwei Hälften gespalten, musste wieder oft an Papa denken, wünschte mir, er wäre noch da und könne mir sagen, wie ich mich entscheiden sollte.

Wenn Bruno dienstags und freitags aus dem Haus ging, konnte ich keine Sekunde länger bleiben. Manchmal schielte ich schon eine halbe Stunde vorher auf die Uhr, konnte nicht erwarten, dass die Haustür hinter ihm ins Schloss fiel. Ich wusste doch, dass da einer ebenso sehnsüchtig auf mich wartete wie Nora Elfgen auf meinen Mann. Einer, der mich mit seiner unkomplizierten Leidenschaft fortriss, mich zum Lachen brachte, wenn ich ein Lachen brauchte. Einer, der mir nicht das Gefühl gab, ich spiele mit seinem Leben.

Einer, mit dem ich über alles reden konnte, sogar über Brunos Worte, als er mir die Trauringe zeigte, und über Papa, die zweite Schaumtablette und das Kissen. Aber auch über Anlagemöglichkeiten und Veränderungen am Finanzmarkt. Über Neuerscheinungen auf dem Buchmarkt und über die Klassiker, die Herbert alle kannte.

Tolstoi und Hemingway, Konsalik kannte er nicht, dafür Eco. Viel Zeit zum Lesen hatte er zwar auch nicht. Nein, das stimmt nicht, er musste viele Schriftsätze, Gerichtsentscheidungen und dergleichen lesen. Aber er nahm sich auch Zeit, um mit einem guten Buch davon abzuschalten. Neben seinem Bett lag der neue Umberto Eco.

Manchmal sprachen wir über meine Zerrissenheit, die man eigentlich gar nicht so bezeichnen durfte, weil ich das Gefühl hatte, allmählich wieder ich selbst zu werden. Angelika oder Geli, zweimal die Woche für jeweils anderthalb Stunden. Die Taxifahrten hin und zurück musste ich doch in die beiden Stunden quetschen, die Bruno mit seiner Elfe verbrachte. Aber in diesen anderthalb Stunden fühlte ich mich wohl und war zufrieden.

Wenn Bruno heimkam, saß ich meist wieder in einem Sessel oder auf der Couch im Wohnzimmer. Mehr als einmal hatte ich es gerade noch geschafft, den Fernseher einzuschalten, eine CD einzulegen oder ein Buch in die Hand zu nehmen. Und wenn er ein paar Minuten vor mir das Haus betreten hatte, kam ich eben gerade aus dem Kino.

Er fragte mich nicht mehr, wo ich gewesen sei. Wenn ich daheim war, gab es ja nichts zu fragen. Wenn er ein paar Minuten hatte warten müssen, reagierte er mit Intensität und

Sinnlichkeit. Er muss gespürt haben, dass ihm an solchen Abenden ein anderer zuvorgekommen war. Ich nehme an, mich verrieten das schlechte Gewissen und die Furcht vor seiner Reaktion, wenn er Gewissheit bekam. Manchmal spielte ich in Gedanken durch, dass ich an so einem Abend auf ihn wartete. Und an seiner Stelle kämen Polizisten, um mir zu sagen, mein Mann habe einen tödlichen Unfall gehabt oder sich umgebracht. Vielleicht machte mich das so hilflos, manchmal aber auch wütend, weil mein Verstand mir sagte, dass er kein Recht hatte, sich jede Freiheit zu nehmen und mir die Last aufzubürden.

Herbert kämpfte systematisch, wie sein Beruf es ihn gelehrt hatte. Gute Gespräche und Zärtlichkeit, verschiedene Gesten und Berührungen trieben mir wohlige Kälteschauer über die Haut. Seine Blicke, wenn ich mich verabschiedete, jedes Mal ein Gemisch aus Trauer und Begehren. Seine Augen sagten immerzu: «Lass mich bloß nicht so sitzen, Geli.»

Der Griff unter mein Kinn, wenn er mit dem Daumen meine Lippen öffnete. Leidenschaft und ein Lachen, das den Bann von Schwermut brach und mich von der Last befreite. Es war eine Last, bei ihm zu sein und nach so kurzer Zeit wieder nach Hause fahren zu müssen, wo ich mit meinem Leben seit Monaten nichts Rechtes mehr anzufangen wusste, weil ich daheim immer nur Angelique war, eine Romanfigur, so fühlte ich mich auch.

Ich wäre gerne einmal über Nacht geblieben, neben Herbert eingeschlafen und morgens mit ihm aufgewacht. Ich wollte ihn müde und verschwitzt erleben, hungrig, griesgrämig, mit irgendwelchen Problemen beschäftigt. Ich wollte wissen, ob er im Schlaf den Arm über mich legte, wie Bruno es tat. Neben ihm stehen, wenn er sich die Zähne putzte oder duschte. Ich wollte einfach wissen, ob ich mit ihm leben konnte.

Inzwischen wusste ich genau, dass ich ihn liebte. Es war

eine andere Art von Liebe als die, die ich für Bruno empfunden hatte und immer noch empfand. Vielleicht die richtige Art, eine beständige. Herbert fehlte etwas von Brunos Intensität. Es würde ein ruhiges Leben mit ihm, keine Berg-und-Tal-Fahrten mehr, gleichmäßig und beschaulich, zumindest bis wir Kinder bekämen.

Ich wollte Kinder, nicht bloß eins, mehrere, die mich auf Trab hielten. Damit ich nicht irgendwann in Versuchung geriet, Bruno anzurufen und um einen Termin zu bitten. Er machte ja auch tagsüber Kundenbesuche. Und völlig auf ihn verzichten, das konnte ich mir noch nicht vorstellen. Das können vermutlich nur die Frauen nachvollziehen, an denen er nicht vorbeigegangen ist.

Dabei spielte ich schon Mitte Juli ernsthaft mit dem Gedanken, ihn vor vollendete Tatsachen zu stellen, am Freitagabend nicht bloß meine Handtasche zu nehmen, sondern eine Reisetasche fürs Wochenende zu packen. Ich musste mich doch fragen, wozu ich noch an meiner Ehe festhielt, wenn wir beide andere Partner gefunden hatten.

Es wäre vielleicht gar nicht nötig gewesen, dass Herbert mit Fakten kämpfte. Das tat er auch erst zum Schluss, weil er vermutlich meinte, er würde sein Ziel auf andere Weise nicht erreichen. Richtig förmlich bestellte er mich für einen Nachmittag in seine Kanzlei.

Das ist erst gut eine Woche her. Vergangene Woche Donnerstag war es. Mir kommt es vor wie eine Ewigkeit.

Herbert war anders als sonst. Ernst, sachlich, der Anwalt eben. Er legte mir großformatige Fotos und einen schriftlichen Bericht vor, hatte getan, wozu ich mich nicht hatte aufraffen können: ein Detektivbüro beauftragt. Das Haus war bei Tageslicht aufgenommen. Gehobene Mittelklasse, Schätzwert: vierhunderttausend Mark. Aber es gehörte ja nicht Nora Elfgen, sondern der Dresdner Bank.

Ein rundes Dutzend Fotos war bei Dunkelheit entstanden. Brunos Wagen, er hinter dem Lenkrad, sie neben der noch offenen Tür, weit ins Auto hineingebeugt. Brunos Kopf gegen die Nackenstütze gelehnt, verdeckt von ihrem Kopf.

Ein Vorgarten, Ziersträucher, mannshohe Tannen oder Fichten. Dazwischen ein Paar in inniger Umarmung. Sie in einem Kleid oder Nachthemd, es war nicht genau zu erkennen, aber es war ein sehr kurzes Kleid oder Hemd. Seine linke Hand in ihrem Rücken, etwa auf Höhe der Taille, die rechte tiefer. Sie trug nur einen winzigen Slip, in dem seine Finger verschwanden.

Teleobjektiv, dachte ich, wieder und wieder auf den Auslöser gedrückt, um die Szene in allen widerlichen Details festzuhalten. Allein das Betrachten schnürte mir die Kehle zu. Dabei waren die Fotos nicht das Schlimmste. Was darauf zu sehen war, hatte Herbert mir doch sehr plastisch beschrieben.

Der nüchterne Bericht brachte mich fast um. Das hätte ich wohl besser schon auf die erste Kassette sprechen sollen, wollte ich eigentlich auch. Aber dann hat die Verlegerin in mir obsiegt. Man fängt einen Geschlechterkampfkrimi nicht mit dem Ende an. Wenn der dämliche Kerl das agile Weibchen austrickst, darf man das höchstens andeuten, was ich getan habe.

Und wenn man sich wie ich so gut darauf versteht, Tatsachen zu ignorieren und Gewissheiten auszublenden, kann man sich selbst überzeugen, man hätte alle Zeit der Welt und könnte es langsam angehen lassen. Jetzt kriege ich die Dramatik vermutlich nicht mehr überzeugend hin. Dabei ist mir sehr dramatisch.

Das war mir heute Morgen schon. Aber es ging mir gut, körperlich, abgesehen von meinen Fingern. Ich wollte nicht gleich mit den ersten Sätzen jemanden erschrecken und veranlassen, das alles der Polizei in die Hände zu drücken. Bitte sehr, Herr Kommissar, das ist wichtiges Beweismaterial. Ist es wahrscheinlich, aber auf dem Kaminsims liegen genug Beweise.

Nora Elfgen sah aus wie ein Kind und war nur ein Jahr jünger als ich. Nach vierzehnjähriger Ehe mit Horst Elfgen verwitwet. Davor war sie schon einmal verheiratet gewesen, eine Kinderehe. Nora Elfgen hatte mit sechzehn eine Ausbildung zur Bürogehilfin bei einer Versicherungsgesellschaft begonnen und mit siebzehn abgebrochen, um einen Arbeitskollegen zu ehelichen. Ihren ersten Mann hatte sie nach zwei Jahren verlassen.

Armer Bruno.

«Ich wäre fast daran gestorben», hatte er gesagt. Und zweimal versucht, sich umzubringen.

Nora Elfgen, Nora Lehmann, wie ein Hammer schlugen die Namen auf mein Gehirn ein. Bei jedem Schlag krampfte sich mein Herz zusammen. Meine Hände waren feucht und eiskalt, meine Knie zitterten, weil Bruno in meinem Hinterkopf unentwegt sagte: «Sie war mein Alles.»

Und was war ich? Nur Angelique, die dämliche Kuh.

«Hast du das wirklich nicht gewusst?», fragte Herbert.

Ich konnte nicht einmal den Kopf schütteln, war so steif, als hätte mir jemand einen Holzpflock der Länge nach durch die Wirbelsäule gejagt.

«Aber du weißt, warum ich dir das zeige, nicht wahr?», fragte er. «Weil ich ein mieser Hund bin und um meinen Knochen kämpfe.»

«Er hat mir nur erzählt, dass er geschieden ist», erklärte ich endlich. «Ich habe ihn nie nach dem Namen seiner ersten Frau gefragt.»

«Du musst doch mal seine Scheidungspapiere gesehen haben», meinte Herbert. «Als ihr das Aufgebot bestellt habt …»

Nein, Bruno hatte dem Standesbeamten Papiere vorgelegt. Ich hatte nicht darauf geachtet.

«Es gibt Fälle, da reicht eine Scheidung nicht», meinte Herbert. «Manche Leute können nicht miteinander leben, ohneeinander können sie allerdings auch nicht.»

Dann schaute er mich nachdenklich an. «Ich komme mir im Moment sehr schäbig vor, Geli. Den Kram habe ich schon seit Wochen hier. Ich wollte es dir eigentlich nicht zeigen. Ich will nicht, dass du eine Entscheidung aus Wut, Enttäuschung, verletztem Stolz oder sonst etwas triffst. Ich liebe dich, Geli. Das sage ich grundsätzlich nie, wenn ich nur mit einer Frau ins Bett will. Ich will mit dir leben.»

Das hatte Bruno auch mal gesagt.

«Ich liebe dich auch», sagte ich.

Herbert nickte, lächelte sogar. «Ich weiß, ein bisschen. Genug für zwei Abende pro Woche. Aber ich bin ein geduldiger Mensch. Frag meine Exfrau, wenn du mir nicht glaubst. Wenn sie auch sonst nicht allzu gut auf mich zu sprechen ist, das wird sie dir bestätigen. Ich schätze, dass ich keine größeren Probleme damit hätte, zu warten, bis du mich genug liebst, um ihn zu verlassen.»

Damit schob er die Fotografien zusammen, steckte sie und den Bericht zurück in den Umschlag, dem er sie zuvor entnommen hatte. «Kommst du morgen Abend zu mir, Geli?»

Ich nickte nur.

«Dann lasse ich dir jetzt ein Taxi rufen», sagte er. «Willst du einen Cognac? Du bist so blass. Ein Cognac wird dir gut tun.»

Wieder nickte ich nur. Er stand vom Schreibtisch auf, ging zu einer Anrichte, auf der ein Tablett mit Gläsern und Flaschen stand, schenkte ein, kam auf mich zu. Ein Jahr jünger als Bruno, das Haar einen Ton dunkler, ein schmales Gesicht, ein sinnlicher Mund und diese tiefgrauen Augen, fast anthrazitfarben, feingliedrige, gepflegte Hände. Dunkler Anzug, weißes Hemd, die Uhr an seinem Handgelenk musste ein Vermögen gekostet haben. Herbert Roßmüller, mein Folterknecht, mein Liebhaber, der Mann, der mir Kinder machen und mein Leben wieder ausfüllen wollte.

Ich wollte nach dem Glas greifen, aber plötzlich war mir nicht mehr nach einem Cognac. Ich ging in die Knie. Herbert dachte wohl im ersten Augenblick, ich würde ohnmächtig. Als er begriff, half er mir und protestierte gleichzeitig. «Nicht hier, Geli.»

Er ließ den Blick nicht von der Tür. Jedes Mal, wenn ich zu ihm hochschaute, sah ich, dass er sich auf die Lippen biss. Keinen Laut gab er von sich, nicht einmal ein Stöhnen. Stattdessen legte er den Kopf in den Nacken, atmete mit halb offenem Mund. Irgendwann legte er die Hände auf meine Schulter und bestimmte damit den Rhythmus. Dann fiel sein Kopf nach vorne. Er griff unter meine Achseln und zog mich hoch. Ich glaube, er war wütend.

«Trink deinen Cognac», verlangte er. «Und tu das nie wieder. Nicht hier. Das fehlt mir noch, dass ich mir den Ruf einhandle, meine Mandantinnen zu nötigen.»

Ein Cognac wäre nicht schlecht gewesen heute früh. Guter, alter, französischer Cognac. Den hätte ich gebrauchen können, als ich einsehen musste, dass ich nicht rauskann. Eingesperrt von und mit einem Toten. Ist doch irre, oder?

Wo kann er nur den Schlüssel versteckt haben? Ich hab doch alles auf den Kopf gestellt, sogar im Kamin gewühlt und das Bettzeug unter ihm abgetastet. Bei ihm gab es nicht viel zu tasten, er hat wie üblich im Bett nichts an.

Es hat mich gegraust, die Hände unter seinen Rücken zu schieben. Dabei fühlte er sich heute Morgen noch genauso an wie immer. Leichenstarre tritt nicht sofort ein, das dauert Stunden; wenn es warm ist, noch länger, habe ich mal gelesen.

Gestern Abend hat er den Schlüssel in seine Hosentasche gesteckt. Das habe ich gesehen. Er muss ihn herausgenommen und versteckt haben, als er in der Nacht aufgestanden ist. Er ist noch mal aufgestanden, das habe ich nicht gesehen, aber ich weiß es.

Gott, ist mir heiß. Kühlt das denn heute gar nicht mehr ab? Ich glühe. Wenn Señora Rodrigues noch lange auf sich warten lässt, sitze ich hier ganz vertrocknet und verschrumpelt wie eine Mumie, wenn sie endlich auftaucht. Die werden mir zwei Eimer Wasser einflößen müssen, ehe jemand erkennt, dass ich noch gar nicht so alt bin.

Herbert Roßmüller   Señora Rodrigues sah an dem Freitag keine Veranlassung, erneut zu dem Häuschen zu radeln, um Gemüse, Käse, Eier oder sonst etwas zu verkaufen. Es war einfach zu heiß, um sich für einen kleinen Nebenverdienst auf ein Fahrrad zu schwingen und sich auf dem holprigen Weg abzustrampeln. Die Jüngste war sie nicht mehr, hatte die sechzig bereits überschritten. Vielleicht war sie ein wenig beleidigt, weil das Ehepaar Lehmann, nicht wie sonst üblich, unmittelbar nach der Ankunft bei ihr vorstellig geworden war, um sich mit frischen Lebensmitteln einzudecken und Bescheid zu geben, wie lange sie diesmal zu bleiben gedachten.

Dass es in Deutschland Anlass zur Besorgnis gab, war ihr nicht bekannt. Sie hatte Frau Ströbels Bitte entsprochen, am Donnerstagnachmittag auch zurückgerufen und mitgeteilt, sie habe Garderobe und Geschirr gesehen und eine Botschaft hinterlassen. Damit betrachtete sie die Sache als erledigt.

Noch einmal hinzufahren, nur um sich zu erkundigen, ob alles in Ordnung sei und man ihrer Nachricht Folge geleistet habe, kam ihr nicht in den Sinn. Bei den bisherigen Aufenthalten waren Geli und Bruno Lehmann stets als sehr verliebtes Paar aufgetreten. Zuletzt im Frühjahr, als er die Fenster vergittert hatte, Musik hörte, lauthals mitsang und Geli damit amüsierte. Daran erinnerte Señora Rodrigues sich gut.

O-Ton Angelika

Wein ist noch da, fällt mir gerade ein. Wir hatten zwei Flaschen aus Valencia mitgebracht, zum Abendessen eine geöffnet, aber nicht viel davon getrunken. Die Flasche war noch gut zur Hälfte gefüllt, als ich den Tisch abräumte. Die habe ich auch in den Schrank gestellt wie den Krug mit dem Wasser. Da komme ich nicht mehr hin. Ich kann nicht mehr aufstehen. Meine Beine reagieren nicht mehr, egal, wie sehr ich mich anstrenge.

Ich hätte im Frühjahr darauf drängen müssen, dass er die verklebten Fensterrahmen löst, statt diese verfluchten Gitter einzusetzen. Das wäre eine Sache von ein paar Minuten gewesen. Vielleicht hatte er schon im Frühjahr den Plan, mich hier einzusperren und vergammeln zu lassen, falls ich ihm und seinem Alles auf die Schliche komme.

In dieser gottverlassenen Gegend muss man doch nichts vor Einbrechern sichern. Außer Señora Rodrigues, der ich die Bruchbude nach unserem ersten Urlaub abgekauft habe, und dem Notar, der die Formalitäten abgewickelt hat, weiß vermutlich kein Spanier, dass es hier eine menschliche Behausung gibt.

Reichtümer gibt es auch nicht. Es gab immer nur uns. Natürlich haben wir im Lauf der Zeit einiges hergeschafft oder schaffen lassen, sogar ein Gartenhäuschen. Bruno hat es aus Deutschland liefern lassen, es passte nicht in den Kofferraum, obwohl es zerlegt war. Er hatte es in einem Baumarkt gesehen, fand es praktisch und hübsch. Was er so unter hübsch verstand. Es sieht aus wie ein bayrisches Landhaus in Miniaturformat, passt überhaupt nicht hierher.

Die Liegestühle, der Sonnenschirm und das ganze Werkzeug sind darin untergebracht. Nur der Hammer nicht. Den hat Bruno gestern Abend reingeholt, weil er das Bild aufhängen wollte, das ich in Valencia gekauft hatte, weil ich es so schön fand.

Es ist ein friedliches Bild, nur Möwen und ganz viel Wasser.

Verdursten soll ein schöner Tod sein. Nein, das habe ich jetzt verwechselt. Erfrieren wäre ein angenehmer Tod, habe ich mal gelesen. Man schläft ein und fühlt überhaupt nichts.

Wahrscheinlich sind meine Beine erfroren, und mir ist das nur nicht aufgefallen, weil mir so warm ist. Meinen Hintern fühle ich auch nicht mehr. Jetzt kriecht die Taubheit meinen Rücken hoch und in den Bauch wie eine Schnecke.

Ich bin sehr müde und muss höllisch aufpassen, dass ich nicht einschlafe. Ein Kaffee wäre nicht schlecht, guter, starker Kaffee, nur eiskalt müsste er sein. Ein Eiskaffee. Habe ich letztes Wochenende bei Herbert getrunken, selbst gemacht, mit Vanilleeis und etwas Sahne.

Am Freitagabend bin ich zu ihm gefahren mit einer Reisetasche, meiner Zahnbürste, frischer Unterwäsche, was man so braucht übers Wochenende. Es hatte nichts mit den Fotos und dem Bericht zu tun, oder doch, das war eben der Tropfen gewesen, der das Fass zum Überlaufen brachte.

Herrgott, Angelika, jetzt hör auf, an Flüssigkeiten zu denken.

Herbert hatte wohl damit gerechnet, aber es schien ihm gar nicht recht zu sein. «Ist das dein Ernst, Geli?», fragte er.

«Mein voller Ernst», sagte ich. «Betrachte es als einen Test. Ich bleibe bis Sonntagabend. Ich will wissen, ob du schnarchst, ob du ein Morgenmuffel bist und ob du dich im Bett so breit machst, dass für mich kein Platz bleibt.»

«Grundgütiger», sagte er. «Dann schlafe ich lieber auf der Couch und stelle mir den Wecker auf sechs Uhr. Oder stehst du schon um die Zeit auf?»

Tat er natürlich nicht. An dem Abend tranken wir eine Flasche Wein, gingen zusammen ins Bad, stiegen gemeinsam in die Wanne.

Okay, das war jetzt wieder viel Flüssigkeit. Ich bin wirklich nicht durstig, auch nicht hungrig, aber ich bin noch, und ich bleibe. Ich werde hier nicht krepieren wie ein Stück Schlachtvieh in einem überhitzten Transporter. Ich will leben und Kinder haben, mindestens zwei. Wunderschöne Kinder.

Es war kurz vor zehn, ich dachte an Bruno, während Herbert mich auf seinen Schoß zog. Ich stellte mir vor, wie Bruno unser Haus betrat. Mein Haus. Wie er erneut wartete und sich fragte, wer der Mann sein könnte, mit dem ich ihn betrog. Er musste inzwischen ganz genau wissen, dass es einen anderen Mann gab. Aber auf Herbert wäre er wohl von allein nicht gekommen. Ich sah ihn die Treppe zum Dachboden hinaufsteigen mit einem Strick in der Hand, sah ihn ebenfalls in der Wanne liegen und sich die Pulsadern aufschneiden. Das sollte im warmen Wasser ja schneller gehen, nicht das Schneiden, nur das Verbluten. Ich hatte das Bedürfnis, sofort nach Hause zu fahren und ihn zu retten. Doch das verging wieder.

Aus dem Bad gingen wir ins Wohnzimmer, setzten uns auf die Couch, beide nur in Badetücher gewickelt. Herbert sagte: «Da ist etwas, was ich bisher vermisst habe. Wir hatten ja noch nicht Zeit für eine richtig schöne, ausgedehnte Knutscherei. Die brauche ich jetzt, Geli, danach gehen wir ins Bett und sprechen ein kleines Gebet, damit ich den Test bestehe.»

Dann grinste er. «Manchmal denke ich, ich bin nie älter geworden als sechzehn oder siebzehn. Da habe ich mich auch so gerne in Hauswinkel gedrückt.»

Als wir ins Schlafzimmer wechselten, war es fast Mitternacht. Ich fragte mich, ob Bruno herumtelefonierte, erneut Hans Werres belästigte. Und morgen früh? Was tat er, wenn er feststellen musste, dass ich nicht heimgekommen war? Schlief er überhaupt?

Als Herbert das Licht ausmachte, war ich mir plötzlich sicher, dass ich mir völlig umsonst Gedanken machte, dass Bruno, wenn überhaupt, allenfalls bis jetzt gewartet hatte.

Ich hatte keine Nachricht hinterlassen, er sah ein, dass ich in dieser Nacht nicht mehr nach Hause käme, und fuhr zurück zu seiner großen Liebe. Sie reagierte ähnlich erstaunt wie Herbert. Als Bruno ihr erklärte, was er vermutete, erschrak sie.

Keine Ansprüche im Fall einer Scheidung. Keinen Cent mehr von der dummen Kuh. Und wahrscheinlich sagte sie: «Dann musst du sie nach Spanien bringen und verdursten lassen, damit wir sie beerben können.»

Viel geschlafen habe ich nicht, mir nur alles Mögliche und Unmögliche ausgemalt. Herbert schlief, ohne zu schnarchen. Er ließ mir auch genug Platz. Ich beobachtete ihn und fühlte mich wohl bei der Vorstellung, dass ich das in Zukunft öfter tun könnte.

Den ganzen Samstag war ich zufrieden. Wir redeten viel wie immer. Nicht nur über uns und eine gemeinsame Zukunft. Auch über Gott und die Welt und seine Mutter, die sich freuen würde, wenn ich demnächst mal auf einen Kaffee vorbeikäme.

Ob ich etwas von dem Kaffeepulver … Das hilft wahrscheinlich gegen die Müdigkeit. Der Boden war sauber, gestern habe ich noch ausgefegt, ehe wir nach Valencia gefahren sind.

Lieber nicht, sonst liege ich auf dem Boden und komme nicht mehr hoch.

Zu Mittag schob Herbert zwei Tiefkühlgerichte in die Mikrowelle, für mich Rindsgulasch mit Rotkohl und Kartoffelpüree. «Du magst ja die italienische Küche nicht», meinte er. «Ich werde meine Vorräte in Zukunft mit einer Kalorientabelle in der Hand einkaufen, versprochen. Vorausgesetzt natürlich, es bleibt nicht bei diesem Wochenende. Das tut es doch nicht, Geli, oder?»

«Keine Bange», sagte ich. «Bisher hast du dich tapfer geschlagen. Du brauchst trotzdem in Zukunft keine Vorräte einkaufen. Das überlassen wir Frau Ströbel. Du solltest eher einen Umzug ins Auge fassen. Mein Haus ist größer.»

«Nicht so schnell, Geli», sagte er.

Das hatte Bruno auch oft gesagt.

Die Nacht zum Sonntag war mild. Ich schlief ein, während Herbert mich noch im Arm hielt. Kurz vor neun am Sonntagmorgen stand ich auf, ohne mich vorher aus einer Umklammerung befreien zu müssen. Irgendwie fand ich das angenehmer. Samstags war er der Erste in der Küche gewesen. Nun tat ich zumindest so, als könne ich ein Frühstück zubereiten.

Der Kaffee wurde viel zu stark und bitter. Herbert goss Milch in seine Tasse, Zucker nahm er nicht. Im Kühlschrank hatte ich ein halbes Toastbrot gefunden und ein wenig Aufschnitt.

«Du bist so still, Geli», meinte er. «Woran denkst du? Bin ich letzte Nacht durchgefallen?»

«Nein», sagte ich. «Im Gegenteil, du hast sogar Punkte in Fächern gemacht, über die ich dich nicht informiert hatte. Ich werde heute Abend mit ihm reden.» Wenn er noch lebt, das fügte ich nur in Gedanken hinzu.

«Was willst du ihm sagen?», fragte er.

Ich zuckte mit den Achseln, umklammerte meine Tasse mit beiden Händen, hob sie an die Lippen und ließ die Bitterkeit über die Zunge fließen.

«Ich sage das nur für den Fall, dass du wirklich entschlossen bist, dich von ihm zu trennen», erklärte Herbert und klang dabei nicht so sehr nach Anwalt, wie ich es mir gewünscht hätte. «Bis zu einer Scheidung im gegenseitigen Einvernehmen müsst ihr ein Jahr getrennt leben. Wenn er sich sträubt, werden daraus auch leicht drei Jahre. Du könntest es zwar auch auf die harte Tour versuchen, ehewidriges Verhalten, kurze Ehedauer und so weiter. Aber da spielen die Gerichte nicht gerne mit. Glaubst du, er wird freiwillig ausziehen?»

Warum nicht, dachte ich. Sein Alles hat ja auch eine hübsche Hütte. Unvermittelt tat es wieder weh. Seine Frau! Und mein Mann! Und ich trank in einer fremden Küche bitteren Kaffee und stellte mir vor, mit Herbert Roßmüller zu leben und alt zu werden und Kinder zu haben. Ich kannte ihn schon mein ganzes Leben, ich hätte mir mit vierzehn oder fünfzehn für ihn den Magen komplett herausnehmen lassen. Aber jetzt war er wieder ein anderer Mann. Zwei Jahre mit Bruno streifte man eben nicht so einfach ab. Ich begriff nicht, wie die Elfe das damals geschafft hatte.

Zu Mittag fuhren wir in die Stadt. Herbert war skeptisch. «Bist du sicher, dass du mit mir in einem Restaurant sitzen möchtest? Du weißt, wie das hier zugeht, zwei bunte Hunde gehen essen, und morgen steht es in der Zeitung. Wir können uns doch hier etwas machen. Eier sind da, ebenso Schinken und Brot. Gemeinsam bringen wir garantiert einen strammen Max auf den Tisch.»

«Ich bin kein bunter Hund und gehöre nicht zu den Frauen, die ihre Liebhaber verstecken müssen», sagte ich.

Er pfiff durch die Zähne. «Was soll ich denn davon halten? Liebhaber? Geli, so gefällst du mir nicht. Aber gut, wie du willst. Ich nehme an, du hast ein bestimmtes Restaurant im Sinn.»

Hatte ich, eins, bei dem ich sicher war, dass Bruno mich dort finden würde, falls er nach mir suchte. Aber so weit wollte ich nicht gehen, weil ich nicht glaubte, dass er mich suchte. Weil er vielleicht längst auf dem Dachboden hing. Ich wusste es doch nicht. Ein Teil von mir war überzeugt, dass er mich mit seinem Pathos nur eingewickelt hatte, der andere Teil konnte oder wollte immer noch nicht so recht glauben, dass er mich keine einzige, mickrige Sekunde lang geliebt hatte.

Am Nachmittag liebten wir uns noch einmal, tranken danach den Eiskaffee. Anschließend hielt Herbert mich noch eine Weile im Arm, fast wie man ein Kind hält. Um acht wollte ich zum Taxistand. Er war damit nicht einverstanden.

«Lass mich dich heimbringen», bot er an. «Geli, es wird

vielleicht hart. Seine erste Frau mag ihm wichtig sein, aber sie ist völlig mittellos. Er braucht dich, um ihr ein sorgenfreies Leben zu bieten. Wir müssen ihm nicht sagen, dass ich derjenige welcher bin. Du musst überhaupt nicht zugeben, dass du einen Liebhaber hast. Er betrügt dich, das können wir beweisen. Er kennt mich nur als deinen Anwalt.»

«Ich muss nicht lügen», sagte ich. «Und er hat Geld genug.»

Herbert winkte mit beiden Händen gleichzeitig ab. «Es war nur ein Vorschlag, Geli. Dann komme ich eben als Nebenbuhler mit. Aber lass mich dabei sein, bitte. Ich weiß aus Erfahrung, dass solche Gespräche nicht immer so verlaufen, wie man sich das vorher gedacht hat. So manche Frau hat schon in meinem Büro gesessen und das ärztliche Attest vorgelegt. Obwohl das gar nicht nötig gewesen wäre, weil die Hämatome, die aufgeplatzten Lippen und dergleichen gar nicht zu übersehen waren. Weißt du, wie viele Frauen in solch einer Situation schon brutal vergewaltigt wurden, um sie gefügig zu machen?»

«Würdest du mich auch verprügeln?», fragte ich Bruno und hörte ihn lachen. «Aber nein, Angelique, was denkst du denn von mir? Dich würde ich lieben, bis dir der Atem ausgeht und du vergessen hast, dass es überhaupt andere Männer gibt.»

«Er wird mich nicht schlagen», sagte ich. «Er wird mich bestimmt nicht vergewaltigen. Er wird vernünftig sein, vielleicht sogar erleichtert. Er ist nicht mehr das halbe Kind von damals. Ich werde ihm eine Abfindung bieten. Dann kann er seiner Nora die hübsche Hütte bezahlen.» Wenn er nicht längst auf dem Dachboden hängt oder ausgeblutet in der Wanne liegt, dachte ich.

Noch hatte ich meinen Verstand beisammen, vielleicht nur, weil Herbert vor mir stand. Er griff nach meinen Schultern, schaute mich an mit einem Blick, der mich ein bisschen an Tod denken ließ. «Geli, bist du ganz sicher, dass du es so willst und dass du es allein schaffst?»

Ich nickte, er küsste mich noch einmal. Ich fühlte seinen Kuss noch, als ich bereits im Taxi saß.

Herbert Roßmüller Dass ich mir Sorgen machte, muss ich nach ihren Ausführungen nicht eigens betonen. Allerdings fürchtete ich nicht so sehr, dass Bruno Lehmann ihr Gewalt antäte. Ich hatte ihn schließlich in Aktion erlebt, nur an einer Straßenecke, deshalb befürchtete ich das Gegenteil. Geli war eine sehr vermögende Frau, er im Vergleich dazu vielleicht nicht unbedingt ein armer Schlucker. Aber er hatte sich an das finanziell absolut sorgenfreie Leben gewöhnt. Ich konnte mir nicht vorstellen, dass er das so einfach aufgäbe.

Geli hatte mir nicht versprochen, mich an dem Abend noch einmal anzurufen, um zu sagen, wie er ihre Absicht aufgenommen hätte. Trotzdem wartete ich darauf, dass sie sich meldete. Dass es eine Weile dauern könnte, war mir klar. Um zehn wurde ich nervös, sah sie im Geist im Bett liegen, natürlich gemeinsam in einem. Um halb elf wählte ich zum ersten Mal ihre Handynummer und legte vor der letzten Ziffer wieder auf. Kurz vor elf wählte ich zum zweiten Mal, diesmal alle Ziffern, aber ihr Handy war nicht in Betrieb. Gegen Mitternacht versuchte ich es auf dem Festnetzanschluss. Es wurde nicht abgehoben. Um eins hielt ich es in meiner Wohnung nicht länger aus.

Ich fuhr zu ihrem Haus. Alles war dunkel. Ich widerstand der Versuchung, auf den Klingelknopf zu drücken, und fuhr zurück in der Hoffnung, dass sie mich am nächsten Morgen anrufen würde. Warum sie das nicht getan hat, habe ich erst erfahren, als ich das letzte Band abhörte.

O-Ton – Angelika

Bruno lebte noch, als ich nach Hause kam. Hätte ich jetzt gar nicht sagen müssen, es ist ja logisch. Er wartete im Wohnzimmer und sah sehr schlimm aus, übernächtigt, mit Bartschatten auf den Wangen, dunklen Augenrändern, die Augäpfel gerötet. Auf dem Tisch standen eine Kaffeekanne und eine halb gefüllte Tasse. «Wo warst du, Angelique?», fragte er, als ich hereinkam.

Meine Reisetasche hatte ich in der Halle abgestellt. Ich fragte mich, wie lange er schon so saß, und sagte ihm, bei wem ich gewesen war. Er hörte mir zu, ohne eine Miene zu verziehen. Er schwieg auch zuerst noch, als ich von Nora Elfgen, den Fotos und dem Bericht der Detektei sprach.

Was er dachte, stand ihm auf die Stirn geschrieben. Du hast mir also doch nachspioniert, Angelique. Manchmal nickte er versonnen. Er stritt nichts ab, als ich zum Ende kam, keine Silbe. Ja, er zahlte für ihre Hypothek und ihren Lebensunterhalt. Er war schließlich einmal richtig mit ihr verheiratet gewesen, anders als mit mir. Bei ihr hatte er vor einem Altar und einem Priester geschworen, in guten wie in schlechten Zeiten zu ihr zu stehen. Und für sie waren es nun sehr schlechte Zeiten.

Für die vierzehn Jahre als Frau Elfgen bekam sie nur eine winzige Witwenrente. Davon konnte sie nicht existieren und gewiss nicht ihr Haus abstottern. Sie hatte sich auf die Lebensversicherung ihres Mannes verlassen und auf ihre Arbeitskraft. Aber sie hatte doch keine abgeschlossene Ausbildung.

«Es war meine Schuld», sagte er. «Ich war damals einfach zu jung, um an die Zukunft zu denken. An eine Trennung habe ich erst recht nicht gedacht. Sie war so zart. Ich wollte nicht, dass sie arbeiten musste.»

Nora Elfgen hatte in der Kneipe gekellnert, aus der ich sie mit ihm hatte kommen sehen. Ein paar Monate lang hatte sie dort für einen Hungerlohn geschuftet und sich von Betrunkenen anpöbeln lassen müssen, bis der Wirt zudringlich wurde. An dem Abend seien keine Gäste da gewesen, behauptete er. Sie habe sich mit knapper Not ins Klo flüchten, dort einschließen und ihn zu Hilfe rufen können.

Davor war sie kurze Zeit als Aushilfe in einem Supermarkt tätig gewesen. Davor ein halbes Jahr als Putzfrau und davor … Es war eine lange Liste. Ihr Mann war ja schon vor seinem Tod längere Zeit arbeitsunfähig gewesen.

«Sie war immer eine Frau, die eine gewisse Sicherheit brauchte», sagte er. «Schutz, wenn du verstehst, was ich meine. Genau den Schutz, den ich ihr damals nicht bieten konnte und den du nicht brauchst, Angelique. Ihr Mann war so viel älter als sie, lebenserfahren nannte sie das. Solange er bei ihr war, hat sie jede Arbeit angenommen, die sich ihr bot. Und sie hat jedem Kerl, der ihr zu nahe kam, auf die Finger geschlagen. Als er starb, war sie hilflos wie ein Kind. Ich konnte sie nicht sich selbst überlassen.»

«Du hast doch auch vor seinem Tod mit ihr geschlafen», sagte ich. «Du hast in all den Jahren die Finger nicht von ihr lassen können. Du musst mich nicht mehr belügen, Bruno.»

«Ich lüge nicht, Angelique», erklärte er. «In all den Jahren, wie du das ausdrückst, hatte sie ihn. Da brauchte sie mich nur hin und wieder, um mir zu demonstrieren, wie gut es ihr mit ihm ging. Ich sollte sehen, dass sie glücklich war und all das hatte, was ich ihr nie hatte geben können. Das hat sich erst geändert, als er erkrankte und feststand, dass er bald sterben würde. Da erinnerte sie mich an das, was ich damals in der Kirche geschworen hatte. Ich war das erste Mal wieder mit ihr zusammen, als er in der Klinik lag. Seit er tot ist, besuche ich sie regelmäßig.»

«Und du schläfst regelmäßig mit ihr», sagte ich.

«Nein», widersprach er. «Ich gebe ihr nur, was sie braucht, etwas Zärtlichkeit und die Bestätigung, dass sie eine schöne, junge Frau ist.»

«Und was ist mit mir?», fragte ich. «Hast du nie darüber nachgedacht, was ich brauche?»

Nun lächelte er bitter. «Du hast es dir doch immer genommen, Angelique. Sogar deine Rache. Jetzt hast du mir gezeigt, was man fühlt, wenn man betrogen wird. Und ich habe etwas vermisst dabei, dich, das ganze Wochenende. Nun sind wir quitt. Komm her. Komm zu mir.»

Ich stand noch bei der Tür, er saß unverändert im Sessel, war wohl zu müde, um aufzustehen.

Ich schüttelte den Kopf. «Nein, Bruno, ich werde nicht kommen, du wirst gehen. Wenn du momentan zu müde bist, um deine Sachen zu packen, schlaf dich aus und geh morgen früh. Ich werde in einem der Gästezimmer übernachten.»

«Das meinst du nicht ernst», sagte er.

«Doch, ich habe noch nie etwas so ernst gemeint wie das», erwiderte ich. «Ich will die Scheidung. Ich zahle dir eine Abfindung. Es war nicht vereinbart, aber ich möchte es so. Wenn du dich weigerst, mein Haus zu verlassen, ziehe ich vorübergehend zu Herbert oder in ein Hotel. Wir müssen bis zur Scheidung ein Jahr getrennt leben. Das Haus ist zwar groß genug, aber ich möchte nicht in deiner Nähe bleiben.»

Er starrte mich an, öffnete den Mund. Aber er wusste wohl nicht auf Anhieb, was er sagen sollte. Erst nach einer Weile streckte er beide Hände nach mir aus und bat noch einmal: «Komm her zu mir, Angelique.»

Ich schüttelte noch einmal den Kopf. «Nein. Es ist vorbei.»

«Dann muss ich eben zu dir kommen», sagte er, stemmte sich schwerfällig aus dem Sessel hoch und kam auf mich zu. Einen Schritt vor mir ging er in die Knie, schlang die Arme um meine Hüften, presste das Gesicht gegen meinen Schoß.

«Du hast das nicht ernst gemeint, oder?», fragte er.

«Doch», sagte ich noch einmal. «Ich will die Scheidung. Ich kann so nicht weiterleben und will auch nicht.»

Er schüttelte ungläubig den Kopf. «Das kannst du nicht tun. Tu es nicht, Angelique. Ich bitte dich, tu das nicht. Ich habe dir gesagt, dass ich es nicht noch einmal ertragen könnte. Du darfst mich nicht verlassen. Ich kann nicht ohne dich sein.»

«Hör auf mit dem Theater», verlangte ich. «Hör vor allem damit auf, mich zu erpressen. Die Verantwortung fürs eigene Leben trägt jeder selbst.»

Er ließ mich los und stand vom Boden auf. «Du verstehst das nicht», sagte er. «Ich tu alles, was du willst. Ich werde Nora nicht mehr sehen, wenn dich das stört, Angelique. Ich habe sie einmal geliebt – was man so als Liebe bezeichnet, wenn man sehr jung ist. Seit ich dich kenne, ist sie nur noch eine Verpflichtung.»

«Nach Verpflichtung sahen die Fotos nicht aus», sagte ich.

«Du bist meine Frau», erklärte er. «Ich brauche dich.»

Ich antwortete ihm nicht. Er wartete ein paar Sekunden lang, sprach weiter, schneller und hektischer. «Ich werde es auf der Stelle beenden. Ich rufe Nora an, du wirst zuhören.»

Bevor ich darauf reagieren konnte, lief er an mir vorbei in die Halle. Er lief tatsächlich, obwohl er auch dabei sehr müde wirkte. Ich sah ihn eine Nummer wählen, hörte ihn reden.

«Nora, ich werde nicht mehr zu dir kommen.»

Er lauschte anscheinend, sprach mit kleinen Pausen weiter. Es hatte den Anschein, dass er sie mehrfach unterbrach: «Nein, nie mehr, auch finanziell nicht. – Dann musst du es lernen. – Hast du dich daran gehalten? Ich bin zu nichts mehr verpflichtet. Ich habe dir geholfen, so gut ich konnte. Jetzt kann ich nicht mehr.»

Dann legte er auf und schaute mich an, als sei die Sache damit aus der Welt.

«Entschuldige», sagte ich. «Aber du erwartest nicht im Ernst, dass ich dir die Nummer abnehme. Bei nächster Gelegenheit rufst du sie an oder fährst zu ihr und sagst: Vergiss den Quatsch. Meine Frau stand neben dem Telefon.»

«Nein, Angelique», beteuerte er. «Ich werde sie nicht mehr anrufen und nicht mehr wiedersehen. Was kann ich tun, um dich zu überzeugen?»

«Nichts mehr», sagte ich, weil ich ihm nichts mehr glauben konnte. Weil ich wieder an so einem Punkt war, wo ich nur noch meinen Frieden haben wollte.

Anmerkung   Auf die Worte folgten ein dumpfes Poltern und etliche Sekunden Stille. Als sie weitersprach, hatte sich ihr Abstand zum Mikrophon deutlich vergrößert.

Ich glaube, ich bin vom Stuhl gefallen. Das musste ja über kurz oder lang passieren. Wie soll man einen Körper aufrecht halten, den man nicht mehr fühlt? In den letzten fünf oder zehn Minuten kroch die Schnecke schneller. Gespürt habe ich nichts, keinen Schmerz, nur den Aufprall auf dem Fußboden gehört und jetzt eine andere Perspektive. Das müsste ein Tischbein sein vor meinem Gesicht. Ich kann es nicht klar erkennen. Es ist so entsetzlich hell, dass mir alles vor den Augen verschwimmt. Die Sonne muss genau in einem der Fenster stehen.

Aber das Tischbein passt jetzt gut, auch wenn es am Sonntagabend zu Hause ein Tischsockel war. Warum habe ich Herbert nicht mitgenommen? Weil ich nicht erwartet habe, dass Bruno so reagierte. Ich hatte wirklich gedacht, er wäre entweder schon tot oder erleichtert über mein Angebot.

Wir gingen zurück ins Wohnzimmer, ich setzte mich in den einen, er in den anderen Sessel. Er zündete sich eine Zigarette an und rauchte so hektisch, wie er zuletzt gesprochen hatte. Er war verzweifelt, das war er offensichtlich. Ich konnte es kaum ertragen, der flehende Blick, die bettelnde Stimme und sein Pathos. «Bitte, Angelique, glaub mir, bitte. Du bist die Einzige, die ich liebe. Ich habe mein Leben in deine Hände gelegt.»

Irgendwann schrie ich ihn an: «Erspar mir das Gesülze! Wenn ich dir so wichtig bin, hättest du dein Leben nicht zweimal die Woche in ihr Bett legen sollen. In wie viele andere du es noch gelegt hast, will ich gar nicht wissen. Hast du gedacht, es geht immer so weiter? Eine fette Kuh hätte sich das wahrscheinlich bieten lassen. Wolltest du deshalb nicht, dass ich abnehme?»

«Ich habe dir einmal erklärt, warum es mir nicht recht war», sagte er. «Ich habe dir auch einmal erklärt …»

«Ja, ja», unterbrach ich ihn. «Du hast mir alles mal erklärt. Und ich habe mich bemüht, es zu verstehen und zu schlucken. Aber es gibt für alles Grenzen, Bruno. Mein Limit ist überschritten. Tu uns beiden einen Gefallen und benimm dich nicht länger wie ein Waschweib.»

Er stutzte, nickte kurz und erhob sich. Mit drei großen Schritten war er neben mir, riss mich aus dem Sessel hoch. «Ich weiß», sagte er. «Du willst einen Mann. Du hast einen, Angelique.»

Noch während er sprach, hörte ich Stoff reißen. Im nächsten Augenblick lag ich schon auf dem Boden vor dem Tisch wie am ersten Abend. Er hielt meine Handgelenke über meinem Kopf zusammen.

Jetzt könnte ich behaupten, er hätte getan, was Herbert befürchtet hatte. Mich zwar nicht geschlagen, aber brutal vergewaltigt. Hat er nicht. Ich habe es nur wie eine Vergewaltigung empfunden, weil ich es nicht wollte.

«Wehr dich nicht», sagte er. «Ich will dir nicht wehtun. Ich will dich nur lieben. Und ich will, dass du mich liebst. Du wirst bei mir bleiben. Du wirst nicht noch einmal zu Roßmüller gehen. Auch nicht zu einem anderen. Eher bringe ich dich um.»

Jetzt sehe ich doch das Kopfschütteln vor mir. Wie konnte sie nur mit ihm nach Spanien fahren, die dumme Kuh. Er hat ihr doch gesagt, was er vorhat.

Hat er, aber ich hab nicht genau verstanden, ob er mich oder dich sagte. Ich dachte, er hätte von sich gesprochen. Dass er mich meinte und dass es ihm verdammt ernst war mit dieser Drohung, habe ich wirklich nicht begriffen.

Er hat es versucht, aber er hat es noch nicht geschafft. Ich bin immer noch da. Nicht wahr, Freunde? Hans, Herbert, einer von euch beiden hört mich jetzt. Ich höre mich doch auch noch. Hoffentlich bilde ich mir nicht bloß ein, dass ich rede.

Der Recorder kann noch nicht abgeschaltet haben. Ich dachte mir, dass ich nicht noch einen Wechsel schaffe, und hab zur Sicherheit Vivaldi eingelegt. Das sind hundertzwanzig Minuten. Das Band wird sich nicht um den Tonkopf wickeln, das darf es nicht.

Es tut mir Leid, Herbert. Hörst du? Es tut mir entsetzlich Leid. Ich wollte dich weder verletzen noch verlassen. Ich liebe dich. Aber er war mein Mann, er bettelte um die berühmt-berüchtigte letzte Chance. Und ich ... Herrgott, ich dachte ... Ich habe mich schuldig gefühlt in den Minuten. Ich wollte nicht, dass er auch noch Frau Ströbel den Kopf voll jammerte. Freiwillig gegangen wäre er nie. Also bin ich mitgefahren, weil ich dachte, in Spanien bringe ich ihn schon zur Vernunft.

Ich habe ihm die Show abgenommen. Ich hatte keine Ahnung, was er plante. Zwei Wochen, sagte er. In Ruhe über alles reden. Nur wir beide. Und sein Handy.

Meins muss er aus der Handtasche genommen haben, während ich Kleidung in meinen Koffer legte oder Reiseproviant zusammenpackte. Ein paar Äpfel, einige Konserven, Brot, Butter, die Cornflakes-Packung, auf deren Innenseite ich heute früh Briefe an Hans und Frau Ströbel geschrieben habe, Zucker und ein Päckchen Kaffee, ohne den Bruno nicht leben konnte.

Ich habe es erst gemerkt, als wir schon unterwegs waren.

Wir sind gegen elf in der Nacht aufgebrochen. Kurz vor eins habe ich ihn dazu gebracht, einen Rastplatz anzusteuern. Ich musste zur Toilette und wollte dich anrufen.

Ich hatte Angst während der Fahrt, dass er uns beide umbringt. Er war völlig übermüdet, konnte die Augen kaum offen halten und legte immer nur kurze Pausen ein, gerade lang genug, um einen Kaffee hinunterzukippen und eine

Toilette aufzusuchen oder sich ohne Kaffee irgendwo in die Büsche zu schlagen. Dass ich ihn am Steuer ablöste, wollte er nicht.

Am Montagmorgen rief er Mario Siebert in der Agentur an und erklärte ihm, dass wir zwei Wochen Urlaub machen. Ich wollte auch telefonieren, bat ihn um sein Handy unter dem Vorwand, dass ich Frau Ströbel anrufen müsste.

«Sie muss doch auch wissen, wo wir sind», sagte ich.

Er behauptete, er hätte Frau Ströbel eine Nachricht hinterlassen, damit sie sich keine Sorgen macht.

Herbert Roßmüller Frau Ströbel fand bei ihrem Eintreffen an dem Montagmorgen tatsächlich eine handschriftliche Notiz in der Küche vor. Da ich in der Nacht nichts mehr von Geli gehört hatte und sie auf ihrem Handy – wie nun verständlich – nicht erreichen konnte, rief ich gegen neun Uhr am Vormittag noch einmal auf ihrem Festnetzanschluss an.

Frau Ströbel nahm ab und teilte mir knapp mit, Herr und Frau Lehmann seien verreist. Das glaubte ich ihr erst einmal nicht, ich dachte, Geli ließe sich verleugnen, weil sie mir am Vorabend so große Hoffnungen gemacht hatte und diese nun nicht mehr erfüllen konnte oder wollte. Es ist zwar nicht üblich, dass Anwälte die Hausangestellten ihrer Mandanten in deren Pläne einweihen. Doch in diesem Fall sprach nicht der Anwalt, sondern ein Mann oder ein mieser Hund, der mit allen Mitteln um seinen Knochen kämpfte. Ich ging so weit, zu erklären, dass ich Geli Beweismaterial für die Untreue ihres Mannes beschafft habe, dem sie auch habe entnehmen können, mit wem sie betrogen wurde.

Frau Ströbel ihrerseits nahm mir zwar ab, dass ihre Arbeitgeberin nach Vorlage des Materials mit dem Gedanken an Trennung gespielt habe. Auch wenn sie samstags nicht mehr im Haus war, somit nicht wusste, was sich übers Wochenende abgespielt hatte – dass es in den letzten Wochen zwischen Geli und dem von Frau Ströbel über alle Maßen geschätzten Bruno Lehmann gekriselt und eine gespannte Atmosphäre geherrscht hatte, war ihr nicht entgangen.

Aber eine Aussprache könne auch zu einem anderen Ergebnis geführt haben als dem von mir erwarteten, meinte sie ein wenig von oben herab und zitierte den Wortlaut der Notiz, die sie in der Küche entdeckt hatte.

«Liebe Frau Ströbel, wir haben uns spontan zu einer zweiten Hochzeitsreise entschlossen. Sie dürfen sich gerne die nächsten beiden Wochen freinehmen.»

Keine Unterschrift, Frau Ströbel gab mir auch keinen Hinweis auf den Verfasser dieser Zeilen. Der Wortlaut unterstrich meine Befürchtungen. Was hätte ich in dem Moment sonst denken sollen? Ich musste davon ausgehen, dass es zu einer Versöhnung gekommen war oder, anders ausgedrückt, dass Bruno Lehmann es geschafft hatte, sich Geli erneut um den Finger zu wickeln. Warum sonst der Ausdruck Hochzeitsreise? Um Frau Ströbel zu informieren, hätte ein simpler Urlaub gereicht.

Ich war sehr enttäuscht und verletzt, natürlich war ich das. Ich will gar nicht verhehlen, dass ich Geli im Laufe der nächsten Tage mehr als einmal im Stillen als dummes Luder abtat, als feiges Luder obendrein, weil sie scheinbar nicht den Mut aufgebracht hatte, offen mit mir zu reden. Ich hatte ihr doch erklärt, ich sei ein geduldiger Mensch. Aber ich fühlte mich auch nicht ganz unschuldig an dieser Entwicklung. Hätte ich ihr mehr Zeit gegeben, ihr nicht diese Fotos und den Bericht gezeigt.

Frau Ströbel nahm sich nicht frei, wegen der Zimmerpflanzen, die man nicht zwei Wochen lang sich selbst überlassen konnte. Um die Pflege der Außenanlagen musste sie sich nicht kümmern. Damit hatte schon Gelis Vater eine Gärtnerei beauftragt, die regelmäßig einen Mann schickte. Frau Ströbel kontrollierte allerdings, ob der seine Arbeit auch ordnungsgemäß erledigte, und hielt den Schlüssel für ein Gerätehaus in ihrer Verwahrung.

In dem großen Haus gab es für sie immer etwas zu tun. Sie kam auch dienstags, mittwochs und donnerstags zur gewohnten Zeit, werkelte herum und wartete darauf, dass das Telefon klingelte. Bei den vorangegangenen Fahrten nach Spanien hatte Geli sich regelmäßig gemeldet und eine gute Ankunft durchgegeben. Das hatte sie sogar während ihrer Hochzeitsreise nach Venedig getan. Geli hätte es vermutlich niemals zugegeben, aber Frau Ströbel war nach all den Jahren als Hausangestellte auch eine Art Mutterersatz. Und Mütter sorgten sich, wenn sie nicht sicher sein konnten, dass es ihren Töchtern gut ging.

Dass Frau Ströbel am Mittwoch und am Donnerstag mit Señora Rodrigues telefonierte, weil sie weder von Geli noch von Bruno Lehmann etwas hörte und mehrfach vergebens Bitten um einen Rückruf auf den Mailboxen der beiden Handys hinterlassen hatte, erwähnte ich schon. Inzwischen urteilte sie etwas anders über meine Erklärungen als am Montagmorgen.

Nachdem sie am späten Donnerstagnachmittag von Señora Rodrigues erfahren hatte, das Ehepaar Lehmann sei in Spanien, nur gerade nicht im Haus gewesen, sie habe eine Nachricht hinterlassen, entschloss Frau Ströbel sich, im Haus zu bleiben, bis eine Reaktion auf die Bitte erfolgte. Sie instruierte sogar ihren Mann für den Fall, dass Geli in ihrer Wohnung anrief. So waren zwei Telefone besetzt.

Um die Wartezeit zu überbrücken, beschäftigte Frau Ströbel sich in den seit langem nicht mehr genutzten Gästezimmern, deren Betten nicht bezogen waren. Es lagen nur Überwürfe als Staubschutz über Matratzen, Decken und Kissen. Unter einem Überwurf fand sie dann Gelis Handy. Das war gegen acht Uhr abends.

Unmittelbar darauf rief sie mich an, berichtete vom Einsatz der Señora, der erst gute zwei Stunden zurücklag und noch nichts gebracht hatte, und natürlich von dem Handy. Sie sagte auch, was sie montags verschwiegen hatte, dass es nicht Frau Lehmanns Handschrift gewesen sei auf dem Zettel, der in der Küche gelegen habe.

«Ich fürchte, ich war am Montag etwas zu voreilig», meinte sie. «Vielleicht hat Frau Lehmann im Gästezimmer übernachtet und den Überwurf wieder zurechtgelegt, damit ich es nicht merke. Dann könnte sie ihr Telefon im Bett vergessen haben. Das kann ich mir aber nicht vorstellen, weil die Betten nicht bezogen waren und sie in dem Fall kaum freiwillig mit Herrn Lehmann weggefahren wäre. Da stimmt etwas nicht.»

Um Herrn Lehmann und seine Sicherheit machte Frau Ströbel sich ebenso wenig Gedanken wie ich. «Halten Sie mich getrost für eine hysterische Person», meinte sie. «Aber ich denke, wenn er sie nun mit Gewalt verschleppt hat, um ihr etwas anzutun? Vielleicht hat er sie unterwegs – wenn Sie verstehen, was ich meine. Dann ist er womöglich allein in Spanien. Was meinen Sie?»

Es kam zu plötzlich, als dass ich auf Anhieb gewusst hätte, was ich meinen sollte. Es waren inzwischen vier Tage vergangen, in denen ich mit meinen Gefühlen gekämpft und ein Paar vor Augen gehabt hatte, das die zweiten Flitterwochen in vollen Zügen genoss. Nun musste ich wieder umdenken, wollte aber nicht gleich das Allerschlimmste annehmen.

Als ich schwieg, bombardierte Frau Ströbel mich mit den Fragen, die ihr wohl durch den Kopf gingen. «Warum ruft er nicht zurück? Ich habe oft genug darum gebeten. Warum ist sein Telefon nie in Betrieb? Warum sind sie nicht bei der Señora gewesen? Dort sind sie immer sofort hingefahren. Die Señora sagte, der Wagen stand nicht beim Haus.»

«Dann machen sie vielleicht einen Ausflug», sagte ich.

Ich war wie Geli nicht religiös, doch in dem Moment dachte ich: Lieber Gott, lass sie ans Meer gefahren sein.

Lass sie Hand in Hand am Strand bummeln und auf den Sonnenuntergang warten oder lass sie in einem Restaurant sitzen und sich gegenseitig mit Austern füttern. Nur zwei Turteltäubchen, die nicht gestört werden wollen und keinen Gedanken an besorgte oder enttäuschte Menschen daheim verschwenden.

«Wenn Sie meinen», sagte Frau Ströbel leicht pikiert. Das klang, als habe sie erwartet, dass ich umgehend Interpol informierte oder mich aufs Pferd schwang, um selbst als Retter in höchster Not in Aktion zu treten.

«Ich warte noch zwei Stunden», erklärte sie. «Wenn ich bis dahin immer noch nichts von Herrn Lehmann gehört habe, werde ich ihm die Nachricht auf Band sprechen, dass ich morgen früh die Polizei einschalte.»

«Das sollten Sie nicht tun», sagte ich. «Wenn Frau Lehmann etwas zugestoßen und er dafür verantwortlich ist, räumen Sie ihm damit nur die Möglichkeit ein, unterzutauchen.»

Das sah sie ein, ließ aber nicht von ihrem Vorhaben, am nächsten Morgen einen Streifenwagen auf den Weg zu bringen.

Um die Zeit stand Bruno Lehmann vermutlich am Herd.

O-Ton – Angelika

Am Dienstag sind wir wider Erwarten heil angekommen und sofort ins Bett gegangen. Wir waren beide völlig erledigt, ich hatte ja auch nicht geschlafen während der Fahrt. Aufgewacht bin ich erst am Mittwoch um die Mittagszeit, als Bruno mit Geschirr klapperte.

Er hatte Kaffee aufgebrüht, Brot und Butter ausgepackt und zwei Fischkonserven geöffnet für ein spätes Frühstück. Dann saßen wir wieder einmal da und redeten, wie das bei uns so üblich war. Er sprach, ich hörte mir noch einmal all das an, was er schon am Sonntagabend gesagt hatte. Was ich ihm darauf noch antworten sollte, wusste ich beim besten Willen nicht. Ich hatte unentwegt Herbert im Kopf und Nora Elfgen vor Augen.

Während ich anschließend unsere Koffer ausräumte, fuhr er los, um frische Lebensmittel zu besorgen und Señora Rodrigues Bescheid zu sagen, dass wir da waren. Außerdem wollte er sich erkundigen, ob es in Alcublas einen Handwerker gäbe, der sich mit Wasserleitungen auskannte, weil das doch viel komplizierter war, als er sich das vorgestellt hatte.

Als er zurückkam, setzte er sich hin und notierte alles, was seiner Meinung nach für eine Wasserleitung gebraucht wurde. Rohre natürlich, einen Tank für Dieselkraftstoff und einen Generator, weil es ohne Strom nicht ging.

Ja, und gestern waren wir in Valencia. Das habe ich schon mehr als einmal gesagt, ich weiß. Aber es macht doch nichts, wenn ich es noch mal sage. Ich hab das friedliche Wasserbild gekauft, während Bruno unterwegs war, um mit einem Handwerker zu sprechen. In Alcublas gab es keinen, hatte er von Señora Rodrigues gehört.

Jetzt muss sie wirklich bald kommen. Mir ist übel, hätte ich nicht gedacht, dass ich mich über Übelkeit mal richtig freuen kann. Es ist immerhin ein Gefühl. Wahrscheinlich ist mein Blutzuckerspiegel im Keller. Ich schiele schon seit ein paar Minuten zum Herd. Da steht noch der Topf, in dem Bruno gestern Abend für uns gekocht hat. Ein Eintopfgericht mit viel Fleisch und braunen Bohnen. Dazu hat er dünne Fladen gebacken, in die Fleisch und Bohnen eingerollt wurden.

Er hat sich vier Stück genommen. Ich hatte gestern Abend keinen Appetit. Wir hatten mittags in Valencia reichlich gegessen. Und ich hatte zwei Postkarten geschrieben, von denen mir eine wie ein Stein im Magen lag.

Eine Karte an Frau Ströbel und eine an Herbert. Ich kam mir so feige vor, weil ich mich nicht traute, zum Postamt zu gehen und anzurufen oder einen anderen öffentlichen Fernsprecher zu suchen. Bruno war ohnehin misstrauisch, weil ich ihn nicht begleiten wollte. Ich wusste schließlich, dass er nicht so gut Spanisch sprach wie ich. Da klang es vermutlich nicht glaubwürdig, dass ich keine Lust hätte, mit ihm durch die Hitze zu laufen.

Auf einer Postkarte kann man nicht wirklich sagen, wie einem zumute ist, bestimmt nicht, wenn man sie in aller Eile an einem Cafétisch schreibt und dabei zur nächsten Straßenecke schielt.

Ich sitze allein in einem Café, und der Wind trägt mein Lied in die Ferne. Der Weg zu dir ist noch so weit. Doch es wartet auf uns eine schöne Zeit. Als ich dich sah, da wusste ich sofort, du allein bist der Traum meines Lebens. Dass dieser Traum nicht vergebens, weiß ich, ich hab ja dein Wort. Mach dir keine Sorgen und verlier nicht deine Geduld, es geht mir gut. Ich komme zurück, sobald ich ihm klar gemacht habe, dass eine Scheidung auch für ihn besser ist. Und ich hoffe, dass sich bis dahin an deinen Gefühlen nichts geändert hat.

Wahrscheinlich hat Bruno gesehen, dass es zwei Postkarten waren, als ich sie einwarf. Auf der Rückfahrt war er schweigsam. Beim Kochen und Backen redete er dann unentwegt über die Wasserleitung und den Handwerker, der in den nächsten Tagen herkommen und sich das selbst anschauen wollte, behauptete er jedenfalls. Aber wie er das sagte, klang es künstlich, unecht, als wäre er mit seinen Gedanken überall, nur nicht bei einer Wasserleitung. Das schlug mir zusätzlich auf den Magen. Wenn er nicht so gedrängt hätte, hätte ich wahrscheinlich gar nichts gegessen.

«Sei ein liebes Mädchen, Angelique», sagte er. «Tu mir den Gefallen und nimm wenigstens ein bisschen.»

Dann lachte er leise, strich sich verlockend mit der Zungenspitze über die Lippen und fügte hinzu: «Der Abend ist noch lang. Und ich möchte ihn nicht ausschließlich mit Reden verbringen. Ich kann nicht so gut reden wie du, das weißt du. Ich kann dich nur auf meine Weise überzeugen, wie sehr ich dich liebe. Deshalb sind wir hier. Oder willst du mir gar keine Chance mehr geben?»

Nein, wollte ich nicht. Ich hatte Angst, dass meine Hormone über Verstand und Gefühl triumphierten. Aber das konnte ich ihm nicht sagen. Noch nicht. Morgen, dachte ich. Oder übermorgen, wenn er in einer anderen Stimmung ist, nicht mehr so labil.

Also habe ich einen halben Fladen, etwas Fleisch und ein paar Bohnen genommen. Er lachte, als er sah, wie viel, besser gesagt, wie wenig ich auf meinem Teller hatte. Er rechnete mir sogar noch vor, wie viele Kalorien ich allein in der ersten Stunde der anbrechenden Nacht verbrennen würde, und meinte: «Das reicht nicht einmal für eine Maus. Aber wenn du später noch Hunger bekommst – es schmeckt auch kalt noch gut.»

Dann ging er nach draußen, um den Hammer und einen Nagel aus dem Gartenhäuschen zu holen, weil er das Bild aufhängen wollte. Darum ging es aber gar nicht. Er wollte mich erschlagen, wenn ich schlief. Das weiß ich genau.

Mir ist nicht sofort aufgefallen, wie lange er brauchte für zwei Handgriffe. Ich war halt in Gedanken, hab den Tisch abgeräumt. Dann bin ich zum Brunnen gegangen, um Wasser für den Abwasch und einen Liter für Kaffee zu holen. Und da sah ich, dass die Tür vom Gartenhäuschen angelehnt war.

Das hat mich stutzig gemacht. Es war noch ein kleiner Spalt. Zu hören war nichts. Ich habe das Wasser ins Haus gebracht, bin wieder hinausgeschlichen und habe durch den Spalt gelugt, weil ich wissen wollte, was er trieb.

Er hat sie angerufen, wie ich mir das am Sonntag vorgestellt hatte. Wahrscheinlich hat er gesagt, sie soll herkommen und ihm helfen, meine Leiche zu beseitigen. Er hatte sein Handy am Ohr, ich hab's genau gesehen. Aber er sagte gerade nichts und merkte sofort, dass ich an der Tür war. Weil er den Spalt natürlich im Auge behielt, das muss man, wenn man Mordpläne bespricht. Ich kam mir so furchtbar blöd vor in dem

Moment. Und ich hatte schreckliche Angst. Am liebsten hätte ich seinen Autoschlüssel genommen und wäre abgehauen. Aber den hatte er auch in einer Hosentasche.

Er tat so, als hätte er das Handy nur aus der Werkzeugkiste nehmen müssen, um einen geeigneten Nagel zu suchen. Warum hat er es überhaupt versteckt und mir meins weggenommen? Außerdem sah er aus wie ein ertappter Sünder, als er wieder ins Freie kam.

Nachdem das Bild hing, legte er den Hammer aufs Regal und sich aufs Bett. Ich wollte den Hammer zurückbringen, das Handy suchen und mich vergewissern, dass er sie angerufen hatte. Aber er hatte die Tür schon abgeschlossen und ließ mich nicht mehr gehen, griff nach meinem Arm und zog mich an seine Seite.

Dann ließ er sich Zeit, so quälend viel Zeit, wie immer, wenn es für mich besonders schön sein sollte. Na ja, fürs letzte Mal gibt man sich eben große Mühe, Angelique noch einmal in den Himmel zu bringen, in dem sie vor Lust weinen kann, weil es anders nicht klappt mit den Tränen.

Dabei konnte er sich selbst kaum zurückhalten. Mit jedem Kuss steigerte sich seine Erregung. Ich durfte ihn nicht anfassen. Als ich es versuchte, hielt er meine Hand fest. «Lass das», presste er wie unter großer Anstrengung hervor. «Wenn du mich berührst, ist es gleich vorbei. Ich will noch warten und jede Minute genießen. Und ich will, dass du es auch tust.»

Erst als ich schrie und nicht mehr damit aufhören konnte, drang er in mich ein. «Es ist gut», flüsterte er. «Ich bin bei dir. Ich bleibe bei dir, für immer.» Für mehr reichte sein Atem nicht.

Er bewegte sich langsam. Sein Gesicht war angespannt vor Konzentration. Minutenlang hat er mich beobachtet. Und ich ihn. Erst als ich die Augen schloss, ließ er sich gehen, wurde schneller und härter. Ich habe sein Keuchen noch im Ohr.

Oder ist das mein Blutdruck? Glaube ich nicht. Mein Blut muss in der Hitze ziemlich eingedickt sein.

Als ich einschlief, saß er noch aufrecht neben mir im Bett und schaute mich an. Das muss so gegen eins gewesen sein.

Herbert Roßmüller   Den polizeilichen Erkenntnissen zufolge hat Bruno Lehmann zwischen dem vierten und achten August 2003 weder mit seinem Handy telefoniert noch Anrufe entgegengenommen. Vermutlich hat er am Donnerstagabend nur seine Mailbox abgehört. Auf Frau Ströbels erneute Bitte um Rückruf hat er nicht reagiert.

Am Freitagmorgen kurz nach acht, als Geli wohl schon die zweite Kassette besprach und sich mit Sarkasmus und eisernem Willen darum bemühte, zu ignorieren, was ihr bevorstand, rief Frau Ströbel erneut bei der Familie Rodrigues an, um die Telefonnummer des nächstgelegenen Polizeipostens in Erfahrung zu bringen. Leider bekam sie nicht die Señora, sondern die Schwiegertochter an den Apparat, mit der sie sich nicht verständigen konnte. Unmittelbar darauf meldete sie sich erneut bei mir, wollte nun die Auslandsauskunft anrufen, um ihre Absicht in die Tat umzusetzen.

Das habe ich verhindert.

Frau Ströbel war erleichtert, als ich erklärte, ich würde mich darum kümmern. Sie befürchtete auch bei einem spanischen Polizisten Verständigungsschwierigkeiten.

Ich rief weder die Auslandsauskunft noch eine Polizeistation an, sondern einen meiner Mandanten, von dem ich wusste, dass er übers Wochenende regelmäßig nach Madrid flog. Im Privatjet. Nach seiner Scheidung war er der Meinung gewesen, mir nicht nur mein Honorar, sondern auch einen Gefallen zu schulden. «Wenn ich einmal etwas für Sie tun kann.»

Nun konnte er, war auch sofort bereit, mich mitzunehmen. Ich musste nur pünktlich um vierzehn Uhr am Köln-Bonner Flughafen sein. Einen regulären Flug nach Madrid oder gar Valencia hätte ich um die Zeit von Köln-Bonn aus gar nicht bekommen.

Ich informierte Frau Ströbel noch, dass ich persönlich nach Spanien fliegen wollte, weil ich fand, dass es nach nun fünf Tagen keine besondere Eile mehr habe. Ich hatte keine Vorstellung von den primitiven Lebensbedingungen in einer ehemaligen Bauernkate ohne fließend Wasser.

Wenn Bruno Lehmann, wie Frau Ströbel befürchtete, Geli gegen ihren Willen verschleppt hatte, um sich ihrer zu entledigen, wäre das wohl längst geschehen, meinte ich. Und wenn nicht, hielt ich es für sinnvoller, als Anwalt oder Bekannter nach dem Rechten zu schauen, als einem Paar in den zweiten Flitterwochen die spanische Polizei auf den Hals zu hetzen – wovon beide wenig begeistert wären, wenn es ihnen gut ginge. Wenn das nicht der Fall wäre, wolle ich dafür sorgen, dass Herr Lehmann seine gerechte Strafe bekäme, sagte ich. Und ich hatte eine andere Strafe im Sinn als eine Gefängniszelle.

Frau Ströbel bedankte sich überschwänglich. «Sie ahnen nicht, welche Last Sie mir von den Schultern nehmen.»

Seitdem liegt die Last auf meinen Schultern.

O-Ton- Angelika

Ausfallerscheinungen. Der Laborbetreiber hatte sich in seinem Brief an Bruno nicht näher darüber ausgelassen. Bruno hat mir einmal erklärt, was damit gemeint war. Die armen, kleinen Mäuse konnten sich nicht mehr auf den Beinen halten, torkelten herum, stundenlang, bevor sie zusammenbrachen und verreckten.

Warum muss es immer die treffen, die sich nicht wehren können? Wer liebt, kann sich nicht wehren. Letale Wirkung: hundert Prozent! Exitus!

Bruno muss mehr von dem Zeug gehabt haben als nur das halb volle Glas mit dem Schraubdeckel, das er ins Labor gebracht hat. Oder er hat den Rest dort wieder abgeholt. Wie viel braucht man denn für zwei Dutzend Mäuse?

Aber noch bin ich da. Ich bin keine Maus und hab nicht viel

gegessen. Wenn Señora Rodrigues kommt und dafür sorgt, dass ich ins nächste Krankenhaus ... Es gibt bestimmt ein Gegenmittel. Man darf die Hoffnung nicht aufgeben.

Ich kann nicht einmal mehr kriechen oder mich mit den Armen ein Stück zur Seite schieben. Hinter dem Tisch liege ich ungünstig. Hoffentlich sieht sie mich. Aber sie sieht auf jeden Fall das Auto, es steht beim Brunnen.

Was soll ich noch sagen? Ich werde den Mund nicht halten, solange er mir noch gehorcht. Vielleicht sollte ich für die Wissenschaft ... Es gibt ja wahrscheinlich keinen Menschen außer mir, der erklären kann, was für ein Sterben das ist und wie es sich anfühlt. Ich glaube nicht, dass der verrückte Biochemiker darüber ein Protokoll angefertigt hat.

Die Taubheit hat in den Fingerspitzen angefangen. Und ich habe mich noch darüber gefreut, weil ich dachte, das Aspirin hätte den Schmerz betäubt. Hat es vermutlich auch zu Anfang. Es kann allerdings nicht für die Gefühllosigkeit verantwortlich sein, die mir dann durch die Beine hinauf in den Leib gekrochen ist.

Es ist ein merkwürdiges Gefühl, wenn man sich nicht mehr fühlt. Im Kopf bin ich glasklar, viel klarer als heute Morgen, als hätte jemand das Licht eingeschaltet, damit ich bloß nichts verpasse. Ich höre noch gut, nicht nur meine Stimme, auch die Fliegen. Ich schätze, dass ich noch eine Weile reden kann. Ohren, Zunge und Kehlkopf sind dem Hirn viel näher als die unteren Extremitäten und der Rest.

Die Augen sind auch nah dran. Dass ich kaum noch was sehe, liegt wahrscheinlich daran, dass es so furchtbar hell ist. Sie tränen so stark, und ich kann nicht mehr blinzeln. Ich erkenne nur Umrisse. Wie im Hallenbad, wenn man unter Wasser schwimmt.

Das Tischbein ragt wie ein unscharfer Balken vor mir auf. Die Stuhlbeine sehe ich nur wie zerfranste Striche, den Schrank, in dem die angebrochene Weinflasche ...

Was ist das? Nein.

Leg dich wieder hin, du bist tot. Du kannst nicht sitzen.

Er sitzt auf der Bettkante. Ich wusste es doch die ganze Zeit.
Er war gar nicht richtig tot. Dabei hat er vier Fladen gegessen mit viel Fleisch und braunen Bohnen. Und ich nur einen
halben.

Aber da war es nicht drin, oder? Du hast die Tomaten vergiftet, deshalb habe ich … Nein, das hätte ich sehen müssen.
Tomaten und weißes Pulver, das fällt auf.

Es war das Wasser im Krug, ja? Los, sag schon. Du konntest
dir denken, dass ich trinke, hast das Tuch wieder genau so darüber gehängt wie vorher, damit es mir nicht auffällt.

Das Zeug muss völlig geschmacklos sein.

Wann hast du es gemacht?

Ich bin ja schon früh aufgewacht, weil das Bettzeug so feucht
war und ich dringend zur Toilette musste. Aber da konnte ich
schon nicht mehr raus. Und er rührte sich nicht. Ich hab die
Taschenlampe genommen, um festzustellen, was los war. Er
sah so friedlich aus, ganz entspannt. Er war auch warm, atmete bloß nicht mehr. Er hat die Luft angehalten.

Auf dem Tisch lag eine Seite, die er aus seinem Taschenkalender gerissen hatte, um mir einen Brief zu schreiben, damit ich nicht dastehe wie die Kuh vor dem Scheunentor.

Angelique,
  ich hoffe sehr, dass du nicht noch einmal aufwachst, um
  lesen zu können, was ich dir noch sagen möchte. Wenn
  ich daran denke, was dich erwartet, solltest du die Augen
  noch einmal aufschlagen, dreht sich mir das Herz um. Ich
  wollte dich mit dem Hammer erschlagen. Jetzt würdest
  du es nicht spüren. Aber ich kann dich nicht auf solch
  eine Weise verletzen. Ich denke auch, es ist besser, wenn

ich vorangehe und auf dich warte. Umgekehrt würdest du es nicht tun. Und ich brauche dich so sehr. Du warst die Frau, mit der ich leben wollte. Ich habe es dir immer wieder gesagt. Du hast es mir nur nie glauben können. Ich verstehe das. Ich kann dir jetzt auch nicht mehr glauben. Deshalb halte ich es für besser, wenn wir beide diese Welt verlassen. Wir werden uns lieben in einer anderen Welt, in der es nur uns beide gibt.

Er hat vergessen, zu unterschreiben. Das hat er auf der Karte mit dem Parfümfläschchen auch nicht getan.

Ich hab's geglaubt. Ich hab wirklich geglaubt, dass er tot ist und auf mich wartet. Aber ich wollte auch nicht auf der anderen Seite, ich wollte nirgendwo mehr mit ihm ... Ich ... Er hat die ganze Zeit nur darauf gelauert, dass ich vom Stuhl kippe und krepiere.

Du mieses Schwein! Hat es Spaß gemacht, sich anzuschauen, wie ich hier Stückchen für Stückchen absterbe? Was kommt als Nächstes, Herzstillstand, Atemlähmung oder Kreislaufversagen? Deine Frau hat dir doch bestimmt erzählt, wie der Verrückte sich scheibchenweise davongemacht hat.

Er spricht nicht mit mir, wahrscheinlich ist er beleidigt, weil ich mir einen Anwalt genommen habe. Und einen exzellenten Liebhaber, hörst du? Er ist nicht bloß im Bett gut. Aber das weißt du doch längst, hast mir ja die ganze Zeit zugehört.

Jetzt steht er auf. Er kommt ...

Lass bloß deine Finger von den Kassetten, die sind für Hans ...

Nein, er geht zur Tür, macht sie auf, geht raus. Mistkerl, ja, hau ab. Aber freut euch nicht zu früh. Du wirst mich nicht beerben. Gleich kommt die Señora. Ich werde leben und Kinder haben.

Wo ist er hin? Ins Auto ist er nicht gestiegen, glaube ich. Da hätte ich etwas hören müssen.

O nein. Ich weiß, was er vorhat. Er hat garantiert die Señora kommen sehen. Er saß doch auf dem Bett, da konnte er rausschauen. Er wird sie wegschicken. Elender Mistkerl!

Ich will nicht sterben! Nicht auf dem Fußboden!

Warum hilft mir niemand?

Was ist das für ein Sterben, das am äußersten Rand beginnt und sich langsam und schubweise nach innen frisst?

Ausfallerscheinungen. Ich habe die kleinen Mäuse im Labor nicht torkeln sehen, aber ich weiß, wie es gewesen sein muss. Mein Kopf. Nein, bitte nicht. Ich glaube, jetzt gibt mein Kopf den Geist auf.

Warum hat er nicht den Hammer genommen? Das wäre gnädiger gewesen.

Ich bin noch nicht tot. Wenn ich tot wäre, könnte ich auf mich hinunterschauen.

Er kommt zurück. Nimm endlich den Hammer, du feiger ...

Nein, das ist er nicht. Wer ist das? Ein Mann. Himmel, ist das grell. Señor Rodrigues? Ich bin hier, hinter dem Tisch.

Das versteht er nicht. Ich muss spanisch ...

Papa. Entschuldige, ich hab dich nicht erkannt. Ich sehe kaum noch etwas. Wo kommst du her, Papa? Kannst du mir helfen? Du musst mich ins Krankenhaus bringen. Ich muss dringend in ein Krankenhaus. Du brauchst keine Angst vor Bakterien haben, Papa. Was ich im Leib hab, ist viel schlimmer.

Herbert Roßmüller   Ich weiß nicht, wen sie gesehen hat in den letzten Sekunden. Nicht Señor Rodrigues, nicht ihren Mann. Bruno Lehmann war nirgendwohin gegangen und konnte nicht zurückkommen, um sie zu töten. Es war auch nichts zu hören, außer ihrer Stimme. Ich war zu diesem Zeitpunkt vermutlich noch mehr als zweihundert Kilometer entfernt, kam viel zu spät, um ihr noch einmal zu sagen, wie sehr ich sie liebte.

Als ich endlich bei der Kate eintraf, war die Tür geschlossen. Den Anblick zu schildern, der sich mir durch eines der zerschlagenen Fenster bot, möchte ich mir ersparen. Bruno Lehmann lag auf dem Bett, sie neben dem Tisch. Durchs Fenster sah ich nur ihre Beine und konnte nicht erkennen, ob sie noch lebte.

Von dem Werkzeug im Gartenhäuschen wusste ich nichts. Und ihren Schlüssel hatte Señora Rodrigues mir nicht überlassen, als sie mir eine Wegbeschreibung gab. Ich hatte auch nicht nach einem Schlüssel gefragt, weil ich befürchtete, dass mich dann jemand von der Familie hätte begleiten wollen.

In dem Mietwagen, den ich in Madrid genommen hatte, gab es einen Wagenheber. Damit gelang es mir, die Tür aufzubrechen. Für Geli konnte ich nichts mehr tun, nur die Kassetten einsammeln und samt dem alten Recorder im Mietwagen deponieren, ehe ich die spanische Polizei alarmierte.

Der Schlüssel, nach dem sie zweimal vergebens gesucht hatte, lag in dem Eintopf, der noch auf dem Herd stand. Auf dem Kaminsims lagen die Teile der Cornflaces-Packung, die Aufkleber der beiden Petroleumflaschen und die Seite aus Bruno Lehmanns Taschenkalender, von der sie gesprochen hatte.

Für die Polizei gab es nicht viele Fragen. Ein Ehedrama. Ich war in Spanien nur ein Anwalt, der verhindert hatte, dass seine Mandantin rechtzeitig Hilfe bekam.

Nach der Obduktion hieß es, sie wäre auch nicht zu retten gewesen, hätte sie sich am Morgen befreien können oder Frau Ströbel ihr ursprüngliches Vorhaben in die Tat umgesetzt und erneut ein Mitglied der Familie Rodrigues auf den Weg gebracht oder veranlasst, Polizei zu dem Häuschen zu schicken. Aber sie wäre nicht so elend zugrunde gegangen, ausgetrocknet, verdorrt. Damit muss ich leben.

Ich habe nicht in Erfahrung bringen können, welche Art von Gift seit dem Donnerstagabend in ihrem Körper zirkuliert war. Wie sie sagte, hieß es auch von offizieller Stelle, es sei kein Gift im üblichen Sinne. Wie soll man denn sonst eine Substanz nennen, deren letale Wirkung bei hundert Prozent liegt? Nora Elfgen konnte es mir nicht sagen. Von ihr habe ich nur gehört, es seien zwei Gläser gewesen.

«Mein Mann hat das Zeug vor Jahren aus der Firma mitgebracht, bei der er beschäftigt war, bis er arbeitsunfähig wurde», sagte sie. «Er hat die Gläser im Giftschrank eingeschlossen. Was es war, hat er mir nicht erklärt.»

Ich habe Bruno Lehmanns erste Frau aufgesucht, nachdem die Leichen längst zurück in die Heimat überführt und bestattet worden waren. Bei seiner Beerdigung war Nora Elfgen nicht auf dem Friedhof. Als ich sie besuchte, wusste sie noch nichts vom Tod ihres ersten Mannes und letzten Liebhabers. Kein Polizist oder Staatsanwalt war auf den Gedanken gekommen, sie zu informieren. Sie gab sich schockiert, aber ich hatte nicht das Gefühl, dass sie wirklich betroffen war.

Die Hölle, die Geli durchlitten hatte, berührte sie gar nicht. Ihr Mann habe nicht gelitten, erklärte sie. Er habe einen angenehmen, völlig schmerzfreien Tod gehabt. Und Bruno Lehmann war für sie nur «allzeit bereit» gewesen. So nannte sie ihn.

Dass sie ihn je geliebt hat, bezweifle ich. Benutzt hatte sie ihn, ohne Skrupel sein Geld genommen und Gelis Geld. Das räumte sie ohne das geringste Anzeichen von Schuldbewusstsein ein.

«Er wollte es doch so», sagte sie. «Hatte sich eine goldene Gans geangelt und drängte sich förmlich auf, als mein Mann erkrankte. Hätte ich nein sagen sollen, als er mich fragte, ob ich Hilfe brauche?»

Dass er zu dem Zeitpunkt schon mit Geli zusammen gewesen war, hatte sie angeblich nicht gewusst. Das sei ihr nicht einmal bekannt gewesen, als sie nach dem Freitod ihres Mannes bei Geli angerufen habe, behauptete sie.

«Bis dahin hat er mit mir nicht über seine Weibergeschichten gesprochen», sagte sie. «Erst als ich Geld für die Beerdigung meines Mannes brauchte, machte er so eine Andeutung, er hätte ein Verhältnis mit einer Menge Moos.»

«Hat er das so ausgedrückt?», fragte ich.

«Nein.» Sie lächelte geringschätzig. «Er drückte sich immer nobel aus, sagte, dass er eine Frau aus der höheren Gesellschaft liebt. Und dass er ihre Liebe jetzt auf eine Probe stellen muss, weil er sie bitten wird, ihm etwas zu leihen. Das habe ich ihm nicht auf Anhieb geglaubt. Er und eine der oberen Zehntausend.» Sie tippte sich an die Stirn. «Ich dachte, er gibt nur an und nimmt einen Kredit auf. Als ich Geld für einen Rechtsanwalt haben wollte, hat er ihren Namen genannt, auch etwas erzählt. Ideale Frau und so. Nach der Hochzeit sagte er mal, sie hätte sich sehr verändert. Damit konnte er nicht umgehen. Er war maßlos eifersüchtig und hatte schon im Juni den Verdacht, dass er ihr nicht mehr reicht für die Selbstbestätigung.»

Er hatte ihr auch gesagt, dass sich das zweite Glas mit weißem Pulver immer noch in seinem Besitz befand.

«Das war voll gewesen bis unter den Deckel», sagte sie und lächelte wieder. «Mehr als genug für eine Himmelfahrt zu zweit. Ich wusste, dass er es tut.»

«Und Ihnen ist nicht der Gedanke gekommen, seine Frau zu warnen?», fragte ich.

Sie schaute mich verständnislos an. «Woher hätte ich denn wissen sollen, dass er sie mitnimmt?»

«Sie vermuteten immerhin, dass er sich umbringen wollte», sagte ich. «Das wäre ein Grund gewesen, seine Frau zu informieren.»

«Meinen Sie nicht, ich hätte andere Sorgen gehabt, als

er mich anrief und Knall auf Fall sagte, von ihm hätte ich nichts mehr zu erwarten?», fragte sie.

Natürlich, Frauen wie sie hatten immer andere Sorgen und kannten nur sich selbst. Sie war nicht halb so hilflos, wie sie aussah, hatte schon einen Ersatzmann gefunden. Doch der war offenbar nicht so gut bei Kasse. Sie fragte mich allen Ernstes, ob ich ihr behilflich sein könne, ihre Erbansprüche geltend zu machen. Dass sie keine Ansprüche haben sollte, wollte ihr nicht in den Kopf. Sie sei doch mal mit ihm verheiratet gewesen, meinte sie und präsentierte mir ein handschriftliches Testament, in dem er sie vor endlosen Jahren zur Alleinerbin seines gesamten Besitzes gemacht hatte. Zu der Zeit hatte er kaum mehr besessen als eine Armbanduhr und das Auto, in dem er hatte sterben wollen.

Sympathischer hat die Begegnung mit seiner ersten Frau ihn mir nicht gemacht. Er hatte mir die Frau genommen, die ich liebte. Aber ich konnte nachvollziehen, dass er sie nicht gegen die Elfe hatte tauschen wollen.

Geli liegt nun bei ihren Eltern, er in einem Reihengrab. Dafür habe ich gesorgt, weil ich sicher war, dass sie es so gewollt hätte. Bis zur Beerdigung hatte ich mir die Bänder so oft angehört, dass ich sogar überzeugt war, es wäre auch in seinem Sinne.

Ich weiß nicht, ob es dieses Leben nach dem Tod gibt, an das sie glaubte. Wahrscheinlich hat sie in den letzten Minuten nur halluziniert. Aber wenn nicht, wenn sie tatsächlich gesehen haben sollte, dass er zur Tür und hinausging, muss er sein Interesse an ihr wohl verloren haben. Und wenn er irgendwo draußen auf sie gewartet hat, ist sie ihm bestimmt aus dem Weg gegangen oder ihm mit Hilfe ihres Vaters entkommen.

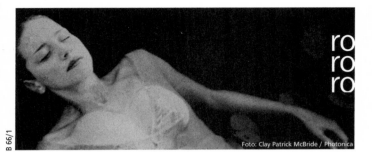

Foto: Clay Patrick McBride / Photonica

B 66/1

Mörderisches Deutschland

Eisbein & Sauerkraut, Gartenzwerg & Reihenhaus, Mord & Totschlag

Boris Meyn
Die rote Stadt
Ein historischer Kriminalroman
3-499-23407-6

Elke Loewe
Herbstprinz
Valerie Blooms zweites Jahr in Augustenfleth. 3-499-23396-7

Petra Hammesfahr
Das letzte Opfer
Roman. 3-499-23454-8

Renate Kampmann
Die Macht der Bilder
Roman. 3-499-23413-0

Sandra Lüpkes
Fischer, wie tief ist das Wasser
Ein Küsten-Krimi. 3-499-23416-5

Leenders/Bay/Leenders
Augenzeugen
Roman. 3-499-23281-2

Petra Oelker
Der Klosterwald
Roman. 3-499-23431-9

Carlo Schäfer
Der Keltenkreis
Roman
Eine unheimliche Serie von Morden versetzt Heidelberg in Angst und Schrecken. Der zweite Fall für Kommissar Theuer und sein ungewöhnliches Team.

Carlo Schäfer
Der Keltenkreis
Roman

3-499-23414-9

Weitere Informationen in der Rowohlt Revue oder unter www.rororo.de

Petra Hammesfahr

«Spannung bis zum bitteren Ende.» Stern

Das Geheimnis der Puppe
Roman 3-499-22884-X

Der gläserne Himmel
Roman 3-499-22878-5

Der Puppengräber
Roman 3-499-22528-X

Der stille Herr Genardy
Roman 3-499-23030-X

Die Chefin
Roman 3-499-23132-8

Die Mutter
Roman 3-499-22992-7

Die Sünderin
Roman 3-499-22755-X

Lukkas Erbe
Roman 3-499-22742-8

Meineid
Roman 3-499-22941-2

Roberts Schwester
Roman 3-499-23156-5

Merkels Tochter
Roman 3-499-23225-1

Ein süßer Sommer
Roman 3-499-23625-7

Das letzte Opfer
Roman 3-499-23454-8

Mit den Augen eines Kindes
Roman. Kommissar Metzners Sohn will Zeuge einer Entführung geworden sein. Aber der Junge hat eine überschäumende Phantasie ...

3-499-23612-5

Weitere Informationen in der Rowohlt Revue oder unter www.rororo.de

Foto: Getty images

B 75/1

Thriller bei rororo

«A faint cold fear thrills through my veins.»
William Shakespeare

Madeleine Giese
Die letzte Rolle
Kriminalroman. 3-499-23683-4
Ein Theaterintendant engagiert
bejahrte Schauspieler aus dem
Altenheim publicityträchtig für
den *Sturm*. Für die greisen Mimen
geht so ein letzter Traum in Erfüllung. Doch nicht nur bei Shakespeare enden Träume tödlich ...

Beat Glogger
Xenesis
Thriller. 3-499-23613-3

Wolfgang Kaes
Todfreunde
Roman. 3-499-23515-3

Barbara Apel/Lotti Nass
Roter Morgen
Psychothriller. 3-499-23230-8

Karin Slaughter
Belladonna
Thriller. 3-499-23230-8

Bill Napier
Die Offenbarung
Roman. 3-499-23423-8

P. J. Tracy
Spiel unter Freunden
Roman
«Ein exzellenter Thriller mit glaub-
würdigen, lebendigen Charakte-
ren, der den Leser unerbittlich in
einen Mahlstrom von Gewalt und
Obsession zieht.» Philip Kerr

3-499-23821-7

Weitere Informationen in der Rowohlt Revue oder unter www.rororo.de